集英社文庫

王妃の離婚

佐藤賢一

集英社版

王妃の離婚

目次

デザイン　松田行正
イラストレーション　八木美穂子

王妃の離婚

プロローグ

結婚しよう、とフランソワはいった。

嬉しいような、誇らしいような、同時に諦めるような、情けないような、それは混沌とした感情が渦巻いて、いってしまったという感じだった。心の揺らぎを見透かす笑みを浮かべながら、このままで私は満足しているのだと、女は小さく答えを返した。

ひしめく都会の界隈《かいわい》に響いて、背伸びしたラテン語まじりの会話が外から聞こえていた。ブールゴーニュ公領の併合は「イン・ユーレ」さ。国王陛下はフランドルまで征服するべきだったんだ。なんだって。おまえ、まさか、暴君の肩を持つ気じゃないだろうな。フランス王ルイ十一世は敵国だからと、ブールゴーニュ出身の「クレリクス」をパリから追放したんだぞ。サント・ジュヌヴィエーヴ通りを抜けながら、二人の若者は当世の政局を云々しているらしかった。

セーヌ河の左岸に広がるパリの学生街は、世に「カルチェ・ラタン（ラテン語の街）」と呼ばれていた。フランソワ・ベトゥーラスもパリ大学の学生だった。物置を改装した間借りの部屋にも、気難しい文字が詰まった紙片の束が積み上げられ、いくら気をつけても微かな黴《かび》の臭いが抜けない。微かというのは、製本された書物となると高価なので、まだ六冊しか持っていないという意味であり、逆に教授先生の部屋に満ちる、むせるほどの黴臭さに憧れる気分がないではない。

それは学生の同棲だった。夕方は野菜が安いから、買物に行ってくるわ。冬になると高くて、なかなか手が出ないのよ。いうと、女は逃げるように立ち上がった。はぐらかすのは、怒りたくないからだということを、フランソワは知っていた。一緒に暮らして、もう二年になる。最近は喧嘩ばかりだ。そろそろ、なんとかしなければならない。

「待てよ、ベリンダ」

フランソワは細い手首を捕らえて止めた。それが女の名前だった。柳の小枝で編まれた買物籠が、床に転がり弾んでいた。こんなものが本棚の横に置かれるようになったのは、いつ頃からのことだろうか。書机には花瓶が置かれ、インク壺には覆いの布が被せられ、書見台の足許には、いつも毛叩きが用意されている。石鹸もなかった水場《みずば》などは、今では小さな瓶が細々《こまごま》と行列して、とても自分の下宿だとは思えないほどである。

男所帯の殺風景を女の生活感がくすぐったのは、それでも、ほんの半年くらいにすぎなかったと、こちらは克明に思い出すことができる。かいがいしく家事にいそしむ女の様子も、見慣れてしまえば気詰まりだった。まな板を跳ねる包丁の音がうるさい。忙《せわ》しく掃除されると気が散って仕方がない。なかんずく、学生が苛々して仕方がないのは、花を思わせた女の笑顔が、みるみる疲れて、下らない日常に流されてゆくことだった。

やはり、このままではいけない。なんとかしなければならない。

「俺は本気でいってるんだぜ」

畳みかけると、女は今度は冗談でかわそうと、からかうようにフランソワの頭頂を、ぽんぽんと叩いてみせた。いっぱしのことは、髪が生えてからいいなさい。

それは綺麗な剃髪《ていはつ》頭だった。輪のような形で髪を残すことから、「コロナ」と呼ばれた剃髪は、キリスト教の聖職者のものである。裾の長い黒の僧服を、腰の荒縄で縛って着ながら、足許を質素なサンダルで固めた姿は、どうやっても見間違えようがない。

フランソワは学生だった。パリ大学の学生といえば、昔から聖職者と相場が決まった。俗人は脇役にすぎない。読み書きは長らく、聖職者の専売特許と考えられてきたのだ。なかんずく、パリ大学は神学の殿堂だった。フランソワは法学部の学生だったが、これも神学から枝分かれした教会法、もしくはカノン法のことである。

別段、信仰が厚いわけではない。それがインテリの定石《じょうせき》だったということだ。片田舎にありがちな話で、フランソワも生まれ故郷のブルターニュでは、大袈裟に「神童」と騒がれた子供だった。さしたる自覚もないままに、両親に手を引かれて訪ねた先がドミニコ派の聖堂だった。世話好きな神父さまに相談すると、熱心に本部と掛け合ってくれて、修道会からパリ遊学の奨学金が出ることになった。それを手にする条件として、さしたる疑問も抱かずに、托鉢《たくはつ》修道士の身分を受けることにしたのである。まだ十三歳だった。

髪なんか、いつでも生やしてやるさ。むきになってフランソワは続けた。

「そんなことはさせられないわ」

「おまえのせいにするつもりはないんだ」

ベリンダは俯《うつむ》いて、少し黙った。栗色の髪が零《こぼ》れて、白い横顔が隠れていた。その刹那にフランソワが思うことは、喜悦の波に耐えかねて、いやいやをする少女のような動きで悶《もだ》える、思いもよらない女の艶《なま》めかしさだった。

ベリンダは清楚な美しさを持つ娘だった。肩に栗毛を遊ばせながら、朱色の古着に大きな前掛けを結んだ姿は、ほっそりと頼りなくて、痩せぎすな少女さえ連想させる。大人も子供もなく、女が原罪の象徴として、スカートの長い裾に隠さなければならないとされた太腿を、それでもフランソワは隅々まで熟知していた。

なるべきところは、女として十二分に実っていた。菱形に群生する恥毛の様子や、すっと縦に走った臍《へそ》の線や、可愛らしい乳房の根から白鳥の首のような腕につながる、優美な腋の造形まで余すことなく、全てを知り尽くしていたのだが、そのことがフランソワには、信じがたく感じられるときがあった。

幼さのせいだけではない。ベリンダには、ふっと女の色が失せる瞬間があった。修道女にも譬《たと》えることができないくらい、無彩に沈んで男の心を戸惑わせる。だから縋《すが》って、とっさに乱れた女の艶めかしさを思う。

それでも逃げられない現実はあった。そのことは、二人で何度も話し合ったじゃない。よく抑えの利いた声にハッとしながら、フランソワは我に返った。

ベリンダはあやすような笑みを浮かべていた。それが嘘であることは、笑わない目に明らかだった。牝鹿を思わせる愛らしくも利発な瞳は、くるくると表情を変える千変万化の宝石である。それが強張《こわば》りながら、このときは安いガラス玉のように曇っていたのだ。

「俺は納得したわけじゃないぜ」

鷲鼻を押し出しながら、フランソワは話を蒸し返した。すっと微笑が引けてしまうと、女の瞳に、なお抑えられていながらも、確かに怒気が動いていた。瑞々《みずみず》しい唇が動いているのに、喉から押し出される声も、老婆のように低くなっている。そして冷たく突き放すようにいうのだ。やめられないくせに。

「そ、そんなことはない。高《たか》が托鉢修道士じゃないか。なにも、神父の聖職禄を貰っているわけじゃない。修道士なんか、いつやめたって構うもんか」

「ごまかさないで、フランソワ。あんた、大学を離れられるの」

「…………」

「修道士をやめるってことは、学生をやめるってことなのよ。あんた、学問をやめられるの。研究に命を賭けてるんじゃなかったの。え、どうなのよ、フランソワ。カルチェ・ラタンて聖域から出て、あんた、どうやって生きていくのよ」

「…………」

「ここで学者をめざすんでしょ。それしか、できないんでしょ」

ベリンダは、はっきりした女だった。男の心を魅了する天真爛漫な明るさを持ちながら、その美質と背中合わせに勝気な意志を譲ろうとしない。この馬鹿坊主が、結婚だなんて、できもしないことを口走らないの。金切り声で切り捨てると、女は神経質に手首を払い、足早に部屋を出て行こうとした。どこへ行く。買物に決まってるわ。それとも断食《だんじき》でもしたいの。

「だったら、買物籠を忘れるなよ」

フランソワは敗北者の声でいった。金は足りてるか。ええ、昨日、奨学金が入ったから。

豊かな生活ではない。が、やっていけないわけでもなかった。ドミニコ会の奨学金は、所定の日にパリ南端の僧院に赴けば、月々きちんと貰うことができた。フランソワは家庭教師を務めながら、すでに自分で幾ばくかの収入を得てもいた。

将来を悲観すべき学生ではなかった。十四歳から始めて、普通は六年かかる教養部を、わずか三年で修了している。一年間の受験勉強を置いた後に、フランソワは十八歳の若さで、もう「マギステル」になったほどである。

マギステルとは「先生」くらいの意味だが、この場合は「教員免許」の認定試験に合格したということである。今も教養諸学の教師として、一緒に私塾を開こうという誘いが後を絶たない。家庭教師で留めていたのは、さらに上級学部に進級していたからだった。

神学、法学、医学という専門学部のことである。カノン法を専攻するや、フランソワは順当に定められた五年の修学を経て、二十三歳で学士になった。上級諸学のマギステル、あるいは教養諸学の学位と区別していうところの、ドクトールにはなっていなかったが、こちらの「教授資格」のほうは大学の内規で、三十五歳以下の者には認められていなかった。

特例もないわけではないが、前世紀の大学者ジャン・ジェルソンさえ、二十九歳まで許されなかったのだ。フランソワも年齢待ちということで、それまで粘って研究業績を積み重ねれば、パリ大学で講座主になることも夢ではなかった。

「けど、おまえはどうなるんだ」

買物籠を差し出しながら、フランソワは聞いた。受け取った女の指が固まっていた。

今はいい。いくらか慎みを欠いただけの、どこにでもいる恋人同士ということで、今は気にするまでもない。が、パリ大学に残って教師になるにしても、あるいは聖職禄を得て、明日の司教を目指すにしても、フランソワが僧侶である限り、いつまでたっても結婚はできないのである。

それは先のみえない日々だった。どんなに楽しくても、あるのは今という瞬間の積み重ねだけである。うまい形がついたところで、ベリンダは坊主の妾《めかけ》ということだ。

「あんたのところで家政婦に雇ってよ」

苦しく冗談にしかできない、そんな女の笑顔こそが悲しかった。心配しないで、助平坊主。延長で夜の仕事もしてあげるから。

「おまえ……、そんな風に、ふざける奴があるか」

フランソワは小さな頭を抱き締めた。やめてよ。なんのつもりよ。ベリンダはもがいたが、許さずに束縛して、自分の身体に小鳩の心音を押しつける。甘ったれの泣虫坊主に、つきあってる暇なんかないのよ。わたし、買物から帰ってきたら、あんたの論文を清書する予定なんだから。

こみあげる感情にフランソワの喉が詰まった。俺の女だ。俺の女なんだ。甘い体臭を吸いこみながら、こんな思いは初めてのことだった。

初めての女というわけではなかった。どころか、パリ大学の学生といえば、昔から口の達者な女たらしで通っていた。

それなりにフランソワも遊んだ。よく学び、よく遊べというように、いくら羽目を外しても、自由なカルチェ・ラタンに咎《とが》める空気は皆無だった。同じく学問ができるのならば、遊び回った人間ほど、かえって尊敬される向きがあった。

世間並に筋を通せば、逆に笑われるだけである。ひとりの女に捕まるような、覇気のない間抜け野郎は、もう先がみえたも同じだよ。けんけんと女房がわめき、ぎゃあぎゃあと赤子が泣くような身の上で、なんの思索があるもんかい。養わなければならないなんて、ちまちまと授業料を計算してやる講義なんか、一ドゥニエの価値だってありゃしないさ。

結婚は感性の知性に対する勝利である。それはカルチェ・ラタンの不文律だった。女の男に対する勝利であるといいかえてもよい。下世話《げせわ》な生活の安らぎと、研ぎ澄まされた英知とは、決して両立することがないのだ。

なんの、女に同情する意味などあるものか。売春婦ならヒモになって、売り上げを搾り取ればいい。人妻なら小遣い次第で裏口から忍んでやる。金持ちの未亡人なら愛人の座に収まるのも得策か。摘み食いの家出娘なら、味見が済んだら回してやるのが、男の友情というものだ。カルチェ・ラタンとは、そんな勝手な男たちの巣窟でもあった。

だから、坊主が大威張りである。聖職者の肩書が責任逃れの便利な口実になってくれる。還俗《げんぞく》してくれとまでは、女たちはいわなかった。女は責任を取ってもらう性であり、他人の人生に責任を取れる性ではないからだ。ことが男の将来に関わるとなると、小心な女たちは腰が引けて、なにも強くはいえなくなってしまうのだ。

乗ってしまえば、こちらの勝ちということである。その仕組みをフランソワも、さんざ利用して生きてきた。心は少しも痛まなかった。なのに、ベリンダは違ったのである。

この女だけは日陰者にしたくない。悶絶する悩みを救う方便として、結婚という凡庸な結論しか思いつかなかったことは、フランソワには我ながら驚きだった。情けない。それでも軍門に降《くだ》らざるをえなかったのは、ベリンダの嘘にも気づき始めていたからだった。

「なあ、おまえ、エロイーズを気取ることはないんだぜ」

癖の強い栗色の髪を分けながら、男は巻き貝のような女の耳殻に囁《ささや》いた。それだけで話は通じた。アベラールとエロイーズの恋物語は、いつまでも古くならないカルチェ・ラタンの伝説だった。

ピエール・アベラールは十二世紀の大学者である。数多《あまた》の弟子を育て上げ、その中から五十人の司教、二十人の枢機卿、一人の教皇を出している。前衛的な学説を唱えた神学の大家であり、その攻撃的な姿勢は学究の鑑《かがみ》とされ、範として倣《なら》おうとする学生が、今も後を絶たないほどである。が、男の鑑として憧れを抱く学生は稀《まれ》だった。

優柔不断で未練がましく、うじうじと女を捨てることもできないくせに、意を決して女のために全てを捨てることもできない。結婚しようと持ちかけながら、世評を気にして妻帯の事実を隠し、田舎にやって赤子を生ませ、その末に女を修道院に入れてしまうような、なんとも器の小さな男なのである。

こんな駄目男を愛しながら、エロイーズは強かった。学僧の輝かしい将来を思い、あえて身を引こうとした女の決断は、カルチェ・ラタンに足繁く通う女たちに、不滅のテーゼを与えることになっていた。俗事に煩わされることなく、真理の道を邁進《まいしん》してほしい。そのためなら、乳飲み子を抱えて修道院に行ってもいい。教師であれ、学生であれ、学僧を本気で愛した女たちは、不思議とエロイーズの気分になるらしいのだ。

それは女が自慢にしてきた、自己犠牲の精神ではなかった。使い古しの美徳などに満足できるわけがない。もとが俗な世間に飽き足らなくて、達者に理想を語ってみせる、男の嘘に惚れたのである。

「私にだって、愛人とか、妾とか、娼婦とかいう言葉のほうが、ずっと甘く聞こえるのよ」

どこから聞いてきたものか、ベリンダも伝説の女を真似て繰り返した。日陰者を賞揚しながら、妻という盤石《ばんじやく》の地位を憎み、あまつさえ、軽蔑までしてしまう態度は、英知の聖域に暮らす女たちの自負心だった。

すなわち、結婚に真実の愛はない。全てが計算され、要求され、強制されているだけである。そこには虚飾に満ちた形だけがあるのであり、至高の愛とて、たちまち堕落を運命づけられる。

反対に結婚の外にあれば、全ては無償で、それゆえに惜しみない。女が男を愛するのは、もはや強いられた義務ではない。愛したいから、男を愛する。与えたいから、男に与える。結婚の呪縛を逃れたとき、女は借り物でない、自分の意志を持つことができるのだった。

それは女性蔑視という、時代の精神に抗する反逆でもあった。

大学者トマス・アクィナスいわく、女は実存的な存在をしない。男に規定されているか、これから規定されうるか、それだけの存在である。

古代の哲人アリストテレスいわく、雌は形相《けいそう》を求めるように雄を求める。

旧約聖書、創世記にいわく、イヴよ、あなたは夫を恋い慕うが、彼はあなたを支配する。

ベリンダも女らしい大胆さで、これら全てを妄執と片づけながら、すっかりエロイーズに傾倒していた。結婚さえしなければ、女は男の奴隷ではない。ものの深遠な意味での「友人」であり、また隅々まで理解し合える「同志」の高みにあり続けられる。こんな調子で、なまじっか英知に触れて暮らしていると、カルチェ・ラタンの女たちは頭でっかちな強迫観念に、がんじがらめにされてしまうのだった。

あげくに古《いにしえ》の恋人たちが暮らしたという、サン・ルイ島など散歩すると、ベリンダは憧れに目を輝かせながら、感激して声を上擦らせる始末だった。

「だって、この話って、まるで、わたしたちみたいじゃないの」

アベラールのように、フランソワもブルターニュの出身だった。ベリンダは大袈裟な宿縁のように騒いでいたが、そんな偶然の一致に、なんの意味があるはずもない。エロイーズのように、ベリンダも家庭教師に恋をした教え子だった。運命の出会いだと思いたかったらしいが、そんなもの、カルチェ・ラタンでは、ありふれた馴《な》れ初《そ》めでしかない。

ベリンダはフランスに移民したスコットランド系貴族、カニンガム家の娘だった。外国人だからと、馬鹿にされたくないという意向で、フランソワは悪くない給金で、ラテン文法と修辞学を令嬢に教えることになったのである。

弁舌爽やかな学僧にのぼせ、頻々と部屋を訪ねるようになり、あげく親に勘当されながら、同棲までした女としては、なにかの形が欲しかったのだろう。これをフランソワが自分とだぶらせたくないのは、つまるところ、アベラールが最低の男だからだった。

「その女を俺は愛によって自分に結びつけようと思った。わけないことだった。当時、俺の名声はかなりのものだったから、どんな女を狙っても、断られるなんて心配はなかった」

「その女は教育があり、学問好きという手合いだったので、なおさら簡単に靡《なび》くだろうと、俺は信じて疑わなかった」

「つまり、教育という口実で、俺たちは夢中で愛し合ったわけだ」

後にアベラールは回想している。これが四十歳の学僧と十八歳の乙女の恋の始まりなのである。いや、恋という言葉さえ使いたくない。カルチェ・ラタンに巣くっている、狡猾な手《て》練《だれ》男《おとこ》の下心でなくて、一体なんだというのだろうか。フランソワが悔しいのは、唾棄しながら自分もまた、アベラールの心の動きを、手に取るように理解できることだった。

まず抱いてみる。重ねて情を通じるうちに、この女とは別れられないと観念する。そうなると男は結婚せずにはいられないのだ。この女だけは日陰者にしたくない。そんな思いやりなど、実は綺麗な口実にすぎなかった。あなたを愛したことを後悔などしていない。結婚なんて俗な形に落ちたりして、自分を汚したくはない。純粋なまま、あなたを愛し続けたい。そうやって抵抗するエロイーズを、強引に口説いてまで、アベラールが結婚に持ちこんだ理由は、ひとつしかありえない。

——他の男に渡してたまるか。

愛したいから、愛するのだといわれれば、この女の心を失いはすまいかと心配になる。与えたいから、与えるのだといわれれば、この女は他の男に身を委ねてしまわないかと気が気でない。なんとなれば、意志を持った女たちは、心から愛しているのだから、なにも恥じることはないと、迷わずにセックスを肯定してしまうのだ。

ぷるぷる震える乳首の芯をねぶってやると、女は咎めに耐えかねた罪人のように、あっと生ぬるい吐息を洩らす。荒々しく乳房の肉を弄《もてあそ》ぶほど、柔らかい袋のような肉体をくねらせながら、喜悦の声は激しさを増すばかりである。たわわな脂肪の塊を、ゆらゆら波立たせながら、前後の動きに背を反らしていくうちに、苦悶の相は阿呆の薄笑いに転じてゆく。やっと自らを解放して、男は一瞬の征服感に充たされる。こんなに愛しい女はいないと思ったとたん、えもいわれぬ不安の闇に突き落とされてしまうのだ。

この女は海原のような白い腹を、他の男に広げてみせることがあるのだろうか。恥毛の狭《はざ》間《ま》を探られながら、なおも大きく腿を開いて、自ら押し出すことはあるのか。見下ろす視線に汗ばんだ栗色の髪をみせながら、この女は潤んだ目をして、喉の奥まで他の男のものなどを……。

——させるか。

男は女が思うより、ずっと汚いと感じている。だから、恐れる。だから、原罪に仕立て上げる。だから、キリスト教のドグマを築いて、結婚という女を呪縛する体系を、見事に考案したのである。

それでも学僧は体面を気にしなければならなかった。アベラールは秘密の結婚が公になるや、今度は女を修道院に入れた。やっと理解されたのだ、とエロイーズは喜んだ。俗な習俗にまみれることなく、これからは崇高な心の交流を続けられる。こうして生まれたのが、かの有名な『往復書簡』である。が、男は女の意志を認めたわけではなかった。

僧院の厚い石壁に閉じ込めれば、どんな男も手が届くまい。修道院まで出向き、女の出家を念入りに確かめてから、アベラールは自分も別な修道院に入った。ややあってから、執着する男の心の醜さに気づいたのだろう。どうして一緒に俗世を捨ててくれなかったのか。どうして自分を信じてはくれなかったのか。あんなに美しい思い出を、どうして汚してくれたのか。エロイーズは『往復書簡』の中で、男の浅ましさを責めている。

はたして、憧れる価値があるだろうか。カルチェ・ラタンの伝説が、悲恋だったという意味は、アベラールとエロイーズが最後まで、わかり合えなかったことにあるのだ。

「だから、結婚してくれ。おまえだって、本当は、わかってるんだろう」

フランソワの涙声を女は相手にしなかった。なにを、どう、わかれっていうのよ。ああ、雪が降ってきちゃった。さっさと買物を済ませちゃうから、フランソワ、わたしが帰ってくるまで、今日の分の薪を割っといてね。それは、あんたの係なんだから、書物に夢中になる前に、ちゃんと済ませておくのよ。

「どうだっていい。そんなもの、どうだっていいんだ」

「よくないわ。火を焚かなきゃ凍えるでしょ。フランソワ、今日は少し、おかしいわよ」

「おかしくない。おまえだって、俺と結婚したいはずだ」

フランソワは怒鳴った。ベリンダは息を呑んで、その身体をひくと小さく竦《すく》ませた。取り戻すように絡める腕に力を籠めて、男は執着する一心から遂に本音を白状した。

「俺と一緒に逃げてくれ」

学僧は追い詰められていた。この自由なカルチェ・ラタンで、身動きが取れなくなるくらい、フランソワは生き方の危うい男だった。喧嘩三昧ということではない。金にだらしがないわけでもない。優秀な学生だったが、その度がすぎてしまうのだ。

いつだって、やりすぎる。己の信ずるところを打ち出せば、破門も破滅も恐れなかった、かのアベラールさながらに、いざ論争になってしまうと、フランソワも徹底的に相手を打ち負かさなければ、気が済まないという人間だった。思ったことを、口に出さずにいられない。口に出せば、辛辣に相手を傷つけなければ治まらない。いわなくていいことまで口にして、相手の怒りを好んで買ってしまうのである。

処世などは省みない。カルチェ・ラタンに頭角を現す知性こそは、いつの時代も愚かしく攻撃的なものだった。

フランソワには、これを悔いるどころか、真のインテリなんだと、かえって自慢にしてきた風があった。それは壁という壁を打ち破ってきた自信でもある。粉砕できない壁はないと、高を括《くく》った自惚《うぬぼ》れだといってもよい。が、実は今日まで大過なく、無難に生きてこられたこと自体、幸運な綱渡りにすぎなかった。

それが証拠に、越えられない大きな壁が眼前に重苦しく迫ってきたとき、フランソワは急に怖くなった。志半ばにして学究生活を終える怖さ。輝かしい未来を失ってしまう怖さ。なかんずく、女に捨てられることが怖かった。

ベリンダさえいてくれれば、俺はやり直すことができる。けれど、この女はついてきてくれるだろうか。フランソワの疑念と不安は広がった。この女は独身主義の理屈を設けて、その実は別れたがっているのではないか。ベリンダは分別のない、俺の危うさを見抜いているから、こんな風では結婚できないと思っているのではないか。

「たのむから、ベリンダ、俺と一緒に……」

女は細い指先で、剃髪頭を撫でていた。要するに、あんたって理屈っぽいのよ。偏屈坊主が見栄なんか張らないで、はじめから素直にいえばいいのに。からかった微笑が消えると、ベリンダの声が凄むように変わっていた。

「はなれないわよ。追い払われたって」

格子窓の桟に白いものが溜まり始めた。斜めに注いだ雪の線が、黒ずんだパリの雑踏を、みるみる汚れのない色に染めていた。寒い旅になるだろう。女の身体を束縛したまま、フランソワはゆっくり床に崩れていった。

白い木綿の前掛けごと、朱色の裾をたくしあげ、長靴下が途切れるまで、女の太腿を露わにする。冷気が素肌を洗うほどに、絡み合わなければやりきれない。膝を割るフランソワの手が速まるほどに、ベリンダの手も憑かれたように動きを急《せ》いた。手を回して、腰まで黒い僧服を手繰《たぐ》ると、もう毛の生えた男の尻が剝き出している。みる間に陰部が重なって、女と坊主のまぐわいは、そのへんの男を相手にするより、ずっと簡単なものだった。

同棲して二年、最近は喧嘩ばかりだ。汚い言葉を使いながら、始終、罵《のの》り合っているというのに、そうすると男も女も肌を合わせずには済まなかった。ひとつにならずにいられない。確かめずにはいられない。ふたつの切実な魂は、皮肉にも友情を求めるほどに、ますます男と女でしか、ありえなくなってゆくのだった。

一四七八年、パリ。フランソワ二十七歳、ベリンダ十六歳の冬だった。

第一章
フランソワは離婚裁判を傍聴する

一、田舎弁護士

それは注目の裁判だった。被告ジャンヌ・ドゥ・フランスが遂に法廷に姿を現す。噂を聞きつけた人々は、その模様を傍聴しようと大挙して、トゥールの街に押しかけていた。

裁判は八月十日に開廷されるも、第一回公判、第二回公判、ともに弁護人の選任に費やされ、これまでは当事者の姿すらなく経過していた。難航していた被告側の陣容も整い、これを受けて検察側が、早速被告本人を証人として召喚したため、今日九月十三日に本格的な審理開始の運びとなったわけである。

ざわめきが籠もっていた。傍聴席は文字通り満席状態だった。座り心地の悪さにもかかわらず、木の椅子はひとつ残らず埋まってしまい、審理開始の五分前ともなると、ついに立ち見の余地さえなくなった。がやがやと私語する空気にも厚みがあり、しかも耳に神経を集めると、実に多彩であることがわかった。

聞こえてくるのは特色豊かな訛《なまり》だった。「ウィ」を「ウィ」ともいわない訛から、「ウィ」

とはいうが他の単語が判然としない訛まで、傍聴席は方言の博覧会のようなものである。トゥール近郊や一帯のロワール地方に留まらず、人々は王都パリをはじめとして、フランス全土から集まってきていた。

すでに判事、検事、弁護士が審理のトライアングルに着座して、今は廷吏が控え室の被告を呼びにいったところである。開廷を待つ間にも、口の減らない傍聴人は俄《にわか》判事と化しながら、各々に通《つう》ぶった予想を披露していた。

裁判当事者の係累というより、それは現役の司法関係者、その卵というべき学生たち、さらに学生を指導する大学関係者といった、いわば業界の人間だった。わざわざ足を運ぶべき、歴史に残るような裁判が、今まさに始まろうとしていたわけである。

「失礼ですが、大学関係の方ですか」

隣席から臆病な小声が尋ねていた。横顔の気難しさが、人を寄せつけない空気の壁を作っていたらしい。印象を和らげる、ともすると淋しげにもみえる微笑を浮かべながら、フランソワ・ベトゥーラスは否定の意で首を振った。

「いえ、私はナントの弁護士ですよ」

柔和な声の調子には、俺も丸くなったものだと、我ながらに感心する。フランソワが苦笑すると、肉の薄い頬を走って、傷跡のような皺が斜めに刻まれた。中年男の皮膚の傷みは、老人の衰えとも異なって、いびつな奥行きを感じさせるものだった。

フランソワは四十七歳になっていた。歳を取るごと、鳶《とび》色の瞳には意味深げな灰色の翳《かげ》が濃くなり、ときに冷淡な、ときに頑固な人柄を暗示するようになっている。裏腹に狼を思わせる痩せた相貌が、今もって尖った印象を醸《かも》しているのだから、その風貌は気難しいというよりも、厳めしいというべきだろうか。良い対比をなしながら、同年輩の隣人は軽妙な明るさで言葉を続けた。

「ああ、同業者でしたか。私はディジョンの弁護士です。お互いさまで、わざわざ訪ねて来たわけですな」

もっとも、あなたは西から、私は東からですがね。同業と知って親しみが湧いたのか、あるいは長旅を経た田舎者の共感からか、まるで訛が違うというのに、隣人は気安い様子で舌を回した。管轄を離れて、あなたも出張研修ということですね。こんなに面白い裁判を、仕事の名目で見物できるなんて、これも弁護士の役得ですなあ。フランソワの仏頂面に押され、これまで沈黙を余儀なくされていたものの、元がお喋りということらしい。

「それにしても、こんな裁判が起こるなんて驚きですよ。いや、うちの管区にも、事情そのものは似た訴訟がありましてね。まあ、男と女の話ですから、あなたの管区でも際限なく起きてはいるのでしょうが……」

ディジョンの弁護士は神経に障る早口でまくし立てていた。いかんせん、男という奴は勝手ですよ。たとえ熱烈な、その、いうところの身を焦がすような恋ですか、そんな思いで求婚したところで、他に分別を狂わせる女といいますか、よくいう、真実の愛をみつけたという状態になりますと、どうにも古女房など邪魔になってくるんですなあ。

安っぽい世間話だ。どうして俺が付き合わなければならない。心中で、ぺっと唾を吐きながら、フランソワは上辺《うわべ》では微笑を湛《たた》えて、あくまで愛想の良い弁護士を演じ続けた。それが大人の知恵というものだ。ここはカルチェ・ラタンではない。概念しか口に上らない聖域など、今となっては、かえって滑稽ではないか。といって、だらだらと垂れ流される言葉には、今もって耐え難い苛立ちを覚えないわけではなかった。

「まあ、勝手と切り捨てれば、それまでのことですが、逆に世間では、女房の尻に敷かれて浮気のひとつもできないようでは、かえって男は情けないともいいますなあ」

なにをいいたいのか、わからない。弁護士の身を後悔するのは、こんなときである。

フランソワは法学のマギステルになるに至らず、パリ大学を中途退学に終わっていた。失意の内に故郷ブルターニュに帰ると、やはり地元とはありがたいもので、さる後援者の伝《つて》でナント管区の弁護士の職を、ひとつ回してもらえることになった。

弁護士という職業が、嫌いだというわけではなかった。カルチェ・ラタンを出てしまえば、生きていくことができないなどと、一時は横着な悲観をしたものだが、専門を活かすことのできる仕事は、思いの外に張り合いがあるものだった。いや、それどころか、これぞ我が天職と思える瞬間も少なくないというのが、偽りのない実感である。

大学の風潮に流されるまま、本当の意味で自分をみつめていなかったということか。現実と四つに組む緊張感は、もっぱら虚の概念に遊ぶ学問より、実はフランソワの性格に合っていた。刺激がなくては生きられない、元来が活発すぎる精神の持ち主である。弁護士になって正解だと思えるのも、この仕事だけは事件の連続だからだった。

が、現実とは同時に日常のことでもあった。ときに重い手応えがある半面で、大半は軽薄で、しかも退屈きわまりなかった。絵空事でも命題が与えられるだけ、大学は良かったと思い返すこともある。わけても我慢ならないのは、平穏な日々に呑まれて俗に落ちる、ふぬけた同業が少なくないことだった。

無理もない。実力で出世できるほど、世の中は甘い場所ではなかった。フランソワにせよ、後援者の伝でなんとか弁護士の職に就いたのである。これが有力者の二、三男になると、端《はな》から法曹の職が用意されていた。大学出といいながら、実は奉職の条件を満たすために金を積んで、形だけ学位を整えたというわけである。

勢い、連中は識見に乏しく、仕事に対する意欲もなかった。こういう手合いとは、できれば話したくもない。

――俺はもっと骨のある男なのだ。

フランソワの自尊心が、ぶつぶつと不平をもらした。下世話な談笑などに花咲かせて、同類にみられたくはない。利口面した似非《えせ》インテリほど不愉快なものはない。かえって頑固な職人や、できる商人と話していたほうが、どれだけ痛快か知れやしないのだ。そう思って唾棄しながら、なおも下手な微笑で応対を続けるのは、自分の苛立ちが苦い挫折感に結びついていることを、自覚しないわけではないからだった。

いっそ専門など離れて、寺子屋の教師にでもなるべきだったか。フランソワの小さな舌打ちに気づかぬまま、ディジョンの弁護士は意味のない落ちをつけていた。

「やはり歴史に名を残す人間となると、一度や二度の離婚は経験するものなんですなあ」

無駄話なりに、一応は裁判に関係しているだけ、幸運な隣人にあたったというべきなのか。それは離婚裁判だった。どこにでもある、ありふれた人間の悲喜劇が、これほどの注目を集めたのは他でもない。裁判の原告は、名をフランス王ルイ十二世といった。離婚を求められた被告ジャンヌ・ドゥ・フランスとは、この国の王妃のことだった。国王夫妻の離婚劇が、国中の話題にならないはずがない。一四九八年九月十三日、苟《いやしく》も一国の王妃が被告として、今まさに証言台に立とうとしていた。

刑事事件ではない。この時代の裁判の形式で「被告」と呼ばれてはいても、ジャンヌ・ドゥ・フランスは犯罪者というわけではなかった。どころか世評は正反対で、王妃は敬虔《けいけん》な信仰を持つ、地味だが善良な女として知られていた。

「それでも本件の場合は、やはりジャンヌ王妃に罪があるでしょうな。そりゃあ、いくら国王陛下が忍耐強い御仁でも、限度というものがおありでしょうから」

軽薄な隣人は続けていた。それは界隈の論調として、さかんに囁かれていたことだった。あるいは女の身にすれば、こんなに辛い断罪はないかもしれない。王妃について、許されざる罪のようにいわれていたのは、その容姿のことだった。

「ルイ十二世陛下は、すらりと上背もおありになり、御顔立ちも甘い美男子だといいますからなあ。三十六歳になられて、ますます男ぶりを上げておられるとか。絶世の美女に寄り添われるという線が、なんといいますか、こう、当たり前と申しますか、自然な成り行きといいましょうか」

ところがジャンヌ・ドゥ・フランスは、世に「醜女《しこめ》」と呼ばれた女だった。王妃ともあろう相手に、あからさまな悪口が定着しているのだから、ある程度は専断して差し支えない。が、本来は自分の目で確かめるまでは、なんともいえないはずなのだ。

フランソワは根拠の薄い短絡的な物言いを、本能的に許せない人間だった。これもインテリの嫌味な癖というべきか。有象無象《うぞうむぞう》と一緒になって、浮き世の流言に迎合しては、それだけで口惜しいと思うのである。「ときにディジョンの御方」と、フランソワは多少の意地悪心で切り返した。

「実際のところ、ジャンヌ王妃はどんな面相の方なのですか」

「え、いや……」

「私は任地ナントを滅多に出ませんので」恥ずかしながら、ちらともジャンヌ王妃をおみかけしたことがないのです」

「それは私とて、ええ、同じことですよ。ただ、伝え聞くところによれば……」

隣人の語調が弱くなっていた。やはり、みたことがない。いや、みたことがあるはずがない。ジャンヌ王妃は人前に姿を現さないことで有名だった。すでに夫のルイ十二世とは別居状態にあり、どこか辺鄙《へんぴ》な田舎に隠れて、名も知れない古城に籠もっているという話である。この城に海軍提督ルイ・ドゥ・ラ・トレムイユが、王の使者として遣わされていた。五月の末あたりのことだろうといわれている。唐突に王が離婚の意志を伝えたのは、同月二十七日に挙行された、国王戴冠式《たいかんしき》の直後のことだった。

実のところ、フランス王ルイ十二世は先日まで、オルレアン公ルイでしかなかった。前王シャルル八世が男子を残さず没したために、分家の当主が格上げになって、この国の王位を継ぐことになったのである。

離婚は新王が即位して、一番に着手した事業だった。一方のオルレアン公妃、夫の決意から戴冠式にも呼ばれないながら、一緒にフランス王妃となった女についていえば、ジャンヌ・ドゥ・フランスという名前からもわかるように、土台が本家の王女だった。

すなわち、前王シャルル八世陛下の姉君ということで、いくらルイ公が別れたいと思っても、義弟の存命中には離婚など考えられなかった。晴れて自分の天下が訪れるや、もうルイ十二世は躊躇《ためら》わなかったというわけである。

「そうした事情から推して、王妃は相当に醜いんだといえませんか」

「いかにも、筋は通っておりますな」

と、フランソワは認めた。もとより、あたらずとも遠からず、と考えている。こだわらないのは、インテリの自負心こそが、義憤の類《たぐい》を軽蔑していたからだった。

醜女だからと離縁されてしまうのは不当だ。美人だけが得をするのはおかしい。そんな理想論は、嘘つきの偽善屋が吐く台詞《せりふ》である。現実に男は美しい女を抱きたい。いや、女だって美男に抱かれたいと思っている。醜男の場合は金と力と才気で押しまくることができるが、醜女の場合は虎の子の身体を安売りするか、せいぜいが気だての良さで媚《こ》びるしかない。それが動かない現実だった。安易な理想に逃げることなく、現実を現実として、ありのままに直視してこそ、弁護士の仕事というものは成立するのだ。逆に理想に溺れるようでは、いざというとき理想を道具に使うことができない。世の正義を嘲笑《あざわら》って、フランソワがこだわらないのは、甘えた理想家だと思われることを、なにより癪《しゃく》に感じる人間だからだった。

フランソワなりに筋は通っていた。通ってはいたが、些細なことにも理屈を立てて、気難しいことといったらない。自尊心が強いくせに、複雑に屈折して、斜《しゃ》に構えるくせに、妥協することを知らない。こういう人間は敬遠されるのが落ちである。フランソワはナントの法曹界でも、ちょっと知られた嫌われ者だった。かえって一匹狼のほうが性分に合うというのだから、この手合いは、もう放っておくしか仕方がない。

甘えた理想家どころか、曲者《くせもの》であることは、風貌からも一目瞭然のことだった。フランソワの、なんとむさ苦しいことか。ざらざらした無精髭が青々と頬を覆い、ぼさぼさと伸び放題の頭髪は半年も放っておいたので、荒れ地の草のようだった。

満杯の傍聴席を見渡しても、こんな無精者は他にみあたらない。俗物だの、似非インテリだの、フランソワは悪口をいうのだが、見た目ではディジョンの弁護士のほうが、何倍も立派な紳士なのである。

隣席の同業者は良識ある社会人の身だしなみとして、青々と頭頂と裾を剃り上げ、栗色の髪の毛を綺麗な輪の形に残していた。「コロナ」と呼ばれる髪型は他でもない、聖職者に定められた剃髪である。金髪あり、茶髪あり、黒髪あり。いずれにせよ、法廷の傍聴席を埋めていたのは、このコロナの群れだった。

だけではない。正面の判事席に並んだ三者もコロナだった。左側の原告席に陣取る検事もコロナ、右側の被告席に控える弁護士もコロナ、いたるところ聖職者で占められているのだ。黒だったり、白だったり、灰色だったり、茶褐色だったり、あるいは黒の上着と白の内着の組み合わせだったり、宗派ごと僧服の色も形も違うのだが、法廷中が陰気な聖職の色に染まっていたことは動かせない。

なにより、青灰色の建物には磔刑《たっけい》のキリスト像が祀《まつ》られ、頭上の穹窿《きゅうりゅう》は仰ぐほどに高く、ステンドグラスが赤色を基調とした、荘厳な光を透かしている。被告席の後ろには装飾の説教壇と献金箱が、原告席には洗礼盤と円柱に括られた聖歌番号札が、そして判事席には黄金色に輝く内陣の祭壇が、きちんと覗いているのである。法廷はフランボワイヤン・ゴシック様式の大聖堂、サン・ガチアン教会という立派な宗教施設に置かれていた。

恐らくは若干の説明を要するだろう。

キリスト教徒の男と女は教会で結婚式を挙げる。他に仕様がないのは、それ自体が婚姻届になっていたからである。赤子の洗礼が出生届になり、葬式が死亡届になるのと同じ理屈で、この時代の教会は信徒台帳を事実上の戸籍としながら、村の役場のような役割を果たしていた。

すれば、離婚も教会に届け出るしかない。別れ話が拗《こじ》れたなら、これを裁くのも教会の他にはありえなかった。カノン法の条文に「受洗者の婚姻訴訟に関しては、教会の裁判権が固有の権利を有する」と明記される通りである。

教会は中世ヨーロッパの家庭裁判所だった。「ポテスタース・スピリテュアーリス（霊的裁判権）」と呼ばれた権能は、ローマ教皇を頂点に国家の枠を越えて整備されていたが、一方の国家権力は家庭生活に干渉できるほど、まだ密な出先機関を備えてはいなかった。

教会が裁判を行ったこと自体は、割に広く知られている。が、どうも異端審問だの、魔女裁判だのと、おどろおどろしい印象ばかり先行しているようだ。よくよく考えてみれば、摩《ま》訶《か》不思議な怪事件が頻々と起こったわけがなく、実は教会裁判は男と女の痴話喧嘩とか、父親の遺産を巡る兄弟喧嘩とか、そんなことばかり扱っていたのである。

いい加減な仕事を想像すべきではない。なかなか、どうして、教会は立派な組織を構えていた。通常の裁判所は司教座に置かれ、つまり、司教が裁判権を有しているのだが、その下に法務代理という役職があって、これが専門に判事の役割を果たしていた。

教会裁判所には検事もおり、さらに聴取官、報告官、陪席官、公証官と裁判に携わる役職を揃えて、なかなかに人気の高い、聖職者の就職先になっていた。大学で法学を修めた学生が、キャリアの第一歩と目して、こぞって応募するわけである。いうまでもなく、法とは「カノン法」のことで、それは虚しい道徳規範などではなく、教会裁判あるゆえに現実に運用される法律として、力強い存在理由を持ち得ていたのである。

弁護士についていえば、有識者が自ら買って出ることもできたが、専門職として求められる能力が増えるにつれて、これも専属として教会が雇っておく仕組みになっていた。フランソワ・ベトゥーラスとて、教会役人の端くれとして「ナント司教座法廷常設弁護士」という肩書を持っている。

いずれにせよ、教会裁判所は実に周到に整備されていた。車座になって談合する王侯の裁判などは、なんと野暮ったいことか。かえって国家機関は教会を手本に発展したようなもので、裁判所の造りが聖堂に似てしまったのも、このためだと考えられている。

ただ、そこが教会である限り、厳格な雰囲気の中にも無味乾燥な冷たさとは違った、意味深い神秘の霊験《れいげん》を、いちいち感じさせずにおかなかった。合図の鈴の音を伴いながら、そのとき、さっと堂内に走ったものは、聖霊の降臨を思わせる澄んだ檸檬《レモン》色の光だった。

「あ、現れたようですよ」

ディジョンの弁護士は、そういってフランソワの袖を引いた。

二、被告

ざわめきが高くなっていた。一斉に立ち上がる剃髪頭の群れの彼方に、小さく十字を切って投げる、敬虔な女の指先が覗いていた。

薔薇窓から射しこんだ七色の光を抜けながら、被告ジャンヌ・ドゥ・フランスは身廊に足を踏み入れた。ほとんど黒といえるくらい、濃い紺色で揃えた装いに、野暮ったい頭巾を縁取る白いレース飾りだけが、かろうじて人の目を引いていた。印象の暗さといったら、聖職者の群れの中に、今度は修道女が現れたかと思ったくらいである。左右の傍聴席から嚙みつくように覗きこまれ、不躾《ぶしつけ》な視線という視線に耐えながら、その女は遠目では全くの無表情にみえていた。

「なるほど、別れたくなるはずですよ」

ディジョンの弁護士は続けていた。わざとらしく手で口元を被いながら、その笑みは明らかに馬鹿にしたものだった。美女か、醜女か、まだ遠くて面相など判別できない。それなのに眉を顰《ひそ》めることができるのは、女が一歩ごとに左右の肩が上下する、体裁の悪い歩き方をするからだった。

ああ、そういえば小耳に挟んでいる。ジャンヌ・ドゥ・フランスは別に「足萎《あしな》えのジャンヌ」と呼ばれていた。この時代の習慣で、赤子は姿勢が良くなるようにと、布でぐるぐる巻きにされて育てられた。名家の令嬢であるほどに念入りに巻かれてしまう。この過程で不用意な乳母《めのと》がつくと、脚が湾曲してしまうことも珍しくなかったのだ。

損をしたな、とフランソワは思った。ことに美しさを求められる女の場合、がくがくと身体が揺れる「足萎え」は、かえって不器量よりも嫌われた。この不幸に祟《たた》られれば、絶世の美女でも嫁の貰い手がないといわれたくらいで、まして不器量だったり、いや、十人並の愛嬌を持っていたとしても、悪《あ》し様《ざま》に罵《ののし》られることは避けられなかった。

実際、ジャンヌ王妃は醜女というほどではなかった。すぐ側を抜けたとき、フランソワは今こそと、目を凝らして観察した。随分と小柄なことも手伝ってか、三十四歳と聞いていた実年齢より、まずは若くみえていた。悪くない第一印象に導かれて、問題の容姿を吟味してみると、確かに美人ではなかった。

が、ジャンヌ王妃が強張《こわば》った無表情であったことを考えなければならない。みられる意識が強いだけ、女は常に顔を作っているものである。可愛らしいと思いこんでいた女に、ふっと素の表情を垣間みせられ、騙されたと臍《ほぞ》を嚙んだ経験を、男なら誰もが持っているはずなのだ。愛嬌というものが、相当部分の印象を決めてしまうとするならば、無表情な女を見定める場合には、次第によっては浮かぶだろう笑顔を、加味して評価しなくてはならない。

うん、悪くない、とフランソワは思った。ジャンヌ王妃は丸顔で、張り詰めた緊張が解けてみれば、緑の瞳に宝石を思わせる輝きを宿し、独特の可愛らしさが上塗りされるはずだった。完璧に整ってはいないにせよ、いびつに崩れているというわけでもない。

──ただ、似ている。

そう呟いたとき、フランソワの受け取った好感が、とたん悪意に裏返った。ジャンヌ王妃は丸顔に似合わず、やや長目の鼻を持つ女だった。この鼻は女の顔から可愛げを奪うだけではなかった。みる人に不快感さえ与えながら、尊大なほどの意志の強さを物語るからである。その傲岸な佇《たたずま》いが父親の面差《おもざし》に、よく似ていた。

ジャンヌ・ドゥ・フランスは王女だった。その父王ルイ十一世は「暴君」と呼ばれ、フランス内外に広く恐れられた男だった。

時代を素描しておくべきだろうか。今でこそ、フランスは豊かな大国である。が、ほんの一昔前には、戦乱に荒廃した大地だった。いうところの「百年戦争」は未だ終わらず、一時は国土の半分以上が、イングランドの占領下に入ったほどである。

この国際紛争を終わらせたのが、フランス王シャルル七世だった。かのジャンヌ・ダルクに助けられ、世に「ル・ビアン・セルヴィ（家臣に恵まれし王）」とも、「ル・ヴィクトリウー（勝利王）」とも呼ばれた男の玉座を継いだ王こそは、一転して不気味に「蜘蛛《くも》」と渾名《あだな》された、暴君ルイ十一世だった。

みるみる復興する国力で諸国を睥睨《へいげい》しただけではなかった。外敵を退けた王家は、その野心の矛先を国内に向け、強引な天下統一に乗り出したのだ。

すなわち、覇権を脅かしうる有力諸侯を、罠にかけて次々と滅ぼした。南フランスの領袖《りょうしゅう》アルマニャック伯ジャン、血を分けた実弟ギュイエンヌ公シャルル、さらに半独立国として栄華を極めたブールゴーニュ公シャルルと、犠牲者は枚挙に暇がないくらいである。命を長らえているだけ、オルレアン公ルイなどは、まだしも幸運な部類なのだ。

王族ゆえに見逃されたわけではない。王族こそ反乱分子になりかねない。ただ、このうち穏健な者を懐柔すべく、ルイ十一世は自らの王女を政治の道具に使っていた。第一王女アンヌがブルボン公妃となったように、かくて第二王女ジャンヌもオルレアン公妃になったわけである。

典型的な政略結婚だった。もとが不本意な結婚だったが、オルレアン公が醜女は嫌だと、口に出して拒絶できるはずもなかった。他国にも類のない強大な軍事力と、仮借無き重税によって得た巨大な財力、そして情けのかけらもない悪辣な政治手腕で君臨した専制君主には、誰も抗う術《すべ》を持たなかったのである。

オルレアン公ルイも暴政の被害者だった。抑圧されたフランス人民の代表といってもよい。そうした経緯を考えるなら、権力を握り次第に離婚に乗り出そうという気持ちは、十分に領けるものだった。

あるいは仮にも夫を名乗った者が、即時に離婚するという仕打ちは、なお薄情といえるかもしれない。が、ある意味でジャンヌ・ドゥ・フランスは、娘として悪逆の限りを尽くした父の咎を、かわりに償わされているのだ。やはり、罰せられなければならない。罪人として公衆の面前に引き出され、あまねくフランスの人民に、醜女と嘲笑われながら……。

気味がいい、とフランソワは小さな声で呟いた。判事が木槌を打ち鳴らすまでもなく、事態を見守る法廷は一転して静まり返った。ジャンヌ王妃は一段高い判事席まで進んでいた。

席を立って迎えたのは主席判事リュクサンブール枢機卿だった。

すらりと背の高い、雅《みやび》な品格のある老人だった。それは特別な祭服ということで、法廷では枢機卿の赤帽子を被らず、判事席には黒い僧服で臨んでいた。典雅な物腰で立ち上がると、高僧は被告に向けて、男にしては指の長い上品な手を差し出した。掌の上に女も丸っこい手を重ねた。その刹那に薬指の光が弾け、まだ指輪をはめていることがわかった。

「あなたの名前は」

「ジャンヌ・ドゥ・フランスと申します」

「神の名において、真実のみを話すと誓いますか」

「はい、お誓い申し上げます」

それは証人喚問の手続きだった。聖書に手を載せるまでもなく、判事は聖職者なのだから、その手に誓うという方が理に適《かな》っている。決まり事の手続きをこなしながら、ジャンヌ王妃は証言台に上がる前に、些《いささ》か長目の口上を述べていた。

「判事の皆さま、みての通り、わたくしは女でございます。裁判のことについては、よく存じ上げません。このような事柄に通じているはずもないのです。ですから、わたくしは皆さまにお願い申し上げます。わたくしが不適当な発言に、または返答に及びましたならば、どうかお助けになって下さい。また国王陛下に御迷惑となり、また不利益となるような発言も口にしようとは思いません。国王陛下とわたくしの間に、裁かれねばならないことがあろうとは、とても思えないからであります」

聖堂の穹窿に甲高く響く、それは娘のような声だった。これを木槌の音で吹き飛ばさずにおいたのは、高僧の情けというものだったろうか。注目の裁判とはいいながら、事実上の手続きで終わるだろうと、白けた下馬評があったことは事実だった。

のっけから仄《ほの》めかされたように、ジャンヌ王妃はおとなしく、離婚の申し立てを受け入れる。絵空事を論じがちな大学関係者は別として、現場の法曹の目からみれば、それは自明のことですらある。

一種の常識として、離婚の審理は夫婦の私生活にまで踏みこむことが多く、そのえげつなさから女の身には容易に耐えられないものだった。強姦の取り調べのようなもので、不本意であっても、泣き寝入りするしかない。下手に抗戦を試みれば、徒《いたずら》に傷つくばかりなのである。それが敬虔な信仰を持つ地味な女であれば、証言台に立つだけで、がくがくと膝が怪しくなるに違いなかった。

抵抗する意思がないことを、きちんと言葉にできただけ、王家に生まれた女の格を、かろうじて示したのだというべきか。ジャンヌ王妃が証言台に落ち着くと、くんくんと鼻を鳴らして、投げられた餌を嗅ぐ犬を思わせながら、さっそく検事が寄ってきた。

検事はアントワーヌ・レスタンという男だった。てかてかと顔中が脂で光るような、小太りの中年男である。額がM字型に禿げ上がり、コロナの輪が途中で切れた滑稽な具合こそが、いやらしい精力家ぶりを物語っていた。

「端的に『クレド、ウェル、ノン・クレド（はい、か、いいえ）』で答えて下さい」

と、検事は最初に釘を刺した。教会裁判は全てラテン語で行われる定めだった。国際組織カトリック教会の文書は、全て時代の国際語であるラテン語で綴られるべきだからである。

ジャンヌ王妃のような一般人は「ジュ・クロワ（はい）」、もしくは「ジュ・ヌ・クロワ・パ（いいえ）」で答えてよいが、それを専門の知識に長《た》ける陪席官が通訳することで、いちいち裁判記録に転載されることになる。面倒臭いだけでなく、ほとんどがフランス人という法廷で馬鹿らしくも思われるのだが、それも決まり事なのだから仕方がない。

「クレド」

と、ジャンヌ王妃は承知の印に答えていた。この程度の決まり文句は通訳を介する必要もない。ああ、そうだ。難解なラテン語といえども、本件では一語しか覚える必要がないのだ。妙な快感を覚えながら、フランソワは歪んだ笑みを浮かべていた。

クレド、クレド、クレド。検事が挙げる諸点について、被告はひたすら繰り返せばよい。クレド、クレド、クレド。万民の含み笑いの直中《ただなか》で、屈辱感に唇を噛みながら、おまえは打ち震える哀れな声で、醜い自分の咎を惨めに詫《わ》びるのだ。

フランソワの目が濁りながら充血していた。わざわざ足を運んで、この離婚裁判を傍聴したのは、弁護士の研修というような真摯《しんし》な動機からではない。表向きの理由はどうあれ、それは執拗《しつよう》な復讐の一念だった。

いや、復讐などにはならない。時間は取り戻しようがない。ならば、せめて復讐に通じる心理を喜ばせ、爽快感くらい味わってみたいものではないか。

――俺は暴君の娘が苦しむ姿をみたい。

フランソワの青春時代はパリ大学にあった。将来を嘱望された学僧だったが、志半ばにカルチェ・ラタンを去っていた。いや、正確にいうならば、無様にパリから逃げ出した。命が惜しかったからだ。フランソワの追放を命じたのは暴君ルイ十一世だった。

全能の専制君主にすれば、しがない学生の人生など、意味のない、虫けらの命運に等しかったのだろう。が、この通り、俺は人間なのだ。殺されたこともわからない、虫けらなどでは断じてない。どんなに辛く、どんなに苦しかったことか。その痛みを暴君の娘は、今こそ思い知るがよい。

それは裁きのときだった。自分を破滅させた暴君が死に、その息子まで没した今となっては、慰めは娘の悲鳴だけしかありえない。罰してやる。罰してやる。醜女は敗北の苦さを知り、屈辱の泥の底で喘ぐべきなのだ。そのとき、俺は口汚く罵りながら、おまえを嘲笑ってやる。だって、仕方のないことじゃないか。

弱者が強者に踏み潰される。残酷でも、それは動かない真実である。醜女が男に捨てられる。薄情でも、それは覆せない道理なのである。辛いだろう。悲しいだろう。惨めだろう。が、この世に正義などないのだ。その真理を伝道して歩いたのは、他ならぬ、おまえの父ではなかったのか。

他に正義があるとするなら、容赦ない復讐だけである。面立ちと一緒に、おまえは卑劣な暴君から負の遺産を相続しているのだ。だから、さあ、いえ、ジャンヌ・ドゥ・フランス。罪の深さに震えながら、呪われた我が身の定めを「クレド」といって認めてしまえ。

「ノン・クレド」

と、ジャンヌ王妃は答弁した。それは堂々とした言葉だった。聞き違えたかと疑って、検事は同じ質問を繰り返したが、女証人は同じく答えて動じない。うろたえずに胸を張り、長い鼻を突き出しながら、証言台に鉄面皮な専制君主が蘇っていた。

まさか、抗戦の意思を表明したのか。ノン・クレド。ノン・クレド。新たな争点を問われるごと、被告人は原告の申し立てを否定した。ノン・クレド。ノン・クレド。予想だにしない展開に、満杯の法廷は騒然となっていた。

三、旧友

ぞろぞろと行列して、サン・ガチアン教会を出る者が続いていた。誰もが興奮気味に声を上擦らせ、裁判の成り行きに自分流の勝手な読みを寄せている。

「おもしろくなったよなあ。ジャンヌ王妃の弁護団は、どこから崩しにかかるんだろうか」

「いや、検察が黙ってないよ。パリ大学から長けた碩学《せきがく》を呼びつけて、恐らくは検察顧問につけるだろうさ」

いうまでもなく、皆が暗色の僧服だった。フランシスコ会の灰色とドミニコ会の黒色が目につくのは、托鉢《たくはつ》修道会の二派がパリ大学を席巻しているからだった。教皇庁の意向もあって、神学とカノン法学の担い手は、田園型の在俗司祭や聖堂参事会員から、都市型の托鉢修道士に重心を移して久しかった。十二世紀のアベラールは聖堂参事会員だったが、十三世紀のトマス・アクィナスはドミニコ会士であったが如くである。

やはり、傍聴席には学生が多かった。いうまでもなく、時間が自由になるからである。同じ列に交じりながら、フランソワは気恥ずかしい思いをしていた。司教ともなれば、代理を立てて聖務を代行させることもできようが、法曹風情《ふぜい》まで落ちてしまうと、普通は聖職禄を食《は》む限り、なかなか管区を離れるわけにはいかない。遥か彼方に職場を放って、のこのこ裁判見物などと、中年の社会人としては、些《いささ》か大人げないような気がしたのだ。

　気恥ずかしさに俯くのは、かつての自分と再会した気がしたからでもあった。目一杯いきがっていた割に、あの頃は俺も薄っぺらな人間だったんだな。一目瞭然に学生だとわかる印は、実は托鉢修道会の僧服でも、はたまた律儀に被った四角い学帽ですらなく、どことはなしに感じさせる、連中の頼りなさなのだった。

　大学にいるときは、わからなかった。大学には大学の自負があり、頼りないといわれたところで、認める気にはなれなかったろう。ことさら若い学生などは、得物を腰の紐に巻き、夜の界隈を闊歩しながら、飲み、騒ぎ、暴れ、荒くれを自任してやまないものなのだ。

が、若さがもたらす自信などは、体力任せの幻想にすぎず、その意味で頼りなさに変わりはない。かたわら、無邪気な放埒《ほうらつ》から抜け出した学僧は、いよいよ学問を究《きわ》めていく半面で、段々と頭脳の遊戯は、残忍きわまりないことに気づき始める。学問の神髄を垣間みた人間までが、ある種の頼りなさを感じさせるというのは、そのうち八割方が逃げを打ち、安全な距離を置きながら、適当に英知とつきあう術を覚えてしまうからだった。

　ピエール・アベラールやトマス・アクィナスのような、破門も破滅も恐れない本当の学究は、今や絶滅の寸前まで来ていた。大学の教師というものが権威を持ちすぎて、英知を究められない実態よりも、偉そうにみえる肩書だけが独り歩きを始めていたからである。

学問の追究というよりも、一種の栄達ということだ。自らが大学教師に憧れを抱き、風潮に呑まれかけたことがあるだけに、そのへんの機微がフランソワにはよくわかった。カトリック教会の衰退、堕落、退廃が云々されて久しい昨今、大学もまた俗に落ち始めたということである。

大学人が逞しくなれるはずがない。十五世紀末葉はカルチェ・ラタンが動脈硬化を起こした時代でもあった。実際、次の世紀の文明は別な場所から生まれ落ちる。ルネサンスも宗教改革も、ひとまずは別な話である。

目にみえる風景でいえば、いわゆる優等生という輩《やから》が、やたらと目立つようになっていた。型破りの出来損ないが、かろうじて生きていられた聖域に、処世に長けた俗物どもが侵食してくるのだから、なるほど、アベラールも聖トマスも生き残れるはずがない。

現に目の前にも優等生がいる。男にしては色白で、しかも福々しい丸顔は、やはり出世の階段を駆け上がる、教会エリートしか連想させない。高位聖職者というものは、中年をすぎると決まって中性的に太るのだ。

壮麗な司教の祭服など着せたら、さぞ様になることだろう。金糸の総飾り《ふさ》が学帽の先に揺れて、大学人にしても出世した男だった。ならば、俺などに縁があるはずもない。そう思って目を合わせないようにしたのは、さっきから中年男が何度も何度も振り返り、じろじろとフランソワの顔を覗き込んでいたからだった。

「もしかして、マギステル・フランソワ・ベトゥーラスですか」

と、その男は弁護士の名を呼んだ。ハッとして、フランソワは顔を上げた。

「やっぱり、やっぱり、マギステルなんですね」

向こうは知っているらしかった。なるほど、皮膚に皺を刻んだものの、フランソワは今も痩せ狼のように頬を尖らせ、若い頃と比べても、さほどに相貌を変えていなかった。向こうは見分けられたのに、こちらは誰かも見当がつかない。こいつ、さては太りやがったな。弁護士は目を凝らして、たっぷりの肉の輪郭を形作る、土台のようなものを見透かそうとした。ややあって、浮かび上がった日焼け顔は、確かに覚えのある若者のものだった。

「おまえ、ジョルジュか。ジョルジュ・メスキなのか」

それは学生時代の仲間だった。同じくカノン法を専攻した男で、しかも婚姻問題の大家ミルポワのエドモンに師事した同門の間柄だった。年齢は三つ違いで、フランソワのほうが若干兄弟子《あにでし》ということになる。

「やはり、やはり、マギステル・フランソワなのですね」

フランソワが気まずそうに頷くと、ジョルジュは熊のような抱擁で組みついてきた。

穹窿に反響する男たちの声が、無闇に大きく聞こえていた。まだ九月なので日は落ちない。が、青みがかった堂内の暗がりは、場違いな賑《にぎ》わいを控え目に責めているかのようだった。

ジョルジュに誘われ、フランソワは無人の聖堂に引き返していた。疎遠になって、もう二十年になろうとしていた。お決まりの郷愁にほだされて、二人の同門は昔話に興じることになったのである。

大学のありかたに疑問を感じていたとしても、旧友が旧友であることに変わりはない。がむしゃらな一時代を、確かにカルチェ・ラタンですごしているだけに、知られざる大学の出来事もまた、フランソワの胸に深く刺し込む力を持っていた。

「そうか、エドモン先生は亡くなられたのか。うん、そうだろうなあ。今も生きていたなら、もう九十歳を越えているんだからな」

フランソワは目を伏せながら感想を洩らした。大学に疎《うと》くなっていたとはいえ、師匠の訃報も知らないでいたとなると、なにかしら気が咎める無念があった。ええ、死は誰にでも平等ですよと、ジョルジュも弁《わきま》えた静けさで返していた。

「ですが、エドモン先生は最期まで、あなたのことを気にかけておられましたよ」

「うん、厳格にすぎて弟子の少ない方だったからな。しかし、エドモン先生ばかりか、ショーモンのガヌロンまで逝ったとはなあ。まだ五十代だったろう。パリ大学を代表するカノン法学者は、これで全部いなくなったということじゃないか」

「ええ。それにしても、マギステル」

ジョルジュは弁護士を、昔通りに「マギステル」と呼んでいた。フランソワが持つ教養諸学の学位のことである。パリ大学では二十一歳までに試験を通って、教養諸学の教員資格を取らないと、神学、法学、医学といった上級学部に進級できない決まりだった。このハードルをフランソワは、こともなげに十八歳で越えていたが、かたやジョルジュの合格は、二十歳までずれこんだ。これもごく順調な進級なのだが、もとの年齢が三歳下ということで、兄弟子を都合五年も「マギステル」と敬称で呼んだことになる。その癖が今でも抜けないらしかった。

「あなたがガヌロン先生の死を悼むとは意外ですね」

「ん、ああ」

フランソワは苦笑した。それは喧嘩議論の好敵手の名前だった。大半が田舎から出てくるので、カルチェ・ラタンでは寮生活を営む人間が多い。ショーモン出身のガヌロンは、シャンパーニュ人を多く集めたナヴァール学寮に属していた。貴族子弟の多い学寮でもある。一方のフランソワ・ベトゥーラスは、間借りして自活する前は、虱《しらみ》の巣窟として有名なモンテーギュ学寮に暮らした学生である。

大学というところは、言葉を弄《ろう》するぶん嫌らしいというか、自分や自分の師匠、あるいは自分の学寮の人間を除いて、他の学生、他の学派は貶《けな》しに貶すというのが倣いだった。それは学問上の対立に留まらず、ときに感情的な啀《いが》み合いさえ思わせたものである。無論、個人の性格ということもあるのだが、若きフランソワなどは急先鋒に立ち、その辛辣な攻撃ぶりが秀でた学識として、かえって注目されたようなものだった。

「あれは若い学生の決まり事だったからな」

「その実はガヌロン先生を認めておられたと」

「まあね。でなかったら、口角泡を飛ばして、あんな熱心に批判するもんかい」

そういうものなのかもしれませんね、と旧友はまとめていた。その顔に自制の利いた人間に特有の、不服げな淋しさが宿るのを目に留め、これは失敗したなとフランソワは思った。

パリ大学の碩学たちは亡くなった。が、その弟子たちが今の大家として、きちんと権威を受け継いでいるのだ。そのひとりこそ疑いなく、目の前にいるジョルジュ・メスキという中年男だった。

「おまえさんも今は悪口の的にされてるんだろうな」

「え、いや、それほどではないですよ」

謙遜しながら、ジョルジュの顔に晴れ間が覗いた。改めて思うに、後輩は出世したものだった。

「嘘をつけ。ソルボンヌの副学監ともなれば、昔から罵詈雑言《ばりぞうごん》の聴聞僧だったもんだ」

それがカノン法マギステル、ジョルジュ・メスキの役職だった。ソルボンヌとはカルチエ・ラタンで最大の学寮のことである。高名な碩学にして、フランス王ルイ九世の顧問、ロベール・ドゥ・ソルボンの肝煎《きもい》りで建てられた施設は、全部で五十ほどあるパリの学寮の中でも、飛び抜けた権威を誇っていた。壮麗な礼拝堂を持ち、充実した図書館を備え、寝起きする場所とは別に、沢山の講義室が設置されている。この建物の管理職なのだから、学監や副学監は一介の教授はもとより、ことによると学部長以上に、大組織の長として大きな発言力を持っていた。

「まったく、驚いたもんだなあ」

「私のような凡庸な人間が、ですか」

「いや、そうはいってない」

また失敗したか。フランソワは誤魔化しがてら、鷲鼻の峰を爪で擦《こす》った。気まずい放言が思い出されていた。物腰も穏やかなジョルジュは若い頃から、まさに優等生といった感じだった。中年に至って表れた風体どおり、すでに司教の線がしっくり連想されたものである。つまり、おまえは人間の根本が俗物だということさ。カルチェ・ラタンに残ったところで、特に可もなし不可もなし、といった凡夫の頑張り研究しかできやしないよ。フランソワは夢多き後輩が傷つくような言を、それは際限なく投げつけたものだった。

「生意気な若造の戯言《ざれごと》さ。なに、気にすることはない。的を射ていないことくらい、おまえだってわかってるはずだ。教養諸学のマギステルになって、間もない頃の話じゃないか。まるで未知数だったんだから、俗物もなにも、わかるはずがない。ぐんと伸びて豪快な思考力を手に入れるか、そのままで物知りの凡夫に終わるか、おまえの剣が峰はあの後の話だったんだよ」

それはカルチェ・ラタンに伝わる物差だった。若造が教養諸学の学位を得たくらいで、生意気にマギステルを気取る姿を窘《たしな》める警句でもある。思考力が飛躍的に豊かになるのは、およそ二十代の後半というところだ。よほどの大天才なら別なのだろうが、普通はそう簡単には、結果が出ないものなのである。

「ええ、まあ。あなたに刺激されて、私も自分を追いつめてみましたからね」

意志の力が強く、こういう修正が利くからこそ、どんな世界でも優等生は通用してしまう。それでも優等生は……。その続きを思いながら、フランソワは口に出すことを控えた。学問の道に挫折した人間が口外すれば、滑稽なだけだということくらいは、理屈屋の弁護士も承知していた。

「まあ、私の進歩はともかく、マギステル、あなたこそ、大学を去るとは思わなかった」

「というより、まともに暮らしてるなんて思わなかったんだろ」

今度は逆襲とばかりに、フランソワは返した。断片の記憶だけでも取り戻せば、ひたすら赤面するしかないが、若い頃は本当に放言ばかりしたものだ。俺は中途半端な生き方なんざ、まっぴら御免こうむるぜ。学者として通用しないんなら、マギステルの資格になんかしがみつくものか。綺麗さっぱりセーヌ河に流して、俺は下世話な世間にまみれながら、大泥棒にでもなってやる。

それはカルチェ・ラタンに特有の心性だった。大学こそが世界の花形、学問こそが世界の至宝、他は英知の世界で通用しなかった落伍者の受け皿なのだ。自分は選ばれた人間なのだと自惚れ、勘違いした輩というのは、そんな風に思いこんでしまうのだった。

無論、心の隅の欲張りな部分では、教会組織のピラミッドを登りながら、一財産築くというのも悪くはないと思っている。が、英知に憧れる素質を持つ限り、虚飾にまみれる栄達は、なんとも卑しく感じられてならなかった。

無論、心の奥の臆病な部分では、学位を保険に司祭の禄を得たり、寺子屋の教師になるなり、官吏の職を求めるなり、そうして妥協すれば、なんとか暮らしは立つとも思っている。が、大学という激しい競争社会に身を置く限り、弱音を口に出して認めるのは、なんだか負けを認めるようで、癪だと思ってしまうのである。

「だが、思いこみ自体が夢なんだよ。人間なんてな、歳を取れば、それなりに形がつくもんだ。譬《たと》えていえば、だぶだぶの服が縮んで、身の丈に合うようなものさ。なに、落伍者の衣装だって、着馴れてみれば、なんとも着心地がいいもんだぜ」

「なにをいうんです。弁護士は立派な職業ですよ」

「物わかり良さげに認めるのは、成功者の嫌味というもんだぜ、ジョルジュ先生」

「そういうつもりでは……。マギステル・フランソワ、実際、あなたは落伍者じゃありませんよ。我々と同世代の人間でも、できない男たちが立派に教授を名乗っています。ほら、あなたの辛辣な言葉にいう……」

「変態博士に尻の穴を貸して、まんまと学位を取る輩か」

「その通りです。パリ大学の品位を下げる、連中はカルチェ・ラタンの毒素だ。だからこそ、あなたは清々しかった。ダイナミックな発想と攻撃的な独創性で、権威筋に噛みついて恐れることがなかった。まさに将来を嘱望された学僧だったんですよ。私なんかは、あなたに憧れを抱いていたものです。いや、私だけじゃない。あなたは多くの学究に認められて、手紙のやりとりをしていたじゃありませんか」

識見の高さを客観的に判断する、これまたカルチェ・ラタンなりの目安だった。手紙といっても季節のことや、下らない近況を書くのではない。任意の研究テーマについて、同学の徒が互いの見解を述べ合うのである。

これが判断基準になるというのは、ひとつには相手にならない頭脳とは誰も文通したがらないという意味であり、もうひとつには手紙が宛先に届くまで人伝《ひとづて》に回されるため、そのもの自体が事実上の研究発表になるという意味だった。

万国共通のラテン語で綴られるので、国際的な文通も不可能ではない。国内のオルレアンやアンジェ、モンペリエはいうに及ばず、フランソワはイングランドのオックスフォード、ケンブリッジ、イタリアのボローニャ、スペインのサラマンカと、各国の大学に多くの文通相手を獲得していた。まだ初学者で、国内にさえ文通相手がいなかったジョルジュには、他のなにより格好良く思われ、いつかは自分もと憧れを禁じ得なかったのである。

「しばらくして、そりゃあ私だって文通相手を得ましたよ。三十五歳をすぎて、なんとかカノン法の教授資格を取ってからのことです。でも、先方は依然として書いてくるんですよ。『フランシスクス・ベトーラススは最近どうしてる』とか、『婚姻禁止の条項に関して提示した命題につき、フランシスクスに返事を待っていると伝えてほしい』とかね。多少の嫉妬を覚えざるをえなかったことも、この際だからつけ加えておきますよ」

「はん、連中は仕返ししたかったというわけさ」

「それも認められていたということです。確かに乱暴な論理展開で、あなたが唱える説には多くの異論の余地がありました。けれど、ダイナミックな発想に興奮するから、そういう穴が気になるんです。実際、ショーモンのガヌロンだって、あなたのことは重々認めていたんですよ」

「ほお、そいつは初耳だ」

「あなただってガヌロンを認めていた。つまりは貨幣の表と裏の関係ですよ。私がみるところ、ガヌロン先生が早逝したというのも、フランソワ・ベトゥーラスという威勢のいい喧嘩相手がいなくなって、カルチェ・ラタンの日々に張り合いが持てなくなったからなんです。あなたが唐突に失踪なされてからというもの、ガヌロン先生は目にみえて老けましたからね」

「失踪、ね。パリじゃあ、そういうことになってたのか」

フランソワは冷やかすような薄笑いを浮かべていた。失踪といえば、確かに失踪かもしれない。が、そういってしまうと、少し格好よすぎる気がした。あのとき、フランソワは荒い息で喘ぎながら、血塗《ちまみ》れで汚れた地面を這いつくばっていたのだ。

「…………」

パリから失踪したというより、命が惜しくて文字通りに逃げた。抗う術もない暴力にさらされて、それまで執着してきた全てを捨てた。馴れ親しんだカルチェ・ラタンと一緒に、正義と信じた学問の理想さえも……。

「ナヴァール学寮のエドガー先生が、あなたの失脚を謀《はか》ったというのは本当ですか」

それは軽《かろ》みと勢いが同居した声だった。フランソワが呆気に取られて顔を上げると、唐突な問いを発したのは若い学生だった。あばた面の金髪で、屈託のない素直な顔つきが、良家の次男という線を想像させている。

あるいは学生のひとりというべきか。本当に偉くなったもので、ジョルジュ・メスキ副学監には三人の学生が従っていた。なるほど、フランソワにも後輩を伴って、エドモン先生の左右を固めた覚えがある。平たくいえば、鞄持ちということである。

それにしても学生は熱心だった。

「我々はエドガーならやりかねないと思っているんです。あなたから活躍の場を奪い、輝かしい将来を握り潰そうとした。あの幼稚な目立ちたがり屋は、今だってやりたい放題なんですよ。教員免許の認定にも嘴《くちばし》を突っ込まずにいられない。他人の弟子は落とそうとするくせに、自分の弟子なら馬鹿でもごり押しする始末なんだ」

はん、僕らは構いませんが、ナヴァール学寮の連中が気の毒です。ニコラ・オレーム、ピエール・ダイイ、ジャン・ジェルソンと大学者を輩出した学寮が、ガヌロン先生を最後に、すっかり落ち目になっているんだ。今も学生たちは他派の攻撃に余念がないようだった。エドガーに関していえば、確かに昔からカルチェ・ラタンの嫌われ者だった。もともと子供じみた見栄坊だったが、とりわけソルボンヌの学監をめざして挫折したあと、パリで二番手のナヴァール学寮に身を投じたときから、あくどい政治屋に成り下がっている。

「おい、ミシェルよ。そいつは少し違うんじゃないか」

今度は別な学生だった。年の頃は同じく二十歳前後だが、痩せ男に似合わない、勝ち気な顔つきをした若者だった。エドガーの弁護に回ろうというのだろうか。いや、違う。

「エドガーが、それほどの玉か。あんなの、才能の枯渇した老いぼれじゃないか。要するに惨めなヒステリー爺《じじい》さ。だからマギステル・フランソワは、碩学のガヌロン先生には噛みついても、エドガーなんて一笑に付して、てんで相手にしなかったんじゃないか」

「しかし、だ、ロベール。マギステル・フランソワは正義の報復として、憎きエドガーの姪を誘惑して、見事に妊娠させてやったんだぜ。だから、あの爺さんは、前後の見境もなく怒り狂ったという……」

「怒り狂って、耄碌《もうろく》爺になにができる。要するに王家に泣きついたんだよ。あの爺さん、どういうわけか、コネがあるらしいからな」

「同じことだ、同じことだ。俺だって、そう続けようと思ってたんだ。王家に追放されたというのは周知の事実なんだ。が、それは真実ならぬ表層の事象にすぎない。根本の原因を究明してこそ、全体の把握に至れるというものじゃないか。そうでしょう、マギステル」

フランソワは目を丸くしていた。王家と反目したことは事実であり、詳しい顚末はともかく、そのこと自体は当時から周囲も知っていた。不正に抗議する正義の鉄槌ではないが、むっちりした白い肌と大きな尻にそそられて、エドガーの姪に只乗りしたことも事実だった。が、それも妊娠したとまでは聞いていない。

どうも界隈に伝えられた昔話が、本末転倒に連結して、それらしく脚色を加えられながら、まるで身に覚えのない逸話に転成しているようだった。

二人の学生は、まだまだ続けて止めなかった。口々に飛び出すのは、フランソワが青春時代に築いた、いわゆる「武勇伝」という奴で、突き詰めれば、酒と喧嘩と女ということになる。つながりは滅茶苦茶で、しかも必ず大袈裟になっているのだが、断片的には事実が含まれているだけに、フランソワには耳が痛かった。まして全体の論調が、とんでもない大物のように持ち上げられているのだから、もう苦渋顔で弱るばかりである。

微笑を浮かべながら、ジョルジュが説明してくれた。マギステル、あなたは伝説になっているんですよ。学生たちは伝説の男に対面できて、些か興奮気味なんです。

四千人の規模を誇るパリ大学の中でも、フランソワは確かに出色の学生のひとりだった。その突然の失踪は、確かに衝撃的だったのだろう。カルチェ・ラタンに走った驚愕が、どうやら逸話好きの学生たちに、格好の題材を与えてしまったようだった。実際、師匠の発言を聞き留めて、金髪の学生ミシェルは熱っぽく口走ったではないか。

「あなたが吐いた伝説の名言を、我々は今も大事に胸に抱いているんですよ」

インテリは権力に屈してはならない。意味がなくとも常に逆らわねばならない。復唱しながら、学生が目を輝かせるほどに、フランソワの笑みは強張るばかりだった。そんなことも、ほざいたっけ。仲間の勢いを引き継いで、学生ロベールが新たな問いを発していた。

「そうだ。マギステル・フランソワ、このたびの裁判について、どう思われますか。どちらに正義があるとお考えですか」

フランソワは答えに窮して口ごもった。正義などない。あったとしても、そんなもの、俺にはなんの関係もない。復讐の一念に突き動かされて、暴君の娘の破滅を見届けにきただけなのだ。はぐらかそうと肩を竦めた拍子に、ジョルジュ先生まで食いついていた。

「おお、それは面白い試みですね」

我々は生きた教材になると信じて、わざわざ裁判を傍聴に来たのです。ここで伝説のマギステルと再会できたからには、ぜひにも御説を拝聴したいものですな。学生ロベールが重ねて求める。お願いしますよ、マギステル・フランソワ。どうか、我々にカノン法の神髄を御教示下さい。ロベールときたら、そんな求め方があるか。学生ミシェルが、助け船を出してくれたように思われたが、それも弁護士の逃げ場を塞いだだけだった。

「苟も学究を名乗る者なら、もっと厳密に論点を詰めて質問すべきだろう。つまり、漠然と勝ち負けを問うのではなく、各争点について個別に論じなければならないのだ」

それが学究の思考法というものだろう。そうですよねえ、マギステル・フランソワ。現役の弁護士が、苦り切った内心を隠しながら、曖昧な笑みではぐらかす間にも、ますます乗り気になっていたのは、ソルボンヌ学寮の副学監だった。ミシェルの指摘は道理ですね。ここはひとつ、皆で検討してみましょうか。

「フランソワ、あれを」

と、ジョルジュ・メスキはいった。はじめ、弁護士は自分のことなのかと思った。いきなりの呼び捨てに抵抗感を覚えたが、動いたのは鞄を持って背後に控える、もうひとりの学生だった。

背の高い若者は同じ名前を持っていたらしい。栗色の髪に小さな帽子を載せた学生は、不思議な遠い目をしながら、鉤になった鷲鼻を傾けて、心なしか表情に浮かない色をみせていた。それは二人の同輩とは対照的に、ひとりだけ沈黙を守り続けた学生だった。

このときも一緒に高ぶる様子はなく、淡々とした手つきで紙挟みの中から、一枚の紙片を取り出していた。表を向けて、ジョルジュ先生に差し出された羊皮紙には、教皇アレクサンデル六世が審理を命じた、本裁判の八争点が記されていた。

四、クエスチオ

通常、教会裁判権は司教に付与されている。が、この原則にも幾つかの例外があり、うちひとつが「エオス・クイ・スープレームム・テネント・キィウィターティス・マギストラートゥム（国家の大権を有する者たち）」を扱う裁判だった。

すなわち、国家元首を裁く権限は、ローマ教皇にのみ属した。いかなる司教も一国の民である限り、君主を裁くことはできない。

フランス王ルイ十二世の離婚訴訟も、この規定に該当していた。教皇アレクサンデル六世は訴えを受理して、直ちに特設法廷の設置を命じた。法廷自体はフランス国内に設けられたが、これは教皇裁判権が管轄している審理なのである。

勅書が発せられたのは七月二十九日のことだった。教皇は原告の訴状を検討して、裁判で審理さるべき八争点を明示した。今日の公判でジャンヌ王妃が、その全てに「ノン・クレド」で答えた八争点でもある。写本を入手したジョルジュ先生は、三人の学生を指導する一環として、即席の模擬裁判とばかり、ここで云々かんぬん論じようというわけだった。

カルチェ・ラタンの連中は、相変わらず、ままごとが好きだな。他ならぬ自分の若かりし頃を思い出しながら、なおのことフランソワは苦笑を禁じえなかった。ここで侃々諤々《かんかんがくがく》論じたところで、なにがどうなるわけでもない。どんなに精緻に積み重ねたところで、それは議論のための議論でしかない。

フランソワが中座を切り出しあぐねるうちに、ソルボンヌ学寮の副学監と、これに師事する三人の学生たちは、小さな紙片を取り囲んで、それぞれの剃髪頭《ていはつ》を寄せ合っていた。人けのない聖堂が、俄に講義室に変わったようでもある。まずは最初の二点を考えてみましょう、とジョルジュ先生がクエスチオ（命題）を提出した。それはディスプタチオ（討論）という形の講義だった。

プリモ（一）、精神上の近親結婚の疑い。

セクンド（二）、四親等の自然なる近親結婚の疑い。

「近親結婚の嫌疑が持ち出されるところは、まずは基本通りといえますね」

物怖《ものお》じしない学生ミシェルが口火を切った。いうまでもなく、キリスト教徒にとって近親相姦は許されざる罪である。知らずに結婚してしまったが、後日に肉親であったことが判明したので、もう夫婦でいることができない。残念ながら、それは間違った結婚だったのだ。そうした論法には、離婚裁判に典型的な精神が覗いていた。

厳密にいえば、カトリックの教義に離婚というものはない。新約聖書、マタイの福音書一九の六に「もはやふたりではなく、ひとりなのです。こういうわけで、人は、神が結び合わせたものを引き離してはなりません」とあるからである。コリント人への手紙、第一の七の一〇、並びに一一にも「妻は夫と別れてはいけません。もし別れたのだったら、結婚せずにいるか、それとも夫と和解するか、どちらかにしなさい。また夫は妻を離別してはいけません」とある。こうした教えを守るべく、カノン法も「婚姻の本質的特性は、単一性及び不解消性である」と明記して、あまねく信徒に離婚を禁じている。

では、意に添わない相手とも、永遠に別れられないかといえば、そういうわけでもなかった。キリスト教徒は事実上の離婚として、「結婚の無効取消」という手続きに訴えることができた。つまり、はじめからなかったことにする、という理屈である。正当な論拠として、最も頻繁に持ち出された口実こそ、近親結婚の判明というものだった。

この時代は近親相姦が多かったということではない。男女とも狭い地縁、血縁の中で結婚相手をみつけていたので、親戚関係を掘り起こそうと思えば、どうとでもこじつけられたという意味である。

これが王族の話となれば、系図を辿るだけでよかった。本件の場合、夫婦ともに行き着く先祖はフランス王シャルル五世と王妃ジャンヌ・ドゥ・ブルボンだった。その長子シャルル六世の曾孫がジャンヌ・ドゥ・フランスであり、その次子オルレアン公ルイの孫がルイ十二世なのである。この時代の数え方では、男女に「傍系血族の四親等」ということになり、カノン法が結婚を無効としうる条件を満たしていた。

ちなみに教皇勅書に表れる「自然なる」という言い回しは、「血の繋がりで」といった意味である。嫡出子に対して、内縁関係から生まれた庶子なども、普通に「自然なる子（フィス・ナチュレル）」といわれている。その区別を承知した上で、学生ミシェルは続けた。

「だから、二番目の争点はわかるのですが、一番目の争点はどういうことでしょう」

「そんなこともわからないのか。ルイ十二世の洗礼式に、ジャンヌ王妃の父親が立ち会っているんじゃないか」

学生ロベールは顎を上げ気味に、優越感で見下していた。それはキリスト教世界にみられる「洗礼親」という習慣のことだった。分家であるオルレアン公家に、めでたく嫡男が生まれたことを祝福する意味で、故ルイ十一世が本家の当主として祭壇に進み、その腕に赤子を抱いて洗礼を受けさせていた。こうしてキリスト教徒となった魂こそが、後のルイ十二世なのである。同じ「ルイ」という名前も、このとき洗礼親から譲られたものだった。

ありがちな微笑ましい光景だった。おぞましい近親結婚とは、およそ無関係なようにも思われるが、そこが教会のやることだった。教義からいうと、洗礼親ルイ十一世はオルレアン公ルイ、後に十二世陛下となる男児の「パテルニタース・スピリテュアーリス（霊的な父）」

になったと解釈されるのだ。すれば、父の実の娘であるジャンヌ王妃とは「フラテルニタース・スピリテュアーリス（霊的な兄妹）」の間柄になる。兄と妹が結婚するなど、言語道断というわけである。

「ということで、実に簡単なことじゃないか」

「そうじゃない。そうじゃない。それくらいはわかっている。まったく、ロベール、おまえは早呑みこみだから話していられない。俺が問いたいのは、もっと深い意味なんだ」

「ミシェルがいうのは、つまりレビ記には『霊的な』という但し書きなど、どこにも書いてないじゃないか、という疑問ですか」

ジョルジュ先生は包み込む人徳者の笑みで受けていた。「レビ記」というのは、近親結婚の禁止について法源のひとつとなる、旧約聖書、レビ記二〇の一七のことである。

「人がもし、自分の姉妹、すなわち父の娘、あるいは母の娘をめとり、その姉妹の裸を見、また女が彼の裸を見るなら、これは恥ずべきことである」

レビ記は同性愛や獣姦を含め、キリスト教徒の性的禁忌を説いた一節として有名だが、実際に読んでみると、確かに「霊的な」とは書かれていない。学生ミシェルは続けた。

「聖書は神の言葉ですから、はっきり明記されているなら、もう異論を唱えることはできません。しかし、どこにも書かれていない。ということは、まず神学の解釈があり、その精神がカノン法に波及しているわけですね。『洗礼兄妹』の結婚まで禁止されるという、常識の感覚からすると、ちょっと解《げ》せないような定めが、どのような理解から生じているのか、そこのところを僕は知りたいと思ったわけです」

「なるほど。素朴な疑問を大切にする態度は褒められるべきですね。苟も学究を自任する者ならば、既存の説を無批判に受容するべきではありませんから」

ジョルジュ・メスキは訓戒していた。それは尊大な先輩が、素直な後輩に何度も繰り返した警句だった。意識したのかどうか、ソルボンヌの副学監は堂に入った教育者の顔で、蕩々《とうとう》と続けていた。論考の導き方とて、かつてフランソワが得意げに披露したものだった。

「さて、こういうときは常に基本に立ち返るのが原則です。そもそもキリスト教徒の結婚は、なにを目的とするものなのか。ミシェル、その点を答えられますか」

「はい。もちろん、子供を作るためです」

カノン法にも、結婚は「夫婦の善益と子の出産及び教育に向けられる」べきだと明記されている。オリゲネス、ヒエロニムス、アウグスチヌスら、錚々《そうそう》たる古代の教父の教えを受け継いで、それこそがキリスト教徒が抱くべき、真正な結婚の動機とされていた。男女の交わりなど、本来は言語道断の原罪なのだが、旧約聖書、創世記一の二八に「生めよ。ふえよ。地を満たせ」と神の言葉がある限り、こればかりは仕方がない。

同三八の八以下を読むと、兄嫁を押しつけられたオナンは、子供を与えたくないと子種を「地に流していた」ため、神の怒りを買って殺されてしまったくらいである。いうまでもなく、オナニーは禁じられている。キリスト教がフェラチオもアナル・セックスも、避妊さえ認めようとしないのは、子供を作るという結婚の目的を達せられないからである。

「いうまでもありませんね。が、そうした際に避けられねばならないものがあります」

「快楽という奴ですか」

負けじと身を乗り出して、学生ロベールが答えていた。「生殖は善、快楽は悪」とはアウグスチヌスが確立した大原則である。ヒエロニムスにいわせると「自分の妻を情熱的に愛するものは、姦通者なのだ」そうだ。「シーネ・コイテュ（交わりなく）」が不可能ならば、「シーネ・アルドーレ（快感なく）」が理想なのである。意を得たりと頷くと、ジョルジュ先生は奥義を明かす神妙な顔つきで、いよいよ答えを示そうとしていた。

「これは聖トマス・アクィナスの解釈なのですが、近親結婚が許されないのは、あまりに大きな愛の情熱と、危険にすぎる性の快楽が生まれるから、という理由からなのです。自然であれ、霊的であれ、男女が親子、兄妹と名乗るからには、もともと大変に親しい間柄ということになります。これに男女の情熱まで加わってしまったら、知らぬ間に行為は激しさを増し、子作りに必要とする度を越えて原罪にまみれてしまうじゃないですか」

まさに模範的な解答だった。まだ遺伝学の知識がないので、快楽を避けるというキリスト教の大原則から、人の規範が理論化されていたのである。なおも学生ミシェルは難しい顔をしていたが、学生ロベールは晴れ晴れした表情でまとめていた。

「なるほど、そうすると、近親結婚の事実は明らかですね」

「ふっ」

と、フランソワは短く鼻で笑った。一同に気づかれると、いや、なんでもない、すまない、といって流した。大学から離れた身としては、警句を飛ばす気にもなれないのだが、それにしても近頃の学生は、この程度で納得してしまうものなのか。いいや、ジョルジュ先生にせよ、無邪気に議論というならば、もっと突っこんだ議論ができないものか。既存の説を無批判に受容するなと戒めながら、そうすると聖トマス・アクィナスは既存の説ではないのだろうか。

もっとも、連中ばかりを責められない。なにより、それはカノン法学の問題でなく、神学の問題だった。神学の退廃そのものが、パリ大学の衰退を物語る最たるものだったのだ。フランソワが在学していた頃から、聖トマス・アクィナスを教祖とする主知主義か、それにもまして勢いのある主意主義、すなわちピエール・アベラールの系譜を継ぎながら、わけても大学者オッカムのウィリアムにより開花した唯名論に終始して、神学は一歩も前進しようとしなかった。

巷《ちまた》に「マテオロジー（空漠神学）」と悪口される所以《ゆえん》である。フランソワが王道といわれる神学ではなく、あえてカノン法学を専攻したのも、このマンネリ化に対する嫌悪感が理由だった。法というからには人間の日々の生活に密着している。演繹法的な思考で聖書や諸々の書物から下ろして考えるのではなく、帰納法的な思考で人間の在り方から起こすことで、神の正義を捉え直すことはできまいか。これが大胆とも豪快とも、また乱暴ともいわれた若き学僧、かつてのフランソワ・ベトゥーラスの発想だった。

実際、カノン法の現場では神学解釈など絵空事だという認識で動いている。

「いずれにせよ、明白な近親結婚なのですから、教皇庁から特免が出ているはずですよ」

発言したのは寡黙な学生フランソワだった。教義は教義として、抜け道はあるということである。「特免」とは文字通り、特別に免ずるという意味だった。ローマ教皇に相応の金を払えば、近親結婚を特別に許可する免状を貰うことができるのだ。特免発布の手数料が、教皇庁の収入源になっていることくらい、一種の常識ということができた。

「そうですね。法の運用面からすれば、当時の教皇シクストゥス四世の特免状を提出できれば、離婚の要件にはなりませんね」

「そうすると、正義はどっちにあるんだい」

フランソワが不意に口を挟んでいた。紙切れを提出できるかできないか、そんなことで、あんたがたのいう正義って代物《しろもの》は、あっちこっちに転んじまうものなのかい。意地の悪い薄笑いに、一同は気まずく沈黙して目を伏せた。これが現実さ。正義なんてないのさ。

「難しい問題ですね」

ジョルジュ先生が苦しく答えて、曖昧なまま議論を先に進めていた。ええと、次は六番目まで、一括りにして考えてみましょう。今度は理論というより、具体的な事実が問題になりますね。

テルティオ（三）、婚約成立時に原告ルイが未成年であったこと。

クアルト（四）、ルイ十一世による強制の疑い。

キント（五）、シャルル八世による強制の疑い。

セクスト（六）、被告ジャンヌにも同意がなかった疑い。

「この四項目に共通する命題は、カノン法のどんな条項に当てはまりますか。ええと、では、そう、フランソワ、どうですか」

「はい。『暴力又は外部からの強度の恐怖のために締結された婚姻は無効である。たとえ、その恐怖が無意識に加えられたものであっても、これから免れるため婚姻の選択を余儀なくされた場合には無効である』という、結婚の合意に関わる補足条項だと思われます」

学生フランソワは長々と引用して答えた。全文を読み上げて面倒なようだが、この時代には法典編纂《へんさん》が進捗《しんちょく》しておらず、後世のように条項に番号が振られていない。

「そうですね。結婚は『パルティウム・コンセンスス（当事者間の合意）』のみに基づくべきなのですから」

問題とされたのは、いうまでもなく、暴君とその息子の圧力のことだった。国王の圧倒的な力に脅されたため、オルレアン公ルイは意に反した結婚を余儀なくされ、それを今日まで解消することができなかった。そうした事情が裁判で具体的に明らかにされれば、カノン法の定めに抵触したことになり、男女の結婚は直ちに無効とされるだろう。重ねて問いを発するのは、またしても活発な学生ミシェルだった。

「三番目なんですが、これは、どういう問題になるわけですか。未成年に判断能力はない。それはわかりますが、赤子のうちから許嫁《いいなずけ》がいるなんて、別に珍しい話じゃありませんよ」

「この場合は親の意思ということですね。四番目と関連して、ルイ十一世がオルレアン公の両親を脅迫した疑いがあるわけです。ああ、そうか。先代のシャルル公は未成年の息子を残して亡くなった人だから、特に母親マリー・ドゥ・クレーヴの意思が問題になるでしょう」

どうやって証明するのですか、と学生ロベールが尋ねていた。

「ルイ十一世の恫喝を証言で立証することになりますね。あるいは脅迫めいた手紙が残っているかもしれない。平たくいえば、寄る辺《よるべ》のない母子家庭ですから、哀れなオルレアン公親子を暴君が脅していた証拠は、割に簡単に出てくるんじゃありませんか」

ふっ、とフランソワはまた笑った。が、小馬鹿にされたジョルジュ・メスキとて、いつまでも初々しい学生ではない。立派な教師となったからには、弟子の手前ということがあるのだ。丸顔の後輩に責めるような、縋《すが》るような目を投げられ、鉄面皮な弁護士も、さすがに冷笑ばかりはしていられなくなった。

「いや、まあ、ジョルジュ先生のいう通りだが、難しいのは客観性の認定だな」

「おお、さすがはマギステルです。良い命題を提出してくれました。君たち、気がついていましたか。暴力の場合は異論の余地がないにせよ、こと恐怖となると、客観性が一番の論点になるのですよ」

さて、どのように認定すべきだと考えますか。師匠の問いかけに、弟子たちは口々に論じ始めた。またしても学生ミシェルと学生ロベールの対決になったが、いずれの主張も師匠の発言に示唆を得て、証言や手紙の内容に注目したものだった。ミシェルが証人の中立的立場や、手紙の真贋《しんがん》鑑定に基準を求めれば、ロベールは言葉遣いに注目して、殺す、痛い目に遭わす、等々の露骨に暴力を仄めかす表現に決定打を求めようとした。活発な議論を満足げに見守ると、しばらくしてジョルジュが水を向けてきた。

「どうですか、マギステル・フランソワ」

「さすがに、おまえさんの弟子だ。目のつけどころが丁寧で、しかも論理の飛躍がない。が、いまひとつ説得力がないという点が惜しまれるな」

「というと、説得力のある立証とは」

「あの、よろしいですか」

割りこんだのは、寡黙な学生フランソワだった。些か変わり者らしく、同輩たちに交じって議論に加わろうとはしない。みたところ、三人の中では一番の年少で、教養部を終えたばかりのようである。だから、わかっていないのかと思いきや、そういうわけでもなく、押さえるところは、きちんと押さえているようなのだ。調べてみたんですが、といって、このときも学生フランソワは、今度は自分の肩掛け鞄から走り書きを取り出していた。

「ええと、オルレアン公ルイの祖母はヴァレンティーナ・ヴィスコンティ、つまりはミラノ公家の娘ですね。この血縁から相続分として、ルイ公はアスティ公領を貰えるはずでした。ところがミラノ公領は周知のように、簒奪《さんだつ》者スフォルツァの手に渡り、アスティ公領も同家の支配に入っています。このスフォルツァを政治的に支持していたのが、当時のフランス王ルイ十一世という図式なんですね。つまり、マリー・ドゥ・クレーヴは王家と婚約を取り結ぶことで、息子の相続領地を断念させられているわけで、それほどの損失を受け入れた背景としては、程度の差はあれ恐怖以外には考えられないのではないかと」

いい線だ、と弁護士フランソワは認めた。外堀を埋める論法だが、これが埋まってこそ、手紙や証言の吟味が生きてくる。三人の説を合わせれば、ほぼ満点といっていい。

「違うかね、ジョルジュ先生」

「ええ、ええ、私も全く同感ですな」

「そうすると、やはりルイ十二世に分があるということですね」

あえて正義という言葉を使わず、学生ロベールが確かめていた。早呑みこみと悪態をつかれていたが、せっかちに白黒をつけなければ気がすまない性格は否定できないようだ。反論するのは沈潜の思考に傾きがちな、一方の学生ミシェルのほうだった。

「そうかなあ。そんなに単純な問題ではないと、僕は思うんだけどなあ。いえ、先生がた、強制は確かにあったと思いますよ。それを認めた上で問題にしたいのは、この結婚にも両性の同意はあったんじゃないかと」

「馬鹿をいうな、ミシェル。オルレアンの血筋は昔から色男じゃないか。ルイ十二世は今だって、すらりと背の高い美男子なんだぜ。なんだって、よりによって評判の醜女と結婚したがるんだよ」

「おい、おい、ロベール。おまえ、いい加減に井戸端会議の次元から抜け出せよ」

ミシェルは童顔の若者だが、皮肉をいうときつい顔になる。二人の中年に向き直りながら、ちょっと得意げに自説を展開しようとしていた。

「いうところの政略結婚ですから、土台が好き嫌いを問題にするのは、筋違いなんじゃないでしょうか。僕がいう同意とは、結婚したいという積極的な同意ではなく、結婚してもいいという消極的な同意のことなんです」

それも焦点になっていますね、とジョルジュ先生は受けた。馴れ初めはどうあれ、国王夫妻が二十二年間も夫婦だったという事実は大きい。この歳月こそがルイ十二世が結婚に同意したことの、なにより雄弁な意思表示になっているという論理ですね。

「そのことを次の争点と一緒に考えてみましょう」

セプティモ（七）、一連のブルターニュ問題のために離婚に着手できなかった疑い。

オクタウォ（八）、長い夫婦生活の間に一度も結婚に同意しなかった疑い。

「ブルターニュ問題ですが、フランソワ、これも調べてきたんじゃないですか」

はい、と答えて無表情な学生は説明した。ブルターニュ問題とはシャルル八世統治初年を揺るがした内乱のことだった。暴君の崩御を受けて、反乱分子が最後の大物、ブルターニュ公を旗頭に立ち上がっていた。が、蜂起は一四八六年、サン・トーバン・コルミエの戦いで強大なフランス軍に一蹴《いっしゅう》され、ブルターニュ公女にして公領の女相続人アンヌが、シャルル八世に輿入《こしい》れするという形で、敗北に等しい和議を結んで終わっている。

このとき、オルレアン公ルイはブルターニュ方に与《くみ》して戦っていた。しかも、こちらもルイ十一世の崩御を好機として、すでに離婚の訴えをなしていたというのである。

「この後、シャルル八世はオルレアン公ルイを三年間、ブールジュの大塔に投獄しています。

この幽閉のために、今日まで離婚の訴えを起こせないできたのだと、原告側は不自然さを説明したい模様なのです」

「やはり、強制だ。なによりの証拠だ」

と、学生ロベールは拳《こぶし》を強く握って受けた。どうやら、ルイ十二世に勝たせたいらしい。贔屓《ひいき》というわけでもあるまいが、議論のための議論なれば、どちらかを応援することになってしまうのだ。恐らくはパリからの道中で、さんざんやりあってきたのだろう。ジャンヌ・ドゥ・フランスを応援するライヴァルと、呉越同舟というわけだ。学生ミシェルは、やはり折れようとしなかった。

「しかし、ルイ公は釈放されているんだろ。え、フランソワ、どうなんだ」

「ああ、九一年に釈放されている。ジャンヌ公妃は弟王の足許に縋って、夫の罰の軽減を懇願したらしい。その運動が実って三年の幽閉で済んだともいわれている」

「ほらみろ、ほらみろ。ルイ公だってジャンヌさまを必要としていたんだ。実際、ルイ十一世の治下では名だたる公が何人も粛清されているんだぜ。損得以前に生き残るため、王家との姻戚関係は欠かすことができなかった。結婚の同意はあったたってことなんだよ」

「ミシェルなりに、八番目の争点にも答えを出しましたね。そうすると、ロベールのほうは、なにか反論がありますか」

「はい、先生。まあ、外堀を埋めるという意味では、ミシェルの理屈にも一理あります。が、あくまで状況からの類推にすぎない。本当に結婚に同意していたかどうか、それは直ちにはいえないと思います。やはり確たる証拠が得られないからには……」

学生が言葉を尻つぼみにしたのは、フランソワの目を気にしたからだった。また説得力が弱いといわれるのではないか。様子に気づいて、弁護士は皮肉顔で無精髭を掻いた。個人攻撃と取って萎縮《いしゅく》されては困る。それでは、まともな議論などできないだろう。まあ、伝説の男とやらに祀り上げられてるんだ。ほんの戯言が大きく聞こえて当然か。ああ、その通りだと、フランソワは作った笑顔で痩せた学生の理屈を認めてやった。

「結婚の同意の有無を争う。ジャンヌ王妃が抗戦の意思を表明したからには、それこそが裁判の具体的な争点になるだろう」

いちいち議論するまでもない。外堀というなら、他の七争点は全てが外堀の意味しかない。はじめから、八番目の争点だけが重要なのである。こちらはこちらで希望を見出し、学生ミシェルは童顔を無邪気に輝かせていた。

「では、ジャンヌ王妃にも抗戦の余地があるということですね」

「余地だけは、ね」

「…………」

「侃々諤々議論するまでもない。はじめから、ルイ十二世の勝訴に決まっている」

フランソワの断言にパリ大学の一同は言葉を失った。国王を支持する学生ロベールまで絶句して、まるで玩具を奪われた子供の目になっている。泣いたって、わめいたって、どうしようもあるまい。この世に正義なんてないんだ。全てはカルチェ・ラタンの妄想でしかないんだ。だって常識で考えてみればいい。

「ジャンヌ・ドゥ・フランスという女は確かに命綱だった。が、それを、もう捨てられると思う理由はなんだ。今やオルレアン公ルイはフランス王ルイ十二世じゃないか。何者をも恐れる必要がない。男は全能の権力を手に入れているんだよ」

「し、しかし、まあ、その、これが、ですよ。これが王家と教皇庁の闇取引というなら、マギステルの観察は正しいでしょう。ですが、今回は厳正な裁きの場に持ちこまれているわけですからねえ。カノン法を武器に立ち向かえないことはありませんよ」

「だったら、ジョルジュ先生、あんたが弁護人になってやったらどうだい」

「………」

「かつて暴君ルイ十一世に、オッカム主義の研究を禁じられると、英知の殿堂に許されてきた特権も自由も捨てて、唯々諾々と従った腰抜け大学は一体どこだっていうんだ。そんな大学を出た人間が、王家と戦う気になるなんて、期待するほうがおかしいじゃないか」

ソルボンヌの副学監は反論できなかった。裁判の本格的な審理が、今日まで遅れてしまったのはなぜか。周知のように、人選が難航したからだった。ジャンヌ王妃の弁護人は、誰も引き受け手がなかった。かえって検察側が動き回り、渋る法曹関係者を説得して、やっと今日の着任を了承させたくらいである。恐るべき国王を敵に回して、ジャンヌ王妃を弁護する度胸など、誰にもないということだった。

「結局はパリとローマの裏取引なんだよ。三人の判事のうち、ひとりはルイ十二世の寵臣《ちようしん》、アルビ司教ルイ・ダンボワーズじゃないか。そのまた子飼いにあたるのが、検事アントワーヌ・レスタンという関係さ。こんな談合のできた法廷で、弁護人の腰が引けてるということになれば、なにがどうなるものでもあるまい」

公明正大な裁判を装った、これは白々しい茶番劇なんだよ。無慈悲な判決をいい置いて、フランソワ・ベトゥーラスは側廊の椅子から立ち上がった。尖った影を包み込むのは、薔薇窓のステンドグラスから射しこんだ、もう赤みが濃い光だった。

すぐに晩夏の日は暮れる。熱中したディスプタチオは、いつも時間を忘れさせる。脳味噌の心地よい興奮に、いきなり冷水を浴びせられて、線の細い大学人は返す言葉もなくしていた。聖堂の石床を、かつかつ叩いて遠ざかるサンダルの音だけが、永遠に響き続けるかに思われた、そのときだった。穹窿に幾重にも反響させて、殴るような問いかけが、フランソワの背中にぶつけられた。

「では、あなたは、なんのために来たんだ」

横目だけで振り返ると、暗がりに沈んだ声は大きな鞄を下げていた。熱心に論争していた明るい学生ミシェルでも、せっかちな学生ロベールでもない。寡黙な学生フランソワこそが仁王立ちで、逆光の中にあってなお、目に宿した炎を熱く感じさせていた。

「インテリは権力に屈してはならない。意味がなくとも常に逆らわねばならない。そういったのは、あなたではなかったのか」

フランソワは学生の感情を理解したように思った。憧れは、ときに恐れに近くなる。寡黙ではない。無表情ではない。思い入れが強すぎて、若者は伝説の男を直視できなかったというわけだ。

――が、偶像は必ず落ちる。

つらくとも早く知ったほうがいい。フランソワは卑しく、おどけてみせることにした。

「まだ若かった、いや、きっと幼かったのさ」

古傷が疼《うず》いていた。この痛みを誰が共有できようか。だから、もう遊びは終わりだ。弁護士は振り返らず、サン・ガチアン教会を後にしていた。

五、証人喚問

検事レスタンは得意げだった。縄張りの小便を嗅ぎ回る馬鹿犬を連想させながら、小太りの身体を右に左に、証言台の前を行ったり来たりしている。

「失礼、もう一度、繰り返して下さいませんか」

声にも活き活きとした張りがあった。証言を判事に印象づける、安手の話術を弄しながら、切れ者の検事にでもなった気で、もう自分に酔っているのだ。が、得意になるほど、皆に笑われるということには、まるで気づいてないようだった。

それは子供でもできる仕事だった。みるべき論証も学ぶべき弁論も皆無だというのに、検事の尋問が成功を収めたことは否定できない。この日、ローマ教皇の特設法廷に召喚された証人は、オルレアン公家で侍従を務めたピエール・デュ・ピュイという男だった。

「ルイ十二世陛下は事実、結婚当初から被告ジャンヌと同居していませんでした」

と、証人は大きな声で繰り返した。歳は三十過ぎくらいで、大きな羽根飾りの鍔広《つばひろ》帽子を被り、光沢のある朱色のブルゾンには金鎖の腕輪を合わせながら、教会という場所柄では不謹慎とも思えるほどに、派手な装いの証人である。

緊張するべき証言台にありながら、ピエール・デュ・ピュイは不自然なくらいに饒舌《じょうぜつ》だった。ラテン語ができないので、いちいち陪席官の通訳を介するが、意味のない形式にしても嫌味である。尋問の内容を予め知らされ、証人は明らかに答えを用意していた。台本を渡された役者のようなものであれば、三文芝居の拙《つたな》さには胸がむかむかしてくるのだ。フランス語の返答を陪席官がラテン語に直す段になると、まさに大根役者のレスタンなどは半開きの口をもごもごさせ、早く名台詞を決めたいと待ちきれない様子だった。

「その理由について、なにか、原告の口から語られたことはありませんでしたか」

「はい、あります。被告ジャンヌの異形《いぎょう》に覚える嫌悪感は、いくら努力しても克服することができない。その敬虔な信仰や心優しき内面の美徳を認めることができても、生理的な拒否感だけは抗いがたい。それを、至らないが故の弱さなのだと仰《おっしゃ》り、ルイ十二世陛下は御自分を責め、いつも悩んでおられました」

「悩んでおられたのだとすれば、別居までする必要はなかったのではないですか」

「お優しい陛下は母君思いの孝行息子でもあられるのです」

「発言の意図を明確にして下さい」

「はい。前オルレアン公妃であられましたマリー・ドゥ・クレーヴ様は、この結婚には一貫して遺憾の意を表されておられました。『ああ、聖母さま。わたくしの愛息子《まな》は、こんなにも醜い女を妻としなければならないのですか』というのが、日夜の祈りの言葉だったくらいなのです」

「別居は母君の希望を酌《く》んだ、苦渋の選択だったと」

「その通りです」

「では、原告は何故に不幸な結婚をなし、また何故に解消しなかったのだと思いますか」

「ルイ十一世陛下、並びにシャルル八世陛下の有無をいわさぬ圧力のためだと思います」

「あなたの個人的な見解には、なにか裏付けがあるのですか」

「はい、国王陛下は『自分はともかく、母上を命の危険にさらすわけにはいかない』と口癖のように仰っておられました」

「では、最後にお尋ねします。原告は結婚に同意していたと思いますか」

「思いません」

ご協力に感謝します、と結んで検事は原告席に戻った。傍聴席は今日も満席だった。が、裁判の行方を云々した熱気は、もう跡形もなくなっている。やはり、審理は一方的だった。大学人も法曹関係者も私語ひとつなく静まり返り、溜息の気配が傍聴席の空気を重くするばかりだった。

段取りを進める判事の声が法廷に響いた。特権的な地位の高みから発せられるせいか、淡々とした口調は場の空気になじまず、まるで独善的な葬式の説教でも聞くようだった。あなたは神に誓って真実のみを述べることを誓いますか。はい、誓います。

やや変わった声の趣に、傍聴席は力ない目を上げた。甲高いのは女だからだ。女なら同性として、ジャンヌ王妃に共感を寄せるだろうか。いや、駄目だ。期待するだけ馬鹿だったんだ。新事実など聞けそうにない。証言台に立っていたのは、前証人ピエールの実妹、エリザベート・デュ・ピュイという女だった。

法廷の論調は、すでにできあがっていた。被告ジャンヌ・ドゥ・フランスは醜い。男が結婚したいと思うはずがない。原告ルイ十二世は専制君主の暴力に翻弄された、哀れな犠牲者であった。申し立ての遅れを不自然というなかれ。暴君の御世になにができる。勇気をもって離婚に踏み切れなかったのは、ひとえに母親の身を按ずる孝行息子の気持ちからだ。

――いくらなんでも……。

そこまで作って恥ずかしくないものか。傍聴席の僧服の群れに隠れながら、フランソワは呆れ顔だった。やりすぎだ。だから、レスタンは馬鹿犬だという。勝訴が約束された裁判なのだから、そこまで嘘で塗り固める必要はない。傍聴席は聞き飽きた証言の繰り返しに辟易していた。悔しいのは表情に、敗北感にも似た落胆の色を隠せないことだった。

「失礼ですが、あなたもパリ大学の先生ですか」

小さな声でフランソワに問うたのは、並びのベンチ席に座る老人だった。小柄というより萎《しぼ》んだ感じで、地味だが品のある外套の律儀な折襟から、皺だらけの首を突きだしている。縁なし帽から洩れた髪も、うっすら群生した無精髭まで白く、枯れかけた植物を思わせる風貌には、なにやら容赦ない風雨にでも耐えたような疲労の色さえ浮かんでいた。

自然といたわる声になって、フランソワは穏やかに答えた。

「いえ、ナント司教座から研修に来た弁護士ですよ」

「ああ、そうでしたか。現場の方なら、かえって好都合だ。ひとつ、お伺いしたいのですが、こういうことは裁判では、よくあることなのでしょうか」

「こういうこと、といいますと」

「あれは、あの者たちは、私が集めてきました証人なのです」

「あなたは」

「申し遅れました。シャルル・ドゥ・プルウと申します。ジャンヌ王妃さまに長く仕えさせて頂きました、官房付きの侍従にございます」

「ああ」

さすがのフランソワも心が痛んだ。疲れた老人が赤い目に、涙の層を溜めていたからである。ほろと零れると同時に掌底《たなぞこ》で頬を押し上げ、声を殺して泣き始める。姫さまに申し訳ない。この役立たずな老いぼれが、姫さまに大変な迷惑を……。私情を別に同情せざるをえないというのは、これが検察側の証人ではなく、弁護側の証人だからだった。

ジャンヌ王妃が抗戦の意思を表明して、半月ばかりの日々がすぎていた。すでに検察側の証人は、うんざりするほど証言を連ねていた。モンモランシー男爵からポリニャック卿。バタルネ将軍から財務総督ミシェル・ガイヤール。国王の一番の寵臣で判事ルイの実兄、ルーアン大司教ジョルジュ・ダンボワーズまで文書にして証言を寄せ、ここに錚々たる顔ぶれもきわまったかと思うや、一方ではオルレアン公家の居城、ブロワ城の門番や夜警といった軽輩の類まで、残さず召喚されている。上から下まで総勢二十七人の証人が、へぼ検事レスタンの尋問に同調して、異口同音の証言を繰り返していたのである。

かくて法廷の論調が固まった。この盤石の論拠を、どこまで覆すことができるものかと、それだから今日の弁護側証人喚問は人々の注目を集めたのだ。飽き飽きして一時は空席も目立ったものだが、傍聴席は再び満席になっていた。

過大な期待を寄せていたわけではなかった。なんといっても、数が違う。ジャンヌ王妃の献身的な老侍従、シャルル・ドゥ・プルウはパリ地方、ロワール地方を駆け巡り、証人を求めて奔走したが、国王の報復を恐れて誰も承諾しなかった。なんとか召喚することができたのは、たったの四人きりである。

最初は前オルレアン公シャルルの時代から奉公する下男、ジル・デ・ゾルムという老人だった。動揺して臆病な目を泳がせながら、震える声は今にも消え入りそうだった。

「全てを忘れてしまいました。なにも、いえることはありません」

証人の役目を引き受けながら、こんな無責任な証言もないように思われるが、まだしも老人は、忠義を尽くしたというべきだろうか。二人目の弁護側証人がピエール・デュ・ピュイだった。その饒舌な証言は、かえって検事レスタンの反対尋問に息を合わせ、いわゆる敵側証人とは思われない。最初から裏切る気だったのだと、必要以上に悪意に取ることは控えるにせよ、土壇場で引き抜かれたことは疑いなかった。

なるほど、派手に着飾っていた。実妹エリザベートにしても、金襴《きんらん》の胸板を誂《あつら》えた黄金色のドレスを纏い、真珠の首飾りと白貂《しろてん》の毛皮で悦に入っている。さては金一封を握らされたか。あるいは地位を約束されたとみるべきか。いや、そもそも命が惜しいと思えば、只でも寝返ってしまうことだろう。

「よくあることではありません」

と、フランソワは答えた。励ますように老人の肩を叩きながら、気遣いから、もっともらしく続けている。悪いのは弁護人です。先に答えがあって、それに合わせて尋問するのが、弁護人の常識なのです。それを検事にやられてしまっている。こんなに無様な弁護は、本当にみたことがない。法廷では弁護側の尋問が始まっていた。

「あれ。あ、いや、その、ええと、原告が結婚に同意したと、そういう現場を、貴女は目撃したとかいう……」

「なにかの間違いではございませんこと。わたくし、国王陛下のお嘆きなら、何度も耳にしたことがございますけれど」

甲高いだけ無情に聞こえる声で、女証人は突き放した。傍聴席では裁判を中座する者が続出していた。もはや聞いている価値などない。しどろもどろになりながら、また弁護人は卑屈な負け犬の顔をして、あっけなく引き下がってしまうだろう。泰然自若と見守った検事は、さてとばかりに立ち上がり、芝居がかった反対尋問で、また原告有利の証言の山を築き上げる。次に予定された証人ジルベール・ベルトランは、今度は女証人の夫ということなのだから、三人揃って王に引き抜かれていることは自明だった。

「あなたのせいではありません。悪いのは、やっぱり弁護人なのですよ」

老人に繰り返して続けながら、フランソワは苦い思いで唇の端を嚙んだ。大筋でいうなら、こうなることは目にみえていた。大学人と違い、なんの期待も抱かなかった。ジャンヌ王妃に味方はない。弁護団がついても、ほんの形だけのことである。が、その形にさえならないとは、さすがのフランソワも思わなかったのだ。

弁護団は三人体制だった。尋問に立ったトラヴェール弁護士は、カノン法の学位を持つとはいえ、現職はパリの祭式神父ということだった。言い訳がてら、はじめから仕事の段取りがわからないと訴えて、さらにボレル弁護士、ヴェーズ弁護士と追加を得ていた。こちらの二人に関していえば、教会から禄を貰う本職の弁護士なのだという。

――少しは恥を知れ。

フランソワは俗に落ちた同業を嫌っていた。それにしても、これほど情けなく思ったことはなかった。やる気がないことはわかっている。無駄な足掻《あが》きであることも言を俟《ま》たない。ああ、おまえたちは負けるべきなのだ。が、ひとたび法廷に立ったなら、せめて法曹の品位だけでも保ってほしいと、フランソワは思わずにいられないのだった。

なぜなら、断じて同類とはみられたくない。三人目の証人喚問でも、弁護側尋問は予想通り頓挫《とんざ》していた。それらしい顰《しか》め面《つら》を作りながら、証言台に詰めるトラヴェール弁護士にも、被告席に控えるボレル弁護士、ヴェーズ弁護士にも、失態に憤って顔を紅潮させる様子などない。かえって表情を緩ませながら、安堵《あんど》の笑みさえ浮かべそうな勢いだった。

なんと不愉快な光景だろうか。俺は弁護士という職業まで、愚弄されなければならないのか。フランソワにはジレンマだった。それでも原告には勝ってもらわなければならない。長い鼻を覗かせながら、ジャンヌ王妃は今日も被告席に座っていた。不利な証言が相次いでも、動じることなく不敵な無表情を貫いていた。

――暴君の娘、か。

父王の鉄面皮な資質を受け継いで、なにかの秘策を練っているということなのか。だとしても、やられてたまるか。おまえは罰せられるべきなのだ。おまえは破滅するべきなのだ。今のところ、女は順当に負の遺産を突きつけられた格好だった。弁護側証人はともかく、検察側証人に志願者が殺到したというのも、ルイ十一世の被害者たちが、こぞって報復を試みたからだった。

もはや暴君の影はない。ローマ教皇の特設法廷は、トゥールのサン・ガチアン教会から、アンボワーズのサン・ドニ教会に移されていた。同じロワール地方の都市だが、法廷の雰囲気が一変していた。

ペストの発生が法廷移動の口実だったが、真の理由はトゥールの空気の息苦しさだと、フランソワは観察していた。郊外のプレッシ城に盤踞《ばんきょ》しながら、トゥールはルイ十一世が活動の拠点とした場所だった。崩御の地でもあり、その街で王女を苛《いじ》めてしまえば、ふわふわと故王の亡霊が出てくるようで、なんだか気が気でなかったのだ。

比べると、アンボワーズは軽やかだった。ルイ十二世の寵愛を得て、ルーアン大司教ジョルジュ・ダンボワーズ、さらに当法廷の判事ルイ・ダンボワーズを輩出した一族の故地だからである。暴君の影に怯えることなく、検察の攻勢に拍車がかかるのは道理だった。が、ならば一方の弁護士とて、こうまで萎縮する必要はなかったはずだ。

逆説のようだが、もっと気を楽にしてよい。トゥールは重く暗く、アンボワーズは軽く明るい。二都市の差は二人の王の凄みの違い、そのものなのである。暴君を弁護する気はないが、器の違いは否めなかった。ルイ十一世が無慈悲な悪党なら、ルイ十二世は賢《さか》しい小悪党にすぎない。こうまで萎縮するべき相手ではないのである。

女房ひとり離縁するために、醜さを許容できない己の未熟を思い悩むだの、愛する母親の気持ちを大切にするだの、ちまちま子分どもに証言させて、言い訳がましく被害者を演じたがる男など、なんの悪党になりきれるものか。

――いや、違う。

と、フランソワは思い返した。ちらと背後に目をやって、サン・ドニ教会の入口を確かめた。木彫の扉に重ねて、そこには人間の扉が据えられていた。銀色の兜《かぶと》を被り、背丈より高い矛槍を翳《かざ》しながら、居並ぶ男たちはフランス王が特設法廷の警護に派遣した、近衛兵の一団だった。近衛という割に大柄な兵士が少ないのは、もともとが小柄な民族から選抜されていたからである。

全員が緑のタータンチェックのキルトを肩口に巻いていた。それは近衛の中でも精鋭として名を馳せる、近衛スコットランド百人隊だった。

栄華を極めるフランス王家も、一昔前は動乱の渦中にあった。イングランド王の侵攻を支持する者も後を絶たず、百年戦争は内乱の性格を併せ持っていた。フランス人こそ、かえって信用ならない。絶対の信を置ける近衛兵には、長きに亘《わた》って祖国を圧迫され、なにより先にイングランド人を憎むという、スコットランド人こそ最適だったのだ。

以来、太平の世の今に至るまで、伝統の部隊になっていた。長い同盟関係の産物として、多くのスコットランド人がフランスに移り住み、大陸で二世、三世を育《はぐく》んでもいる。現任の百人隊は、代々近衛兵を務めた男たちの末裔というわけである。

それだけに皆が筋金入りだった。理屈が矛盾するようだが、シャルル七世の近衛隊より、ルイ十一世の近衛隊のほうが、より勇名を馳せることになっていた。動乱の時代が終わると、フランス王に底なしの忠誠を尽くすのでなければ、存在理由が得られなかったからである。あるいは暴君が、スコットランド移民の弱みにつけこんだのだというべきか。

近衛スコットランド百人隊は圧政の道具でもあった。いつも王の身辺にあるため、秘密裏にスパイ、密告、誘拐、暗殺と汚い仕事を課されることも、ままあったからである。

──ルイ王の犬か。

フランソワは恐怖の異名を思い出した。なるほど、フランス王は恐れられるはずだった。十一世が十二世に代わったところで、邪魔者の粛清に奔走する暴力集団は健在である。戸口を固めて飢えた目を光らせながら、今も血の生贄《いけにえ》を探しているのだ。

法廷は検察側の反対尋問に移っていた。ひとつ覚えの腹立たしい証言が、また淀みなく繰り返されるだけである。放っておけ。フランソワは背後をみつめて止めなかった。射抜く視線に気づいたらしい。ひとりの近衛兵と目が合っていた。それは角張った顎の線で、一徹な性格を物語る男だった。スコットランド人にしては大柄で、がっちりした体軀の凄みが、そのまま亡き暴君の暴力を、今に伝えているかの如くである。

傍聴席の僧服の列から、フランソワを見分けると、相手は厳めしい相貌に驚きの表情を走らせた。が、その一瞬をすぎると、ふてぶてしい薄笑いを取り戻して、向こうからも目を逸らそうとしなかった。

知った男である。名をオーエン・オブ・カニンガムという。「ドゥ・コーニガン」とフランス風に発音されることもあるが、いずれにせよ、カニンガム家はステュアート家、モンゴメリー家に並ぶ、近衛スコットランド兵の名門だった。

三十年輩の男は隊長の赤い腕章を腕に巻いていた。順当に将校の位に昇ったらしい。が、オーエン・オブ・カニンガムは中年に近づく今でも、無鉄砲な少年の面影ばかりを連想させる男だった。それは、かつての学生フランソワが家庭教師につき、まるで弟のように可愛がった教え子だったからだろうか。「ルイ王の犬」と呼ばれる近衛隊長オーエンは、他でもない、忘れえぬ恋人ベリンダ・オブ・カニンガムの実弟だった。

六、仇敵

活気溢れる学生は俄弁士を演じていた。あるいは「説教修道会」という宗派の正式名を思い出したというべきか。それはドミニコ会の僧服だった。どこかから持ちこんだ大樽を、演台に見立てて利用しながら、若者たちは庶民を相手に派手な講談を打っていたのだ。

「そうして現れたのが、鼠《ねずみ》顔した中年男だ。証人といやぁ、普通は緊張するもんでしょう。え、旦那さん、違いますか。なのにピエール某ときたら、なんとも緩んだ顔で証言台についたもんだ。おいら、最初から、こいつは、どうも臭いと思ったね」

幾重にも市民たちに取り巻かれて、それにしても盛況なのは、終わったばかりの裁判を、巧みな脚色で巷に伝えていたからだった。抜け目なく托鉢の鉢を足許に置き、貧乏学生は小遣い稼ぎに励んでいるというわけである。

界隈の関心は高かった。王家の話となると、やんごとなき貴族だの、取り澄ました知識人だのより、かえって名もなき庶民のほうが食いつきがよいものである。わけても、アンボワーズは長らく王家に忠誠を誓ってきた都市だった。寵臣の故地とはいうが、自治体は領主の圧政から逃れるべく、古くからパリに結びついていたのだ。

　暴君の影はない。が、ここでは王家は親しみを寄せられていた。ルイ十一世は自らはトゥールにいながら、仕事に気が散るといって王妃以下、全ての家族を追い払い、このアンボワーズで暮らさせていたからだ。勢い、この街では幼い頃から見守ってきた王子、王女を贔屓にする感情が、飛び抜けて強かった。

　愛着は王族のほうも同じで、現に前王シャルル八世などは、幼年期を過ごしたアンボワーズに、そのまま居城を置いたくらいである。東の空を仰ぎみればよい。うずくまる街並から突き抜けて、ロワール河岸の小高い丘に鮮やかな青色瓦の尖塔を連ねながら、アンボワーズ城が巨大に聳えているではないか。

　当世流行のイタリア様式をふんだんに取り入れながら、シャルル八世が巨費を投じて建《こん》立《りゅう》した豪壮華麗な宮殿は、アンボワーズっ子の誇りでもある。その姉君であられるジャンヌ王妃を苦しめるとは、自らの誇りを傷つけられるに等しい暴挙というわけだ。学生たちが大袈裟に悲劇を仕立てて伝えるほどに、集まってきた庶民たちには大受けになっていた。

「弁護側証人と名乗るからには、ジャンヌ王妃の味方に違いないと思いきや、ああ、なんたることか、弁護士にはそっぽを向くじゃありませんか。するってえと検事の奴と阿吽《あうん》の呼吸で嚙み合って、恩知らずにも姫君を苦しめる発言を連発だ」

　ちったあ恥を知れ、と学生が打ち上げると、群衆は拍子を取って、ちったあ恥を知れ、と大合唱に及んでいた。拳を突き上げ、唾を飛ばし、暴動さえ予感させる激し方である。暴君の家族と片づけるが、これが王家のカリスマというものだろうか。フランソワが混み合いを抜ける間にも、ひっきりなしにルイ十二世の悪口が、耳に飛び込んできた。

にやけたオルレアンの馬鹿殿が調子に乗ってんじゃねえぞ。若い女の尻ばっか追い回している助平中年が、けっ、繊細に思い悩む玉かってんだい。哀れな被害者を演じられるほどに、腹が立って、腹が立って仕方がない。こと大衆に向けては、ルイ十二世の戦略は完全に裏目に出ていた。

わけても女たちの激怒は凄まじかった。ジャンヌ王妃と自分たちの境涯を重ねながら、被害者意識の強い性は、逆に男に被害者面されたことが悔しくて、どうにも治まらないらしいのだ。ここでも白い丸蕪を思わせる太い腕をまくりながら、でっぷりした女房が買物籠を振り回し、通りすがりのフランソワを大きく仰《の》け反《ぞ》らせていた。

「まったく、ふざけるんじゃないよ。ジャンヌさまは天下の王女さまなんだよ。公家の倅《せがれ》が格下の亭主のくせして、不細工だのなんだのって大きなことといえた義理かい」

まったくだよ、と同調したのは、格好が所帯じみる割に、化粧だけが妙に濃い年増女だった。裁縫の下請け仕事をしているので、手提げには裁ち鋏が入っている。取り出して開閉する刃物の金属音を聞かせながら、こちらの金切り声にも独特の迫力があった。

「ほざいてごらんな。あたいなら、宿六のいちもつくらい、すぐにちょん切ってやるわ」

「そうだよ、そうだよ。大体が女を馬鹿にしてるよ。身の程知らずの能なし殿下なんか、ジャンヌさまの内助の功がなかったら、いちもつどころか、首だってちょん斬られてたんだ」

「命拾いしただけじゃないよ。ジャンヌさまが取りなしてくれたから、オルレアンの馬鹿殿は得だってしていたんだ。王家から年金だの、官職だの、貰い放題だったというよ。シャルル八世陛下がイタリアに遠征したときなんか、なんと立派な将軍さまに仕立ててもらったんだからね」

「役立たずのくせに、偉そうに金襴で飾った白馬なんかに乗ってね。まったく、笑わせてくれるじゃないの。ジャンヌさまのほうが、どれだけ武者姿が似合うことか。だって王妃さまはフランスの救世主、ジャンヌ・ダルクに名前を貰った御人なんだよ。昔からオルレアンは『ジャンヌ』って名前の女で立ってるようなものなのさ」

「今にごらんなさいませ。オルレアンの殿は、きっと罰を被るに違いありません。どうしてって、私ども女はイヴの末裔ですから、確かに元は男の肋骨にすぎませんけれど、キリスト教の洗礼を受けたからには、もう聖母マリアさまの立派な後継者なんです」

聖母さまを軽んじるなんて、そんな瀆神《とくしん》行為があるものですか。普段は穏和な修道女まで、常になく激して拳を振り上げて、騒ぎは容易に収まりそうになかった。顎の無精髭を弄《いじ》りながら、フランソワは笑えない気分で顔を歪めた。女房連中の剣幕のほうが、おどおどした弁護士より、どれだけ逞しいか知れやしない。

実際、サン・ドニ教会から出てきたところを迎え撃ち、卑劣な三人の証人に鉄拳制裁を食らわせたのは、アンボワーズの怒れる女の群れだった。これ幸いと金の腕輪や真珠の首飾りが、くすね取られてしまったようだが、下手に反撃するわけにもいかず、警護の近衛兵もたじたじになっていた。

やっとの思いで抜け出して、とりあえず、フランソワはサン・ドニ教会から離れた。賑やかな中心街から、どんどん外に離れていって、そのままアンボワーズの城門を潜るつもりだった。

小遣い稼ぎの貧乏学生を笑えないほど、今回は吝《しわ》い旅だった。教会の伝を頼って、都市の郊外に鎮座するシトー派の修道院に、なんとか数日の宿を確保したのである。朝の勤めだと早朝に起こされるし、出される食事も清貧を地で行く侘びしいものだが、只宿だという事情を考えれば、贅沢などいえなかった。

ふう、と息をつきながら、フランソワは改めて背後の騒動を眺めた。妙に愉快な気持ちだった。市民たちに、憂さ晴らしを代行してもらったというところか。弁護士どもの不甲斐なさには、なんとも後味の悪い思いをしたものだが、これで気が晴れたことにするべきだろうか。

ジャンヌ王妃の敗訴は、もう時間の問題だった。裏で手が回されていたにせよ、正式な手続きを踏んだ証言は、やはり証言として裁判記録に残される。これに基づき、判事は判決を下すのだから、もう結果はみえたようなものなのだ。

そろそろ潮時かな、ともフランソワは考えていた。パリ大学の連中には、裁判など、はじめから茶番劇だと断言していながら、今日まで傍聴を続けてしまった。復讐の瞬間を、この目で見届けるまではと念じて、トゥールからアンボワーズに法廷が移動すると、わざわざ追いかけて傍聴したのである。やはり過去に拘《こだわ》ったのだとしても、去りがたいのは未練ゆえであったことを、フランソワとて自覚しないわけではなかった。

ずるずる留まったところで、なにがある。大学の連中と席を並べて傍聴しても、俺がカルチェ・ラタンに戻れるわけではないのだ。なけなしの旅費を切り詰めて、息苦しい修道院の戒律を守らされながら、なにが得られるというのだろうか。仕事を休み続けるぶん、ナントに帰って上司に大目玉を食らうのが、順当な落ちというものだ。

見上げれば、行手の空では赤と紫が沈んだ基調で混色していた。フランソワは僧服の襟を立てながら、心持ち前屈みに全身に力を入れた。さすがに冷える。汗ばむような好天の一日も、やはり日暮れとなると秋だった。

寒さを感じるのは、一変した風景の淋しさのせいだろうか。アンボワーズくらいの田舎街になると、郊外には都市の中とは思えないくらい、長閑《のどか》な景色が広がっていた。果実の甘い芳香が、そよいで鼻孔をくすぐるのも、一面に葡萄畑が広がっているからである。城壁の内なのだから、規模は高が知れるとはいえ、添え木された低木の絨毯《じゅうたん》は、家庭菜園の域に留まるものではなかった。都市といえば、どこも悪臭がひどいものと決まっていて、その点はアンボワーズも例外ではなかったが、郊外まで来ると悪臭も質が穏やかに変化していた。あぁ、これは堆肥《たいひ》の臭いだな。

なんだか気持ちよく感じられた。俺はもう、すっかり田舎者なんだ。大都会パリなんて、すっかり縁遠くなっているんだ。自嘲しながら、フランソワの表情が和んでいた。

――修道院に一泊したら……。

そのまま、ナントに帰ってしまおう。あの港街は潮風が厳しくなっている頃だ。ああ、ちょうど牡蠣《かき》が食べ頃じゃないか。フランソワは晴れやかな顔を上げ、ずんずんと進んでいった。厳めしく角張った石の楼門が、都会風の時計台など組み込みながら、多少の違和感を覚えさせていたが、はじめは気にするまでもないと思っていた。

が、フランソワの表情は俄に険しさを増した。漆黒の闇となった楼門の陰に潜んで、がっちりした体軀の男が、聳える城壁に背中をもたせかけていたからである。肩にかけた緑のキルトと腕に巻いた赤い印で自ずと知れる。オーエン・オブ・カニンガムである。

まっすぐみられていることは、不愉快な痛みとして、肌で感じることができた。市門警護の夜警に軽く挨拶をこなしながら、フランソワは故意に無視して早足に門を潜った。すっと壁際から離れ、オーエンも後に続いたようだった。

つけられている。それでも平静を保ち、フランソワは変わらぬ足取りで進んだ。まっすぐ前をみながら、強心臓で気づかぬふりを貫いている。が、ずんずんと大股の歩幅で近づいて、オーエンはみる間に隣に並んできた。

目尻が自分の横顔に注がれる、無遠慮な視線を捉えていた。なおも拒否する意思表示として、フランソワは白い街道から、決して目を逸らそうとはしなかった。それでも全ては無駄な努力だということくらい、予想できないわけではなかった。オーエン・オブ・カニンガムという男は、他人の思惑の垣根など、無造作に踏み越えてしまう男なのだ。

「よお、アベラール」

と、近衛兵は呼びかけた。フランソワが無視を続けても、構わず茶化した言葉を重ねた。

久しぶりだな、アベラールよ。色男の先生さまは、ご健在であられましたか。古の碩学を持ち出すのは、いうまでもなく、法曹の学識を讃えたいというのではない。

オーエン・オブ・カニンガムは仇敵だった。それも二重の意味で仇敵だった。

ひとつには姉ベリンダを誘惑されたと恨んでいた。無理もない。姉が坊主の妾になって喜ぶ弟などいるまい。もともとフランソワは姉弟二人の家庭教師として、カニンガム家に雇われていた。兄貴が欲しいと思っていたと、一途に慕った少年は、学僧と姉の関係を知って態度を一変させていた。

オーエンが近衛に入隊して間もなくの話だった。無鉄砲な新兵はルイ十一世の気に入りになっていた。世間では悪し様に罵られながら、暴君という輩は強烈な魅力を放つものらしく、周囲の人間を洩らさず虜《とりこ》にしていた。一本気なオーエンなどは最たるもので、すっかりルイ十一世に傾倒していた。その大事な主君に小賢しい羽根ペンで、不遜にも刃向かおうとした学僧がいたのだ。

裏切られたと思う純粋な心が、主君を疑わない忠義の心と重なったとき、少年は学僧の敵になった。フランソワが王家に睨まれたとき、実際に追放の魔の手として身辺に迫り来たのは、このオーエン・オブ・カニンガムに他ならなかった。

「パリを逃げ出して、どこへいってらしたんですか」

オーエンは続けていた。わざと間延びした口調を使い、まるで善意の人に絡む質《たち》の悪い破落戸《ごろつき》である。フランソワは立ち止まり、ぎんと一睨みに威嚇した。再び歩を速めて歩き出すが、ひるまない薄笑いは、からかうように身体をくねらせ、なおも追跡をやめなかった。

「なあ、教えてくれたっていいじゃねえか。え、アベラールの先生よお」

「ナントだ」

と、フランソワは不機嫌に答えた。ほおお、色男の先生は生まれ故郷のブルターニュに逃げ帰っておられましたか。裏返った笑い声を聞かせながら、オーエンは愉快げに二度、三度と手を叩いた。そうしますと、今度は林檎のような田舎娘をたぶらかしながら、相変わらず家庭教師でございますか。なんといいましたっけ。「説明よりは接吻があった。手は本よりも女の胸に行った。文字を辿るより、みつめあった」とかいう調子で。アベラールの回想から引用しながら、オーエンは調子づいてやめようとしなかった。

「ときに女に鞭《むち》を与えた。怒りの鞭でなく愛の鞭を、なんて、いひゃひゃ、勉学坊主ってな、うまいことを仰るものですな、え、色男の先生さま」

「今は教会裁判所の弁護士だ」

フランソワは短く明かして、相手の茶化した笑いを切り捨てた。オーエンは黙り、真顔で相手の目をみていた。そうだ、教会裁判所の弁護士だ。意外にまともで悪かったな。

「あんたも成長したってことか」

しんみりとして、オーエンの態度が変わっていた。ぶっきらぼうな喋り方は変わらないが、それは少年の頃からの地金である。フランソワの今を認めるのは、この近衛兵も真剣な過去を覚えているからだった。中途半端に学問に縋る気はない。カルチェ・ラタンに講座ひとつ持てないんなら、いつだって野《や》に下ってやる。そんな威勢の良い放言に共感して、少年が拍手喝采したというだけではなかった。

若きオーエンは学僧の足許に縋ったことがあった。フランソワ兄、頼むから還俗してくれ。大学には市民法て学問もあるそうじゃないか。あんたなら宗旨替えしても、すぐに学位を取れるさ。国王裁判所に入れば、弁護士にも検事にも、いや、判事にだって任じられるに違いないんだ。だから還俗して、後生《ごしょう》だから、きちんと姉貴と結婚してやってくれよ。

疎い近衛兵なりに考え抜いた、精一杯の説得だったのだろう。それをフランソワは無下に断っていた。学問を選ぶということは、そんなに簡単なものじゃない。俺はカノン法学に命を賭けているんだ。そこまで打ちこまないで、なんで英知が究められるというんだ。当時は本気の言葉だったが、今になって思い出せば、我ながら赤面を免れえない。まして他人の耳で聞けば、上辺の口実としか思われなかったはずだった。

つまるところ、この高慢な学僧は地道な仕事を厭《いと》うのだ。愛する女を日陰者に貶《おとし》めながら、あくまで自分だけが大切なのだ。そうした確信をオーエンは胸に刻みこんだに違いなかった。同じカノン法の世界に留まったとはいえ、往時の印象を裏切る弁護士という地道な仕事は、やはりパリ時代のフランソワを知る人間には驚きだったようである。

「はん、やっと気づいたか。こうなるんだったら、あのとき……」

「おまえは、いつになったら気づくんだ」

フランソワは逆襲に転じた。淀みなく歩みを続けながら、横顔の厳しさだけで近衛隊長を面罵した。俺は過ちに気づいた。なのに、オーエン、おまえのほうは少しも成長していないようだな。

「なんだと」

険しい形相で立ち止まるも、そのままの歩みで置いてけぼりにされると、オーエンは早足で追ってきた。どういうことだ。なにが、いいたい。むきになった近衛隊長の様子から、フランソワは確信を深めていた。ルイ王の犬も少しは恥ずかしいと思っているらしい。

「変わったとでもいうのか。え、オーエン、どうなんだ。変わったどころか、いっそう悪くなったじゃないか。近衛隊長などと名乗って威張っているようだが、はん、要は破落戸が暴力団の親玉になっただけの話じゃないか」

「黙れ、生臭坊主」

近衛隊長は僧服の襟をつかんだ。ぐいと引き寄せると、また嫌味な薄笑いを浮かべた。へへ、また痛い目に遭いたいのかい。忘れたわけじゃねえんだろうが、え、フランソワ、おい。

「おまえこそ忘れたのか。この俺が今更なにを恐れる。全てを失った俺が、なにを失うというんだ。びくびくしているのは、おまえのほうなんじゃないか」

「俺が一体なにを恐れる」

「王だ」

「…………」

「おまえは王の犬だからな。餌を投げてくれる主人には逆らえんさ」

「なにが悪い。国王を守るのが俺の仕事だ」

「権力に諂《へつら》うのが、だろ。おまえは相変わらずルイ王の犬だ。暴君だろうが、にやけた優男だろうが、おまえは区別することもなしに、卑屈に尻尾を振るじゃないか」

「…………」

「おまえはいったな。フランソワ兄にも紹介したい。実際に会ってみると、ルイ十一世は卑劣な暴君なんかじゃない。聡明すぎるから誤解されているだけなんだ。本当は尊敬できる人物さ。そんな風に目を輝かせて口走ったよな。が、おまえが心酔していたのは、どうやら権力という卑しい魔物だったらしい」

「あんたに俺の、なにがわかる」

「おまえに俺の、いや、俺とベリンダのなにがわかる」

男と男の目と目が、張り詰めながら対峙《たいじ》していた。放せ、汚らわしい。数秒の火花を散らすと、フランソワは襟首に絡んだ兵隊の指を、乱暴に払って解いた。ぺっと唾を吐きながら、あとは背中で言葉を続けるのみである。

「少なくともベリンダは純粋だった。薄汚れた弟なんかとは違った。結婚などしたくないといったのは、おまえの姉貴のほうなんだ。人を愛する気持ちには、どんな保険もかけたくない。形だけの虚飾に落ちてしまうなら、いっそ別れたほうがいい。道ならぬ女のままでもいいから、『ただの皮膚にはなりたくない』と、エロイーズの言葉を引用してな」

フランソワは胸が詰まった。パリの思い出が蘇ると、一緒にベリンダの笑顔が浮かんで、頭から離れなくなっていた。裁判の傍聴を、しつこく続けた未練とは、ひょっとしてベリンダに会えないかという、淡い期待のことだったのだ。

はっきり自覚したことで、帰郷の決意が固まっていた。オーエンが身構えている限り、会わせてもらえるわけがない。なにより、愛する女とは、あれきり生き別れになっている。ある意味で俺はベリンダを捨てたのだ。今さら、俺なんかが訪ねても……。奥のほうに涙の予感が疼いてしまい、フランソワは鋭く鼻を啜《すす》った。後悔の念は尽きない。未練を抱くほどに心が痛むだけである。

なればこそ、オーエンの仕打ちは衝撃だった。フランソワの小刻みに震えた背中では、かっと目を見開いて、近衛隊長が大きな拳を振り上げていた。

「あんたは、いつだって綺麗事だ」

オーエンは伸び放題の剃髪頭を殴りつけた。前のめりに転びながら、フランソワは雑草ごと地面の泥を握り締めた。きさま、といって振り返ったとき、強烈な次の一撃に意識が遠きそうになった。フランソワを踏み止まらせ、強引に引き戻したものは、唐突に明かされた事実だった。

「ベリンダは死んだんだぞ」

と、オーエンはいった。どんな綺麗な言葉で飾り立てても、死んでしまった姉貴は戻ってきやしない。カノン法の奥義を使えば、生き返らせられるとでもいうつもりか。鼻の奥を突き抜けた焦げ臭さに、断罪の言葉が鋭い痛みとして紛れた。二発、三発と拳が叩き込まれたようだったが、フランソワには遠い世界の出来事だった。意識が先に進んでゆかない。オーエンは、なんといった。ベリンダが死んだといったのか。

――そんなはずはない。

ベリンダが死んだ。そんなはずはない。ベリンダが死んだ。嘘だ。嘘に決まっている。俺はパリを逃げ出した。俺は女を捨ててしまった。けれど、ベリンダの無事を信じることができたから、俺は這いつくばって命を長らえようとしたんじゃないか。

「どういうこと……」

オーエンに確かめようと迫ったとき、顎の骨が軋《きし》む足蹴りに襲われた。フランソワは気絶するしかなかった。

七、求め

フランソワ、フランソワ。

女が呼び叫んだとき、男の世界はぐるぐると回っていた。

月夜の彼方に、ほっそり影になって浮かぶのは、ネール塔に違いない。いや、尖塔の並びはルーヴル城だ。いや、いや、違う。双子の鐘楼は中州のノートル・ダム大聖堂じゃないか。その実は左岸の堤防にいて、身動きが取れなくなっていた。四方から殴られ蹴られ、七転八倒のフランソワは、みえるものが容易に定まらなかったのだ。

地べたに放られ、セーヌ河の水面《みなも》が目の前に迫ったと思うや、次の瞬間にはサン・セブラン教会を見上げていた。呻いている間に物凄い力で宙に浮かされ、強烈な重さを食らってよろけると、今度はシテ島の救貧院が目に飛び込んでいる。

なにが、どうなっているのか、わからない。ただの呼吸さえままならず、フランソワの神経は強烈な痛打の衝撃を感じるだけになっていた。血の塊を吐き出しながら、やっと視点が定まったのは、鼻先に強烈な臭気が満ちたときだった。

汚物まみれはパリの道路の常だった。下水などないので、道路の中央に掘られた溝に、糞尿だの、生ごみだのが捨てられて、どろどろ流れているのである。サン・ジャック大通りも例外ではなかった。寒い季節が幾らか臭気を和らげたが、その分だけ流されたての小便が白い湯気を立てながら、フランソワの頰を撫でて過ぎた。

身体中が焼けていた。悶絶して咳き込みながら、ごろりと転がり、フランソワはなんとか仰向くことができた。見下した笑い声が、まわりを取り囲んでいた。けっ、ざまあねえぜ、インテリ坊主。あちらのほうは得意でも、こちらのほうは意外と苦手でございますか。え、アベラールの大先生よお。

言葉は耳に入っても、意味など理解できなかった。まだか。まだか。それだけを心の中で呟きながら、この恐怖と苦痛の時間が終わることを、ひたすらフランソワは待っていた。壊れた笛を思わせる乾いた音で息をつくと、仮借のない殴打は内臓から、骨から筋肉から、身体の成り立ちを、ことごとく歪めてしまったようだった。

永遠に戻らなくなりそうで、もう転げ回る気にもならない。仰向いたまま、フランソワは白い光の結晶をみつめていた。闇から生まれる軽やかな粒子は、際限なく降り落ちながら、傷だらけの学僧に触れたとたん、心地よい冷たさとなって溶けた。静かな雪の夜だった。

「俺と一緒に逃げてくれ」

そういって学生は恋人の手を引いていた。カルチェ・ラタンからシテ島に抜け、ノートル・ダム橋から右岸に渡れば、そこはグレーヴ河岸である。小麦の港は無数の桟橋を並べている。一艘の小舟を調達して、フランソワはセーヌ河を下ることに決めていた。

とりあえず、ノルマンディに逃げる。カン大学に潜みながら機会を窺《うかが》い、算段がつき次第、今度は玉砂利の海岸から、鉛色の冷たい海に漕ぎ出すのだ。イングランドに渡ってもいい。スペインに流れてもいい。足を延ばせるなら、ドイツでも、イタリアでも構わない。文明があるところ、必ずや大学が鎮座しているからである。

フランソワは文通仲間を頼るつもりでいた。顔もみたことがなかったが、皆が熱く学問を論じながら、友情を深めたはずの連中である。暴君め、ざまあみろ。悪いが、俺は交友を国際的に広げていたのだ。世間知らずの学生は、国外に出れば、いかなフランス王とて手が出せないと踏んでいた。

要は慎重に夜を選んで、まんまとパリを抜け出すことだ。が、現実は無邪気にカルチェ・ラタンを駆け出して、それでフランソワの命運は尽きた。ルイ王の犬どもは夜もなく、昼もなく、絶えず学生の下宿を見張っていたようだった。

武装の一団が襲ってきた。フランソワが捕らえられたのは、聖域から一歩出たところだった。法の定めからいえば、大学には自治権があり、フランス王とて容易に手を出せない。そんな枝葉の決まりまで遵守して、思えば、暴君の魔手に抜かりはなかった。

――こいつらはプロだ。

かなうわけがない。学生が気絶の淵に、すっと落ちかけたときだった。フランソワ、フランソワ、と声が聞こえた。女の求めに男は気力を取り戻した。なにくそと自分をけしかけ、ごろりと転がり、腹這いになる。立ち上がろうと、フランソワは両の腕に力を籠めたが、その奮闘も人間とは思われない力で、あえなく押し潰されていた。

徒党は上から剃髪頭を押しつけた。頭蓋骨を軋ませながら、フランソワは血の塊と小便を、一緒に噛み締めるしかなかった。なにくそ。なにくそ。首の後ろに、あらん限りの力を籠めると、やっと斜めにみえたものは、白い五本の指先だった。

フランソワ、フランソワ。男の名前を呼びながら、ベリンダは必死に虚空をつかんでいた。何度も閉じたり開いたりして、決して諦めようとしない。そうだ、そうなんだ。この純粋な女が、俺を裏切るはずがなかったんだ。少しでも疑った俺が馬鹿だった。疑って縛ろうとした俺が卑しかった。この苦痛が、その罰だとするならば、まして俺は諦めるわけにはいかないのだ。

指の動きに応えようと、男は精一杯に腕を伸ばした。その手の甲を容赦ない乗馬靴が、固い踵で踏みつけていた。仕留められる獣のように呻きながら、熱くたぎったフランソワの胸中に、涙まじりの醒めた思いがよぎっていた。

——俺は無力だ。

ベリンダは男たちに奪われて、みるみる辻を遠ざかった。このほうがいいかもしれない。見苦しい執着で、この女を縛るべきではなかったのだから。

暴れる動きを押さえられて、ベリンダの赤い頭巾が外れていた。雪の夜空に栗色の髪が躍った。フランソワ、フランソワ。花弁の唇が動くたび、綿雪のような吐息が弾み、ことごとくセーヌの河風にさらわれてゆく。フランソワ、フランソワ。蠟《ろう》のように白い顔をして、この女はどうして、こんなに必死なのだろう。

なんだか滑稽な感じがした。着膨れしたベリンダは、さらに小山の背負子《しょいこ》を担いで、まんまるくみえていたのだ。ふっくらした頰に、あどけなさを残した十六歳の女は、そういえば、とぼけたことを口走ったものだ。

「あら、やだ、太ったのかしら。ううん、わたしって着太りするほうなのよね。だから、冬着だけは似合わないんだわ」

不機嫌な顰め面を思い出して、フランソワは笑い、そのまま声を刻むようにして泣いた。

わたしね、ベーコンだけにはうるさい質なの。わたしね、待ち針の打ち方だけは譲れないわ。

もう、いやんなるわ。サン・トノレ教会の裏の店まで行ったのに、こいつ、まるで木綿の汚れが落ちないのよ。石鹸だけは妥協したくなかったのに、あの雑貨屋の小父《おじ》さんときたら、わたしを誰だと思ってるのかしら。

「おまえの『だけ』を数え上げたら、一冊の本ができちまうぜ」

「なんですって、フランソワ。わたし、そういう冗談だけは許せないわ。だって、わたしは、あなたのことだけ考えて……」

二人して大笑いしたもんだ。蘇るのは下らない会話だけだった。つまらないことばかり、喋るんじゃない。どうして女って生物は、下らない物事に、いちいち大騒ぎしてるんだ。フランソワは苛々して、ときに怒鳴ったくらいなのだが、どういうわけか、そんな日常だけが浮かんできて、女の愛しさを狂おしく実感させていた。

ああ、そうか。ベリンダが抱えた荷物の山には、今も「だけ」が沢山詰まっているはずだった。油紙に包んだベーコン。裁縫箱の針山。シテ島で手に入れた抜群の石鹸。そんなものを詰める馬鹿がいるか。急ぐ旅なんだから、行った先で買えばいい。

――馬鹿は俺だ。

フランソワの背負子には無数の紙束が詰まっていた。グラチアヌス教令集、グレゴリウス九世の教皇令集、ボニファチウス八世の第六集、クレメンス五世の教皇令集とカノン法の目録は一冊も欠かさず、さらにエドモン先生の講義を速記した手帳から、自分で書きかけた草稿、受け取った文通相手の書簡まで、ぎっしり詰め込み担いできていた。

これさえあれば、どこでも生きていけると思っていた。いや、これこそが命綱だと信じていた。なのに失っては生きられないのは、台所で歌うように喋り続けた、ベリンダの独りよがりな言葉なのだ。大切な女を奪われたくないのなら、カノン法などうっちゃって、短刀のひとつも腰の荒縄に括ってくるべきだったのだ。

俺は無力だ。やはり、これでよかったんだ。身を裂かれるような無念の裏側で、フランソワは同時に安心してもいた。

とにかく、ベリンダは無事なんだ。こんな俺と一緒にいるより、危ない旅に乗り出すより、ずっと安全に暮らしていけるのだ。なに、信じられるさ。なに、信じてくれるさ。次は短刀を忍ばせて、いつか迎えに行くだけのことだ。

フランソワ、フランソワ。女の声は遠ざかり、吹き抜ける北風の音ばかり、耳につくようになっていた。あるいは嫌らしく笑い続ける、暴漢の勝鬨《かちどき》だったのかもしれない。どうだっていいや。左右から脇を引き上げられ、抜け殻のような身体が吊されたとき、フランソワは皮肉屋の気取った笑みを浮かべていた。自分自身を冷やかしながら、虚ろな目を上げてみると、みえたのはオーエン・オブ・カニンガムの短刀だった。

「あんたも伝説の仲間入りだ」

オーエンは危うい目をして笑っていた。だって、アベラールになりたいんだろう。血塗れの肉体に手をかけると、歯止めの利かない若者は、迷いもなく鋭い刃先をあてがった。鈍い閃きをみつめながら、フランソワは今さら自分を取り戻して、戦慄の叫び声を上げていた。

やめろ、オーエン、やめろ、やめろ。

「やめてくれ！」

フランソワは飛び起きた。同時に脳天まで響きながら、顎に痛感が走っていた。いちち。ハッとすると、汗ばむ指で木綿の掛け布団を握りしめていた。ああ、夢だったのか。そうか、オーエンに殴られたんだ。

改めて顎をさすると、ひりひりして腫れも引いていなかった。そんなに時間は経っていないはずだ。なのに、弁護士は遠い記憶でも取り戻したような気がした。夢のほうが、それだけ鮮やかだったということか。

そこは殺風景な白壁の部屋だった。あちらこちらに亀裂が走り、斑《まだら》に塗りが剝げているので、石の地色が覗いている。フランソワが横たわる寝台の他にも、がっちりした木枠の二段寝台が、あと三台も据えられていた。救貧院の寝所にしては狭い。修道院が巡礼に供する宿坊というところか。

「ああ、お目覚めになられましたか」

背もたれのない三脚の椅子に座って、老人が覗き込んでいた。はて。付き添いには見覚えがあった。それが誰だったのか、はっきりとは思い出せない。ぼんやりしたまま、フランソワは問いを発した。すみません、ここはどこなのですか。

「サン・ドニ教会の司祭館でございます」

「サン・ドニ……。アンボワーズ市内の」

なるほど、白壁には小さな十字架が架けられ、磔刑のキリストが悲しげにうなだれていた。構えない旅人を迎える、司祭館の予備の客間ということである。フランソワの観察とて、当たらずとも遠からずだった。ええ、そうです、と認めながら皺面の老人は続けた。

「いや、驚きました。貴僧ときたら、血だらけで担ぎ込まれたんですよ」

フランソワは気絶したまま、運び込まれたということらしい。傷口に特製の軟膏を擦り込んだとか、顎の腫れを水を入れた羊の膀胱で冷やしたとか、老人は得意げに施した処方を説明した。

「ところで僧服の替えはお持ちですかな。毳《けば》だった生地が血を吸ったようですよ」

「え、いや。持っていませんが」

フランソワはやや慌てた手つきで自分の着衣を確かめた。

「ええ、これくらい大丈夫です。地が黒色ですから、多少の汚れは目立ちません」

「そうかとも思いまして。いえね、聖職の方に俗人の服を着せるわけにはいきませんでしょう。といって、裸にしておくというのも気の毒かと存じまして、そのままにしてしまいました。あるいは眠られている間に、洗濯しておくべきだったかもしれませんな」

「いえ、いえ。このままで結構です」

フランソワが早口になると、もごもごと言葉が籠もり、我ながら不明な発音になっていた。うまく声が抜けないのは、殴られて破れた下唇が、普段の二倍に腫れ上がっているからだった。普通にしていても、うまく口が閉じてくれない。注意しながら、フランソワは改めて礼を述べた。

「申し訳ございませんでした。ご迷惑をおかけいたしまして」

「キリスト教徒として当たり前のことですから、お気遣いなく。それに、まるで知らぬ間柄というわけでもありませんですし」

やはり、老人は知り合いらしかった。さて、誰だったろうか。フランソワが瞳を白目の上側に寄せ、脳味噌の記憶を手繰る顔をしていると、相手は確かナントの弁護士の方であられましたなあと先を続けていた。

「ほら、昼間にお会いいたしましたでしょう」

「昼間というと、法廷で」

ああ、といってフランソワの顔が晴れた。なんとも、面目ない姿をおみせいたしまして。照れ笑いで顔の皺を深めた男は、姫さまに申し訳ないと傍聴席で隠れて泣いた、ジャンヌ王妃の老侍従だった。確か、シャルル、そう、シャルル・ドゥ・プルウと名乗っていたはずだ。ああ、そうか。だから、ここはサン・ドニ教会なのだ。ジャンヌ王妃はトゥールでも、アンボワーズでも、被告として司祭館に寝起きさせられていた。

「…………」

知らぬ間に暴君の娘と同じ屋根の下にいた。思いつくと、弁護士の胸中に熱を孕《はら》んだ黒雲が満ちた。どうして俺が、こんなところで介抱されていなければならないのだ。こんなところに俺を運びこんだのは、どこのどいつだ。フランソワに閃きが走った。

「まさか、オーエンが」

「カニンガム隊長閣下でしたら、もう宿舎に引き上げられました。今宵の警護の当直は、隊長代理のモンゴメリー閣下が担当なさっておられます」

「引き上げたというと、ここにはカニンガム隊長が」

「ええ、貴僧を肩に担いで、ここに」

いやあ、カニンガム隊長閣下は一見強面《こわもて》なのですが、どうして、根は心持ちの優しい御仁であられますなあ。貴僧のことだけではありませんよ。忘恩が常の世間にあって、今もジャンヌ王妃に偽りのない敬意を示して下さるのは、あの方くらいのものなのです。まったく、誰も彼もが恩知らずで。老人はハンケチで目頭の涙を拭っていた。

「実際のところ、隊長閣下は今日だって……」

「失礼だが、拙僧は帰らせていただきます」

老人の言葉を遮りながら、おもむろにフランソワは立ち上がった。そういうことなら、もう一刻も甘えられない。教会の善意であれ、受けたくはない。あのまま狼の餌食になったほうが、どれだけ愉快か知れやしないのだ。

——オーエンの奴。

気絶した俺を、わざわざ暴君の娘のところに運びこむなど、嫌味にも程がある。あの男は腐っている。根まで腐り切っているのだ。憤懣《ふんまん》に駆られながら、ずんずんと扉に向かう弁護士を、小柄な老人は腕にぶら下がるような格好で止めた。

「お待ちを、お待ち下さい、ベトゥーラス弁護士」

ナントの弁護士だとはいったが、あなたに名乗った覚えはない。あの卑劣なルイ王の犬が明かしたのだと思えば、名前を呼ばれることさえ癪に障った。どうせ、アベラールだの、なんだのと、無神経に茶化して付け加えたに違いないのだ。

それが暴君の係累なのだと思えば、腹立ちはなおのことである。フランソワは乱暴に腕を振って、だぶつく僧服の袖口から老人の指を解こうとした。お待ち下さい、ベトゥーラス弁護士。おりいって話したい儀がございますので。

「拙僧には話すことなどない」

ぶんぶんと振って遂に解き、弁護士が削り出しのノブを握ったときだった。すっと動いて向こうから開いた扉が、前屈みのフランソワを仰け反らせた。無表情に立っていたのは、やけに長い鼻の女だった。

「私のことはご存じですね」

と、ジャンヌ王妃は始めていた。正面から見据えながら、フランソワは黙って頷いた。

法廷で聞くよりも、柔らかな声だった。が、陰気な印象を動かすには至らない。この日も王妃は濃紺の装いで、きっちり顎まで覆った頭巾など、修道女の被りものが色っぽくみえるくらいである。それは明らかに人目を避ける趣向だった。

自分でも容姿に引け目を覚えているということだ。あるいは敬虔な信仰が華美を自粛させているのか。地味な布地の上に揺れる、堅苦しい十字架の首飾りが目についた。手元にはロザリオを握り締め、そうすると狂信的という悪口さえ、あながち見当違いでない気がした。依然として女の表情は動かなかった。感情表現が下手というより、感情など持ち合わせていないようにみえる。べとんと平らな目を逸らさず、腹に憤懣を抱え続けていなければ、ひるまずにいられなくなるくらいだった。

これが暴君の娘なのだ。ルイ十一世も、こんな風に人を威圧したに違いないのだ。フランソワは怨敵《おんてき》と対峙する気分だった。迎え撃つように正視しながら、椅子の肘掛けを震えるほどに強く握り締めずにはいられなかった。

サンダルの足許は暖かかった。床には毛の長い絨毯が敷かれ、中央に据えられた黒檀の円卓は、クッションの安楽椅子で取り囲まれていた。ちらと視線を外しながら、ぼんぼん時計を覗きみると、もう針は夜の十時を回っていた。高級な機械を置けるだけ、司祭館の隣室は粗末な宿坊に比べると、ずいぶん贅沢な場所だった。

普段は客間を兼ねた居間に使っているのだろう。食器棚には宗教の主題を描いた彫刻の戸が並び、わざと中身を覗かせた段には、銀食器の輝きが並んでいる。四本脚の長持には手慰みの竪琴が立てかけられ、銀の鏡や衣装棚が順に壁際を占領していた。

無論、暖炉も備えられている。草木模様を彫刻した頑丈な石の暖炉である。なのに、秋の夜の冷えこみがはびこって、ひんやりした空気がフランソワの頬を撫でていた。恨み言をいうように、ときどき熾火《おきび》が強弱して、新しい薪を要求している。

老侍従は下げられていた。といって、ジャンヌ王妃は自分で立ち上がり、薪を放り入れるでも、火掻き棒を弄《いじ》るでもなかった。凍えるくらいに寒くても、姫さま育ちは暖炉に触る術など知らないということだろうか。

――いや、違う。

ジャンヌ王妃は容姿に引け目を感じている。とりわけ、歩く姿をみられたくない。がくがくと肩を揺らす見苦しさを、つぶさに観察されるくらいなら、凍えていたほうが本望というわけだ。

気づきながら、フランソワは意地悪心に駆られていた。こちらも立ち上がって、薪を足そうとはしない。ますます気分が居直るのは、話がみえてきたからでもあった。やはり、そうか。ジャンヌ王妃は歩きたくない。できるなら、椅子に座って動きたくない。それなのに弁護士の退室を阻《はば》もうと、自ら歩いて宿坊の戸口まで赴いたのは他でもない。

恥も外聞もないくらい、この女は追い詰められていた。無表情とて懸命な自制の表れなのかもしれない。フランソワの閃きが確信に変わろうとしていた。

「王妃さまにおかれましては、大変お困りのご様子ですが……」

「貴僧に私の弁護をお願いしたい」

強引に遮って、ジャンヌ王妃は先手を打った。つけられた弁護団は役に立たない。まともな弁護士を探さなければならない。やはり、そういうことだったか。予想していた申し出とはいえ、フランソワには腹立たしかった。オーエンの奴め、一体どういうつもりなんだ。腫れた唇に気をつけながら、弁護士は明瞭な言葉で突き放した。

「お断りいたします」

フランソワの体内を、さあと爽快感が吹き抜けた。俺は断る。皆が断る。誰にも弁護されることなく、おまえは屈辱の底で啜り泣くのだ。いくら王妃に止められても、あのまま強引に去ることだってできた。求めに応じて、おとなしく席についたのは他でもない。

復讐の心理が頭を擡《もた》げていた。この女は弁護を求めてくるだろう。それを俺は、にべもなく撥ねつけてやるのだ。容赦なく打ち据えてやるのだ。次第によっては、この醜女を口汚く面罵してやる。おまえは自分を、他人に弁護を頼めるような人間だと思っているのかと。

「暴君の娘の弁護はできないと、そういうことでしょうか」

「…………」

フランソワが黙して答えなかったのは、気後れというより疑念が湧いたためだった。ルイ十一世に恨みを持つ者は多い。一般論にあてはめて、あてずっぽうにいっているのか。それとも俺が抱く恨みまで、詳しく知っているのだろうか。もしや、そんなことまでオーエンは、残さず話してしまったのか。

――ならば、貴女の話など聞かない。

やはり、席につくべきではなかった。部屋を辞そうと口を動かしかけて、フランソワは腫れた下唇が、上唇に引っかかる感触に挫《くじ》かれた。なんて、いまいましい。その隙にジャンヌ・ドゥ・フランスは続けていた。

「マギステル・フランソワ・ベトゥーラスでございますね」

「カノン法では教授資格を持ちません。ただの学士です。いや、そんなことは、どうだっていい。拙僧がフランソワ・ベトゥーラスなら、一体なんだというのです」

「お噂はかねがね伺っておりました。パリ大学で学ばれた方だと聞いております。将来を嘱望された学僧であったということも、婚姻条項の優秀な専門家だということも、全て存じ上げております」

「カニンガム隊長がなんといったか知りませんが……」

「オーエンではありません」

「では、拙僧のことなど、誰から聞いたというのです」

「ベリンダに聞きました」

「…………」

「あなたがパリを去ってから、しばらく私のところで侍女をしておりました」

「…………」

「ベリンダは貴僧のことばかり話しておりましたよ」

フランソワは虚空をみつめて絶句した。八百屋のおばさんたら、「カノン法の婚姻保護に関する一考察」なんて、あなたの二番目の論文の題名をいえるのよ。さすがにカルチェ・ラタンの八百屋さんだと思ったら、ベリンダちゃんが百遍も繰り返したからじゃないの、だって。わたしって、意外とお喋りなのよね。

歌うような女の声が、また鼓膜に蘇っていた。ベリンダが死んでしまったなんて……。ですから、みこんで貴僧に弁護をお願いいたしたい。それがジャンヌ王妃だと気づいて、ハッとした弁護士の目は、なにか慌てて探し物をするようだった。

八、新弁護士

検事は処女検査を要求した。

そのとき、ジャンヌ王妃は蠟のように白い顔を強張らせた。くどくど説明するまでもない。被験者は薄暗い教会の奥の部屋で、肉屋のまな板を思わせる台上に、平たい腹を上に長々寝かされることになる。全裸なのか、半裸なのか、それは検査人の匙《さじ》加減だが、下半身は避けられない。ひんやりした肌寒さを尻の皮膚に感じながら、女は蛙のような格好で、両の脚を左右に大きく開かされるのだ。

奥の茂みに秘められた、どこよりも繊細な肉体は、きっとワセリンを塗った指で、無遠慮に弄り回されることだろう。検査を担当するのは、据わった目をした医者だろうか。

相場が生真面目顔した、陰湿な助平野郎である。わざわざ誂えた「膣鏡」なる特殊な道具を持参して、ねちっこく観察する手合いも少なくない。より正確に鑑定すると口実を設けて、男根を模した張形を持参する輩もいる。

最も良心的な鑑定というのが、素朴に指を入れるという方法だった。人差指の第一関節までしか入らなければ処女、さらに第二関節まで入れば非処女というのが一応の目安だった。ジャンヌ王妃が幸運なら、あるいは女の検査人があてがわれるかもしれない。狡《ずる》い目をした老齢の産婆のことである。かえって無神経な手合いが多いのだが、仮に同性の共感を得られたにせよ、男たちの目から女陰を隠すことは許されなかった。

検査には立会人というものがいる。判事、検事、弁護士、聴取官、報告官、陪席官、公証官等々、ほとんどが坊さんとはいえ、正真正銘の道具を備えた男たちに、代わる代わる膝の間を覗き込まれ、対になるべき女の道具を吟味される。嫌らしい薄笑いを嚙み殺した連中が、真面目を装った白々しい声で、唇が薄いだの、口が狭いだの、色が悪いだの、左右が揃っていないだの、無礼な品評を際限なくするのである。よく響く声を聞きながら、大きく両の脚を広げ続け、なおも女は秘部の寒さに、じっと耐えていなければならない。

これが教会裁判の現場における処女検査の在り方である。どの女が恐れないというのだろう。どの女が屈辱を覚えずに済むのだろう。検察が強硬手段に訴えて、離婚裁判も大詰めの審理を迎えていた。

サン・ドニ教会の堂内に、ひんやりと冷たい空気が流れていた。教会という建物は、元来が明るいものではないのだが、まだしも裁判が始まった八月には、夏の陽光がステンドグラスを透かしながら、さかんに七色の光を注ぎ込んでいたものである。

もう、十月十二日だった。濡れた落ち葉がアンボワーズの界隈に零れ、人々に秋の深まりを印象づけていた。真夏には心地よかった堂内の涼感も、もう寒いとしか感じられない。ぶると不意の身震いに襲われて、フランソワは毳《けば》だった僧衣の襟を立てていた。

傍聴席に交じりながら、ナント司教座法廷の常設弁護士は、今日も出張研修を続けていた。帰郷を思い切れないのは、そろそろ幕引きかな、だったら最後まで、と思うからである。ジャンヌ王妃が抗戦の意思を表明して、もう二ヶ月になろうとしていた。当初は手続きだけで終わるといわれた裁判を、二ヶ月まで引き延ばしたのだから、無駄な抵抗としては十分に健闘したほうだろう。

――それにしても寒い。

ひょんと跳ねた寝癖の髪を気にしながら、田舎弁護士は機嫌が悪かった。かっかと煮立って、なにかに憤っているときよりも、気分が滅入って仕方ないときの苛立ちこそが、フランソワ・ベトゥーラスには最悪の状態なのである。

場違いな熱意が、こんな午後には腹立たしい。馬鹿犬のような徘徊を、仮借なき追及の手管《てくだ》として、どうやら検事は本気で自信を持っているようだった。中央に一段高く判事席、左側に原告席、右側に被告席が据えられた祭壇前のトライアングルを、右に動き、左に動き、わざとらしい身振り手振りを交えながら、それで熱こもる弁論のつもりらしかった。

「判事の皆さん、これ以上審理すべき要件はありません。被告ジャンヌ・ドゥ・フランスが結婚なき事実を認め、もって無効取消を受け入れるのなら、原告は徒《いたずら》に審理を長引かせようとは思いません。しかし、被告があくまで否認を続け、それでいながら、なんら有効な答弁を展開できないのであれば、あとは処女検査を受けて頂くしかないのです」

形は裁判官席に訴えながら、その実は被告席に向けられた、あからさまな恫喝だった。検事レスタンは脂ぎった中年男である。嚙みつくような詰め寄り方に、ジャンヌ王妃は今にも犯される気がしたに違いない。

「公正な処女検査の客観性にこそ、全ての事態が委ねられるべく、検察は不本意ながら、判事に請求いたしたいと存じます」

それは棒読みのようなラテン語だった。紙片を右手の指の股に挟みながら、専門の学識に乏しい教会官僚は、顧問としてつけられた学僧の覚え書きを、まんま読み上げているのだ。そのために意味がわからなかったのだろうか。

なにが公正だ。なにが客観だ。フランソワは喉奥に息苦しさを覚えていた。検察側の欺瞞《ぎまん》ぶりに、弁護士の職業倫理が思わず口を出しかける。無理に言葉を吞もうとすれば、塊で喉が苦しくなる。庶民がこの手の裁判を起こすときでも、男は教会役人に幾ばくかの賄賂《わいろ》を渡すのが常だった。まして、本件を起こした男とは、全能の権力を誇るフランス王ではなかったのか。

処女検査が実現すれば、検査人は間違いなく、原告の息のかかった人間となる。国王の寵愛を得たくて、無償の奉仕を名乗り出る輩とているだろう。たとえ善意の人間でも、恥知らずな被告側証人のように、その場で寝返ることは必定《ひつじょう》だった。細工を整えたあとは、悪意に満ちた指先で弄るだけ弄り回させ、あげく処女だったと公言させればよいのだ。

結婚の同意を巡って争われた法廷は、その焦点をラテン語で「コンスマーティオ・マトリモニイ（結婚の完成）」と呼ばれる問題に絞り込んでいた。

平たくいえば、やったか、やらないか、である。夫婦の間の性行為の有無こそが、なにより結婚の意思表示を、物語ってくれるからである。

カノン法の定めによれば、結婚は肉体関係によって「完成」されなければ、単なる「マトリモニウム・ラトゥム（認証婚）」にすぎない。この不完全な状態は「マトリモニウム・ラトゥム・エト・コンスマートゥム（完成の認証婚）」に移行するべきとされていた。

法源となるのは、旧約聖書、創世記二の二四「男はその父母を離れ、妻と結び合い、ふたりは一体となるのである」、並びに新約聖書、エペソ人への手紙五の二八「夫も自分の妻を自分のからだのように愛さなければなりません」という文言だった。

エペソ人への手紙五の三一にも同様の趣旨で、人としての規範が繰り返されている。これを神学の見地から解釈して、十一世紀の碩学シャルトルのイヴなどは「夫婦は精液の混合において一体となる」とまでいっている。

要するにキリスト教の教えは命じているのだ。夫婦ならセックスしなさい、と。

昼間に男女が教会の祭壇に進み、それらしく永遠の愛を誓ってみせても、ほんの上辺のことにすぎない。初夜の明けた夫婦が破瓜《はか》の血で汚れた敷布を公にするのは、真に結婚したことの宣言なのである。王侯貴族の政略結婚に至っては、同盟を解消されてたまるものかと、初夜の寝台に数人が張り付き、つぶさに見届けようとする場合すらあった。

いずれにせよ、それが権威ある神学であり、厳粛な法の定めである限り、男女は「結婚の完成」なくして、完全な夫婦とは認められない。裏を返せば、やってしまえば、もう別れられないということだった。

カノン法にも「完成の認証婚は死亡の場合を除いて、人間のいかなる権力によっても、またいかなる理由によっても解消されえない」と明記されている。その場合の無力は「スープレーマ・オークトーリタース（最高権威）」たるローマ教皇の権能とて例外ではない。

なるほど、検察側が躍起になるはずだった。王と王妃の肉体関係は、なんとしても否定しなければならない。そうすると処女検査は、離婚を成立させる最も手早い方法だった。離婚の精神を想起すればよい。はじめから、なかったことにする。だって、やってないんだから。女が処女だと判明すれば、あるいは判明したことにすれば、結婚の完成なき事実に異論の余地はなくなる。

「…………」

唾をつけた掌で乱暴に擦りながら、寝癖の髪を押さえつけなければ気が済まない。現役の教会弁護士として、フランソワは呆れて声も出なかった。はたして、こんな出鱈目があるだろうか。理論は理論として、裁判の現場には判例というものがある。常識で考えればわかるように、「結婚の完成」云々などは、普通は結婚式を挙げてから、一年未満の夫婦が争う問題なのである。

なぜか拒否して許してくれない。あるいは、がちがちに怯えて膝が開かない。だから、こんな女を妻とは呼びたくない。そうしたところが男側の訴えである。なぜか身体を重ねようとしない。意気地がなくて奪ってくれない。だから、こんな男を夫とは呼びたくない。女側の訴えはそうしたところか。

何年も抱えこんでおく問題ではない。経験の浅い男女が、おかしい、おかしい、と悩み続けるのも、一年が限度というものなのだ。ところがジャンヌ王妃の場合は、結婚から二十二年も経っていた。この長い歳月を夫婦として暮らしながら、ルイ十二世は妻とは一度も寝ていないと、公に主張したことになるのだ。

なんと、白々しい話だろう。現実離れの主張を通すべく、検察が持ち出した根拠こそが、専門用語にいう「マレフィキアータ（呪われた身体）」、あるいは「フリジダ（冷たい身体）」という障害だった。

男女関係を取り結べなくする、深刻な肉体的欠陥のことである。原告はジャンヌ王妃の身体にけちをつけて、ルイ十二世を重ねて不憫《ふびん》な犠牲者に仕立て上げようというのだ。

あるいは処女検査を強行するための方便というべきだろうか。検査が強制されうるのは「イン・カウシス・デ・インポテンティア・ウェル・デ・コンセンスス・デフェクトゥ・プロプテル・メンティス・モルブム（交接不能または精神疾患を理由とする婚姻意志の欠如の審理において）」のみだからである。この法文にあてはめたつもりだろうが、なんとも強引な空論の印象が否めない。

「ふっ」

息を鼻で抜きながら、フランソワは小馬鹿にする笑みを浮かべた。辻褄合わせの論法は、検察顧問の学僧がなした、虎の子の入知恵に違いなかった。まったく、なんて稚拙な論法なんだ。なるほど、学生どもが遠慮なく悪態をつくはずだよ。

原告席に太った腹を突き出して、初老の僧服が座っていた。豪奢《ごうしゃ》な黒貂の毛皮など羽織りながら、これみよがしに学帽の金総《きんぶさ》を揺らしてみせ、白髪が増えた分だけ年寄りめいていたが、目の下の弛みは若い頃から変わらない。威厳を意識した演技などは、いっそう滑稽さを増したというべきか。検察顧問の学僧は他でもない、昔から王家に近いと噂された、ナヴァール学寮のエドガー先生、その人だった。

こんな風だから、脳味噌が痩せた老いぼれ、などといわれるのだ。こんな風だったから、姪と名乗らせて囲った若い妾さえ、他の男に乗られてしまったりするのだ。

——馬鹿じゃないのか。

実際、ジャンヌ王妃は具体的に、どんな欠陥を持っているというのだろう。脳味噌が痩せたなりに、エドガー先生とて知っているはずだ。「マレフィキアータ」及び「フリジダ」は、専門家の間でも解釈が分かれる実に難しい問題だった。

弁護側が追及する気になれば、検察側の曖昧さを、いくらでも突くことができる。それを試みる意欲が、連中には皆無だというのだから、エドガーを嘲笑っても始まらなかった。

ジャンヌ王妃の弁護団は被告席に、ずらりと丸まった背中を並べていた。トラヴェール弁護士、ボレル弁護士、ヴェーズ弁護士の三人体制を、立派な学位を持つ四人の顧問が支えていた。剃髪した後頭部が、無駄に七つも並んでいるというわけだ。

現に傍聴席から窺うと、きゃつらの白い横顔が四六時中みえていた。怯えた目をして、きょろきょろと落ち着かない。法廷警護の近衛兵に見咎められて、国王ルイ十二世におかしな告げ口などされては、たまらないというわけだ。

戦意喪失も甚だしい。それで本当に弁護士なのか。やりたい放題を検察に許しながら、これまで被告側の反駁《はんばく》といえば、まったくの素人であるジャンヌ王妃の答弁が、フランス語からラテン語に直して伝えられただけだった。

「スキオ・クオド・ソン・スム・イタ・プルチャラ・セウ・フォルモーザ・シクート・スント・プリュリエース・アリアエ・ムリエレース（私は他の多くの女たちのように、可愛らしくも美しくもないことは知っています）」

容貌を気にする女の口が、自ら吐くには辛すぎる言葉だった。専門用語「マレフィキアータ」及び「フリジダ」など引用したところで、裁判の論調は井戸端の下世話な悪口と変わるところがない。ルイ王ともあろう容姿端麗な色男が、ジャンヌ王妃のような地味な醜女を抱く気になるわけがない。こんな漠然とした印象論議が、苟も教皇聖下の特設法廷ともあろう場所で、そのまま横行していたのだ。

——せんないことか。

フランソワは顎の無精鬚を撫でながら、ふっと息を抜いていた。なんだって、俺は熱くなっているんだ。他に仕方のないことじゃないか。まさに順当な結末じゃないか。たぎりは失せ、男の胸中に沈んだ色が取り戻されていた。同時に、また苛立ちが疼き始めている。

内心の憤りを慎重な吐息に託して抜いているのは、なにもナントの弁護士だけではなかった。他の弁護士も、大学関係者も変わらない。アンボワーズのサン・ドニ教会には、今日も傍聴人が詰めかけていた。そこそこに席も埋まっていたのだが、往時の賑わいは、すっかり鳴りを潜めている。寸評ひとつ囁かれず、傍聴席は静かだった。ひんやりと薄暗い堂内を、さらに暗い色で染めながら、聖職者の群れは一様に伏し目がちである。

成り行きには誰も驚いていなかった。処女検査を強要する、暴力に近い論法さえ、予想できないものではなかった。が、これは欲得ずくの歴史の中で、王家と教皇庁の間で繰り返されてきたような、薄汚い闇取引の類ではなかったはずだ。

公の裁判になっていた。そこは法という名の正義が、全てを司《つかさど》るべき舞台だった。神学に裏付けられ、聖書の精神を反映するカノン法の正義とは、突き詰めれば神の教えなのである。王家始まって以来の離婚裁判は、なにも話題になりやすい、注目の事件というだけではなかった。教会の失墜、衰退、堕落が云々されて久しい昨今、宗教の英知が現世の権力者さえ平伏させる瞬間を、聖職者は熱っぽい心持ちで期待していたのである。ことによると、カノッサの屈辱の再現というべき壮挙になる。そんな思いで聖職者は、在俗も修道も、教師も学生もなく、皆が胸躍らせ、大挙して集まってきたわけだが、結果、正規の手続きを踏んで裁判の形を採れば、いっそう嫌らしいだけだった。

理想論の無力を目撃する失望感は、もはや敗北感に近かった。なぜなら、英知を武器に奮闘すべき弁護士が、権力者の影に怯え切っていたのだ。聖職者の群れは知っていた。それは他ならぬ、自分たちの姿だった。現に傍聴席に座りながら、検事レスタンの弁論に、野次のひとつも挙げられないでいる。やはり、王の目は怖い。理想も正義も後回しにして、ひたすら我が身が可愛いのである。

こうなると、矢面に立たされた弁護士ばかりを、不甲斐ないと罵るわけにはいかなかった。自分を棚に上げながら、かたわらで権力者に敢然と立ち向かう、我らが英雄を待望するのは、あまりに身勝手というべきなのだ。

レスタンは検察側弁論を終えて左側の席に戻っていた。顧問エドガーと余裕の囁《ささや》きを交わしながら、一仕事終えた満足感を、晴れ晴れとした表情に託している。予定外に長引いた裁判も、もう少しで幕引きになる。ひひ、あとは醜女の股ぐらを覗いてやるだけだ。それが嫌なら、さっさと降参するんだな。そんな心境だったろうか。

特設法廷の主席判事リュクサンブール枢機卿は、居並ぶ左右の次席判事に頷きを確認してから、左側の被告席に返答を求めていた。ジャンヌ王妃は並びの男の袖を引き、ぼそぼそと耳打ちした。役に立たない弁護士にも、せめてフランス語の意思表示をラテン語に変えてもらわなければならない。

「判事閣下、被告は新たに弁護士を立てて、抗弁を試みたいと申しております」

「新弁護士とはいずこにおられる」

被告席に問うたのは次席判事ルイ・ダンボワーズだった。またも時間稼ぎか、と端から迷惑顔である。高位聖職者の常として丸々と太りながら、この肥満児は優しさとか、福々しさとか、そうした柔らかい印象を不思議と与えない人間だった。きっと計算高い目つきが冷たいせいだろう。

高僧というより、野心的な政治家である。ルイ十二世の寵臣はジャンヌ王妃の思いがけない抵抗に、せっかくの褒美の機会を延び延びにされていた。上首尾に離婚を成立させた暁には、あと二、三も司教区を貰い、あわよくば枢機卿の赤帽子なども、手に入れたいと企んでいるのだ。

へこましてやりたいところだが、次席判事の質問に被告は答えられなかった。新弁護士と打ち上げながら、実際、ジャンヌ王妃の脇を固める無気力な顔ぶれには、ひとつの変化もみられなかった。通訳して判事席に伝えながら、弁護士も顧問も困惑して、互いに責任転嫁の目を向け合う始末である。

かたわら、ジャンヌ王妃は無表情を貫いていた。傲岸な鉄面皮の相ではない。あの追い詰められた無表情である。とすると微かに動いて、その白い横顔は傍聴席に漂う僧服の波間から、誰かを探しているようだった。

――俺のことなのか。

新弁護士とは、この俺のことなのか。フランソワはきつく奥歯を嚙み締めた。俺なら、はっきり断ったはずだ。何度も繰り返して、辞退を明言したはずだ。

やはり、簡単には折れない。狼狽する弁護団を無視しながら、ジャンヌ王妃の長い鼻は、追い詰められた今に及んで、堅固な意志の力を語り続けていた。あるいは悪意に取るならば、とぐろを巻いた蛇のように居直って、牙を突き立て、獲物を締め上げる好機の一瞬を、冷淡に狙っているようでもある。そうだ。そうなのだ。この頑固な女はルイ十一世の娘なのだ。暴力が罷《まか》り通るような裁判には、怒りを覚え、同情しないわけではなかった。が、俺は弁護できない。この俺が暴君の娘など、助けられるわけがない。

フランソワの体内に、かっと火が宿っていた。氷の温度を伴いながら、その熱を冷ましたのは、今度は不意に蘇った遠い記憶の働きだった。根拠のない自信に溢れていた。輝かしい未来を信じていた。つまり、まだ男は若かった。それは若い情熱に任せて書き殴った、論文というより覚え書きというべき小文だった。

大袈裟な表現と板に付かない警句だけが頻出する、なんとも滑稽な文章である。得意げに「マルグリット・デコスの潔白」とでも銘打っていただろうか。

フランス語の「エコス」とは、スコットランドのことである。この国に王女として生まれたマーガレットは、隣国イングランドを挟み撃ちにする同盟国、フランスの王太子ルイのところに嫁いでいた。後の暴君ルイ十一世のことである。

スコットランドの女は不幸な王太子妃だった。十二歳で結婚させられ、その歳でフランスに渡ったものの、ほどなく二十歳の若さで早世している。しかも、それは悩み、苦しみ、戦い抜いた末の悶死だった。マルグリット・デコスは王太子の留守中に、王太子付き官房長ティエから不倫を糾弾されていた。文学好きの姫は、自室で「詩人の夕べ」なるものを主催していたのだが、その実は淫らな乱交の夜会に他ならなかったというのだ。陰険な官房長は告発の言を極めた。王太子妃は詩人を騙《かた》る美男たちをはべらせながら、とっかえひっかえ、その身体を委ねていたとまで喧伝したのだから、フランス王宮は騒然となった。これに抗して身の潔白を訴えながら、異国の宮中で独り醜聞と戦った女は、その果てに心労祟って命を縮めてしまったのである。

当然、王太子ルイは怒った。宮廷に戻るや事件の調査を命じ、官房長ティエの断罪を運動した。が、その調査は形だけで切り上げられてしまった。

当時のフランス王シャルル七世は、早くも暴君の資質を露わにする息子と、深刻な不和の間柄にあった。王太子付き官房長とは、その実は厄介な王子の監視役だったのだ。ティエの言動に、なんらかの悪意を感じた者は少なくなかったという。なのに自身の寵臣を守るために、シャルル王は王太子ルイの要求を退け、うやむやに調査を終わらせてしまった。それが世の通説になっていた。

フランソワがパリ大学に学んだ頃には、すでに事件から四十年がすぎ、もう遠い昔話になろうとしていた。ルイ十一世もサヴォイア家の姫君と再婚して、アンヌ、ジャンヌの二女とシャルルという嫡男を儲けていた。

皆が忘れかけていた。が、カノン法の学士となった若者は、わけても難解な分野とされる婚姻問題を専攻に選び、次は教授資格を目指そうと張り切って、研究の命題を探しているところだった。陳腐な正義感に駆られながら、フランソワは打ち切られた醜聞の調査を、再開しようとしたのだ。

マルグリット・デコスの潔白は、死をもって証明するべきものだったか。教会が定める法と正義の力によって、孤独な姫君を弁護することはできなかったか。それは罪のない過去を題材とした、裁判演習のようなものだった。

パリの大学街カルチェ・ラタンでは、ちょっとした話題になった。大学というのは差別が激しい場所で、できない奴が冷笑のうちに無視され続ける一方で、できる奴はなにをやっても注目を浴びる。純粋な学問的関心からというより、けちをつけて引き落とそうという悪意からなのだが、いずれにせよ、それが突飛な試みであるほどに、有望株は世の注目を集めずにおかなかった。

嬉々として調査を進めながら、フランソワは明らかに得意げだった。哀れな女性を弁護しているのだと思いこむと、安い仕立ての正義感が高揚して、なんとも気分が良かったことを覚えている。まして学僧の輝く未来を想像すれば、気持ちが逸《はや》るばかりだった。

実際、おまえは目のつけどころがいいよ、と学友たちは悔しがった。学問的遊戯を通じて、王太子時代の苦痛を和らげ、国王ルイ十一世の歓心を買おうとする意図が、まるでなかったといえば嘘になる。

「フランソワ兄にも紹介したい」

オーエン・オブ・カニンガムは、まだ無邪気な弟分だった。学僧と姉の関係にも、まだ気づいていなかった。紹介するというなら、強いて拒む理由もあるまい。フランソワは前向きだった。さらに上を目指すとなると、学問ができるだけでは通用しないからだった。

大学では講義にも試験にも金がかかった。まして免状の認定料など、教養諸学の教員資格でも、家庭教師の副業に励まないと払えない。これが上級諸学の教授資格となると、目玉が飛び出るほどの法外な金が、当然の対価として要求される決まりだった。

金持ちの御曹司ならよいだろう。が、そうでなければ、学生は相応のパトロンを確保しなければならなかった。パリの裕福な商人だったり、宮廷筋の名門貴族だったり、高位聖職者の伯父だったり。相応の金とコネを工面できなければ、浮世離れした学僧にも栄達の道はないのである。

フランソワはパトロンを求めていた。近衛の名門カニンガム家に頼ることも考えたが、それが王家の後援なら、なにも恐いものはなくなるだろう。学生は張り切って調査を進めた。ところが、フランス王ルイ十一世が喜ばなかったのだ。

老王は暗がりに人を送り、恫喝をもって調査の中止を促したほどだった。カルチェ・ラタンに遣わされたオーエンが、女癖の悪い学僧を脅す拳《こぶし》に、執拗な私怨を籠めるようになったのも、ちょうど同じ頃の話だった。

雲行きの変化に気づきながら、フランソワは今度は逆に意地になった。パトロンを得ようとする意志とは矛盾した自負心で、学僧は心に呟いたのだ。インテリは権力に屈してはならない。意味がなくとも、常に逆らわねばならない。

やはり、若かったということだ。あるいは権力の恐ろしさを知らなかったというべきか。

フランソワがブリュッセルの知己を頼り、覚え書きを公にする手筈を整えたことに安心して、ようよう重たい旅の荷物を背負ったとき、気取《けど》られることのない魔手は、もうすぐ背後まで迫っていた。

「………」

フランソワは奥歯を強く嚙み締めた。貴女の父親は、そういう人間だったのだ。ジャンヌ王妃の横顔は、それでも弁護の依頼を続けていた。はん、誰が応じてやるものか。暴君の娘など苦しめばよい。今こそ弱者の苦しみを思い知るがよい。僧服の波間に隠れたまま、フランソワが無言の眼光で答えたときだった。ジャンヌ王妃が小さな溜息をついた。

この法廷に誰ひとり気づくものはなかった。ぎこちなく静まり返る傍聴席も、ぶつぶつと囁き合う判事席も、審理の中断に異議を唱えようと身構える原告席も、いや、泳いだ目をさかんに王妃に向けるくせに、間近の顧問団までが、ひとりとして女の孤独を意識できないでいたのである。

――スコットランドの女も……。

こんな風に溜息をついたのだろうか。フランソワに閃きが走っていた。俺は気づいている。俺だけは見逃さない。マルグリット・デコスの場合も、そうだったではないか。

再三の脅しにも屈せず、若い学生が調査を強行してみると、ほどなく戦慄の真相が浮かび上がった。暴君に卑劣な逸話が、またひとつ加わったとでもいおうか。複数の証拠と匿名の証言により、女の醜聞を吹聴した官房長ティエが、裏で王太子ルイに連なることが明らかになったのである。

あろうことか、若き暴君は子飼いの男に、自らの妻を口汚く中傷するよう命じていた。女の姦淫は問答無用に罰せられるからである。父王が勝手に決めた妻が気に入らない。王太子ルイは不義を口実に、マルグリット・デコスを離縁しようと企んでいたのだ。孤独な女を悲劇の死に追いやった人間は他でもない、女が文字通り命を賭して証明したほど、固い操を立てた夫、その人だったというわけである。

目にみえる風景は、今も変わっていなかった。暴力が弱者の運命を押し流している。そして今も女は孤独だ。渦巻く悩みを小さな胸に抱えるまま、それを吐露する相手すらいない。フランソワの正義感が、かっと燃え上がっていた。

許せないのは暴君の面差を受け継いだ娘ではない。その権力を受け継いで、世界を思うがままに動かそうとする、フランス王ルイ十二世のほうなのだ。自明の真実に目を向けたとき、フランソワの心中にふっと自問がよぎっていた。

――俺は権力を恐れているのか。

確かに不幸の底に転落した。それなりに歳を食って、相応の分別も蓄えている。学僧の誇りだの、弁護士の良心だの、そんな絵空事に浮かれるつもりとてない。が、俺には今さら、権力を恐れる必要などあったのだろうか。

もう地獄をみている。もう全てを失った。もう恐れるものなどない。フランソワの心が軽くなっていた。妙な可笑《おか》しみが全身を駆け抜け、偏屈な拘りが綺麗に洗い流されていた。ならば、陳腐な理想の言葉だって、試しに唱えてみるがいい。旧約聖書、レビ記一九の一五に、こんな文言がある。

「不正な裁判をしてはならない。弱い者におもねり、また強い者にへつらってはならない。あなたの隣人を正しくさばかなければならない」

フランソワの目に澄んだ光が動いていた。瞬時にインテリの炎が宿ったからである。それは気に入らないことあらば、なんであれ口を出さずにおけないという、どうにも厄介な性分のことだった。

言葉だけは捨てられない。青春時代の記憶を全て、諦め捨てておきながら、ブリュッセルまで手を回され、卑劣な暴君を告発できなかったことだけが、今もって無念な心残りになっている。言葉だけは捨てられない。沈黙だけは耐えられない。愚かと承知していながら、あえて口に出す人間をこそ、人は真にインテリと呼ぶのではなかったか。

だから、さあ、いえ、フランソワ。今こそ、いってしまうのだ。

「スム・アドウォカートゥス・ノーウス・エゴ（新しい弁護士は俺だ）」

ひょんと寝癖の髪を遊ばせながら、遂に弁護士は立ち上がった。フランソワは不幸な青春を、今こそ取り戻そうとしていた。

第二章

フランソワは離婚裁判を戦う

一、宣戦布告

イン・プリンキピオ・エラト・ウェルブム（はじめに言葉ありき）。

その声は教会の穹窿《きゆうりゆう》に響き渡り、うなだれた聖職者たちに天の啓示を連想させた。傍聴席が波打ったのは、皆が仰ぎみる顔で、くるりと剃髪《ていはつ》頭を巡らせていたからだった。

フランソワは中背より、むしろ小さい男である。が、ぐんと突き出た黒の僧服は、このとき、やけに大きくみえていた。伸び放題の剃髪は寝癖がつくほど無精だったが、それは確かに聖職者であり、我らが待望の戦士ということだった。

失礼、失礼。短くも凜と引き締まった声で人々の膝を後退させ、フランソワは窮屈な蟹歩きで傍聴席から身廊に抜けた。祭壇に続く絨毯《じゆうたん》を進むにつれ、目に飛びこむのは聖職者たちの、揃って惚《ほう》けた表情だった。

「マギステル、あなた……」

ジョルジュ・メスキが通りすがりに声をかけた。他にも大学時代に覚えた顔が、いくつか並んで新弁護士を注視していた。本気なのか、フランソワ。やめておけ、悪いことはいわないぞ。親切な忠告も飛び出したが、傲岸に聞き流すにつけ、なんだか滑稽な感じがしてならなかった。総じて余分な肉をつけ、ずんぐり鎮座する連中の様子ときたら、随分と年寄りめいて思われたのだ。そんな風に感じるだけ、フランソワの体内に若々しい生気が蘇ったということか。

ああ、この感触だ、と弁護士は思った。気分が高揚して、血が騒いで、頭蓋の中身が熱を持ちながら、急に膨張したようだ。富でも、名誉でもない。脳味噌の力を刀にして、概念で斬り合いを演じる緊張感が、俺はたまらなく好きだったんだ。

しかも人々の目を集める大舞台《おおぶたい》に躍り出たとき、フランソワはまるで萎縮しない男だった。どころか、尊大な意欲に駆られて、ますます燃えるという質《たち》である。

──俺の力をみせてやる。

私語ひとつない法廷が俄《にわか》にざわめいていた。それを心地よい微風として受け止めながら、被告ジャンヌ・ドゥ・フランスの新弁護士は、ずんずんと大股の歩みを進めた。それは原告、判事、被告の三者で成るトライアングルに足を踏み入れたときだった。

「伝説の男が立ち上がった」

と、興奮した声が叫んでいた。横目で振り返ると、寡黙な学生フランソワだった。学生ミシェル、学生ロベールが負けじと後に続いている。あれはフランス王に追放された、フランソワ・ベトゥーラスだ。権力に迎合しない本当のインテリだ。カルチェ・ラタンの神話は今こそ蘇ったんだ。

学生という輩は大袈裟だな、とフランソワは冷やかし顔で思った。が、騒ぐほうは大真面目なのだ。もはやジョルジュ先生の三人の弟子だけではない。はじめ呆然とした状態であったサン・ドニ教会は、一転して我を忘れた。鬱憤が溜まっていたぶん、今や爆発といった状態である。立ち上がる者は後を絶たず、歓声を挙げ、拳《こぶし》を振り翳《かざ》し、口笛を吹き鳴らしながら、ことによっては物まで投げて、一気に盛り上がっている。

静粛に、静粛に。王の寵臣《ちょうしん》ダンボワーズは騒ぎに顔を紅潮させ、ヒステリックに席の木槌を打ち鳴らした。耳障りな衝撃音が堂内にこだまするも、我らが英雄の登場に勢いづいて、傍聴席は少しも鎮まろうとしなかった。逆に判事の権威を振り翳すだけ、辛辣な罵倒の文句を自ら招いたようなものだった。

「引っ込んでろ、王の飼い犬、この聖職者の面汚しめ」

「そんなに出世したいか、欲深の生臭坊主が」

「枢機卿の赤帽子だったら、おいらが裁縫してやるぜ。女友達の色っぽいシュミーズでな」

火をつけたら始末に悪い。いつの時代も、それが学生というものだった。他人の誹謗中傷をやらせたら、常に天下一品なのである。静粛に、静粛に。野次と槌音が飛び交う中、フランソワは淡々とした足取りで、まずは被告席に向かっていた。

「委任状は」

低く尋ねるとジャンヌ王妃はハッとした顔になった。この無表情な女にしては、大いに慌てた様子をみせて、急ぎ革の紙挟みを探り始めた。盗品でも返すかのように、さっと卓上に投げ出すと、王妃は逃げるように自分の手を引っ込めた。意外に幼い振る舞いをするんだな。じっと見上げる張り詰めた目を受け止めながら、フランソワは口角を笑みに歪めた。

「拝借するぞ」

役立たずの弁護団に告げて、フランソワは卓上の羽根ペンに手を伸ばした。下欄の空白に自分の所属と名前を書き入れれば、判事席に提出して正式な弁護士となることができる。

「フランシスクス・ベトーラスス、アドウォカートゥス・スタビリス・トリブナーリス・ディオケーシス・ナムネーティ、リケンティア・ユーリス・カノニキ（フランソワ・ベトゥーラス、ナント司教座法廷常設弁護士、カノン法学士）」

三人の判事は渡された委任状を吟味した。少なくとも、無事終了の手前まで来た裁判が、幾分か長引きそうな雲行きは否めなかった。リュクサンブール枢機卿の手元を覗き込みながら、次席判事ダンボワーズは、とにかく口を出さずにいられないようだった。

「ナントといえば、ブルターニュだ。厳密にいえば、フランスではありませんな」

フランス王を宗主としているが、ブルターニュ公領は王領ではなかった。だから、どうしたという。伸び放題の剃髪頭を掻きながら、フランソワは取り方によれば、馬鹿にしたようにも聞こえる返事ではぐらかした。

「ケルト神話の妖精を信奉するわけではありませんよ」

「…………」

「ローマ教皇聖下の威光に浴する土地であることに変わりはないでしょう」

からかわれたと思ったのか、ダンボワーズは不機嫌の相を濃くした。かたわら、いまひとりの次席判事、フランシスコ・デ・アルメイダは小さな含み笑いを浮かべていた。物静かな風貌こそが、それは高位聖職者には珍しく、すっきりと精悍な感じの男だった。それは形だけの扶持《ふち》だった。逆に切れ者を思わせた。セウタ司教の聖職禄を持っていたが、それは形だけの扶持だった。このポルトガル人の実際は、ローマ教皇庁のエリート官僚なのだ。そのことを踏まえながら、なぜかフランソワは意味ありげな目配せを送っていた。

審理が再開した。新弁護士は最初に、処女検査請求に対する返答を求められた。

傍聴席の僧服たちも、やっと騒ぎを収めていた。一斉に口を噤《つぐ》んで、審理のトライアングルに注目するのは、いよいよ英知の剣が抜かれようとしていたからである。ああ、雄々しく戦う英雄は、やはり我々の代表なのだ。

が、新弁護士の第一声は期待を裏切るものだった。アキピアム（受け入れましょう）、とフランソワは答えていた。

「若干の条件さえ整えば、いつでも処女検査を受け入れましょう」

判事席に告げながら、フランソワはちらと被告席を横目にみた。ジャンヌ王妃は動じていなかった。合格だ。いちいち狼狽されるのでは、この先、とても俺の弁護にはついてこれまい。一方で傍聴席が示した戸惑い顔には、軽い侮蔑を覚えざるをえなかった。これはカルチェ・ラタンの法学談義じゃないんだよ。意外な展開に同じく表情を曇らせながら、主席判事リュクサンブールは新弁護士に質《ただ》していた。その条件といわれるものとは。

「はい。被告側は、厳正な検査が行われないのではないかと危惧するわけ……」

「異議あり」

と、検事レスタンが飛び込んできた。弁護人の発言は検察の誠意を著しく侮辱するものであります。そんな風に噛みつきたかったらしいが、検事の訴えは最後まで続かなかった。フランソワが吹き飛ばしてしまったからである。

「なんら侮辱するものではありません」

石造りの堂内に、うわん、うわん、と分厚い音が反響していた。皆に息を呑ませながら、フランソワは余裕で項《うなじ》のあたりを撫で、不敵な笑みを浮かべ続けた。頸《くび》が太くなければ、弁護士は務まらないのさ。法廷は静かな文字の世界じゃない。騒々しい肉声の世界なんだ。筋が通っていようがいまいが、ときには大声の迫力が、一場の論調を制してしまうんだよ。

実際、おどおどした弁護士に馴れた法廷は、一気に緊迫の度を高めていた。この新弁護士はひと味違う。これまでのようにはいかない。たかが馬鹿声ひとつだというのに、連中は見方を改め始めたわけである。

なめられないよう、がつんと早目に怒鳴るというのが、フランソワのやり方だった。風向きの変化に気づいて、主席判事リュクサンブールの声も、やや気後れ気味になっていた。

「弁護人は意図を明確にして下さい」

はい、と愛想良く答えながら、フランソワは原告席をみやった。検事レスタンが異を唱えたのは、恐らく賄賂検査人の不正を突かれると思ったのだろう。ふん、なめてもらっちゃあ困る。その程度で引き下がってたまるか。俺はそんなに優しい男じゃない。

「被告側は二点を要求したいと思います。第一点として、厳正な検査が全うされるべく、これを公開検査にすることを要求いたします」

法廷に困惑の波が高くなった。この弁護士は正気なのか。確かに公開にすれば、検査の公正は達せられるだろう。が、そのとき被告ジャンヌ・ドゥ・フランスは、衆人環視のただなかで、大股を開いていることになるのだ。いかに王家に生まれた女とはいえ、信仰を残していた時代の常識では、そこまで大衆の玩具になることは考えられなかった。

判事席、原告席、傍聴席、いずれも目を丸くしながら絶句していた。なんらかの洞察ができた者は、直接間接に男の過去を聞き知っている大学関係者だけだった。やはり、王家に復讐するつもりなのか。暴君の娘を辱《はずかし》めて、フランソワ・ベトゥーラスは……。

新弁護士は再び背後の被告席を覗きみた。ジャンヌ王妃は変わらず動じていなかった。ここまで落ち着かれてしまうと、やや張り合いがない気がする。法廷中を困惑に包み込み、そっくり浮き足立たせておいてから、フランソワはさらに一発、がつんとかましてやる気でいたのだ。

まあ仕方がない。せめて他の人間だけでも、大いに仰《の》け反《ぞ》ってもらうことにしよう。「第二点として」と大声で切り出しながら、フランソワは再び法廷の空気を引き寄せた。

「被告ジャンヌ・ドゥ・フランスの処女検査に先だち、原告ルイ・ドルレアンの男根検査を請求いたします」

どよめきが厚みを増した。それは明らかな宣戦布告だった。天下のフランス王ルイ十二世を、オルレアン公時代の名前で呼び捨てながら、新弁護士は少しも憚《はばか》ろうとしなかった。一方の王妃は生まれたときから、「ジャンヌ・ドゥ・フランス」だったのだ。格下の御亭主が、あんまり図に乗りなさんな。そうした言外の意味が、顎を上げ気味なフランソワの薄笑いに、ありありと表現されていた。

呼び捨ての挑発もさることながら、まして衝撃的だったのが、新弁護士が請求した内容だった。防御を固めて守るのではなく、フランソワ・ベトゥーラスは果敢な攻めに転じていた。そうか、そうだった。かのアベラールの時代から、優れた知性とは常に攻撃的だったのだ。

法廷は再び騒然となっていた。困惑気味に後退した反動で、学生たちの若い血潮は、いっそう熱く騒いでいる。国王は皆の前でフリチンになれ。色男のいちもつなら、産婆のババアは喜んで弄《いじ》くるだろうぜ。これを機会に医者に託して、悩みの皮かむりを治してもらったらどうだい。野次が悪乗りに走り始めた。いちいち下卑た笑いが渦巻くのだから、もう黙ってはいられない。検事レスタンは薬缶《やかん》のように沸騰して叫んだ。

「異議あり、異議あり。弁護人の請求は本件との関わりが……」

「関わることです」

またしても弁護士の大声が法廷を制していた。検事、判事が揃って息を呑んだばかりか、今度はどんな陳述が飛び出すものかと、興味津々で傍聴席まで静まった。こうも自在にペースを握られてしまうものか。皆が驚きを禁じえない中、フランソワだけが冷静だった。なんのことはない。現職の弁護士が本気を出せば、これくらいの芸当は朝飯前である。というより、相手が物足りないというべきか。ローマ教皇の特設法廷というだけに、判事も検事も聖界の大物を揃えていたが、その必然として皆が裁判の現場には、丸きり素人なのである。いつもの司教座法廷では、海千山千の法務代理を相手に駆け引きを演じているのだから、名門出の枢機卿など、まさに赤子の手をひねるようなものだった。

――プロの仕事を教えてやる。

経験豊かな法務代理なら、どれだけの大声にも動じることなく、言下に検察の異議を認めて流すものだが、このときも好々爺《こうこうや》の主席判事は素直に説明を求めてきた。我が意を得たりと頷きながら、フランソワは原告席の顧問団をみやった。

狼を思わせる独特の相貌を思い出したらしく、パリ大学の有力者は揃って目を丸くしていた。フランソワ・ベトゥーラスと名乗る弁護士は、あのフランソワ・ベトゥーラスなのか。カルチェ・ラタンの風雲児とも、喧嘩議論の王者ともいわれた、あの血の気の多い学生、フランソワ・ベトゥーラスのことなのか。

わけても、エドガーである。新進気鋭の若手をなにより毛嫌いする、この器の小さな大先生は、昔から誰よりフランソワを敵視していた。とはいえ、けんけんと吠える割に、昔から相手にするまでもない男だったのだ。見栄坊の我儘先生、まずは、あんたに死んでもらおうか。馬鹿声の弁護士は、今度は一転して学者裸足《はだし》の論述を展開した。

「周知のように本件の争点は『結婚の完成』であり、かつまた、未完成の原因としての王妃のマレフィキアータ、あるいはフリジダの問題であります。確かに由々しき交接不能の症状であります。分類を試みますと、症状はアルクティテュード、クラウスラ、そしてヴェラメンの三種に大別されます。全ては女陰の形状を問うているわけですが……」

フランソワは理路整然と具体化していった。アルクティテュードとは穴が狭すぎるということです。クラウスラとは先天的、または後天的な病気、ないしは怪我により、内壁に突起が生じて子宮口を塞いでいる症状のことです。ヴェラメンとは膣口を塞ぐ膜のことをいうのですが、これは処女膜とは別物であることに注意が払われなければなりません。

次々明かされる女陰の理解は、検察顧問のエドガーがみるみる青くなるくらい、高度に専門的なものだった。全く初耳ではなかったにせよ、ここまで突っ込んだ論述が出てくるなど、まるで予想していなかった。「マレフィキアータ」だの、「フリジダ」だの、耳慣れない専門用語を持ち出せば、それで勝てると思っていた。無学者を煙に巻こうとする無責任な態度こそ、三流インテリの常套手段なのである。

――俺には通用せんぞ。

無駄にもみえる長広舌が、言外の意味で顧問エドガーに釘を刺していた。こいつは教員免許の認定とは違うんだ。あんたの勝手にはならないんだよ。悔しかったら、拗ね子のようにぶつぶつケチをつけるのじゃなく、俺よりでかい声を出してみろ。

背後の学者先生を黙らせたら、次はわからず屋の検事を料理する番だった。

「このように女陰には由々しき危険が潜みうるのですが、ここで想起していただきたいのは、かの大教皇インノケンチウス三世が認めるまで、かかる障害をキリスト教徒は看過してきたという点なのです。これは一体どうしたことでしょう」

「さて、なにゆえのことですかな」

無学者の媚びるような笑みで、リュクサンブール枢機卿は先を促した。主席判事閣下、これは専門筋でも見落とされがちなことなのです。要は学徒という手合いは、頭でっかちになるわけですなあ。優しく受け止める口舌《くぜつ》を弄して、判事の不快感を和らげながら、次の瞬間、フランソワの眼光は鋭く原告席を射抜いていた。

「非常に稀だからです」

「…………」

「女性の障害を原因として、夫婦が『結婚の完成』を行いえない判例は、僅《わず》かに百に五件にすぎないといわれています。すなわち、九割以上が男性側の障害なのです。ゆえにマレフィキアータ、あるいはフリジダといった場合は、暗黙の前提で男根の障害と捉えられることが一般的になっております。検察側の主張を受け入れますならば、なにはさておき、ルイ・ドルレアンの男根を調べねばならないことになるでしょう」

専門用語でもカウサ・インポテンティア（不能の審理）というわけですから。卑俗な意味を仄めかしてやると、期待に応えて傍聴席から、小馬鹿にした冷やかし笑いが続出していた。真赤になって激怒するかと思いきや、原告席は皆が額に冷や汗を浮かべながら、顔面蒼白になっていた。

この無名の弁護士は、ひと味違うどころか、腕利きもいいところじゃないか。いや、あの男は知る人ぞ知る、カルチェ・ラタンで最も危険な学生だったのです。判事席から返答を求められても、検事レスタンはすぐには答えられなかった。ぼそぼそ囁《ささや》き合いながら、顧問の学僧と対策を協議している模様である。

フランソワはあえて畳みかけることをせず、独り言の私語を装うフランス語で、聞こえよがしに呟いていた。

「美人じゃないから、やらなかったなんて、どう考えてもインポ野郎の言い訳じゃねえか」

どっと傍聴席が沸いていた。ラテン語で喋らない限り、裁判記録には記載されない。効力を有しない半面で、なにを口走るも自由なのだ。フランス語の呟きは、現職弁護士には常識となっている、大衆を巻き込むための技術だった。傍聴席が盛況なら、これを使わない手はないのだ。

男の品物が、そんなに繊細にできているもんかい。シュミーズを脱がしちまったら、もう女の顔なんかみてないぜ。結婚当時は、やりたいさかりの十代だったんだろ。もじゃもじゃ、ぬるぬるの手触りで、びんびん来るのが普通じゃねえか。フランソワの口舌に爆笑しながら、興をそそられた傍聴席は、憎いばかりに応えてくれた。

「その通りだ、弁護士先生。おいらなんか触るまでもねえや。甘ったるい臭いだけで、むくむく立ってきちまうんだ」

「馬鹿いえ。鼻を使うまでもねえや。俺なんかは目玉だけで十分だね。顔じゃないよ。でっかいおっぱい眺めただけで、もう爆発寸前になるわけさ」

「けへへ、早漏野郎め。恥ずかしげもなく大声で語りやがる」

「なにをいうか。健康な男の子の印だぜ」

「するってえと、ルイ十二世は病気か。二十二年も手を出せなかったとしたら、きひひ、確かにフリジダの恐れが濃厚だな」

血が凍っちまって立ちゃあしねえ。そいつを称して「フリジダ（冷たい身体）」というわけか。なるほど、男の持ち物に譬《たと》えるほうがわかりやすいや。傍聴席が沸いて、爆笑に大爆笑を重ねながら、弁護の論旨を勝手に強調してくれた。悔しかったら、かっかと燃えて、王は男を証明してみせろ。公衆の面前でオナンの罪のひとつも、やらかしてみせたらどうだ。なんなら、その場で王妃さまの腹の上に、乗っかってみせてくれたっていいんだぜ。

検事レスタンは額の汗を忙《せわ》しく拭っていた。旗色の悪い空気の中で、野次という野次が知らぬ間に大きな圧力になっている。フランス語の罵詈雑言《ばりぞうごん》など、いくらわめかれても裁判記録には載らないと、頭ではわかっている。それでも矢継ぎ早に耳に飛び込んでくるにつけ、焦りを招かずにはおかないのだ。パニックに陥れば、知恵を絞ろうと頑張るだけ、ますます妙案は浮かばなくなるという仕組みだった。

「静粛に、静粛に」

もはや怒れるのは次席判事ダンボワーズだけだった。肥満児は短い腕を、親の仇を討つかのように、がんがん机に打ちつけていた。一緒に木槌を振り翳すかと思いきや、かたわらで判事席の他の二者は平静な態度を保っていた。

なるほど、主席判事の枢機卿は、リュクサンブール（ルクセンブルク）公国を治める実家の権威と、そのコネで昇った聖職の高さから抜擢された、要するに特別法廷の飾りにすぎない。事実上の裁判官は二人の次席判事ということになるのだが、これが実は微妙に歩調を違えていた。

フランソワは判事席のポルトガル人をみやった。相手も薄笑いで頷きながら、弁護士に許容の意志を伝えていた。ふうん、いまひとつ、うまくいってないわけね。

アルメイダはルイ十二世の代弁者というより、教皇アレクサンデル六世の代弁者だった。この教皇こそは悪名高いボルジア家のロドリゴ、なんとも食えない腹黒坊主だったのだ。離婚問題を好機として、できるだけ多くの利権をフランス王家から引き出そうとしている。あっさり離婚の特免を出さず、こうして裁判にしたこと自体が、揺さぶりをかけて値段を吊り上げようという、計算ずくの魂胆に他ならないのだ。

すぐる九月、教皇の私生児チェーザレ・ボルジアが海路、南フランスの港街マルセイユに上陸していた。ルイ十二世は使節を遣わし、すぐさまシノンの宮廷に招いたが、チェーザレはリヨンあたりでぐずぐずして、一向に北上する気配をみせなかった。その理由は他でもない。ジャンヌ王妃の善戦で裁判が長引いている事態に、目敏《めざと》く新たな駆け引きの余地を見出したからである。

狙いは公爵の位か。それとも領地か。あるいは金か。もしくは教皇領の拡張に供するべき、フランス王の軍事力か。裁判が紛糾すればするほど、チェーザレ・ボルジアの値段は上がる。これぞ腹黒教皇の望むところであり、すなわち、次席判事アルメイダの代弁するところである。相手が出費を渋るなら、肝心の裁判を難航させてやるだけだと。

裏を返せば、フランス王の利害を代弁する、次席判事ダンボワーズと検事レスタンが、先を急ぎ、また強引に審理を進めたがった理由も、この一点に収斂されるものだった。

国際政治の微妙な構図を、フランソワ・ベトゥーラスは見抜いていた。さもなくば、こんな強引な論述は、教皇の懐刀《ふところがたな》に一喝されて、みる間に揉み消されるのが落ちなのだ。要するに法廷は、綺麗事の学問だけでも、力ずくの政治だけでも通用しない。全てを網羅した上で、その間隙を縫うように、事を巧みに進めなければならないのだ。

けたたましい槌音が打ち鳴らされていた。傍聴席の野次は止まない。が、悪いのは答弁できない検察側のほうだった。いらいらしながら、フランス王の寵臣ダンボワーズは怒りの矛先を、子飼いのレスタンに向けていた。

「原告の答弁を求めます。それとも被告側の請求を受け入れるということですか」

「いえ、い、いえ、検察側は弁護人に、若干の質問を試みたく思います」

判事席は許可した。やれやれという表情で、フランソワは肩を竦《すく》めてみせた。ぎりと奥歯を嚙みながら、検事レスタンの目に戦意が燃えたところをみると、遅ればせながら顧問の学僧に、なんらかの知恵を授けられたらしかった。さあ、なんでもこい。

「男根検査の目的が不明瞭です。一体なにがわかるのか、その点を明示していただきたい」

「まずは大きさですな。例えば、妻の女陰がアルクティテュードに相当するか否かは、対になるべき夫の男根の大きさに従って、判断されねばならないのです。つまり、いくら口が狭くとも、収めるものが小さければ、交接不能の要件にはならないということですな」

またしても棘のある答弁だった。ルイ十二世は粗ちん野郎だ。小指くらいか、それとも足の小指くらいか。物差あてて、正確に計ってやるぜ。傍聴席は下品に野次り倒したが、筋はきちんと通っているのだ。煮立ちながら、かえって論理を逸脱したのは、検事レスタンのほうだった。

「そういうことではない。ものの性格からいって、男根には性交の痕跡が残らないのです。よって調べたところで『結婚の完成』は……」

「マレフィキアータ、もしくはフリジダの問題ではないのですか」

「…………」

「カノン法の定めによると、『結婚の完成』の問題の中でも、特に交接不能の要件でないならば、いかなる身体検査も強制できないはずですよ」

「と、とにかく、まずは痕跡が残りやすい女性器を検査すべきなのです。処女膜さえ確認されれば、真実は直ちに……」

「そうした暴挙が仮に許され、また被告が仮に処女だと判明したならば、これは厄介なことになりますなあ。なぜなら被告ジャンヌ・ドゥ・フランスがマレフィキアータ、もしくはフリジダなどではなく、それでも原告ルイ・ドルレアンが結婚を完成できなかったとすれば、ますます嫌疑が濃厚になるからです」

もはや、問題は夫側のマレフィキアータ、もしくはフリジダの障害に絞られざるをえません。検察の屁理屈を頭でっかちな論理で追いつめてから、フランソワはいよいよ切り札に手をかけた。

「夫側に障害があったとすれば、本件における結婚の無効取消も仕方のないことでしょう。が、そうした事態に運びますれば、厳正なる判事諸氏におかれましては、判決文に原告ルイ・ドルレアンの再婚禁止命令を併記なされるよう、お願い申し上げます」

繰り返しの悲劇を避けるため、不能と判定された男は二度と結婚することができない。周知の道理を持ち出されて、次席判事ダンボワーズは青ざめ、検事レスタンは震えていた。なるほど、狼狽するはずである。ルイ十二世は闇雲に離婚したいわけではなかった。これは予め再婚を予定した企てなのである。

意中の女は名をアンヌ・ドゥ・ブルターニュといった。前フランス王シャルル八世の妃だが、今は未亡人となっている。わざわざ後家さんを所望するのは、アンヌが厚みのある唇に色気がある、妙齢の美人だというだけではなかった。その名に示されているように、名家の令嬢はブルターニュ公領の持ち主なのだ。

フランソワの故郷の話である。特に調べるまでもなく、地元の事情は熟知していた。ブルターニュ公領はフランス王領ではない。ルイ十二世は広大な領土を持参する女を、むざむざ結婚市場に出したくはなかったのだ。

裏腹に、この事由に恵まれたため、教皇庁の余裕の態度も崩れなかった。チェーザレ・ボルジアを安く買い叩こうとするなら、フランス王に買ってもらう必要はない。王の離婚を認めなければ、花婿候補はアンヌ・ドゥ・ブルターニュに、ヨーロッパ全土から殺到するはずだった。これを餌にして、今度はハプスブルク家あたりに、チェーザレを売り込めばよいだけの話なのだ。

問題は国際政治に留まらない。それは国内政治の火種でもあった。万が一にも再婚禁止が発せられれば、ルイ十二世は自分の子供に王位を継がせることができない。王妃との肉体関係を否定するからには、未だ王には子がなかった。いや、私生児はいたが、こちらは王位継承法を定めるサリカ法典の記述によって、何人いようが王位につけることができない。

いや、いや。それより、なにより、一番は男の面子《メンツ》が丸潰れになることか。「不能王」などと渾名をつけられ、後世まで歴史に残るのではたまったものではない。フランス王ルイ十二世の激怒は明らかだった。ダンボワーズの政治生命とレスタンの出世の道など、一瞬にして絶たれることは疑いがない。

「異議あり、異議あり、王の再婚は本件とは無関係です」

検察は抗議したものの、根本的な解決にならないことくらい、自分でも承知しているはずだった。離婚成立後でも、ジャンヌ王妃が改めて報復の訴えに出れば、結果は同じことなのである。そのとき、はたして教皇庁は王家に好意を示すかどうか。稀代の腹黒坊主が相手では、ひとつの確信も持てないはずだった。

「異議を認めます」

次席判事ダンボワーズは慌てながら宣言した。不敵な薄笑いだけで答えながら、フランソワは無言で伝えようとしていた。安直に考えてもらっては困る。女ひとり、簡単に捨てられると思ったら、大間違いだ。男と女は、いつだって両刃の剣で向き合っているんだよ。

――まあ、今日のところは、これくらいで勘弁してやる。

はじめに一発、がつんと鼻先にくらわせる。新弁護士の宣戦布告は、要するに全体が大きな恫喝《どうかつ》になっていた。狼狽するばかりの検察側は、予想通りに一時休廷を求めてきた。以後、ごり押し的な手口は控えるに違いない。ぎらぎらと底光りする目で、きつく睨《にら》みを利かせながら、新弁護士フランソワ・ベトゥーラスは、久々の充実感に顔を輝かせていた。

二、作戦会議

ばたん、と大きな音を立て、フランソワは背中で司祭館の戸を閉めた。幽霊でも目撃したかと思わせるほど、怯えた目を丸くしながら、はあはあと乱れる息を喉仏の大きな動きで呑み下している。何者かに襲われでもしたかと心配するのは、弁護士が伸びた剃髪頭に渦を巻かせ、痩せた頬には赤いものまで、こびりつかせていたからだった。

今日の審理が終了して、そろそろ三時間が経とうとしていた。秋の日暮れは早い。肌寒い時刻なのに、僧服の襟を大きくはだけ、フランソワは額に汗まで浮かべていた。襲われたといえば、確かに襲われていた。逃げたといえば、確かに本気で逃げてきた。アンボワーズの界隈は大変な盛り上がりになっていた。

サン・ドニ教会の沿道は人で埋め尽くされていた。かまびすしい羽音を鳴らす蝗《いなご》のように群れながら、在住の市民たち、外来の学生たちが入り乱れて酒杯を翳し、大声で気勢を上げる始末である。酒屋は樽を転がし、食物屋は仕出しを運び、楽団の演奏まで繰り出せば、おとなしく家に帰る雰囲気になろうはずもない。これも季節柄というのか、界隈はサン・ドニ教会に年に一度の秋祭りが来たかの賑わいだった。

待望久しい新弁護士の登場に、アンボワーズ全体が興奮していた。これまでの弁護士とは明らかに違う。果敢な攻勢に転じながら、胸の透くような弁舌で、その男は判事から、検察から、丸ごと手玉にとってしまったのだ。

あの切れといい、あの凄みといい、フランソワ・ベトゥーラスと名乗った弁護士は、一体なにものなのだろう。市民たちが問えば、学生たちが自慢顔で、あれはカルチェ・ラタンの伝説の男なんだと触れ回る。若かりし頃の「武勇伝」が大袈裟な脚色で明かされれば、立ち会った法曹関係者などは、ナント界隈では今だって有名な「一匹狼」なんだと、負けじと声を大にしている。やっぱり、そうか。只者じゃないと思ってはいたんだが、やっぱり、そういう大人物だったのか。

うんうんと頷くほどに、安酒がうまくなるばかりである。これが女房連中となると、ことさら激怒していた分だけ、盛り上がり方も尋常ではなかった。

実をいえば、群衆はフランソワの登場を待っていた。新弁護士は公判終了の流れで、そのまま持たれた次回公判の打ち合わせに、ひとり被告側の代表として残っていた。それが長引いて、待望の勇姿をなかなか拝むことができない。さんざ待たされたあげくに、やっと黒い僧服が凛々しい姿を現したとなれば、女たちは娘のような黄色い声を上げながら、殺到せずにはおれなかったのだ。

「弁護士先生、あんたくらい見事な男はみたことないよ」

「そうだよ、そうだよ、本物の男だよ。坊さんじゃなかったら、惚れちまうところだねえ」

「なに、聖職にあられる方だって、あたいはこだわらないつもりだよ。できるもんなら、うちの宿六と取り替えたいくらいだよ」

聖母マリアの後継者とかなんとか、さかんに息巻いておきながら、そうすると自慢の貞操観念は、どこに飛んだというのだろう。四方八方から化粧臭い接吻を押しつけられ、かと思えば、太い腕で抱き寄せられた。巨大な乳房の谷間で窒息しかけて、なんとか脱出しおおせたと大きく深呼吸した矢先に、うっとり目を潤ませた修道女が、なにやら手紙のようなものを差し出したのである。

「どうか、この迷える小羊と文通して下さいませ」

素直に喜ぶべきだったろうか。が、さしあたり、フランソワは恐怖した。たじたじの苦笑で顔を引き攣《つ》らせ、直後の決断は一目散に逃げることだった。追い縋《すが》る女房衆を、だぶついた僧服の袖で振り払い、たかが裏手の司祭館までの道のりを、息を切らして全力で駆け抜けた。ぴしゃりと背中で戸を閉めるまで、こうした奮闘が行われていたのである。

ふう、と安堵の息を吐き出すと、司祭館の内側からも分別のない外野が迎えていた。

「いかがでした、ベトゥーラス弁護士」

飛びついたのは、老侍従シャルル・ドゥ・プルウだった。まるで尻尾を振る犬のような顔をして、弁護士の手から、騒ぎで滅茶苦茶になった数枚の書類を受け取っている。

「ええ、予想通り、原告は正式に処女検査の請求を引っ込めました」

フランソワは余裕の笑みを取り戻して答えた。法廷とて新弁護士登場の衝撃から、容易に立ち直れないようだった。この男は質が悪い。下手に検査を強行して、国王に火の粉がふりかかることになっては、俺たちは火傷程度じゃすまなくなる。そうした判断を促したことは、まずは着実な成果といってよかった。

聞くや、老侍従はいきなりフランソワの手を取った。乱暴に上下させながら、感きわまった涙声で続けている。

「ありがとうございます、ベトゥーラスさま。本当にありがとうございます。あのような辱めを、姫さまに受けさせるくらいなら、この不肖シャルル・ドゥ・プルウ、いっそ検事の奴と刺し違えるつもりでございました。はらはらと涙を零《こぼ》した老人を、こちらもこちらで大袈裟だと溜息をつきながら、その姿にこそフランソワは、目下の状況を再認識する思いだった。

がつんと一発、鼻先にかましておく。弁護士が得意とした、ほんの常套手段にすぎないのだが、それが法廷でも界隈でも、予想以上に大きな衝撃になっていた。これまでの経緯が、あまりに絶望的だったということである。が、今日の論述は自ら恫喝と位置づけるだけあって、まるきり中身が欠如していた。まだ、なにもやっていない。本当は喜んでいる場合ではないのである。

「プルウ殿、嬉し泣きは早すぎますぞ。本番はこれからのことなのです」

掌底で頬に塗られた紅を擦り落としながら、フランソワの言葉は自戒の念でもあった。なにせ、五分の状態から始めるのではない。瀬戸際を切り抜けただけで、被告が劣勢にあることに変わりはない。これまでの審理の産物として、原告に有利な材料が山と積まれているのである。

最初に失地を回復しなければならない。原告を追い詰めるのは、それからの話である。フランソワは依頼人の姿を探していた。

ジャンヌ王妃は前と同じに、円卓の肘掛け椅子に座っていた。じっとして動かず、迎えに立ち上がろうという気配もない。王族でなければ、横柄とも、無礼とも取られて、仕方のない態度だが、そうする理由をフランソワは知っていた。悪意でないことは、常ならず動いて済まなそうに曇った表情からも、洞察できることだった。が、今にも喜色が滲みそうな、その気の弛《ゆる》みにこそ、弁護士は神経を尖らせずにいられなかった。

「ごくろうさまでございました。私の依頼をお受け下さり、まずは御礼申し上げ……」

「無駄なお喋りの前に仕事を片づけたいのですが」

フランソワの言葉は蛮刀で空気を切り落とすかのようだった。だから、油断してもらっては困るのだ。警戒を促そうと試みたのは事実だが、その底では暴君の娘だという思いが、未だに重い凝《しこ》りとなって、無意識に働いたことも否めなかった。

ジャンヌ王妃は無表情に戻っていた。暴君の面影をありありと取り戻されてから、フランソワは先刻の気の弛みに、前向きな意志も浮かんでいたことに気がついた。いかん、いかん。長い鼻など気にしていてはいかん。この閉じ籠もりがちな女は俺に、おずおずと手を差し出していたのだ。

弁護士は依頼人の信頼を得なくては始まらない。冷淡に仕事と割り切るのでなく、どんな被告とも親身に付き合い、その怒りや悲しみを、自分の怒りや悲しみとして、熱血の弁護を展開しなければならない。それが「腕利き」とも、「一匹狼」ともいわれる教会弁護士、フランソワ・ベトゥーラスなりの流儀だった。

インテリだけに頭の中で自分に課した原則を、フランソワは素早く態度に還元することができた。反省が速やかに、言葉の調子を和らげる方向に動いていた。

「いえ、今後の予定も決まったものですから。次の公判は一週間後ということになりました。まだいくらか余裕があるように思われますが、明日の午後に今一度集まりまして、そのときの審理内容を、詳しく打ち合わせることに決まっています」

「明日とは、随分と急な話ですね」

「はい。原告は我々に時間を与えたくないようです。証拠を提出するにせよ、証人を喚問するにせよ、時間がないほど、我々は準備不足を強いられるわけですから。連中も馬鹿ではありませんよ。ここは寸暇を惜しんで、早急に算段を立てないと」

「作戦会議ですね」

と、ジャンヌ王妃はいった。これまた、作戦会議とは、どこから聞いてきたものだろう。大仰な物言いと真顔の加減が妙に可笑しく感じられ、フランソワは立場を忘れて噴き出した。それは子供の背伸びを笑う心情と似通って、どこか温かいものだった。不服とはいわないまでも、怪訝そうな顔をした女に、弁護士は言い訳のように答えていた。

「いや、王妃さま、なんでもありません。失礼いたしました。ときに裁判記録の写しを持っておられるそうですな」

判事に問い合わせたところ、すでに王妃のほうから要求があり、前回までの記録の写しは、全て渡っているということだった。貰ってきた今日の写本と合わせて、フランソワは裁判記録を全て読み返すことから、女のいう「作戦会議」に取りかかるつもりでいた。

暖炉の薪が鋭く弾けた。夜は更け、時間は今日という日の垣根を踏み越え、もう明日と名前を変えるところまで来ていた。ほろ酔い加減の歓声を挙げながら、哄笑と鳴り物の音を絶やさなかった界隈も、もう心地よい眠りに落ちて久しい。

残飯を漁る犬の動きが、からん、からん、と金具の音になっていた。夜の静寂から世界の闇を想像しながら、サン・ドニ教会の司祭館だけが依然として、板ガラスの行灯《あんどん》に煌々《こうこう》と明るい灯をともしていた。紙面が明らむように傾けながら、弁護士は肘掛け椅子にうずくまり、まだ裁判記録の吟味を終えていなかった。

繰り返しの低い鼾《いびき》が、さっきから一定の譜面をなぞっていた。腕組みの格好で座ったまま、老侍従は椅子で寝入ったようだった。おかげでフランソワが紙面を片手に、薪の番を兼ねることになっている。いよいよ秋も深まりまして、夜ともなると暖炉なしでは過ごせませんな。いや、ベトゥーラス先生は文書に集中して下さいませ。小生が暖炉を見張って、決して薪を欠かしたりいたしませんので。

意気込みはあったのだが、老人はあえなく睡魔に降参していた。無理もない。やはり、疲れていたのだろう。張り詰めた気持ちが急に緩んだというべきか。この二月《ふたつき》というもの、「姫さま」のことが心配で心配で、どんなに疲れていても、熟睡できない夜が続いていたはずなのだ。

「王妃さまも、お休みになられてよろしいのですよ」

その女に、フランソワは初めて優しい言葉をかけた。深夜の司祭館では沈黙が続いていた。円卓の向かい側に不動の席を取ったまま、それでもジャンヌ王妃は手持ち無沙汰で起きていた。じっと無表情でみつめられ、気が散らないわけではないが、それをフランソワは無下に突き放すことができなかった。文字の詰まった裁判記録の紙面の様が、少なからず弁護士の心を揺さぶっていた。

いうまでもなく、全てラテン語である。専門用語が頻発されて、しかも文法の知識をひけらかそうと、妙に凝った文章が連続している。仕事にしていれば、なんでもない文書なのだが、初歩の教養程度では容易に読みこなすことができないはずだ。

それが証拠に王妃が入手していた文書には、余白に細かな文字で無数の書きこみがなされていた。初学者のように一字一句を辞書で引き、ほとんど全ての単語の意味を調べてある。矢印を引っ張った補足的な長文は、どうやら文法典の抜き書きのようだった。

それは明らかにジャンヌ王妃の手だった。裁判記録を説明してやるくらいの手間さえ、弁護団は億劫《おっくう》がったということである。諸国にも類をみない、フランス王家の蔵書という代物も、こうなると厄介なものだった。

文法典というからには、プリスキアヌスの『インスティテュティオーネース（文法）』か、その先輩であるドナトゥスの著作と昔から相場が決まっていた。きちんと揃えること自体は結構なのだが、馬鹿正直に取り組めば、初学者には難解すぎて、かえって解釈のよすがとはならない。初心者向けといわれるドナトゥスにしても、ジャンヌ王妃は明らかに『アルス・マヨール（上級文法）』のほうを使っていた。取り組みやすい『アルス・ミノール（初級文法）』を勧める者さえ、いなかったということである。

フランソワは田舎で「神童」と呼ばれた子供の頃を思い出した。賛辞を返上したいくらい、ラテン語がわからなかったことを覚えている。字面は似ているが、フランス語には六様の格変化というものがない。名詞、動詞の順番にも違和感を覚えてしまう。調べれば調べるほどに、なにがなんだか、ひとつの意味も取れなくなってしまうのである。

情けなくて涙が出てくる。それでも歯を食い縛って続けるうちに、あれ、という感じで突然に、すらすら理解できるようになるのだ。そこまでの忍耐力が勝負というわけだが、元が教養程度の語学力では、冒頭から五頁までを真黒にしたくらいの奮闘では、まるで実を結んでいないはずだった。実際、ジャンヌ王妃の試訳らしいフランス語は、ただの一文もまともに訳せていなかった。

これを大学者の学識と比べられようか。フランソワが感嘆するのは、むしろ無力な人の底力だった。わからなくても、わからなくても、ジャンヌ王妃は独り、投げずに諦めなかった。報われない、ひたむきな努力に触れてこそ、人は戦慄するのでなかろうか。

——強い女だな。

と、フランソワは思った。その直後に男の心を捕らえたものは、漠とした悲しみのイマージュだった。慌てて打ち消しながら、弁護士は依頼人に向けて、優しい言葉を重ねていた。

「さぞ、お疲れになったことでしょうに」

「私なら大丈夫です。それに明日までに作戦を立てておかねばならないのでしょう」

「明日の午後までです。午前中に算段を練りましょう。私はもう少しかかりますが、今日のところは王妃さまに起きていてもらっても、していただくことがありません。ですから、どうか、先に床に入られて下さい」

「貴僧が仕事をなさっているのに、私だけ休むわけには参りませんわ」

ジャンヌ王妃の表情が少しだけ動いた。先の失敗を思い出し、とっさに弁護士の心得を念じながら、フランソワは信頼関係の芽吹きを逃すまいと、心からの微笑を浮かべた。まずは下準備として、なんでもない会話が交わせるようにならないと、打ち合わせも作戦会議もありえない。

「弁護士の残業などに気を遣われないで下さい。第一、そうしておられても退屈でしょう」

「いえ」

「無理をなさらず」

「いえ、本当に退屈してはおりません。ベリンダのことを思い出しておりましたから」

「…………」

「わたくしたち、歳も近かったものですから、女主人と侍女というより、むしろ親しい友人同士として暮らしていたのですよ」

フランソワは驚いた。それはベリンダが受けていた厚遇のことではなかった。表情が動いたどころか、ジャンヌ王妃はエメラルドの瞳を活き活きと輝かせ、まるで別人になっていたのだ。これが素顔ということか。この素顔を目撃した後で、どれだけの人間が「醜女《しこめ》」などと悪態をつけるだろうか。地味な頭巾で喉まで包み、襟の詰まった陰気な服を着たままに、そうすると表情の明るさだけが、妙な違和感として浮き上がっていた。

——まるで月見草の花だ。

寡黙な蕾《つぼみ》が目を離した一瞬に、ぱっと開いて淡い彩りを帯びていた。あんなに身構えていた女が、みる間に警戒心を解いたのである。すると、その笑顔は、やはり花にこそ譬えられるべきものだった。ああ、そうか、ジャンヌ王妃は女だったのだ。フランソワの胸中で依頼人を括る認識が、無機質な観念から生々しい実感へと変化していた。

甘い匂いが俄に立ちこめたようでもある。ただの記号が甘美な質感を備えた異性と化したとき、弁護士は依頼人の人格を、まるで誤認していたことに気づいた。ジャンヌ王妃を端から決めつけて、ルイ十一世と二重写しにしていた。この女について、俺はなにひとつ知らないのだ。仕事として知らねばならぬと思いながら、フランソワは今度はベリンダと二重写しにしてしまいそうな気がして、努めて自分を戒めた。

「ベリンダは貴僧のことも、いろいろと教えてくれましたよ」

「あ、ああ、そうですか。例えば」

そうやって促しながら、この女にとって俺は旧知の人間なのかもしれないな、とフランソワは思った。なるほど、みる間に警戒心を解いたはずだ。なおも男には違和感のある気安さで、ジャンヌ王妃は問いに答えようとしていた。

「文字を追うときの横顔が凛々しくて、もう抜群に素敵なのだと繰り返しておりました」

「横顔ですか」

「ええ、横顔です。わたくし、今日の今日まで想像できませんでした。だって、ベリンダときたら、戦う騎士を連想させるなんていうんですもの。けれど、先程から拝見させて頂いて、ようやく納得することができました」

「なにを納得したのです」

「研ぎ澄まされた緊張感ですわ。もしくは力が漲《みなぎ》っている感じといいましょうか。こういう姿をみせられると、やっぱり女では殿方にかなわないと思ってしまいます」

「偏屈な人間には、他に取り柄がないということです」

微笑で否定しながら、フランソワは驚きを新たにするばかりだった。意外だ。無表情で寡黙などころか、これでは落ち着きのない、お喋り女ではないか。自ずと思い出されるのは、ベリンダの際限ない無駄口だった。長引いたディスプタチオの講義から戻ると、ベリンダは組みつかんばかりの勢いで、いつも猛烈に言葉を連ねたものである。

意味などない。下らない話題のほうが、かえって口を衝いて出てくる。喋らないと生きていけない。女にとって沈黙は、どうやら思考のために費やされるべき代価でなく、直ちに取り戻されるべき損失であるようだった。

沈黙を強いられただけ、口を開けば止まらなくなる。それが言葉の意味以上に、なにか切実な訴えであることを、フランソワは経験から知っていた。長い沈黙を強いられ続け、ジャンヌ王妃は症状の最たるものなのだろう。

「わたくし、ベリンダに少し嫉妬しております。フランソワ殿のようには行かなくとも、我が夫にも、もう少し毅然としたところを、持ってはいただけないものかと」

愚痴も女の十八番《おはこ》だが、それは否定してもらいたいという、暗黙の信号だった。スコットランド人だからかしら。私って、ソースの煮込みだけは下手なのよねえ。耳殻の奥に蘇る、歌うようなベリンダの声は、できれば避けたいものだった。

「男は誰も似たようなものですよ。それでは拙僧を買いかぶりすぎています」

静かな答えを最後に、フランソワは女の無駄話に付き合うことを止めた。視線の動きで意志を伝え、元の文面に戻ってしまう。司祭館の居間には再び、老人の低い鼾と、ときおり薪が鋭く弾ける音だけが流れ始めた。ことりとも空気は動かず、口を噤んだジャンヌ王妃にも、依然として寝室に下がる気配はなかった。

ベリンダほど欲張りではないな。この程度のお喋りでは、あの女は断じて引き下がりはしなかった。ジャンヌ王妃は聞き手の節約に馴れているということか。裁判記録に目を伏せながら、フランソワが気詰まりなのは、みつめられている感覚が続いているからだった。またもベリンダの記憶が蘇る。先に寝ろ、といっても絶対に聞かない女だった。疲れているんだろう。明日の朝は一番で、角のパン屋に焼きたてを買いに行くんだろう。

「でも、いいの。みてるのが楽しいから」

掌に小さな顎を載せながら、ベリンダは安らいだ顔で笑っていた。その静けさの裏側で、女が必死に戦っていたことを、フランソワは重々に心得ていた。小さな間借りで、ままごとのような生活を送りながら、それは先のみえない日々だった。どんなに楽しくても、あるのは今という瞬間の積み重ねだけだった。

今を生き続けることは、苦行でしかありえない。ベリンダが男の横顔をみつめるのは、頼りない今を信じられるだけの、生きている証が欲しいからだった。

ベリンダは納得すると眠りに落ちた。ごそごそと掛け布団を探りながら、フランソワが添い寝するのは、大抵は徹夜開けの朝方だった。背中から抱きしめると、惚けた目で照れるように笑いながら、その女は煙るような匂いと一緒に栗色の髪を擦りつけた。

「寝起きはいやよ。だって、おしっこが溜まってるんだもの」

なに、かまうもんか。男が無茶をして、女がはしゃいで、そうすることで今という時間だけが、かろうじて積み重なった。こんなに愛しい女はいない。柔らかな肉塊に飽かず指を絡ませながら、その同じ瞬間にフランソワは、逃げ出したい衝動にも駆られていた。

「お願いですから、もう下がってください」

女の視線に耐えかねて、遂にフランソワは吐き出した。恐れるのはベリンダのことを、いや、あの女の死のことを、きっと尋ねたくなるからだった。どのみち、知ることになるだろう。が、俺に知る資格はない。少なくとも今はまだ……。

「私の好きでやっていることですから」

すわりのよい女の臀部を落ち着けたまま、それでもジャンヌ王妃は立たなかった。そうだ。あなたは足が悪かったのだ。動きたくても動けないだけなのだ。

「では、徹夜を覚悟で今から打ち合わせに入りますか」

その方が余計なことを考えずに済む。フランソワが座り直して正面を向くと、王妃は和みかけた表情に、緊張を取り戻して頷いた。

「まず、はじめに申し上げておきますが、弁護を引き受けるからには、あなたの恥部を隅まで残らず、拙僧の目にさらしてもらうことになります」

目に狼狽の色が動き、ジャンヌ王妃は顔を赤らめた。

「そういう意味ではありません。もう処女検査の件はお忘れ下さい。お願いしたいのは、どうか拙僧を信じて、ひとつも嘘をつかないでほしいということなのです」

不利な事実なら徹底して伏せます。が、伏せるためには口裏も合わせなければなりません。そのために嘘をつくこともあろうかと思います。だから、全ての事実を教えてほしい。これは綺麗に繕い、恥部を隠したままで勝てるような、そんな裁判ではないのです。

「つまり、我々の作戦とは……」

フランソワは依頼人に弁護の方針を伝えていた。ルイ十二世は間違いなく、ジャンヌ・ドゥ・フランスを抱いている。問うまでもない確信に基づいて、すでに弁護士の頭の中では、大凡《おおよそ》の算段が組み上がりつつあった。

三、再喚問

法廷は蒸し暑いくらいだった。

深まる秋風の冷たさに、皆が洩れなく外套を羽織っていた。夏でも空気がひんやりしている教会は、下手をすると野外より寒く感じられることがあるのだ。が、今回に限っては、用意周到な厚着が、かえって災いしたようである。皆が着膨れているために、法廷は押しくら饅頭のようなもので、ほかほかと身体が内から温まってくるのだ。

傍聴人は忙しく、ハンケチで額の汗を拭っていた。もとより、気の利いた野次を飛ばそうと、気合いの入った輩が少なくないとくるのだから、汗ばむくらいの熱気も別段、おかしなものではなかった。

十月十九日、サン・ドニ教会の傍聴席は再び満席になっていた。世紀の離婚裁判が幕を開けたときも、同じように混み合ったものだが、それも今では余裕があったように思われる。新弁護士の登場が、一度は冷めかけた世の関心に再び火をつけていた。傍聴人の帰り支度を取り消したどころか、厳しい季節に備える防寒着を、新しく買い込ませたほどである。

フランソワの戦いぶりに注目が集まっていた。前回公判で世間を瞠目させた弁護士は、今度はどんな論法で検事を参らせるのだろうかと。が、審理の蓋が開いてみると、些《いささ》か雲行きが違っていた。どうも求めすぎだったようである。ベトゥーラス弁護士の仕事は、はっきりいって期待外れなものだった。

無論、これまでの弁護士とは比べものにならない。臆する様子もなく、堂々たる務めぶりで、信用のおける実直な仕事は、きちんと評価されるべきものだった。が、わくわくと破格の活躍を望んだ傍聴席には、そのまっとうさが逆に期待外れだったのだ。被告側が今日の審理に請求したのは、使い古された証人たちの再喚問だった。

なるほど、時間がなかった。新しい証拠として、審理の冒頭で教皇シクストゥス四世による近親結婚の特免状を提出できただけ、上出来というべきである。これが新しい証人となると、たった一週間で探し出してくるなど、まさしく至難の業なのだ。

事情はわかる。ベトゥーラス弁護士を責めることはできない。カルチェ・ラタンの伝説と打ち上げたところで、現実は夢物語ではない。

顎の無精鬚をかきかき、注目の弁護士は今も尋問を続けていた。期待外れな印象はフランソワの覇気のない態度にもあった。才気を全身から漲らせた前回とは打って変わり、気が抜けたようにも、自信がないようにもみえている。こうなると伸びて、でこぼこになった剃髪頭の寝癖なども、たくましき無頼漢というより、風采の上がらない落伍者の印にしかみえない。いちいち手元の紙片を覗きながら、ベトゥーラス弁護士は予習もしてないようだった。

「あなたの名前は、ええと、ジルベール・ベルトラン殿と仰《おっしゃ》るのですな。やはり、オルレアン公家の侍従を務めておられたという」

証言台についていたのは、九月二十九日の公判で、被告側証人でありながらジャンヌ王妃に不利な証言を行った、例の三人組のひとりだった。仕立ての良い長衣を羽織った、恰幅の良い実年の紳士で、立派な領主貴族ということである。この押し出しにひるむことなく、火のような尋問を浴びせかけ、卑劣な寝返りに報復するのかと思いきや、ベトゥーラス弁護士はそうした熱意とも無縁だった。

これに先だち、ピエールとエリザベートのデュ・ピュイ兄妹が証言台に立ったが、二人とも無事に済ませて下がっている。判事に証人を再喚問させるためには、それ相応の理由を申し立てなければならない。型破りな豪快さを期待されていながら、フランソワが持ち出した口実は、なんとも平板なものだった。

「なに、若干の事実関係を確認するだけですよ」

法廷は煮え切らない空気に覆われていた。興奮して沸くのでもなく、落胆して静まり返るのでもない。ぼそぼそと退屈を紛らす私語をそよがせながら、傍聴人は弁護士の尋問に、一応は耳を傾けているといった状態だった。

皆の見方は固まっていた。今日の審理に意味はない。これは時間稼ぎなのだ。準備不足が否めないなら、攻勢の形だけでも整えながら、時間稼ぎに徹するのも堅実な戦略というべきである。好意的に解釈しようと努めたのだが、やはり、期待外れだ。一同の落胆が不快な蒸し暑さに覚える苛立ちの、一因となったことは否めなかった。

実際、やりとりを聞いていてもつまらなかった。

「ええと、手元の裁判記録によりますと、あなたは『オルレアン公ルイとジャンヌ・ドゥ・フランスは同衾《どうきん》していなかった』と、そう証言していますね。お伺いしたいのは、それは、いつ、どこでの話だったかということです」

それが弁護士のいう「事実関係の確認」ということだった。いつ、どこでの話か。フランソワは数多の証人を再喚問して、そんな細かな質問を執拗に繰り返していた。

「いつ、どこ、といわれましても、すぐには……」

原告側であれ、被告側であれ、証人は全て敵方である。事前の打ち合わせなどない。弁護人の尋問は藪から棒の不意打ちになっていた。急に詳細を質されたところで、すぐに答えられるはずもない。証人たちは最初のうちこそ困惑顔をしたものの、順番がジルベール・ベルトランまで来ると、手の内はすっかり観察済みだった。やれやれという顔をしながら、最後の証人は用意していた答えで、即座に答えることができた。

「いつ、どこと特に限った話ではなく、習慣として同衾しなかったということです」

「習慣と、あなたは今、習慣といわれましたか」

弁護士は由々しきことだといわんばかりに、大きな身振りで言葉尻を捕らえていた。習慣ということなら、あなたの証言は有効ではありませんなあ。原告ルイ、被告ジャンヌ、ともに広場の仕掛け時計じゃないんですから、習慣通りにいかないことだってあるでしょう。肩を竦めておどけながら、ベトゥーラス弁護士本人は気の利いた冗談のつもりらしいが、法廷では呆れた失笑が少し洩れただけだった。

「よいですか。極論を申せば、たった一度でも肉体関係が生じておれば、それで直ちに結婚の同意は認定されるのですぞ」

フランソワの説明は間違ってはいなかった。が、聞いているほうは苛々する。細かな事実を掘り返す。じくじくと些末な言葉遣いを取り上げる。先日のダイナミックな弁論は、一体どこに消えてしまったのか。印象は証言台とて同じであり、荒っぽい口調で不快感を露わにしながら、ジルベール・ベルトランは言葉遣いを訂正した。

「習慣という表現は取り消します。習慣ではなく、いつも必ず、でした」

「そうすると、あなたはオルレアン公ルイのゆくところ、地の果てまでも二十四時間、ただの一秒も離れることなく、ついて回られたわけですか」

「いや、そういう極端な言い方をされてしまうと……」

証人は舌打ちした。ひとつ大きな息をつくと、ゆっくりと顎を左右に動かし、良識ある社会人として自分を宥《なだ》めるようだった。一方のベトゥーラス弁護士は、もはや絡み癖のある酔漢だった。これも強気というのか。立腹を押し隠す相手の神経を、意図して逆撫《さかな》でするかのように、またしても無意味な原則論を持ち出している。

「証人は『クレド、ウェル、ノン・クレド（はい、か、いいえ）』で簡潔に答えて下さい」

「ノン・クレド！」

いよいよ口調は凄んでいたが、フランソワは斟酌《しんしゃく》せずに淡々と続けた。では元の質問を改めさせていただきます。ルイ・ドルレアンとジャンヌ・ドゥ・フランスが同衾しなかったというのは、いつ、どこでの話ですか。

「異議あり」

と、検事レスタンが飛び込んでいた。前回の勢いに押され、今日の審理でも最初のうちは目を伏せながら、おとなしく縮こまっていた。が、意味内容に乏しい尋問をみるにつれ、持ち前の押しの強さを徐々に取り戻そうとしている。はん、所詮は田舎弁護士だ。この前は昔の勉強が、たまたま山を当てただけなんだ。自信満々に介入しながら、検事の異議は公平な常識に照らしたとて、確かに正鵠《せいこく》を射たものだった。

「弁護人の要求は証人に過度の負担となっております。本件で問題とされているのは、二十二年間の長きに亘る歳月なのです。その間の記憶を通常の人間が、正確な日付に至るまで保持しているわけがありません」

「異議を認めます」

と、主席判事リュクサンブール枢機卿はいった。同時に弁護人に注意します。同様の異議は再三、提出されているはずですよ。

「はい、はい。時間は問うてはならないのでした。はい、はい、わかりました。場所は聞いてもよろしいのでしたな。人間の記憶の仕組みから推して、それくらいは答えられるだろうということで」

では、とフランソワが証言台に目を向けた。ジルベール・ベルトランは陪席官の通訳を待たず、すらすらと答えを述べ始めた。同じことの繰り返しだったので、証人は改めて尋ねられるまでもなく、すでに要領を会得していた。

「まず、結婚式の直後に行われた、オルレアン入城の式典でも、その夜は同衾いたしませんでした。公家が主たる居城としたブロワ城では、いつも同衾しておりませんでした。ああ、パリで祝宴が開かれたときなんですが、夫妻は王宮サン・ポル館から市内の御屋敷に戻られたあと、別々の部屋で眠られたことを覚えております。このアンボワーズでも同様でした。ああ、そう、日付まで覚えている件がございます。忘れもしない、九一年六月二十七日、ブールジュのことでした。シャルル八世陛下により特赦状が出され、オルレアン公殿下が晴れて市内の大塔から釈放されたとき、マダム・ジャンヌが迎えに出ていたわけなのですが、その晩もやはり同衾はなされませんでした」

「なるほど、弁護人の意を酌んで下された、真《まこと》に丁寧な証言ですな。いったん整理いたしますと、オルレアン、ブロワ、パリ、アンボワーズ、それにブールジュと、これらの場所で肉体関係が持たれなかったことを、あなたは確かな記憶をもって証言なさるわけですな」

「はい、そうです」

ありがとうございました、といってフランソワは証人を下がらせた。これで退屈な尋問も、やっと終わりということか。有り体《ありてい》にいえば、うんざりしていた。皆が溜息を吐き出すだけで、傍聴席に野次もなければ、判事席もすぐには声を出せないでいる。

そうすると溌剌とした声は、無神経の極みに聞こえた。弁護士は声の調子を変えながら、勢い良く判事席に申し出ていた。

「弁護人は引き続き、被告ジャンヌ・ドゥ・フランスを証人として、再喚問することを請求いたします」

傍聴席のざわめきは不平の表明に他ならなかった。だらだらと同じ質問が繰り返されて、その単調な審理がいつもの裁判より長引いていた。すでに日が暮れている。そろそろ空腹が音になる時刻である。時間稼ぎなら、もう十分じゃないか。いまさら張り切られても迷惑なんだ。場の空気を代弁したのは、次席判事ルイ・ダンボワーズだった。

「今日のところは、ひとまず休廷にすべき……」

「弁護人に尋ねます」

それを脇から、もうひとりの次席判事アルメイダが遮った。ダンボワーズはとっさに責める目を投げたが、それを端整な横顔で無視しながら、有無をいわさず弁護人に続けている。裁判の裏側では、チェーザレ・ボルジアの値段が、なかなか上がらないようだ。

「すでに規定の時刻をすぎています。さらに審理を続行するべき意図を明示して下さい」

「はい。これまでの審理の記録を読みますと、被告ジャンヌ・ドゥ・フランスの証言と、その他の証言の間に著しい隔たりが確認できます。詳細な事実関係を明らかにすることにより、この矛盾を読み解けないものかと考え、弁護人は比較対照の意図をもって、被告本人を改めて尋問いたしたく、ここに請求するものであります」

顎を上げて主張しながら、フランソワは目で意思の疎通を図っていた。なに、無駄にはなりません。少なくとも原告は慌てることになる。貴方の交渉事にも大きな後押しになりますよ。もっとも当方に敗訴する気はありませんがね。所詮は当面の利害の一致でしかないのだが、腕利き弁護士と教皇の懐刀は傍目にはわからない、なにか切れ者同士の共感のようなものを抱き始めていた。フランス王の家臣どもが徒党を組んで動く中で、この二人だけが各々の利害のために、この裁判を腕一本で渡り合っていたのである。

アルメイダは頷いた。比較の意図ゆえの続行ということなら、認めざるをえません。

「では、証人は前へ」

次席判事が許可して、審理の続行が決まった。リュクサンブール枢機卿は諦めの溜息で済ませたが、ダンボワーズは薬缶のように煮立った顔で、明後日《あさって》の方を向いてしまった。

手続きの宣誓に向かう際、ジャンヌ王妃はちらと弁護士をみた。緑色の瞳の中に、お喋りの楽しさに浮かれる、活き活きした表情が覗いていた。こちらも目つきで答えながら、フランソワは不敵な笑みを浮かべた。ああ、疲れた。ここいらへんで、そろそろ腑抜けの演技はやめだ。

――油断させて、一気に裁判をひっくり返す。

さて、勝負だ。宣誓する女の声を聞きながら、フランソワは拳を揉んで、ばきばきと指の節を鳴らした。それが変身を仄めかす無言の合図だった。

僧服の裾を翻した弁護士は、見た目の印象からして別人だった。全身に才気が漲っている。飛び跳ねた寝癖の髪の先にまで、尖った神経が張り詰めているのがわかる。中背より小柄な男だったはずなのに、ぐんと一回り大きくなったようにみえる。

ああ、これが本当のフランソワ・ベトゥーラスだった。ぎらと瞳に好戦的な炎が宿り、この狼は隠した牙を、今こそ剝き出そうとしているのだ。皆が悟って、瞬時に空気が一変した。傍聴席の弛んだ顔は、ひとつの例外もなく綺麗に張り詰めていた。蒸し暑さの不快感も、胃袋に疼《うず》く空腹感も忘れ去って、なにが飛び出すものやらと、皆が一心に審理のトライアングルをみつめたのだ。

盛り上がってきた、盛り上がっていた。フランソワの興奮が目盛をぐんぐん上げていた。

こういうときこそ、静かに行け。さりげなく、けれど、自信に溢れて。十分に関心を引きつけてから、ベトゥーラス弁護士は尋問を再開した。

「さて、手元の裁判記録によりますと、九月十三日の審理で、貴女は『結婚は完成された』と証言しておりますね」

「はい」

と、ジャンヌ王妃は高く、よく通る声で答えた。九月十三日の審理といいながら、フランソワが開いていた頁は、まるで関係のない日付だった。真黒になった紙面は健気《けなげ》な女の奮闘の跡である。内容なら覚えられないはずがない。かつて「神童」と呼ばれた男は、短期記憶でよいならば、一度に百頁を暗記して、空でいえる脳味噌を持っているのだ。いちいち捲《めく》って記録を覗くふりをしたのは、演技と同時に密かに戦意を鼓舞しておく段取りだった。

「しかしながら、貴女が証言した事実を、他の多くの証人が、ことごとく否定しております。貴女だけが『結婚は完成された』としているわけです。この矛盾をどう考えますか」

「当然だと思います」

フランソワの目が頷くと、ジャンヌ王妃の目にも承知の光が輝いた。大した女だ。神妙な顔つきをしながら、自らの証言を楽しんでいる。非常に小柄なことも手伝って、ことによると悪戯好きの少女さえ、思わせているではないか。やりとりを打ち合わせていたときから、ジャンヌ王妃は妙に張り切っていた。弁護士らしい弁護士がつき、孤独な戦いでなくなったことが、この女には法外に嬉しいことだったらしい。

それにしてもジャンヌ王妃は、静的な、ともすると暗い印象に反して、実は積極的な一面を持っていた。フランソワが作戦の骨子を明らかにすると、自分からもイニシアチブを取りながら、いくつかのアイデアを盛りこんできたのだ。当然といって相手を認め、開き直ることから始めたいとは、ジャンヌ王妃の着想なのである。この女は相手の意図を理解し、全体の論理を踏まえ、言葉の効果を計算できるだけの、聡明さも兼ね備えていた。

ほお、当然と仰いますか。表面では驚くふりをしながら、弁護士は受けて続けた。わざとらしいのは、これも一種の約束事である。

「それは、いかなる理由からですか」

「証言台に立たれた三十人の方々も、それから文書で証言なされた御一方も、私と夫ルイが真の夫婦としてすごしたとき、その場におられなかったからです」

「ちょっと待って下さい。ええと、オルレアン、ブロワ、パリ、アンボワーズ、それから、つい先刻の証言で明らかになったブールジュと、これらの場所では事実として、夫婦の営みが持たれたことは、ただの一度もないのですね」

「その通りです。同衾したことさえありません」

「なるほど、証人は嘘つきではなかった。それで双方の証言が食い違っても、ごく当然というわけですか」

法廷のざわめきが俄に色を変えていた。頭の回転が速い連中は、もう弁護士の意図に気づき始めた。事実関係を確かめる。しかも細部にこだわったのは、なにも無策の時間稼ぎではなかったのだ。

「そうしますと、真の結婚が行われた場所とは、どこですか」

「リニエール城です」

「なるほど、どの証人も証言していませんな。その城は、どこにあるのですか」

「ベリー公領にございます。といっても、ブールジュの都からは遠く、深い森と水の綺麗な沼や池に囲まれた、とても静かな場所でございます」

「では、もうひとつ。リニエール城といわれる建物は、いうところの宮殿、つまり、証言に現れましたブロワ城や、この街でも表に出るとロワール河岸に、アンボワーズ城がみえますな、そういったイタリア様式を取りこんで、幾何学模様の庭園をこしらえて、賑やかに、華麗に、舞踏会ばかりやらかすような、その手の金ぴか御殿のことなのですか」

「いいえ、違います。十三世紀に建立されました軍事様式の無骨な建物でございます」

「ほお、ほお。水堀に跳ね橋、石垣の城壁に矢来と歩廊が仕立てられているような」

「はい。楕円形の天守閣で四方を睥睨《へいげい》しておりました」

「聞いたところ、派手好みのルイ・ドルレアンには似つかわしくない場所ですな。噂では大の舞踏会好きということですから。にもかかわらず、殿下はリニエール城を訪ねた。これは答えられないかもしれませんが、いつのことなのでしょうか」

「はい、順を追って証言いたして、よろしいでしょうか」

「どうぞ」

「私どもがオルレアン司教の祭式の下、正式に結婚いたしましたのは、一四七六年九月八日モンリシャール城の礼拝堂でのことでした。しかし、その直後から私は独り、リニエール城に戻されてしまいました。当初、夫ルイは私を気に入らなかった様子です。ところが翌七七年から八三年まで、毎年、夏頃に私を訪ねてくれるようになりました」

「そうすると夫君は結婚から一年して、旧約聖書、創世記二八の一六に語られる聖ヤコブのように『まことに主がこの所におられるのに、私はそれを知らなかった』という事態に開眼されたわけですな。さて、そうしてリニエール城に滞在されたとき、ルイ・ドルレアンは、どこで休まれましたか」

「私の寝室でございます」

「寝室のどこですか」

「私の寝台でございます」

「同衾なされたとなると、その際に『結婚は完成された』のですな。まさしく『ここそ神の家に他ならない。ここは天の門だ』と吐露した聖ヤコブの心境で」

「その通りです」

法廷は騒然となっていた。証言に飛び出した「リニエール城」は、ほとんどの人間にとって、まさに初耳の地名だった。実際にあるのかどうかも確信が持てない。が、そういえば、ジャンヌ王妃は人目を避けるように、深い森の古城に暮らしているとの噂があった。リニエール城とは、その古城のことなのか。

地名を認めて想像すると、浮かび上がった人間模様は、妙な真実味を帯びていた。不利な材料を提示しながら、いったん引いた論証が、見事な説得力になっていた。はじめから蜜月を楽しんだなどと強硬に主張されれば、この醜女が嘘をつくなと反感を抱くだろう。ところが、最初は無視されたと認められると、その後の経緯も、ありうべきことのように思われてくるのだ。

なぜなら、人々の想像は羽ばたいて、語られない事実にも思いを馳せる。嫁にやった娘が放っておかれれば、どんな父親でも婿に怒りを覚えるだろう。もっと娘と一緒にすごせと厳命するのは、道理なのだ。ああ、その父親とはルイ十一世だった。計算高い暴君ともあろう男が、政治の道具にした王女を突き返されうる状態のまま、いつまでも放っておくわけがない。それを強制と非難して、どうなるというものでもなかった。なぜなら、オルレアン公ルイは嫌った妻に手をつけてしまったのだ。暴君の圧力に負けて、辺鄙《へんぴ》な田舎を訪ねながら、人も疎《まば》らな退屈な日々の慰みに、つい、つい……。

フランソワは尋問を続けた。

「リニエール城を訪ねられると、その地にルイ・ドルレアンは、どれくらいの時間を滞在なされておりましたか」

「年によっても違いますが、大抵は十日から十二日間です」

「原告ルイはリニエール城を訪ねるとき、大勢の家臣を引き連れていましたか」

「いいえ、夫の供はいつも、ほんの数人だけでした」

「なるほど、目撃者が少ないことも頷けますな」

さらに事態の蓋然《がいぜん》性を強調しながら、フランソワは強い目をして証言台をみつめていた。じっとして逸らさず、ジャンヌ王妃を励ましている。無表情が売りの女も、さすがに羞恥心から目尻を紅潮させていた。一年に数日だけ、人目を憚って通ってくる。そんな形でしか夫に抱かれなかったなどと、どこの女が進んで告白したがるだろうか。

弁護の方針は、肉を斬らせて骨を断つ、というものだった。周囲が納得を深めたとしても、恥部を告白する本人には、やはり辛い証言であるはずだった。依頼人と同調した弁護士には、そのことが痛いくらいにわかった。効果的な論証のために、フランソワはジャンヌ王妃に、屈辱を強要してしまったのだ。

フランス語に切り替えながら、フランソワは言葉を足さずにおけなかった。男ってな、とかく不良を気取りたがるんだよ。本当は女房ひとりで満足してるくせに、そんなんじゃ情けないなんて見栄張ってさ。無理に自分をけしかけてさ。なるべく避けてみたり。他の女に手を出してみたり。まったく、男はよくやるんだよ。

「ルイ十二世は照れ屋だ」

期待通りに外野からも野次が飛んだ。傍聴席は弁護の意図を完全に理解したようだった。聖職者が童貞を守るなどとは、いつの時代の話だろうか。皆が皆、ひとりやふたりは思い出深い女の姿を、胸に宿しているのである。だぶらせながら、哀れな女を庇いたいと思うのは、これも男の本能だった。退屈な序盤に辟易した分だけ、これを機会と一気に沸点に達したとしても不思議はない。

「恥ずかしがって、隠れてこそこそやるなんて、王も意外とうぶじゃねえか」

「原罪を恐れていたのかもしれませんぞ。それとも王妃さまの厚い御信仰に心打たれて、御自らも聖アウグスチヌスの『神の国』を御熟読なされたのでしょうか。第十四巻に『欲情に刺激されるのでなく、意志に促されて、必要なときに必要なだけ、男は子孫の種を蒔く』とありますからな」

「王は敬虔なキリスト教徒だ。なんとも感心な心がけじゃねえか」

静粛に、静粛に。次席判事ダンボワーズが木槌を打ち鳴らしていた。蒼白になって震えたいところを、ヒステリックな怒りで誤魔化すしか手だてがない。かまびすしい衝撃音こそ、新たな証言が裁判を力強く動かしてしまった証左だった。

弁護士の仕事ぶりを整理してみると、今や形勢は完全に五分に戻っていた。被告が劣勢だったというのは、裁判記録に圧倒的な物量で、原告有利の証言が積み重ねられていたからである。

苟も宣誓の下になされた証言を、まるきり無に帰することはできない。が、それを無力化することは可能だった。すなわち、なにが行われた場所が違うという論理である。リニエール城の出来事が、悲しくも数えられるほどでしかなかったにせよ、極論すれば結婚の同意など、ほんの一回のセックスを立証して、それで事足りるのである。

五分どころか、今や被告有利に傾いている。三十一人の証言が水泡に帰した今、ジャンヌ王妃の証言だけが重くなり、スコアは〇対一なのである。フランソワは二ヶ月に及んだ審理を、たった一日で裏返していた。新しい論拠で相手コートに逆転のボールを打ちこんだからには、その勢いのまま、あとは強烈な決め球を投じてやるだけだった。

「そうしますと」とフランソワの大声が、ラテン語に切り替わった。例によってサン・ドニ教会の傍聴席は、号令を受けた軍隊のように、しんと静まり返っていた。

「そうしますと、同時に貴女の証言も疑わしくなりますね」

だって目撃者が少ないんですから。フランソワは検察側に突かれる前に、自ら弱点をさらけ出していた。このほうが勢いを殺《そ》がれずに済むからである。貴女が嘘をついたとは申しません。が、男性には男性の心理があるように、女性には女性の心理があります。けだし、女性というものは夢見がちな生物ですからなあ。

それは数ではなく、質の問題だった。確かに証人が本人ひとりという点は弱い。

「客観性に欠ける、という難点です。貴女が証言なされた、いわゆる『リニエール城の蜜月』について、誰か確信を持って証言しうる第三者が、おられますでしょうか」

「はい、おります。孫の誕生を心待ちにしておりました亡き父王は、私のところに産婦人科を専門とする医師をつけて下さいました。名をジェラール・コシェといいます」

ありがとうございました、と結んでフランソワは尋問を終えた。くると回って判事席を仰いだとき、その目に勝負の意気込みが覗いたことは、背中から窺う傍聴席にも伝わった。凛と張りのある声で、弁護士は高らかに要求した。

「弁護側は次回公判に医師ジェラール・コシェを召喚したいと思います」

アンボワーズの夕闇は、またも熱狂に包まれた。が、人々の盛り上がりにも前回とは微妙な違いが生じていた。一見して窺える差は、かえってインテリ層のほうが、興奮の度が高いということだった。強いて形容するなら、前回の仕事は素人受け、今回の仕事は玄人受けというべきか。

気にして集まった庶民たちに、裁判の模様を伝えているのは、樽に上がって人を集め、弁士を気取って小遣いを稼ぐ、若い学生ばかりではなかった。大学の先生方も現役の法曹たちも、いい大人が去りがたい思いでサン・ドニ教会の沿道に留まり、こちらから疎《うと》い庶民を捕まえて、それぞれに解説めいた口舌を際限なくしていたのである。

弁護士の手腕の程を余さず理解した連中は、受け止めた感動を正しく伝えねばならないと、皆が独りよがりな義務感に駆られていた。審理終盤の鮮やかな逆転劇に、思わず目を瞠《みは》ったのであれば、序盤に弁護の意図を見抜けず、退屈しかけた情けなさが、ある種の負い目になっていたのだ。恥ずかしいと思うのは、ベトゥーラス弁護士の論法にカルチェ・ラタンのエートスが、見事に実践されていたからでもあった。

現場の人間とはいいながら、まさにフランソワは大学の英知の申し子だった。「大全」だの、「便覧」だの、大風呂敷を広げる割に中身のない、浅く広くの学問などは、とうの昔に廃《すた》れていた。専門分化の時代に入って、今や優れた研究は常に深く鋭くなのである。弁護士が注目した事実は実に小さなものだった。が、無意味に重箱の隅をついていたわけではない。見落としがちな些末な論点が、驚くほどに大きな作為の序章となって、あっという間に審理の全体を、丸ごと裏返してしまったのである。

知的思考の奥義が披露されたということだ。なんら難しい論理ではない。簡単なようでいて、その実は誰にでも真似できるわけではない。些細な小事にこだわるとき、人間は往々にして、視野が狭くなってしまうからである。小が大に転換するとき、媒介となるべき秘密の箱は、決まってダイナミックな発想だった。

「その素晴らしさを皆さんにもわかっていただきたいのです」

ものにする困難を知るだけに、インテリたちの興奮は収まらなかった。熱弁を振るわれて、かたやの庶民もわからないなりに真剣に聞き、こちらも立ち去ろうとしなかった。王妃さまが有利に逆転したことは事実のようだ。それも弁護士が物凄い腕前をみせたらしい。こいつは、でかいことが起こっているに違いないや。

庶民たちは庶民たちで、前回の浮かれ方が地に足がつかないものであったことを、今さらながらに実感していた。ふわふわした感動に、ずっしり手応えのある中身が入っていく感覚は、決して悪いものではなかった。なんだか自分たちの背中に、大きな後ろ盾ができたような気がする。ふむふむと頷きながら、群衆が意外に平静を保っているということは、フランソワが別な意味で偉業をなしえた証拠だった。破格の英雄を待望する割に、元来がフランス人は飽きやすいのだ。

そんな風だから、サン・ドニ教会の大扉が開いたとき、沿道の熱狂は歩調を揃えた大合唱になっていた。ヴィーヴ・フランソワ・ベトゥーラス、ヴィーヴ・フランソワ・ベトゥーラス。次回公判の打ち合わせを終えて、今日も待ち望んだ弁護士が登場していた。

フランソワは再び大観衆に囲まれた。ベトゥーラス先生、あんたは本物中の本物だ。みかけ倒しの、まがい物じゃねえ。そんなの当たり前じゃないの。ああ、あたい、本気で惚れちまいそうだよ。

迷惑げに顔を曇らせ、また一目散に逃げ出すかと思いきや、今日の弁護士は尖った頬に下手な愛想を浮かべながら、喝采の渦に揉まれるままになっていた。親父衆に叩かれようと、女房衆に抱きつかれようと、果ては顔を赤らめた修道女に「どうか私の懺悔を聞いて下さい」と迫られようと、サン・ドニ通りを去らずに留まっている。

フランソワなりに計算あってのことだった。なんとか笑みを工面して、苦しく群衆をあしらいながら、折り重なる人波に目を凝らし、探していたのは福々しい丸顔だった。

「あっ、マギステル・ジョルジュ・メスキじゃありませんか」

フランソワは素頓狂に声を挙げた。わざと意外な顔を作り、つられて群衆の関心が流れるようにも仕向けた。おかげで、人々の目が問うていた。強きを挫《くじ》き弱きを守る、我らが庶民の英雄に、丁寧な敬称をもって名を呼ばれた人物とは、一体ぜんたい何者だろうか。

「世に聞こえたソルボンヌ学寮の、副学監ともあろう御方に、拙僧の裁判を傍聴していただけたなんて、これは、いや、なんとも、身に余る光栄ですなあ」

それは高名な組織の威光が、どのように働くものか、きちんと見極めた上での発言だった。一際高まるどよめきの舞台の中央に、後輩を高く持ち上げてやりながら、がりがりと剃髪頭を掻き、自分は恐縮するふりをして、フランソワは明らかに白々しかった。が、人の好い輩というのは、安っぽくても素直に喜んでしまうものなのだ。

「いやですよ、マギステル、よそよそしいじゃありませんか」

砕けた言葉で答えながら、ジョルジュは膨らんだ小鼻を、ひくひくと動かしていた。無数の視線を浴びながらの特別扱いは不慣れなものでも、不服なものでもなかった。我が身に注がれる庶民の敬意と、大学関係者の嫉妬の念を、心地よい痛みとして喜ぶほどに、物腰に嫌味のない優等生は、どうやっても相好《そうごう》を引き締めることができないのだ。

「いやあ、マギステル・フランソワ、本当に素晴らしい弁護でしたよ」

ジョルジュは賛辞を述べながら近づいた。群衆がさっと動いて道をあけると、胸を張り気味に恰幅のよい体軀を進め、兄弟子の弁護士に熊の抱擁を捧げている。まったく、あなたには脱帽しますよ。カルチェ・ラタンの伝説の名に少しも恥じるところがない。やっぱり、なにかをやってくれる男でした。

「なかんずく、今日の尋問は痛快でしたよ。たった一日で二ヶ月に及んだ審理を、一気に覆してしまうんですからなあ」

権威筋のお墨付きを得たことで、おお、と群衆は感嘆の声を改めた。高まるままの畏怖の念を、フランソワはすかさず後輩に流してやる。なに、そんなもの、ただの曲芸にすぎませんよ。メスキ副学監には、まだまだ御指導願わないと。

「なにを仰るんです。マギステルともあろう方が……」

謙遜に謙遜で答えながら、こうした虚偽の社交の類が、ジョルジュは嫌いな質ではなかった。福々しい丸顔は大きく弛み放しであり、これで気分が悪かろうはずがない。昔から煽《おだ》てに弱い男だったんだよ。人並に見栄を張るくせ、やっぱり優等生は優等生なんだよなあ。心中でほくそえみながら、フランソワは俯《うつむ》き加減に、みるみる表情を暗くしていた。

するとジョルジュ・メスキは本気で気にした。心優しい模範生は、悩み苦しむ他人の姿を、決してみすごしたりできないのだ。

「どうしたんです、マギステル。もしかすると次回公判の打ち合わせで、なにか不都合でも起こったのですか」

「いや、そういうわけではないのです。医師の証人喚問は認められましたよ。次の公判は一週間後で、これも予定していた日取なのです。ただ……」

「ただ？」

心配げなジョルジュが問うと、続くであろう弁護士の答えを聞き漏らすまいと、群衆は一斉に静まり返った。フランソワは伏し目がちに、なおも弱々しい演技を続けた。

「ただ、医師が証言する内容によっては……」

「よっては？」

「次はルイ十二世を召喚させると判事に約束させたのです」

「なんと！　遂に国王を出廷させるのですか」

ジョルジュ・メスキは驚きの声を上げた。同時に群衆が爆発していた。やった、やった。

卑怯者を隠れ家から引き摺《ず》り出すんだ。そうだよ、おまいさん、たまにはいいことというねえ。

あたしゃ、どうにも納得いかなかったんだ。か弱い女を衆目にさらしておいて、大の男がこそこそ隠れているなんて、一体どういう了見なんだろうね。

ルイ十二世を罵る悪態は、みる間に群衆に伝染して、端のほうでは気の早い勝鬨《かちどき》になっていた。盛り上がり方が只ならないのは、皆が真の偉業を確信しつつあるからだった。そんなに離婚したいのなら、王も自ら姿を現すべきじゃないか。誰もが理不尽を感じていながら、これまでは諦めて、無力感に苛《さいな》まれていたのである。

「メスキ先生、そんなことができるんですか」

問うたのは大きな鞄を抱えた学生フランソワだった。ミシェル、ロベール、さらに名も知れぬ学生たちが続々と殺到して、高名な先生の御説を拝聴しようと身構えている。おっと俺たちも聞き逃しちゃならねえ。我に返った群衆が、静まり返って注目する頃合いを計りながら、メスキ先生は有徳の教育者の顔で口を開いた。

「ええ、できますよ。こういうときは原則に立ち返りましょう。天下のフランス王といえども、カノン法の上では一受洗者に変わりありません。『原告または被告は、検事または弁護人を選任していた場合でも、法の規定、または判事の命令に従って常に自ら裁判に出頭する義務を有する』と法文にも明記してあります。法は誰にでも平等ですよ。それゆえに法は正義なのですよ。だってジャンヌ王妃は、現に出廷しているじゃありませんか」

「そうですよね、そうですよね。これは厳正な裁判なんですからね」

「ふむ、ふむ、法は誰にでも平等だ、なんて痺れる言葉だねえ」

「まったくよ。正義の意味がわかった気がすらあ」

「さすがにソルボンヌの副学監ともなると、いうことが違う」

庶民が囃《はや》すそばから合いの手を入れて、理屈を認めたのはフランソワだった。カノン法に関する理解の深さというものが、根本的に違うということかな。

「なにも特別なことじゃないですよ」

照れて顔を顰《しか》めようと努めながら、注がれる無数の目に尊敬の色が濃くなることを意識すれば、ジョルジュ先生の表情は依然として引き締まりようもない。本当に扱いやすい男だ。フランソワは引き続き暗く俯きながら、ぶつぶつと独り言を繰り返していた。今や上機嫌の大先生は、さらに他人を気遣う鷹揚な自分の姿に酔いしれたいと、もはや抑えられないはずだった。

「どうしたんです、マギステル・フランソワ。国王の召喚を約束させたなんて、これは本当の偉業じゃないですか。あなたは現代の英雄だ。我々のような学者は気楽に『一受洗者』で片づけますが、やはり相手は天下のフランス王なんですよ」

「そこが問題なのです、メスキ先生。これまでとは段違いの難敵です。拙僧のような無力な人間が、独りで立ち向かうことなど……。いや、なんでもありません」

「なんです、なんです、マギステル。水臭いですよ。ともにエドモン先生に師事した、他ならぬ同門の間柄じゃないですか」

おお、同門なんだってよ。するってえと、この学者先生も、ベトゥーラス弁護士に負けず劣らず、立派な御仁ということかい。馬鹿だねえ、あんた。だから、ソルボンヌの副学監さまだって、さっきからいってるじゃないのさ。群衆の囁きが耳に入れば、ジョルジュ・メスキは口走ってしまうはずだ。

「私にできることなら、協力を惜しみません。どうか遠慮なく、なんでも仰って下さい」

いったな。それも公衆の面前で、はっきりと。フランソワが狡い笑いを隠す間に、周囲の学生たちは興奮きわまり、もはや飛び跳ねんばかりになっていた。

「ええ、ええ、先生の仰る通りです。我々にも協力させて下さい。こんな、こんな偉業に参加できるなんて、我々には一生の思い出になりますよ」

「そうじゃないぞ、ミシェル。思い出なんて甘えたことをいうな。一大事なんだから、協力する資格がある人間だけが、マギステル・フランソワに協力すべきなんだ。つまり、だ。メスキ先生は法文解釈の権威であられ、かつまた判例研究の第一人者でもあられる。だから、メスキ先生と先生の教えを頂く我々だけが、協力したいと申し出ることができるのさ」

「どうだっていい、どうだっていい。カルチェ・ラタンを挙げて、皆が伝説の男を応援してやるんですよ」

学生フランソワは荷物を放り、がっちりと弁護士の手を握り締めた。弟子に負けじと肩に手をおきながら、ジョルジュ先生はますます熱く、兄弟子を説得して止めようとしない。

「さあ、マギステル、なんでも命令して下さい」

「しかし……、あなたは地位のある方ではありませんか。ソルボンヌ学寮といえば、王家の肝煎りで創建された施設だ。かえって国王に味方すべき立場にあるというのに、その副学監ともあろう御仁に、無茶をお願いするわけにはいかない」

「なにをいうんです。我々は幾ばくかの援助と引き替えに、学究の魂まで王家に売り払ったわけではないのですよ。古来からパリ大学は、この地上ではローマ教皇聖下にしか、服従せずともよい定めなのです。だから、あなたは伝説の言葉を吐くことができた」

「インテリは権力に屈したら終わりだ。意味がなくとも常に逆らわねばならない」

学生フランソワが打ち上げると、反骨のエスプリに庶民は割れんばかりの拍手を送った。見直したぜ、インテリの先生方。小難しい本ばかり読んでると思ったが、こんなにも骨のある連中だったとはねえ。

アンボワーズの市民たちが気取らない言葉で褒めそやせば、あちらこちらの若い学生は舌打ちしながら悔しそうに呟いている。ちっ、できることなら、ソルボンヌ学寮に移りたいや。エドガーの耄碌爺《もうろくじじい》が検事の顧問についたはいいが、馬鹿丸出しで醜態を演じやがった。もう恥ずかしくて、ナヴァール学寮にいるなんていえないよ。

雰囲気は盛り上がるばかりである。熱気の波に背中を押されて、ジョルジュ・メスキはいよいよ多弁になっていた。我々の時代の良心が試されているのです。苟《いやしく》もインテリを名乗るならば、この一大事に手をこまねいているわけにはいきません。本当に遠慮なく命じて下さい。私にできることなら、なんだって労を惜しまないつもりです。

「ええ、ええ、全面的に協力いたしますよ」

「そうか」

短く答えたとき、すでにフランソワは後輩の手首を、がっちりとつかんでいた。

「アンボワーズの市民諸君、皆さんが栄《は》えある証人です。ここにソルボンヌ学寮の副学監、ジョルジュ・メスキ先生が、正義のために支援の意志を高らかに表明なされました」

宣言するや、弁護士は裏手の司祭館に歩き出した。割れんばかりの拍手喝采に送られながら、後ろではジョルジュの肥満体が重くなっていた。強引に手首を引かれて、そろそろ丸めこまれたことに気づいている。優等生は他人を気遣わずにいられないが、同時に歯痒いほどに慎重なのだ。

容易なことでは軽はずみな真似をしない。失態を演じて、恐らくジョルジュは早くも後悔に傾いているだろう。急に不安に駆られてもいる。が、もう遅いのだ。

「ソルボンヌ万歳、ソルボンヌ万歳。たのんだからな、学者先生」

群衆の賛辞で手枷足枷《てかせあしかせ》をはめながら、フランソワは身動きできない肥満の男を、攫《さら》うように司祭館に押しこんだ。

「これじゃあ、話が違いますよ」

と、ジョルジュ・メスキは抗議した。無謀ですよ。滅茶苦茶ですよ。後輩の声が悲痛に裏返っても、フランソワは平然として、一向に取り合う様子などなかった。なにを今更ほざきやがる。反対すると思ったから、まわりくどい罠を用意したんじゃないか。進んで協力してくれそうなら、はじめから素直に持ちかけていたさ。

「ちょっと、しつこいぞ、ジョルジュ」

謝るどころか、フランソワは逆に腹を立てるような塩梅だった。おまえごときに敬語を使ってやったんだから、裏があるのは当然のことじゃないか。とんま野郎が煽てられて、浮かれたあげくに見栄を張って、そいつを見抜けなかったのが悪いんだ。言外の意味を悟ったのだろう。ジョルジュ先生は憮然として明後日《あさって》の方を向いた。まったく、優等生って人種は意外と我儘《わがまま》なんだよなあ。やれやれという顔をして、フランソワはやっと宥《なだ》めにかかった。

「なに、ジョルジュよ、心配には及ばないさ。パリにいるということは確実なんだ。そうなのでしょう、プルウ殿」

「ええ、ええ、小生も噂だけは突き止めて参りました」

老侍従は嗄《しゃが》れ声で、ささやかな成果を誇っていた。呑気な会話とは裏腹に、司祭館の居間は三脚の燭台に安蠟燭を灯したきり、少しも明るくなった感じがしない。暖炉の火が焚かれていても、同じく暖まった気はしなかった。卓上が菓子で賑わっていても、ウェハースの持てなしなど、誰も手をつける気になれないのだ。

重苦しい空気が漂っていた。ジャンヌ王妃に奥の定席を取らせながら、女主人を顧問する形で、今日は新顔が円卓の周囲を固めていた。一応は前向きな態度で座ったものの、ジョルジュ・メスキと三人の学生は、乱暴な弁護士に具体的な仕事の中身を明かされて、しばし呆然とするばかりだった。シャルル・ドゥ・プルウが続けていた。

「小生とて、医師ジェラール・コシェには最初から目をつけておったのです」

パリにいる、という情報は証人集めに奔走した成果だった。侍従の慧眼《けいがん》はさておき、この証人の価値については、ジャンヌ王妃も重々承知していて、一番に召喚しようと画策していた。それが断片的な消息をつかんだきり、果たせなかったというわけである。

「あと一歩というところさ」

フランソワの言葉に、向き直った後輩は不満の色を隠さなかった。

「一歩じゃありませんよ、マギステル。一口にパリといっても広い。ヨーロッパでも群を抜いた二十万都市なんですよ」

「いや、大方の見当もついてるんだ。カルチェ・ラタンにいるらしい。どうも、医学部あたりに紛れ込んでいるようなんだな」

こともなげに片づけながら、フランソワとて裏では事の重大さを承知していた。いってしまえば、行方不明である。ルイ十一世のお抱え医師は、シャルル八世の御代までは確かに宮廷に勤務していたのだが、ルイ十二世の統治が開けると急に消息を絶ったのだ。

「カルチェ・ラタンにいるらしいって……」

用意周到な優等生には、暴挙としか思われない。ジョルジュは呆れ顔を作りながら、やはり抵抗せずにはいられなかった。

「肝心な証人の、所在さえ確認できていないのに、マギステル、あなたは証人喚問を請求したというわけなんですよ。これは明らかに軽率です。せめて居場所を突き止めてからでは駄目だったんですか」

「駄目だ。勢いを殺ぐことになる。勢いを失ったら、王は召喚できない」

いうまでもなく、現実の裁判はカノン法の原則通りにはいかない。教皇の特設法廷はフランス王の私物ではないが、といって全く独立しているわけでもない。少なくとも三判事の一角を、王の寵臣ルイ・ダンボワーズが占めている限り、その反対を計算に入れないわけにはいかないのである。

目下はアルメイダの支持で審理を有利に進めていた。フランス王家とローマ教皇庁の駆引きが、難航しながら裁判の場に持ちこまれた結果だった。が、いつ両者の同盟が完成されるかわからない。政治バランスの間隙を縫うにも限界がある。だからこそ、ここで勢いを殺ぐわけにはいかないのだ。

休みなく攻めなければならない。さもなくば、王の召喚など認められない。フランソワが約束を取り付けることができたのは、審理で一方的に押しまくっているからだった。

「風の中の綱渡りということなのさ」

「わかっています、わかっていますよ。けれど、それならば、なにも危ない橋を渡ってまで、王の召喚にこだわらなくてもいいんじゃありませんか」

「そういうわけにはいかん」

「どうして。医師の証言こそが決定打になるんでしょう」

「そうだ。が、それでも王の召喚は必要なんだ」

「わかりませんね、マギステル。結婚の同意を認めなかったら、かえって王の証言は、審理を後退させることになります。それならば、医師の証言だけで立件して……」

「馬鹿か、おまえは」

現場の弁護士は、視野の狭い学者を冷たく一喝していた。界隈が無邪気に騒いでいる以上に、王の召喚はフランソワにとって大きな意味を持つものだった。勝訴のためには欠かすことができない。それが原告の弱さを印象づける、象徴的な出来事になるからである。なんとなれば、法廷では正しいものが、常に正しいと宣言されるわけではなかった。

――これはカルチェ・ラタンの議論じゃないんだ。

判決は判事の胸先三寸だった。どんなに緻密に理屈を詰めて、客観的に主張を貫くに十分な全体像を描き出せたとしても、そのことは裁判記録を読む者にしかわからない。世人の大半が字を読めないことを考えれば、判事が明らかな不当判決を出したところで、せいぜいインテリどもの遠吠えに耳を塞ぐだけでよいのだ。

世論は動かない。ところが王が召喚されれば、その事実は大衆の目に映り、広く世間に明白な示唆を与えるはずだった。遂にフランス王まで引き摺り出された。そんなに危ないところまで、原告は追い詰められたということかと、無学者が裁判の帰趨《きすう》を実感するわけである。

こうなれば、判事は出鱈目ができなくなる。世論を利用して、相手に手枷足枷をはめるという手管も、審理を有利に進めるために弁護士が用いる技術だった。

「それにしたって、あまりに無謀だ。これじゃあ、まるで博打《ばくち》のようなものです」

「ジョルジュよ、人生に博打はつきものさ」

フランソワは不当な一般論で括って捨てた。大学の権威を敬うどころか、二十年もの時間を遡《さかのぼ》って、傲慢な兄弟子の口調に戻っていた。男の世界では先輩は永遠に先輩なのであり、また後輩も永遠に後輩なのである。

ジョルジュのほうも正面きって口を返す気にならない。あなたは、いつだってそうだ。理路整然と主張を組み立てるくせに、最後は乱暴に括って相手を黙らせてしまうんだ。ええ、ええ、私は反論しませんよ。「博打」なんて、ありふれた、しかも曖昧模糊とした言葉を最初に持ち出したのは、私のほうなんですから。答えに窮して、論理的思考を逸脱してしまうのは、いつだって私の役分と決まってるんだ。ぶつぶつと続けながら、ソルボンヌ学寮の副学監も恨みがましく、昔の後輩に戻っていた。

「まあ、ジョルジュ先生も悲観ばかりでは始まるまいさ。なに、カルチェ・ラタンにいることはわかってるんだ。俺たちなら探し出せないわけはないいさ」

なにせ、ソルボンヌ学寮が味方だからな。弁護士にまとめられて、ジョルジュは複雑な顔をしてみせた。副学監ともなれば、一声かけて無数の学生を動かすことができる。困難な捜索も人海戦術で成し遂げられると、それがフランソワの目のつけどころだった。

つまり、ジョルジュ・メスキの学識をあてにしたわけではない。副学監の地位といえば、それも学僧の栄達には違いなかったが、学内政治を勝ち上がった俗物とだけみられているようで、ジョルジュは手放しで胸を張る気にはなれなかった。

「やりましょう、メスキ先生」

発言したのは学生フランソワだった。この若者は一貫して積極的である。もとより、屈折した中年男が弁護に立ち上がってからというもの、些か度を超した熱意を示していた。ぶんぶんと学帽を振り回せば、口角には指をくわえて口笛を吹き鳴らし、法廷の傍聴席での暴れ方も群を抜いている。一番の若年であることは事実なのだが、どうも遠慮がちに先輩に従うというのでなく、かえって実質は三学生の首領格のようなのだ。このときもミシェル、ロベールの二学生は、年下のフランソワに促されるようにして、同様の発言を連ねていた。

「ええ、やってみましょうよ。医学部にも知り合いはいるわけですし」

「いざとなったら、パリを一軒一軒、訪ねて回ればいいじゃありませんか」

弟子たちに仰がれれば、ジョルジュ先生も内気な後輩にばかり戻ってもいられない。咳払いで体裁を整えると、かえって気さくな言葉遣いで、大器の威厳を示そうとしている。

「わかりました、わかりましたよ。公に宣言してしまったのだから、土台が引き受けないわけにはいかないのです。断ってしまった日には、アンボワーズ市民につかまって、連中に撲殺されるだけですからね」

「御迷惑をおかけしますが、メスキ先生、私ジャンヌ・ドゥ・フランスからも、重ねてお願い申し上げます」

ジャンヌ王妃が口を挟んでいた。それ自体は不自然な成り行きではないのだが、フランソワが驚いたのは、この籠もりがちな女が構えない素顔で話したことだった。ジャンヌ王妃は意外にも、実は如才ない社交家なのだろうか。すぐにジョルジュが受けて答えて、兄弟子の疑問を解いていた。

「ええ、承知いたしました。王妃さまには数年来、私の講座に御寄付をいただいておりますから、ええ、ええ、これを機会に恩返しさせていただきますよ」

この事実をフランソワは知らなかった。なるほど、知己ということなら、ジャンヌ王妃が打ち解けていて、それも然るべきである。が、改めて意外だった。へええ、そんな繋がりがあったのか。

「あったのです。ありましたから、我々はパリから遥々《はるばる》やって来ていたのです」

予期せぬところで人間は繋がっているものだ。あるいは世間は狭いということか。フランソワは知らぬ間に張り巡らされた、裏の作為のようなものを感じていた。自らが策を講じたのだと思っていたところ、今は誰かが巡らせた構図の中に、逆にはめられているような気がしている。さらに我ながら解せない感情は、そこに悪意の類ではなく、なにかしら神意に近いものを感じ取って、受け入れる気になったことだった。

「なるほど、ままごと裁判のときから、妙に被告の肩を持っていたものなあ。だったら、ジョルジュ、おまえに気兼ねする理由なんかないじゃないか。よし、決まりだ」

「決まりですが、はあ、冒険になりますね。なんといっても時間が足りない。パリまで二日とみて、往復で四日ですね。二日の捜索で首尾よくみつけられたとしても、来週の審理に戻るためには、もうぎりぎりというわけですから」

明日の朝には、もう出発しないといけませんね。不本意に巻き込まれた急展開に打ちのめされ、ジョルジュ先生は溜息を連発しながら、ぐったり椅子に深く埋もれるばかりだった。後輩の脱力感をよそに、かたわらではフランソワが勢いよく立ち上がっていた。壁の釘から外して、早くも粗末な綿入れの外套を被っていた。

「なにを悠長なことを。悪いがジョルジュ先生、今夜のうちに出発するんだよ」

「え」

「ただいま、うちの者に馬を手配させております」

ジャンヌ王妃が遅れがちな学僧に説明していた。馬と食糧、それに若干の路銀の手配は前もって、フランソワが依頼していた仕事だった。

「ああ、ちょうど来たようですわ」

王妃に手振りで示されると、確かに扉の向こう側に、物々しい気配が到着していた。無茶な仕事に苦情でもいう風な嘶《いなな》きが重なり合い、数頭の馬が司祭館の馬杭に繋がれたことがわかる。絞るような金具の音は、きっと馬車を停車させる装置だった。

「では、出発ということで」

と、フランソワはいった。ほらほら、ジョルジュ、取りかかりが遅いと落第するぜ。最初の認定試験で、おまえが幾何学だけ落としたのも、のんびり構えていたからさ。そ、そんな古い話を、こんなところで持ち出すことはないでしょう。

恨めしげな後輩の涙目を、気分のよい哄笑で片づけながら、弁護士が戸口まで進んだときのことだった。開かれた木板の扉の向こうでは、意外な男が不敵な笑みで出迎えていた。すっと血の気を引かせながら、フランソワの全身が硬直していた。

五、旅路

月が高い夜だった。青白い光が野の草を灰色に、河の水を黒色に塗り込めながら、ロワール河に沿う街道の行方だけを、白く浮かび上がらせていた。

大河の音を聞きながら、ひたすら東進を続けて、それは馬の歩みに任せるような一本道の旅だった。アンボワーズを発つと、一行は不眠不休の強行軍を敢行して、すでにブロワを通過していた。

夜明けまで、あと三時間というところか。秋の冷えこみが最も厳しい時刻に近づき、特に意識しなくとも、手は自然と外套の襟を掻き合わせる。襟の頭巾を起こすことで、斑《まだら》に伸びた剃髪頭を守りながら、フランソワは馬の背で、こっくり、こっくり、今にも眠りに落ちるところだった。

——いや、眠るまい。

睡魔に負けてなるものかと、まだ手綱を睨みつける気力だけは残っていた。が、フランソワが自分を戒めた直後から、もう夢は始まっていたようなのだ。行って参ります。まっすぐに顎を上げた弁護士は、その女に誇らしさにも似た気分で告げていた。

「では、行って参ります。必ず証人を連れて戻りますので」

ジャンヌ王妃は丸い顔と長い鼻で頷いた。臍《へそ》のあたりに軽く拳を組み合わせ、サン・ドニ通りで旅発ちを見送った立ち姿は、小柄なせいか妙に丸くみえていた。その滑稽な加減を、温かい感慨で見守ることができたからこそ、疑わない女の目の表情が、まっすぐ男の胸に刺しこんで、そこに深く刻まれたのである。

裏切ってはならない、とフランソワは心に決めた。依頼人の無条件の信頼こそは、弁護士に力を与える豊饒な泉だった。頼られるほど、内から力が湧いてくる。運命を丸ごと託されたなら、そのことで無限の力を得た俺は、必ずや、やり遂げられるはずなのだ。フランソワは手綱を捌《さば》き、馬首を巡らせた肩越しに、もう一度だけ女の姿を確かめることにした。

「きっと迎えに来てくれると、わたしは信じて待っています」

ジャンヌ王妃は一途に信じる瞳の力で、やはり男を励ましていた。

——え。

フランソワが目を凝らすと、花のように笑っていたのはベリンダだった。なんなの、フランソワ、中途半端に口あけて、その阿呆面ったらないわ。あんた、今の自分を鏡に映してごらんなさい。恥ずかしくって、二度とインテリなんて名乗れなくなるから。

横柄に指さしながら、くびれた腹を抱えて笑い、ベリンダは今も勝気な跳馬を思わせていた。まさか、おまえ、生きているのか。なに惚けたことといってんの。フランソワ、あんたのほうが十歳から爺さんなのよ。男なんて独りじゃ生きていけないんだから、わたしが先に死ぬなんてことになったら、ちゃんとあんたを道連れにしてあげるわよ。

相変わらず生意気な台詞《せりふ》を吐いて、ベリンダ、おまえも照れ屋が直らない女だな。パテのように柔らかい頰をつまもうと、フランソワが嫌がって黄色い声を上げる女に、折檻の手を伸ばそうとしたときだった。

「よお、アベラール」

無神経な呼びかけに、意識がハッとして覚醒した。

「居眠りして落馬するくらいなら、やっぱり馬車で横になったほうがいいぜ」

とっさに頭を巡らすと、一台の幌馬車が後続していた。確かに寝息が聞こえてきそうだった。ジョルジュ先生と弟子たちは、馬車の荷台で雑魚寝《ざこね》しながら、砂利道の揺れ加減を乱暴な子守歌に、とうに眠りに落ちていた。

──また夢をみたのか。

馬上を選んだフランソワは、まっとうな時間の流れから、足を踏み外していたことに気づいた。目を細めて眺めるのは、過ぎ去った白い街道が果ての彼方で闇に呑まれているだけの、そこはかとなく心許ない風景だった。後に戻りたくても、人間は前に進むことしかできない。そのために行手をみつめ直したとたん、フランソワの胃袋に憤懣が立ち上がった。不愉快な同伴者のことを、やっと思い出したからだった。

「うるさい」

と、フランソワは遅れて怒鳴った。無人の野に「さい、さい、さい」と語尾だけが木霊《こだま》して、いつしか河風に攫われていった。寝ぼけて、ぼんやりしていたことが、今さら悔しく思われてならない。怒鳴って萎縮するような玉ではないのだから、歯痒さはなおのことである。

月光に頬骨を白く光らせながら、オーエン・オブ・カニンガムは不敵な薄笑いを浮かべていた。肩にかけた緑のキルトに目を留めるまでもなく、それは近衛スコットランド百人隊の隊長だった。鉄壁の忠誠心で王に仕えるべき男が、こともあろうにジャンヌ王妃に頼まれると、旅の支度に奔走して、そのままパリを往復する旅に同行することになっていた。

「なんで、おまえがついてくる」

目を合わせず、上下する馬の鬣《たてがみ》を睨みながら、フランソワは今更の愚問を発していた。

「だから、裁判関係者の護衛は公務だといったろう」

「きさまは王の手先だけを守るんじゃないのか」

「裁判関係者、とだけ命じられている。誰をどう守るか、それは隊長である俺の裁量だ」

「弁護側の俺たちに裁量するとは、はん、少しは己を恥じたということか」

「そうだ」

あっさりと認められて、フランソワはすぐには言葉を継げなかった。オーエンは悪びれることもなく、半ば自慢するような調子で先を続けた。

「ジャンヌ王妃はルイ十一世陛下の姫君だからな。実の娘だけに面影もある。にやけた優男《やさおとこ》を守っているより、故王の娘御の役に立つほうが、どれだけ気分がいいか知れやしない。犬は犬でも、俺は十一世陛下の犬なんだ」

近衛隊長は弁護士の叱責を、まともに気にしたようだった。が、それにしても、こんなに簡単に改心するものだろうか。なにか裏があるのではないか。旅の護衛とはいいながら、見方を変えれば、というより順当な見方をすれば、王の腹心が厄介な弁護士の動きを、絶えず監視しているのである。

我々の証人探しを側から妨害する気だろうか。疑いかけたところで、フランソワは微笑に誘われ、すぐにやめてしまった。裏表を使い分けられる男ではない。本心を繕えるほど器用なら、世に「ルイ王の犬」などと、不愉快な異名を得てはいないだろう。人間は悪玉であるほどに、大衆には嫌われたがらないものなのだ。つまるところ、オーエンは悲しいくらいに単純な男なのだ。

――子供の頃から。

手のつけられない暴れ者は、誰より素直で、信じた人を疑うことを知らなかった。善悪など考えない。信じた人が命じれば、なんだってやってしまう。死ねといわれたら、おまえは死ぬのか。そう問われれば、死ぬと答えて迷わないのが、オーエン・オブ・カニンガムという男だった。

しかも、それは血の通わない観念ではない。近衛兵の倫理とか、主君に捧げるべき忠誠心とか、そんな絵空事には少しも頓着することなく、ひたすら信じた人間を慕い、その言葉に従い続けるのだ。だからこそ、疑い深い暴君ルイ十一世も、側近として重用した。近衛になるべく生まれついた魂は、その意味で、いつも殉じるべき人間を探していた。

心酔した暴君が世を去って以来、オーエンの人生は恐らく、虚しかったに違いない。王の息子ということで、まだしもシャルル八世には忠誠を尽くしてこられたが、これがオルレアン公ルイとなると、もう仕えるべき理由など、ひとつもみつからなかったのだ。なるほど、フランソワに叱責されれば、もう迷わないはずだった。

まったく、いつまで子供でいるつもりだ。心中で苦言を呈しながら、フランソワは笑みの形で口角を歪め、自分を冷やかすようだった。保身など考えるはずがない。堕落したと思ったとたん、オーエンには生の意味などなくなってしまうからである。悲しいくらいに単純な男だというのは、そうした純粋さのことでもあった。

「いやに素直じゃないか」

皮肉にしながら、フランソワの口調は後退せざるをえない。おどけた弁護士を軽蔑するかのように、オーエンは潔い言葉を続けながら、腹を明かして隠さなかった。

「ふん、俺はあんたとは違う。幸いなことに頭が悪いんでな。下らない理屈を捏《こ》ねて、自分に嘘をついたりしない。この際だから、あんたが王妃の弁護を引き受けてくれて、嬉しかったともいっておくぜ」

「やはり、おまえが」

「ああ、俺が教えた。気絶した僧服を放り投げながら、こいつがベリンダの男だ、今は弁護士をしている、だから弁護を頼んだらいいと、俺がジャンヌ王妃に勧めた」

「なぜだ」

「わからん」

「………」

「無理して、下手な理屈をつけようとも思わない。そういうことは、あんたのほうが得意だろう。はん、次から次と言葉が出てくるんだ。絵を描くみたいに文章を作るんだ。なんでも上手に言葉にしちまうもんで、俺なんか子供の時は大いに感心したもんだぜ」

快活な少年の声が聞こえていた。フランソワ兄は、うまいことというなあ。俺の口が重いのは、血筋が寒い土地の人間だからかなあ。いや、俺だって、はじめから喧嘩するつもりはないんだ。口籠もっちまうから、ついつい拳骨が先に出てしまうんだよ。

ふっと弁護士の心が和み、そうすると粘着質な感情までが、さらりと流れて遠のいていく錯覚があった。椅子の背を胸に抱えて座りながら、少年は書斎の勉強机にいても、野原で馬に乗っているようだった。その読本てやつ、フランソワ兄が訳すと面白い話に聞こえるんだ。小難しい解説は抜きにして、いっぱつ、端から読んできかせてくれよ。馬鹿をいうな、オーエン。それじゃあ、ラテン語の勉強にならないだろう。

「だったら、一頁分は勉強する。そのかわり、三頁分は訳して聞かせてくれるよな」

易しい文章で書いてあるため、広く修学のテキストとして使われた、アウィアヌスの『寓話』を巡るやりとりである。詩文の読み上げを楽しみにして、オーエンは僧服の家庭教師が訪ねる日を、指折り数えるような子供だった。肩肘張ったスコットランド移民であり、しかも質実剛健な軍人の家ともなれば、魅力的な言辞を弄する学芸の都パリに育まれた学僧などは、ちょっとした奇術師のようにみえたらしい。

物語に胸躍らせて、きらきらと輝いた少年の瞳は、今もはっきり思い出すことができた。平和な時間を取り戻せば、激動した二十余年の歳月や、男たちを隔ててしまった確執さえも、ほんの悪夢にすぎないように思えてくる。

平原に馬の蹄《ひづめ》の音だけが、ぽくぽく鳴って響いていた。不意に訪れた穏やかさを、臆病に守ろうとするかのように、無骨な近衛隊長は低めた声で新たな問いを発していた。

「あんたは、どうしてなんだ」

「なにが」

「うまく理屈をつけてみせてくれよ。あんたはどうして、ジャンヌ王妃の弁護を引き受ける気になったんだ」

「復讐のためだ」

「はん、盛り上げてくれるぜ。暴君の娘だなんて、まだ逆恨みしてるのかい」

「違う。かつての自分に対する復讐だ。俺は不幸な青春に自分でけりをつけるんだ」

「ほほお、さすがに、うまいことというもんだ。感心するわりに実は意味なんざ、よくわかってねえんだけど、わかったような気になるから、あんたの言葉は大したもんだぜ」

白み始めた夜空に大きく響かせながら、カニンガムは快活な声で笑った。まだ眠っている者に、迷惑になるのではと心配して、フランソワは背後の馬車を気にした。先頭を行く二頭に導かれ、馬車馬も道を逸れていなかった。御者台では学生フランソワが、手綱を握った格好のまま、自分の肩に頭を傾《かし》げて居眠りしていた。先生と先輩を先に寝かし、御者を買って出たはよいが、昼間の法廷では先頭きって騒ぐのだから、眠くならないわけがない。十九歳になるというが、寝顔となると邪気がなく、まだまだ子供のようだった。

一頁は勉強するといいながら、オーエンは授業の大半を寝てすごしたもんだ。寝顔に彷彿とさせられて、弁護士が微笑んでいる間に、近衛隊長は無遠慮な哄笑を収めていた。そのことに気づいて、フランソワが視線を動かすと、オーエンも背後の馬車を窺っていたようだった。ちらと横目で若者の居眠りを確かめてから、静かに先を続けている。

「フランソワ兄よ、俺も自分に復讐してるのかもしれねえ」

「するべき理由があるのか」

眉間に皺を寄せた顔で、数秒の躊躇を置いた後に、オーエンは唐突に話題を変えていた。あんたが迎えに来てくれるって、ベリンダはずっと信じてたぜ。弁護士は心臓をつかまれる感覚に、一瞬だけ耐えなければならなかった。そうだった。綺麗な過去には戻れないのだ。

すぐに自分を取り戻すと、フランソワはなるたけ平坦な声で答えた。

「だろうな」

「だろうな、じゃない。実際に、そうだったんだ」

オーエンは急に激した。自分に復讐するといいながら、その怒気は外に吐き出されるものだった。

「姉貴は信じて疑わなかった。あんたから引き離されても、なんにもなかったような顔して、明るくいってのけやがった。またいつか一緒になるんだから、こういう事件があってもいいわ。乗り越えて結ばれたら、あとで良い思い出になるから、だとさ。俺が宮仕えを勧めたら、頓着しないで侍女奉公にも出た。いつか迎えにくるんだなんて自慢しながら、ジャンヌ王妃を相手に、あんたのことばっかり話してたんだよ」

「それは王妃から聞いた。ああ、そういう女だ。ベリンダは根が強い女なんだ」

「なわけねえだろ、馬鹿坊主」

「…………」

「まったく、頭にくるったらないぜ。あんたは救いようのねえ腐れ外道だから、あんたのことは、とうに諦めがついてるんだ。俺が悔しくてならないのは、あんたの毒気にさらされて、姉貴まで嘘つきになっちまったことなんだ。はん、私たちの愛には偽りがなかったなんて、しゃあしゃあと語りやがって。ベリンダもよく口が腐らなかったもんだ」

「俺たちは偽りじゃなかった」

「そういう話じゃねえだろ、この嘘つき坊主」

「なにが嘘だ」

「だって嘘じゃねえか。姉貴は明るくって、活発で、向日葵《ひまわり》みてえな女だったんだぜ。なのに、あんたの迎えを待つなんて、無理に笑った顔ときたら……」

あれは負け犬の相だった、とオーエンは吐き出した。フランソワは胸を突かれて絶句した。二人で同棲した頃から、ときおり覗かせていた表情は、決して忘れられないものだった。ぼんやりと窓枠をみつめながら、ベリンダは磨りガラスに映った自分の顔に、なにかを問いかけるようだった。と思うと、どうすることもできない無力感に捕らわれながら、しばし呆然とするようにもみえた。どちらにせよ、小さな背中を包み込んでいた気配は、いつも決まって悲しみのイマージュだった。

どうして、そんな悲しげなのか。フランソワは臆病に聞いたことがあった。

「なに大袈裟に騒いでんの。これはね、つまり、女が男を識って、一人前になったって証拠だわ。ひとを子供だなんて馬鹿にしてるから、大人の女の顔をされて、あんた、腰砕けになっただけなのよ」

ベリンダが明るい声で勝鬨を上げるほどに、敗者の相は色を濃くするばかりだった。自分のせいだとわかっていながら、フランソワが狼狽するしかなかったのは、女と同じ無力感に自らも捕らわれていたからだった。

だとしても、なんの言い訳にもならない。その責めも覚悟の上である。おまえのせいだ。

おまえのせいだ。オーエンは続けていた。

「俺は悔しかった。やりきれなかったから、俺は教えてやったんだ。フランソワの馬鹿は迎えになんかこない。絶対にこない。これるわけがない。その理由まで、はっきりとな」

「なに」

凄むように切りこみながら、フランソワの形相が一変していた。目尻に張り詰めた紅潮を示しながら、危うい目つきで仇敵を睨みつける。そうだ、仇敵だ。時間など戻さない。許すことなどできない。確執を取り除くことなんて、できるわけがない。なぜなら、それは明かされてはならない秘密だった。無分別に洩らしながら、この仇敵は俺が知らない間にも、ベリンダを苦しめていたのか。

「きさま、きさまという奴は……」

火が弾けた。フランソワは馬の鞍から身を乗り出し、発作的に握り拳をオーエンの顎に打ちつけていた。きさま、きさまという奴は、殺しても殺したりない。

右、左と拳骨を打ちこまれ、それでも近衛隊長は躱《かわ》そうとはしなかった。鼻血を噴き上げ、口角を破られながら、耐えて歯を食い縛るのみである。どころか、自ら僧服に近寄って、隣に並んだ馬の手綱に手を伸ばした。

「馬を御しといてやる。落馬は心配しなくていいぜ。だから、フランソワ兄。気が済むまで俺を殴れ。俺は殴り返さない。ああ、俺は自分に復讐したい気分なんだ」

「そんな、おまえ、そんな勝手な理屈があるか。おまえ、おまえがしたことは……」

「ああ、許されないことだ。ベリンダが生きようとしなくなったのは、そのことを知ってからの話だからな」

「…………」

「はん、ベリンダの奴、つっぱりやがって。口では平気なようなことというんだ。『あの男は元から意気地がなかったのよ。それって玉無し野郎っていうんでしょ』なんてな。うわべは明るくふるまうくせに、姉貴はものを食べなくなっちまった。心労で身体が受けつけなくなったんだ。水さえ吐いて、どんどん身体が衰弱して、みるみる痩せさらばえて、最後は骸骨になっちまって……」

そうしてベリンダは死んだんだ。吐露したとき、オーエンの分別のない、それでいて無邪気な目からは、塊となって涙が溢れ出していた。俺のせいだ。俺が姉貴を殺したんだ。くしゃっと顔を歪めながら、子供のように泣いた男の横面を、それでもフランソワは容赦なく打ち据えた。

「甘えるな、オーエン。そんな風に告白すれば、ちょっと悔悟の情をみせれば、それで済まされると思っているのか。だとしたら、大間違いだ。おまえはベリンダを殺した。そのことを俺は決して許したりしない。おまえを絶対に許さない」

「じゃあ、あんたは許されるのかよ」

「俺だって迎えに……、ああ、ベリンダを迎えに行きたかった」

「そうじゃねえ、馬鹿坊主。利口ぶって、ちっともわかってねえんだ」

「なにがいいたい」

「なんで抱いた」

「…………」

「姉貴は……、ベリンダは……、俺なんかより、ずっと嘘がつけなかったんだ。勉強中だってのに、ちらちら、あんたのほうばかり覗きみてよ。よく思われたいばっかりに、小遣い叩《はた》いてラテン語の辞書なんか買いこんでよ。けっ、読みたくないもの読んで、余白に書きこみして、質問だなんて下手な口実まで作ってよ。結局は、みえみえで、あんたの部屋を訪ねたかっただけじゃねえか。え、フランソワ兄、気づかなかったなんていわせねえぞ」

「それは……」

「姉貴みてえな女が走り出したら、もう止まらなくなることくらい、あんただって、わかってたはずだ。走られたら、あんな不器用な女は守ってやりようがないことくらい、あんただって感じ取っていたはずだ」

「…………」

「なのに、なんでベリンダを抱いた。逆戻りできない女を、なんで抱いたんだ。もっと器用な女なんて、いくらでもカルチェ・ラタンにいたはずじゃないか」

「…………」

「あんたなら、姉貴を傷つけないで、うまくあしらってくれるもんだと、俺は信じて疑わなかったんだぜ」

姉貴の人生を狂わせただけじゃねえ。あんたは俺まで裏切ったんだ。大の男が嚙み殺した嗚咽《おえつ》の気配が、フランソワを声高に責めていた。

朧《おぼろ》に浮かび上がるのは、下宿していたカルチェ・ラタンの部屋だった。照れ屋な女は気後れを隠すため、いつも可愛らしい乱暴さで、ばんばんと男の部屋の扉を叩いた。頻々と通われて、はじめはフランソワも迷惑顔だった。ほんの子供だと思っていた。カニンガム家にパトロンをあてにしていただけに、傷つけずに、うまくあしらおうと頭も絞った。内心では勉学の邪魔になると閉口してもいた。もっと気軽につきあえる有閑婦人や未亡人が、売春婦や家出娘が、パリという街には他にごまんといたのである。

が、男は学問をしていた。それは究めるほどに殺し合いだった。いがみ合う理由にもならない概念を戦わせ、憎み合う利害も持たない人間と意見を違えて対立した。喧嘩議論に興じると、フランソワは考え違いの怒りを容易に収められず、誰彼となく無闇に嚙みついたものである。

そんなとき、器用な女はフランソワを、うまい具合に宥めてくれた。どうせ屁理屈なんだから、あんたが相手してやるまでもないよ。あいつは負けん気が強いだけさ。先生も学生も議論を聞いてた連中は、みんな、あんたの勝ちだとわかってるんだから。

こいつらは、男を宥めるために生まれてきたのかと思えるくらい、いつだって女の口舌は巧みだった。ひとまず落ち着きを取り戻すと、それなのにフランソワは今度は満たされない渇きを必ず覚えてしまうのだった。

カルチェ・ラタンは殺伐とした闘争の世界だった。そのくせ、救いがたく虚ろな世界でもあった。上辺だけのものならば、行きずりの女で凌《しの》げないはずがない。そのことを納得するたび、フランソワは生きる理由の薄弱さに、震え上がらないではいられなかったのだ。

ベリンダはまるで違った。不器用どころか、宥めることさえしなかった。無意味な怒気に駆られながら、フランソワが手負いの獣になっているのに、その隣に腰を下ろして、ひとつの言葉も発しようとしなかった。

ただ、黙って座っている。なにを働きかけるわけでもない。ただ、絶対に去ろうとしない。ベリンダは自分がいるということだけを、据わりのよい女の臀部で語っていた。

――結婚するのは……。

こういう女なんだろう、とフランソワは思いついた。かんかんに怒っている理由など、わからなくなっていた。ベリンダの存在だけが重かった。頑固に動こうとしない女を、臆病な目で盗みみたとき、たわわな脂肪の質感が男の飢えを刺激していた。洗練にすぎた遊戯の、野蛮にすぎる贖《あがな》いとして、フランソワは少女の乳房を貪らずにはいられなかった。

――あのとき、俺は……。

見苦しい言い逃れに落ちそうで、能弁な弁護士は現実の言葉を失っていた。オーエンが嗚咽を嚙み殺す気配だけが、そのままに流れていた。

東に進む街道の果てが、だいぶ明るくなっていた。風景は闇に奪われていた色と形を取り戻すと、ロワール河の堤防となり、点在する森影となり、延々と続く麦畑の田園となりながら、そろそろ透明な朝の空気を招き入れる時間だった。

「人がみる。みっともないぞ、オーエン」

フランソワが窘《たしな》めたときだった。涙を噛んで俯いていたオーエンが、強張《こわば》った顔を上げるや、いきなり弁護士の鞍に飛びかかった。なんの真似だ。重い塊に弾き飛ばされ、一陣の風に包まれた次の瞬間には、もう草の上で左肩の痛感に耐えていた。重い塊も同道して、僧服の肋骨のあたりに着地している。二人揃って落馬したのだと、出来事を理解したとき、感情が意味なく猛って、フランソワはまた拳を振り上げた。

「どけ、オーエン、おまえ、なんのつもり……」

弁護士は思わず言葉を呑んだ。振り回した手の甲に不穏な堅さが触っていた。ハッとしてみやると、間近の砂利道に矢が一本、ゆらゆら揺れながらに刺さっていた。

トネリコの矢、鷲鳥の矢羽根、弓弦《ゆんづる》に擦り込むワックスの独特な臭い。軍人の顔に一変しながら、近衛隊長オーエン・オブ・カニンガムは丁寧に調べて断定した。

「狙撃手だ」

あとをつけていたらしい。明るくなるや、狙いを定めたということだろう。フランス王ルイ十二世が発した刺客であることは、言を俟《ま》たない図式だった。刹那に血塗《ちまみ》れの記憶が蘇る。フランソワは矢の手触りに、ぞっと鳥肌を立てていた。一本道の街道を進みながら、急ぎの旅はパリどころか、まだオルレアンにも辿り着いてはいなかった。

六、パリ

セーヌ河は臭い。

どぶ色の水の動きに、巨大都市が垂れ流した汚物糞尿の限りを集め、こんなにも汚い河は、ちょっと余所ではみることができない。得体の知れない奇怪な泡を流しながら、堤防の淀みでは白目を剝《む》いた豚の腐乱死骸までを、ぷかぷか浮かせているのである。気分が悪くなるほどの不衛生も、混沌とした大都会の勲章といえるなら、この点でもパリは他の追随を許さない街だった。

左岸の堤防に立ちながら、フランソワは悪臭の河風を浴びていた。往来する人々は足早で、せちがらい大都会の帰路を急ぐ様子である。弱い橙色の光が、ひらひらと汚れた水面に弾けていた。それはルーヴル城が彼方で西日に埋もれながら、ぎざぎざの影を界隈に長く這わせる時刻だった。

目を細めて眺めれば、対岸のシテ島では救貧院が、さらに奥ではノートル・ダム大聖堂の双子の鐘楼が、茜の混じった鉛色の空と微妙な対比を示しながら、硬質な石色の偉容を覗かせていた。なんだか空が狭いのは、人口過密な大都会では河の上にまで、家が建てられているからだった。

パリ名物、橋上の家のことである。すぐ左手にみえる橋にも、シテ島を守る双子の円柱塔プチ・シャトレから連なって、三階建ての家々が沿道に並んでいた。中州から左岸に渡る橋は、右岸に渡る両替屋橋、すなわち「グラン・ポン（大橋）」と対の名で、世に「プチ・ポン（小橋）」と呼ばれていた。

プチ・ポンはカルチェ・ラタンの橋だった。なにより、立地が近い。大学街を南北に縫う、サン・ジャック大通りの起点でもある。プチ・ポン界隈は昔から、思索のために川辺を散策するついでに、パリの教師や学生たちが自ずと集《つど》う、知的社交場として知られていた。

あるいは決闘の舞台というべきか。左右に迫る家々の軒に木霊して、今にも議論のかまびすしさが聞こえてくるようである。自然と始まる談義にせよ、前もって予定された討論にせよ、昔から難解な概念が罵声じみたラテン語で飛び交う場所として、プチ・ポンは有名な場所だった。気骨のある学生は、正義のためなら誰彼となく論駁《ろんばく》してみせるのだと息巻いて、前屈みに突進したものである。

——俺の青春は……。

間違いなく、この場所にあったのだ。心中の呟きが膨らんで、胸が詰まって仕方がない。懐かしく振り返って、それを誇らしく思うのではなかった。安直な理由で飾りたて、無理に肯定する気にもなれない。逆に時間を取り戻せるなら、別な場所で、別な青春を生きたかったとさえ思う。それでも郷愁の念を認めざるをえないのは、ありふれた感傷がフランソワの場合には、滑稽にも遅れてやってきたことだった。

パリ着は今朝方早くのことだった。南側のサン・ジャック門から市内に入り、同名の大通りを抜けながら、いったんセーヌの河岸に出て、すぐに医師コシェの捜索が始まった。一日というもの、カルチェ・ラタンを駆け巡り、粗末なサンダル履きの足は、もう泥だらけで感覚がないほどだった。疲れ果てて、ふと夕べの河風にあたったとき、ようやっとフランソワは気づいたのである。

——二十年ぶりなんだ。

危急の要件に没頭しながら、かつての学生は自然と街に溶けこんでいた。道に迷うこともない。当たり前のように角を曲がり、フランソワは往来を器用に避けて、混み合う広場を横切っていた。驚きもなく、感慨もなく、高層建築ひしめく界隈の薄暗さは、今も自分の街だったのだ。パリが血となり、肉となった事実を認める苦さこそが、フランソワには黄昏の郷愁になっていた。

「マギステル、そろそろ引き揚げませんか」

勧めたのはジョルジュだった。そろそろ引き揚げましょう。もう十分に論駁してしまいましたよ。フランソワが喧嘩議論に興じると、この後輩は昔から険悪な空気に腰が引けて、プチ・ポンから離れられるなら、なんでもするといわんばかりだった。

「ん、んん。もう少し待ってみよう」

フランソワは気のない返事で躱した。プチ・ポンの袂《たもと》の河岸は、待ち合わせの場所に決められていた。まったく、近頃の学生ときたら、揃って遅刻の常習犯なんだ。ジョルジュが不平を続けるのは、講座の三人の学生をはじめ、副学監の権威で動員した、およそ百人にも及ぶソルボンヌの学生たちが、まだ姿をみせていないからだった。

この日は三組に分かれて捜索していた。昔の伝を辿ったフランソワとジョルジュが第一班、特別な人脈を使うオーエン・オブ・カニンガムの単独行動が第二班、そして人海戦術を敢行した百人の学生が第三班というわけである。

ノートル・ダム大聖堂のジャクリーヌの大鐘が、晩鐘を鳴らす頃を目安に捜索を切り上げて、それぞれ河岸に向かうことになっていた。が、弁護士と学者の外は、強面の近衛隊長が唇の端を紫色に腫らしながら、不機嫌にもみえる寡黙さで堤防に足をかけているだけなのだ。

「ねえ、マギステル・フランソワ、とりあえず、私たちは宿に下がりましょう」

「まあ、まて。うん、もうじきさ」

腕組みのまま、フランソワは動かなかった。初日の収穫は未だ皆無だった。どこをあたっても医師コシェはみつからず、断片的な手がかりさえつかめてはいなかった。

偽名を使っていることも考えた。宮仕えの長い近衛隊長から聞き出して、医師の顔形から身体つきの特徴まで、丁寧に押さえて聞き回ったのだが、第一班も、第二班も、老侍従ブルウが突き止めたという噂さえ、再び手にすることはできなかった。今日のところは、約束の時間に遅れた学生たちが、最後の希望というわけである。

ジョルジュは沸騰した薬缶のようになっていた。大体が学生の分際で、約束の時間を守らないなんて、教師に向かって失礼ですよ。いいから、放っておきましょう、マギステル。

「だって、もうすぐ、日が落ちるんですよ」

兄弟子に注意しながら、声の勢いは一変して萎《な》えた。きょろきょろと周囲を見渡す段になると、ソルボンヌ学寮の副学監ともあろう人物が、プチ・ポンの議論に怖気づく、臆病な初学者にでも戻ったようである。

元来が穏和なジョルジュは、多少の遅刻に激怒するような人間ではなかった。優等生とは、驚嘆に値する自制心を備えているから、優等生というのである。プライドも高いので、よほどのことがない限り、自分をさらけ出したりしない。引き揚げましょう、帰りましょうとジョルジュがうるさく騒ぐときは、決まって怯えているときだった。

「ぐずぐずしていては、我々まで馬鹿をみる」

「なに、大丈夫だよ」

「大丈夫じゃありませんよ。命に関わることですよ。実際に矢が飛んできたんですよ」

寝起きに刺客の矢をみせられ、以来、ジョルジュは震え上がっていた。自分が矢羽根に掠られたわけではないが、殺意の無愛想な質感が大きな衝撃となったらしい。うろたえるのとは違うものの、オーエンも俄に警戒を強め、安全な遠回りの旅を指示していた。ために昨晩にはパリに到着している予定が、今日の朝まで遅れてしまったのである。フランソワにしても昔を懐かしむ余裕が持てなかったのは、いつまた襲われるかも知れないと、神経を張り詰めさせていたからだった。

眉間の皺を濃くしながら、フランソワは苦々しく唇の端を噛んだ。誤算だった。前回公判で早々と請求したのは、勢いを殺さないためだけではなかった。すでに証人を手中にしているようにみせかけて、敵の裏工作を思い留まらせたかったのである。証人の引き抜きは諦めないにせよ、捜索の邪魔はされずに済むはずだった。

フランス王の陣営は医師の行方不明を突き止めたのだろうか。いや、おそらくは知らなかったろう。一思いに厄介な弁護士を抹殺しようと、連中は暗躍を始めたということなのだ。物陰から監視しながら、実行の機会を窺《うかが》っていたところ、予想外の旅立ちを目撃した。追跡して、好機を計って計画を実行に移したところ、あと一歩で失敗した。ならば、これで諦めたとは思えない。引き続きパリまで追跡するうちに、もしかすると今頃は、医師ジェラール・コシェ失踪の事実を、つかんでしまったかも知れなかった。

――さて、どう出る。

我々の捜索を妨害するか。先に探し出そうとするか。あるいは証人などには目もくれず、計画通りに弁護士の抹殺をしかけてくるか。ぶるとフランソワは身震いした。

権力の恐ろしさは身をもって知っていた。ちょっとでも気を緩めれば、がちがちと膝の震えに襲われて、恐くて、恐くて、立っていることさえおぼつかない。が、なればこそ、俺は逃げるわけにはいかないのだ。

あんな屈辱は二度とご免だ。といって、フランソワは自分の闘志を、平和に生きてきた後輩にまで、無理強いしようとは思わなかった。

「ねえ、マギステル、こんな見晴らしのよい場所に立っていたら、飛び道具で狙ってくれといっているようなものですよ」

「どこかの田舎街じゃないんだ。日が暮れたところで、パリの人通りは簡単に絶えやしないよ」

「そんなの関係ありませんよ。大都会の常というもので、パリジャンは他人に無関心なんです。いや、仮に目撃者がいたとしても、命を落としてからでは泣くに泣けません」

「その通りかもな」

認めながら、フランソワは淋しい笑みで顔を歪めた。街中だろうが、目撃者がいようが、連中ならやるときはやる。ちらと横目を動かすと、オーエン・オブ・カニンガムは黙したまま、銅像のように直立してプチ・ポンの方角をみつめていた。

それにしても、王の刺客が今も目を光らせているならば、この男こそが隠れて然るべきだろう。緑のキルトをつけず、羅紗《らしゃ》織の平服を纏《まと》っていたが、身元を知られずにいられるはずがない。なぜなら、身内なのである。公務と開き直って、それが通るわけもない。オーエンの心理には微塵の矛盾もないにせよ、その行動はフランス王に対する背信であり、許されざる暴挙なのである。

――なにより……。

弁護士の命を助けている。あのとき、オーエンに突き飛ばされなかったら、今頃は確実に棺桶の中で寝ているのだ。憎んでも憎みたりない仇敵に、この命を救われたのだという事実だけは、フランソワとて受け入れざるをえなかった。

「きたぜ」

短く告げながら、不動の銅像が動いていた。オーエンの顎の動きに促されて、堤防沿いに視線を巡らせてみると、百人を数える学帽の行列は、まさに圧巻ということができた。ソルボンヌといえば、優秀な成績で教養諸学のマギステルとなったものだけが選ばれて、やっと奨学生になれるという学寮である。上級学部の英知を究《きわ》める稀代の頭脳が、百も並んでいるのかと思うと、さすがのフランソワも物騒な矢など飛んでこないことを、祈らずにいられなかった。

しばし壮観に感じ入ると、あれ、という疑問符が浮かび上がった。意外なのは学生たちが背後のカルチェ・ラタンでなく、プチ・ポンを渡って河向こうのシテ島から、やってきたことだった。

先頭の学帽は学生フランソワのものだった。弁護士を熱狂的に支持する若者は、今回の捜索でも学生の仕切役として働いていた。上級学部の学生ともなれば、行列は相応に歳を食っていた。大半が二十代後半のいい大人で、たまにミシェルやロベールのような、二十代前半の若々しい容貌が交じり、ことによると三十四歳の近衛隊長より、ずっと老けてみえる者といないわけではない。

この集団に交じってみると、十九歳のフランソワは若いというより、背ばかり大きい子供という感じだった。列を先導しながら、どうかすると練り歩く聖職者を引き連れた、祭の日の寺小姓のようにみえている。

それでも仕切役となれるだけ、皆に一目も二目も置かれていた。活発なだけでなく、できる。パリまでの道中で話に聞いたところによれば、まさに久々の逸材なのだという。学生フランソワは十七歳で教養諸学の教員免許を取ってしまい、十九歳の若さで、すでに二年もカノン法の研究に携わっていた。国内外の新進気鋭と早くも文通を始めているらしい。

「遅れてすいません。右岸まで足を延ばしたものですから」

と、学生フランソワは遅刻の理由を明らかにした。その時点で弁護士の表情が曇ると、敏感に察して若者もすまなそうに俯いた。

「駄目でした。左岸はもとより、右岸でも」

意欲的に働いてくれたことは疑いなかった。界隈を虱潰《しらみつぶ》しにあたったはずだ。それでもみつからない。人海戦術でなら、きっと活路が開くと考えていたのだが、甘かったということだろうか。いや、改めて囲まれてみると、百人を動員した大捜索を不足というべきではなかった。カルチェ・ラタンの医学部あたりに潜んでいるなら、とうにみつかってよさそうなものなのだ。

こうまでして、みつからないということは、あるいはパリではないのかもしれない。常識で判断すれば、老侍従プルウが仕入れた噂のほうが疑わしい。

「とにもかくにも、明日に希望を託すとして、今日は解散いたしましょう」

ジョルジュが先走っていた。救われた安堵感を楽しみながら、震えた声に張りが戻っている。というより、管理下の学生たちを前にして、副学監は権威を繕い始めたということか。

急いで、ソルボンヌに帰りますよ。さあさ、みんな、ぐずぐずしない。学寮に帰ったら就寝の勤行《ごんぎょう》の前に、改めて対策を協議しますからね。明日は二百人態勢で臨みますからね。パリ大学の名誉のために、明日は二百人態勢で臨みますからね。いいですか、気を抜いてはなりませんよ。

――そうするしかないか。

ここまで来て、方針を変えるわけにはいかなかった。もとより、どうとも変えようがない。あと一日残っているのだから、今から悲観しているよりも、たっぷりと飯を食って、ゆっくりと睡眠を取って、貪欲に明日に備えるべきなのだ。

「ああ、みんな、ごくろうだった。献身的な協力には感謝の言葉もない」

フランソワも皆に解散を促した。これくらい、なんでもありませんよ。ええ、明日こそは、きっと探し出してみせます。どんな労苦も厭《いと》いませんよ。我々は挙げて応援したいのです。貴方は伝説の男だ。カルチェ・ラタンの希望の星だ。権力に迎合しない本物のインテリなんだ。

よろけるジョルジュ先生を押しのけながら、百人の学生はフランソワの周囲に殺到した。順番に握手を求め、激励の言葉を捧げながら、弁護士は改めて、予想を遥かに上回る自分の人気に瞠目していた。依然として伝説は大袈裟だと思うのだが、それでも有名な逸話くらいの線は、動かなくなっているようだった。

熱気溢れる学生たちに応対しながら、フランソワの目は鋭く僧服の混雑を縫い、男たちの肩に隠れる小声の会話に注がれていた。気になるのは、いれかわりに下がった学生フランソワだった。不可解なのは、近衛隊長と言葉を交わしていることだった。オーエンが命ずる口を動かして、若者が頷きで答えるという格好である。なにを話しているのか、それはわからなかったが、双方の構えない表情に気取らない親近感が滲み出ていた。

どうにも解せない。伝説の男、フランソワ・ベトゥーラスを熱心に信奉する若者は、一体なにものなのだろうか。なにか裏があると思うのは、アンボワーズを出がけに、学生フランソワはジャンヌ王妃とも、親しい様子で言葉を交わしていたからだった。

なにを話しているのか、それは同じくわからなかった。が、同じように学生フランソワは素直に頷き、そうするとジャンヌ王妃は唇を動かしながら、若者の襟元に手を伸ばして、まるで母親が窘めるように装いの乱れを直す真似までしていたのだ。

間違いなく、ゆかりの人間である。フランソワはアンボワーズで得た直感を思い出していた。知られざる裏の作為に、はめられたような気がする。抗わずに受け入れてみると、その構図の中心に、どうも学生フランソワがいるようなのだ。この若者を軸に考えると、意外な人脈も読み解ける。ジャンヌ王妃がジョルジュ・メスキの講座を援助したのも、ゆかりの若者が直弟子として師事していたからに違いない。

「ところでマギステル、今日の宿は」

ハッとして顔を上げると、ジョルジュ先生にしては、珍しく大きな声だった。短い腕と肥満の体軀で、もがくように学生の群れを掻き分けながら、まるで自らの存在感を必死に訴えるかのようである。特に決めていない。フランソワが答えると、副学監は兄弟子に勧めるというより、学生たちの目を意識しながら続けていた。

「でしたら、ぜひ、ソルボンヌ学寮においで下さい。私の寝室に予備の寝台を運び入れますから。ああ、マギステル、昔を思い出しますなあ。プチ・ポンの喧嘩議論に勝利すると、これは二人で祝杯とばかり、何軒も飲み屋を梯子したものでした。気持ちよく酔い潰れて、いつも私の部屋で雑魚寝したんでしたなあ」

下戸のくせに、よくいうよ。フランソワの目つきが捩《よじ》れる間にも、ジョルジュは得意げに語っていた。いや、学生諸君、私にだって青春時代はありましたよ。え、なに、私の武勇伝を聞かせて欲しい。いやあ、それはマギステル・フランソワに伺いなさい。我々は息のあった、いうところの「デュオ」として、カルチェ・ラタンを闊歩したものですから。

フランソワは閉口していた。これは困った。明日の捜索に力を入れるためにも、今夜はきちんと眠っておきたい。なにせ馬上の強行軍で、ほとんど眠っていないのだ。反対に馬車の荷台で、たっぷりと鼾をかいたジョルジュ先生は、ここに来て体力が余っているらしかった。ソルボンヌになど同道してしまったら、下らない昔話に花を咲かせられ、遅くまで付き合わされることにもなりかねない。明日は寝不足で嘔吐することになるぞ。

「マギステル・フランソワ、僕のところに来ませんか」

学生フランソワが側に戻っていた。君はソルボンヌ学寮にいるのではないのか。いいえ、若すぎて入れてもらえませんでした。おどけた調子に、わけありだなと、弁護士はとっさに悟った。逸材といわれる若者が、奨学生になれないはずがない。

「マギステルに、みせたいものもあるんです」

やはりな、と思いながら、フランソワは学生の袖を取った。邪魔させてもらえるなら、眠れそうもないソルボンヌの誘いから、さっさと逃げてしまいたいものだ。こちらもおどけて答えながら、好奇心に背中を押されて弁護士は迷わなかった。

七、界隈

フランソワは驚いた。

足の赴くまま、カルチェ・ラタンを出鱈目に走っていた。プチ・ポンの袂からサン・ジャック大通りに入り、まっすぐ進むとソルボンヌに出るというので、サン・ジュリアン・ル・ポーブル教会の角で左に折れる。サン・ブレーズ教会を掠めながら、ひたすらガーランド通りを進むと、ほどなく三方を背の高い建物で囲まれた、三角形の小空間に出ることになる。こぢんまりした繁華街、モーベール広場である。三角形が窄《すぼ》まる先が二股に分かれて、右側がサント・ジュヌヴィエーヴ大修道院に、左側がサン・ベルナルダン僧院、さらに郊外のサン・ヴィクトール大修道院に、それぞれ通じる道ということだった。

「ここからだと、君の下宿には遠回りになるかね」

「いいえ、こっちでいいんです」

「サント・ジュヌヴィエーヴ通り、それとも、サン・ヴィクトール通り」

「どちらからでも行けます。ナヴァール学寮の裏手ですから」

「…………」

そこはフランソワがパリ時代に、小さな間借りを求めて暮らした界隈だった。ベリンダが腕に買物籠を下げて通ったのは、モーベール広場で開かれていた市なのである。狭い道の左右には、三階建ての壁木建築が、今も驢馬《ろば》の歯並を思わせながら、蜿蜒《えんえん》と軒を連ねていた。せつなさを胸に抱えて歩き出すと、吹き抜ける秋風に揺れたのは、樽をかたどる居酒屋の看板だった。酔い潰れて管《くだ》を巻いていると、ベリンダが角を生やして迎えにきたっけ。いや、あいつは俺のことなどいえたもんか。自分だって雑貨屋のおかみと長話を始めると、とっぷりと日が暮れても、街路に鎖が張られる時間になっても、一向に帰ってきやしないんだ。ああ、古着屋があるじゃないか。貧乏学生めあての安売りには、二人とも随分と世話になったなあ。おっと、写本職人の親方は今も元気にしてるだろうか。懐が淋しくなると駆け込んで、よく下請け仕事を回してもらったものだ。

蔦《つた》の絡まる壁面の窓灯に、みた覚えがあるような人間模様が覗くごと、フランソワの記憶の皮が一枚ずつ丹念にはがされていった。まとまりの良い佇《たたずま》いが、パリは無機質な大都会でなく、暮らしやすい小さな村の巨大な集まりなのだということを、構えがちな田舎者に諭していた。わけても、このあたりは賑やかなサン・ジャック大通りから外れているだけ、カルチェ・ラタンでは特に静かな街区だった。

ほとんどの学寮はサント・ジュヌヴィエーヴ通りから西側にある。ああ、そうだ。俺も最初は寮生だったのだ。ブルターニュから上京するや、フランソワはモンテーギュ学寮に暮らしながら、教養諸学の勉強を始めていた。が、集団生活は窮屈な規則が多く、しかも皆が修道士ということで、朝昼晩の勤行が課されることが気詰まりだった。せっかく集中力が高まったところを、融通の利かない習慣で邪魔されるのが、歯痒く感じられたのだ。

ドミニコ会から支給される幾ばくかの奨学金と、数口の家庭教師の収入をあてこんで、独り暮らしを始めたのは十七歳のときだった。パリ大学の規定にある教育実習を終え、教養諸学の教員免許認定試験を控えた、ちょうど半年前のことだった。助け合いといえば麗しいことだが、寮にいると他力本願の連中が押し掛け、やれ文法を解説しろ、やれ修辞学の手本をみせろと、うるさくて試験勉強どころではなかったのだ。

だから、好んで静かな界隈を求めた。淀みのない歩みで先を案内する、この学生フランソワも、そうすると試験勉強をきっかけに越してきたのだろうか。それにしても、よりによって同じ街区を選んでいるとは……。

まさか、まさか、と思いながらもついていくと、背の高い若者が立ち止まったのは、二階部分に田舎風な天窓と、藁《わら》や小麦の袋を吊り上げる滑車がついた、外見は無愛想な倉庫しか思わせない建物だった。

「まさか、ここが」

「ええ、そうです。今は僕が間借りしてるんです」

現在の住人は若々しい声で、かつての住人に明かしていた。どうして俺の部屋に住んでいる。偶然であるはずがない。「今は僕が」というからには、二十年も前の事情を知っているのだ。伝説の男だからと、それで片付けられる話ではない。この若者は一体なにものだというのだ。

疑念は深まる。それでも若者に招かれて敷居を跨ぐと、フランソワの心臓は素直に早鐘を打つばかりだった。罪悪感さえ覚えながら、掌にはぐっしょりと汗をかいていた。それは触れてはならないパンドラの箱に、無造作に手をかけてしまった心境といおうか。

がらんとしたまま、昔から一階は水場にしか使っていなかった。学生フランソワは階段に向かい、直接二階の部屋に案内していた。どうぞ、お入り下さい。行灯に灯がともると、浮かび上がって一番に目についたのは、頑丈そうな黒檀の勉強机だった。

北窓近くに置いたのは、卓上に朝から晩まで、安定して光が注ぐための工夫だった。それは若かりし弁護士が、試行錯誤した末の成果である。のみか、黒檀の勉強机そのものが、フランソワがジャコバン修道院と交渉して、只で貰ってきたものなのだ。部屋だけでなく、食卓から椅子から、食器棚から長持から、配置を入れ換え、被いの布を取り替えながら、この若者は家財までそっくり受け継いでいるようだった。

「ええと、これだ。みてください、マギステル」

中年男が絶句する間にも、学生は壁の棚から引き出して、卓上に紐で綴じた冊子を山と重ねていた。方々を見回しながら、部屋の細かな様子を検《あらた》めることに忙しくて、フランソワは気のない様子で紙面を捲り、ちょっと一瞥したきりだった。

が、その一瞬に衝撃が走った。がばと机に組みつくと、フランソワは憑かれたように頁を捲った。貪りながら隅から隅まで確かめるうち、小刻みな指の震えが止まらなくなる。それが他でもない、自分の筆跡だったからである。

機械のように手を動かして書き取った、エドモン先生の講義録がある。書きかけの手紙がある。論文の草稿がある。手垢にまみれたカノン法の目録だって、一冊と欠けずに残っている。あんたは扱いが乱暴だから、わたし、マーブル模様の厚紙で表紙をつけてあげたわよ。

それは雪の夜、背負子の革袋に詰め込んで担いだ、フランソワの宝物だった。

あのとき、フランソワは逃げることばかり考えて、背負子の荷物の行方など気にしている余裕がなかった。どこで、どうなったか、今の今まで本気で考えたこともない。惜しいとさえ思わなかったのだから、元の部屋の元の場所に、そっくり戻されていたなどと、誰が想像できただろうか。

「僕が受け継ぎ、学ばせていただいております。余白の書きこみが面白く……」

「なぜ……。君は何者なんだ」

「フランソワ・オブ・カニンガムといいます」

「ああ」

謎が解けていた。若者は近衛スコットランド兵の一族に属していた。それでジャンヌ王妃の知遇を得ることも領ける。オーエンと親しげに話すのも道理である。ああ、なるほど、そうしてみると面立ちが似ていた。疑うことを知らない純粋な瞳といい、頑固さを物語る角張った顎といい、この学生は近衛隊長の息子というわけだ。

襲撃のあと、オーエンは荷物を管理していたらしい。してみると、あの男も少しは気が咎めたのか。皮肉げに問うてみると、逆に良心の呵責《かしやく》を覚えたのは、フランソワのほうだった。あんたは俺まで裏切ったんだ。そう責めた少年の心の中で、自分がいかに大きな存在であったのか、そのことを当時から、まるで感じていないわけではなかった。

でなければ、息子が大学に進んでいるはずがない。カノン法を学びたいと頑張られても、絶対に許すはずがない。学生フランソワが一人暮らしを始めるまで、ことによるとオーエンは大事に大事に保存して、この部屋を十余年も借りっ放しにしていたのかもしれない。

フランソワは鼻で大きく息を吸った。あの頃の空気が今も漂っている気がした。それは女の残り香でもあった。あれからもベリンダは、この部屋に来たことがあったのだろうか。その意味を自問しながら、フランソワは青春の汗が沁み込んだ古い冊子を、ぱたんと閉じた。

「二人で暮らしていたんだ」

と、フランソワは独り言のようにいった。なにげなく目を上げると、若者の表情に、さっと明るさが宿るのがわかった。どうやら、不機嫌にみえていたらしい。カニンガムの一族なら、いくらかは確執も聞いているのだろう。名を明かして、弁護士が腹を立てたと、それで無視されたと思い、気にして学生フランソワは落ちこんでいたようだった。

だからといって、君を責めるつもりはない。暴君の犬の息子などと、どこかで聞いたような怨念を、今になって振り翳そうとは思わない。そのことをフランソワは、淋しげな微笑に託して若者に伝えた。

学生フランソワは嬉しそうだった。

「ここには二人で暮らしていたんですね」

「ん、ああ」

「女の人ですね」

「そうだ。こうしていると、今にも歌声が聞こえてきそうだな」

「歌声、ですか」

「ああ、明るい女でね。近所迷惑になるから、歌はやめろといったんだが、それじゃあ料理の味が落ちると頑張って」

「どういうことですか」

「なんでも、歌で包丁のリズムを取るんだそうだ」

歳の離れた二人のフランソワは、互いに微笑を交わしていた。

「もしかすると、君も知っている人かも知れない」

「ベリンダ・オブ・カニンガム？」

「そうだ。オーエンの姉貴だ」

「どういうひとだったんですか。つまり、その、あなたにとって」

「ん、んん。アベラールにとっての、エロイーズのような女といいたいところだが、そこまで伝説にされたんじゃたまらんな」

「本当は愛していなかった、と」

「いや、反対だ。アベラールなんかとは比べられないくらい、あの女を真剣に愛していた。あんな風に愛せただけ、アベラールほど自分に自信が持てなかったということだな」

「それは、どういう……」

「エロイーズほど強い女じゃなかったからね。ベリンダの嘘を放っておけなかった」

「………」

「求婚したことがあったのさ。だったら、はじめから嘘なんかつかせるんじゃなかった。意味のない幻想なんか、ベリンダに抱かせちゃいけなかったんだ。つまるところ、私こそが自分に嘘をついていたんだよ。まったく、あとになってわかることが多すぎる」

「僕は……」

「いや、下らないことをいった。見苦しい親爺になると、どうも石ころのような人生を、ダイヤモンドのように思いたくなるものらしい」

今日は疲れた。休ませてくれないか。はぐらかすようにフランソワが頼んだのは、みっともなく涙に攫われてしまうことを、とっさに恐れたからだった。

「ああ、すいません。マギステルは寝台を使って下さい。僕は長椅子に寝ますから」

フランソワは無言で毛布をかぶった。ぬくもりに包まれながら、繰り返して自分にいいきかせずには済まなかった。ベリンダは死んだ。生きていたとしても、あの頃と同じではない。

未練がましく、過去を美化したところで、なにも始まりはしないのだ。

はん、ベリンダが生きていたら、もう年増じゃないか。自分を冷やかしながら、とうに理屈はわかったつもりでいるのに、フランソワの想念は依然として強情だった。なにせ、その後の記憶がない。たまの夢に現れるまま、腕に蘇る感覚は、今も瑞々《みずみず》しい女の肢体だけなのである。

なぜなら、この寝台だった。中年男の疲れた身体を受け止める、この頑丈な胡桃《くるみ》材の寝台こそが、若い生命を燃やしながら奪うように抱き合った、男と女の証人なのだ。

はじめはフランソワが奪った。すぐに二人が夢中になった。至福の時間がすぎてしまうと、こだわったのは逆にベリンダのほうだった。

つまるところ、男と女でしかなかった。互いの道具を、どれだけ擦り合わせてみたところで、なにかの形ができあがるわけではない。それでも先がみえない毎日を、ひたすら積み重ねてゆくためには、男と女であり続けるしか手がなかった。

「…………」

布団の中で蠢《うごめ》きながら、フランソワは耳を塞いだ。恐れ怯えた時間さえすぎてしまえば、二人はもう男と女でさえありえなかった。今を捨てられると思ったとき、全ては手遅れになっていた。どこかから幸福の歌が聞こえるたび、未練がましい心が乱れて、今も身悶えせずにいられなくなるという、ただそれだけのことである。

八、賭け

パリ西端の城門を「ネール門」という。

巨大な王家の離宮「ネール館」と、セーヌ河の航行を監視する「ネール塔」を付属させた楼門は、左岸では最も大きなパリの表玄関である。運河を掘って水堀となしながら、環状塔を幾つも備えるネール門は、すでにして堅固な城郭の体をなしていた。

こんもり盛った堤防の土手裏に回ると、施設内に常駐する王家の番兵からも、背後に聖堂の尖塔を覗かせるサン・ジェルマン・デ・プレ大修道院からも、割に見咎められることなく、じっと隠れていることができる。

無骨な城壁の向こう側に、思い出のカルチェ・ラタンを置き去りに、フランソワは何気ない旅装でパリを出ていた。本当に旅立てるよう、馬も荷物も完備しながら、未練というわけではないが、もう半日も風吹く城外に留まっていた。

背伸びして門の様子を窺うと、松明の灯が目についた。足早な秋の日暮れが、おりからの冷たい風に、重ねて夜の質感を加えようとしていた。旅人をあてにした物売りたちは露店を畳み、郊外の風車からは挽粉を積んだ驢馬が引かれ、托鉢に出た修道士とて市内に駆けこんでいる。いれかわりに満席の駅馬車がパリから出てきて、「シャルトル行き」と書かれた看板を鳴らしながら、遅れに遅れた出発に冷や汗を掻いていた。

門前が俄に慌ただしくなっていた。パリの城門は冬時間に入ると、日没を合図に閉じられる決まりだった。遅れれば、城外の野宿で明日の朝まで震えながら、ただ聳《そび》える幕壁を見上げていなければならない。たまるかと滑り込みが殺到する、そういう刻限が遂に迫ったということだった。

「だから、先に発って下さい、マギステル」

と、ジョルジュ・メスキは熱心に勧めていた。すぐにも発たないと間に合いません。ここで決断しなければ、二十六日の公判までには、とてもアンボワーズに戻れませんよ。

「だから、マギステル・フランソワ。せめて、あなただけでも」

僧服の襟を立てながら、それだけでフランソワは答えなかった。ふん、弁護士だけでは戻る意味などあるまいさ。かわって冷淡に切り捨てたのは、居合わせたカニンガム隊長だった。腕組みの銅像を思わせながら、堤防の土手に背中をもたせ、縮こまる穴熊を思わせた学者先生を、悠然と見下すようにもみえている。横柄な態度に反感を抱いたところで、オーエンの指摘は事実だった。

医師コシェはみつからなかった。二日目の捜索も無駄に終わっていた。高級な栗鼠毛のマントに象徴される、ソルボンヌ副学監の権威を目《ま》のあたりにするような、実に二百人を動員する大捜索を敢行したが、それも終《しま》いまで実を結ばなかったのである。隊長殿の弁にも一理ありますがと、一応は学生の父兄を気遣いながら、それでもジョルジュは諦めなかった。

「みつからないものは仕方ありません。こうなれば、裁判の戦略自体を転換しましょう」

どんな風に、とフランソワは聞いた。メスキ先生は急に語調を弱めた。

「い、いえ、私にはわかりません。研究室が専らで、いわゆる、現場の経験がありませんから。でも、マギステルなら、きっと考えつきますよ。アンボワーズまで二日もかかるんだから、その間に考えて、じっくり練り上げればいいんです」

「えらく無責任な勧めだな」

「ですが、それしかないのです」

「いや、まだ門が閉まったわけではない」

「もう、秒読みですよ」

「いちおう、手は打ったんだ」

「また、そんな博打みたいなことをいう」

嘆きながら、ジョルジュは短い腕で頭を抱えた。今日も午前中が徒労に終わった時点で、フランソワは確かに賭けに出ていた。

これだけ探してもみつからない。ということは、医師コシェが周到な用心で、自ら地下に潜伏したとしか考えられなかった。暴君に仕えた侍医は恨まれるべき行いを覚えている。いうまでもなく、新王の報復を恐れたからである。

すでに裁判の事態を予想していたのか、それとも漠然とした恐怖からなのか。いずれにせよ、ジェラール・コシェは権力の近辺で生きてきた人間である。身の危険を察知すれば、宮廷を辞し、パリ大学の医学部あたりに紛れ込むくらいでは、とても安心できなかったのだ。

本当にパリにいるとするなら、混沌とした大都会に埋没しながら、人目につかない隠れ家に潜み、じっと息を殺しているに違いない。

——ならば、燻《いぶ》り出す。

フランソワは午後から、捜索の学生に新たな指示を出していた。身体に緑の布を纏え。タータンチェックが理想的だが、とにかく緑ならなんでもよい。それは近衛スコットランド百人隊を模した変装だった。一目でばれる稚拙な変装だが、相手は文字通り地下に潜っているので、直《じか》に確かめることはできないはずだ。俺の推理が外れていなければ、いける。

狙いは不穏な噂を浸透させることだった。断片的に緑色の情報を伝えられただけで、事情通の医師は戦慄するはずだった。近衛スコットランド百人隊がやってきたのかと。

すでに昨日で百人を動員して、なにごとかとパリでは話題になっていた。数を増やして、いっそう界隈を騒がせながら、今日は学生たちに触れ回らせていたのだ。医師コシェの居場所を吐け。おまえら、カニンガム隊長の恐ろしさを、知らないわけではあるまいよと。

悪名高き「ルイ王の犬」のことである。厳しい目つきで四方を睥睨しながら、オーエン・オブ・カニンガムがパリを闊歩していることは事実だった。ルイ十二世が遂に決定的な魔手を差し向けた。そのことを確信すれば、医師コシェの尻にも火がつくはずなのだ。

——きっと脱出をはかる。

近衛スコットランド百人隊では相手が悪い。発見されるのは時間の問題だ。先手を打ってパリを脱出するしかない。そう思わせて誘《おび》き出す。フランソワの着想は巷《ちまた》に根づいた恐怖を、逆手《さかて》に取ろうというものだった。

目下は堤防の陰に隠れ、網を張る段取りに入っていた。このネール門に現れれば、フラン

ソワ、オーエン、ジョルジュ、さらに三人の学生で取り押さえる。パリには他にも左岸に七

門、右岸に六門の口があったが、その全てに二百人の学生を割り振り、事が起こり次第、角

笛の音を合図に皆が集まることになっていた。

「あっ」

と、ジョルジュが素頓狂な声を挙げた。神経質に顔を顰めながら、フランソワが咎めなか

ったのは、すぐに自分も様子に気づいたからだった。

赤い炎が闇の中を移動していた。欄干の金具に括られていた松明を、番兵が順に外してい

るのだ。すると地面が動いた。水堀で仕切られるため、ネール門では橋を渡って市内に入る

仕組みだった。途中までは橋桁《はしげた》がアーチを描く頑丈な石橋なのだが、その先が木製の跳ね橋

になっている。

じゃらじゃらと鎖が鳴って、滑車が巻き上げられたことがわかった。ぼんやりした跳ね橋

の影が、ふわと空に浮いたと思うと同時に、絞るような音で大扉が閉じられ、重ねて鉄製の

落とし格子が、ざああという重い気配で落とされていた。

無機質な物音こそは、閉門の儀式だった。医師コシェは遂に姿を現さなかった。万事休す、

か。耳障りな機械の音を瞦うように、ふと城外に訪れた静寂を破りながら、フランソワは低

い声で背後の男に問うていた。

「オーエン」

「ん」

「死ぬ気で馬を飛ばしたら、アンボワーズまでどれくらいで行ける」

「一日半かな」

「明日の午前中が最後の最後ということか」

「まだ諦めないのですか！」

抗議はジョルジュの役目と決まっていた。厄介な引き受け仕事を、いい加減で終わりにしたい様子だった。

「マギステル、いつまでも失敗にこだわっていないで、前向きに考えましょう。ここは思い切って戦略を転換すべきですよ」

「だから、医師コシェの証人喚問がならなければ、そこで敗訴が決まる」

「そうでしょうが、私がいいたいのは、敗訴もひとつの選択だということなのです」

「なに」

フランソワはぎろと目を剝いて振り返ったが、その迫力を暗がりが隠してしまった。ジョルジュは臆することなく、早口で続けた。あなたが最初に仰られた通り、土台が無茶な戦いだったんです。ならば、意地になって無駄な抵抗を続けるより、ここはジャンヌ王妃の立場に立って、最善の策を考えるべきではないでしょうか。

「最善だと」

「ええ、最善です。王妃さまにも女の意地というものがある。それは承知しておりますが、これも考えようではないでしょうか。心の通わない男と夫婦でいて、なんの幸せがあるというのです。勝ち負けにこだわるのでなく、逆に積極的な選択として、ジャンヌ王妃は離婚に踏み切るべきではないでしょうか」

「俺に、そう説得しろと」

「ええ、その通りです。ルイ十二世陛下は暴君じゃありません。話のわかる御仁だと聞いております。さっき戦略の転換といいましたが、ここから交渉に切り替えながら、ジャンヌさまが離婚後にも王女にふさわしい体面を保っていけるよう、慰謝料なり、不動産なり、国王から分捕ってやるというのも、また弁護士の力量ではないでしょうか」

「それで、おまえさんの講座には、引き続き援助が滞りなくというわけか」

「ち、違います。私はジャンヌ王妃のためを思って……」

「俺は王妃のために弁護を引き受けたんじゃない」

「…………」

「俺は自分のために戦っているんだ」

「そんな……」

ジョルジュが言葉を失ったときだった。フランソワは撥《は》ねるように立ち上がった。オーエンなどは堤の上に駆け上がり、もう手を翳して遠見している。

ネール門に動きがあった。はじめは番兵から夜警へ、任務の引き渡しが行われる物音だろうと思っていた。が、きびきびした点呼が去ってみると、また耳障りな機械音が空気を振動させたのだ。

ぼんやりした月光に漆黒の影が動いていた。薄膜のように煙るのは、重々しい動きに舞い上がる砂埃だった。地響きを伴いながら、跳ね橋が水堀を跨いで、再び続きの石橋に着地したのだ。とんとんと乾いた足音を聞かせながら、現れたのは痩せ男の影だった。

「まったく、人騒がせな爺さんだぜ」

「はあ、シャルトルにいる孫が急病だということなもんで」

「仕方ねえなあ。まあ、せいぜい看病してやるんだね」

澄んだ空気に響きながら、ネール門の会話がはっきり聞こえていた。遅れてきた迷惑者に、厳格なパリの規則を破らされて、それにしては夜警の声が朗らかだった。フランソワは怪訝な顔をした。すぐ隣のブッキ門や、そのまた隣のサン・ジェルマン門のような、楼門に扉と落とし格子という簡単な城門なら、薄情なパリジャンにも人情ということがあろう。が、ネール門では跳ね橋まで、上げ下げしなければならないのだ。

普通は無下に断る。面倒な力仕事を繰り返させられ、それでも夜警の機嫌が損なわれないのだとしたら、考えられるのは相当額の袖の下しかありえなかった。そりゃあ、孫は可愛いのだろう。が、フラン金貨の一枚や二枚で済む話ではない。隣の街区というならともかく、シャルトルまで遠出するなら、普通は駅馬車の時間くらい調べるだろう。とぼとぼと老人の足で歩きながら、影は馬を引いているわけでもないのだから。

「…………」

シャルトル行きは出た。あいつだ。叫びながら、フランソワは土手を飛び出していた。

医師コシェは暴れた。若い学生三人に六本の腕で押さえられながら、それでも逃げようと暴れ続けた。枯れ木のような老人の、どこに、こんな力が眠っていたというのだろう。あるいは、それほどまでに「ルイ王の犬」を恐れていたというべきか。

「助けてくれ、助けてくれ」

叫びながら、しょぼくれた山羊が俄に猛牛と化したかのようだった。もはや隠れている理由もなく、一行が松明を焚いてみると、浮かび上がるのは白くなった顎鬚だった。

醜く歪んでいなければ、さぞ上品にみえたことだろう。ビロードの頭巾を彩る真珠の玉や、長衣の袷《あわせ》を飾った組紐のさりげなさに、長い宮廷暮らしで身につけた趣味の良さを窺わせている。間違いないなとフランソワが確かめると、こちらは強面が癖になった近衛隊長も、はっきり太鼓判を押していた。

「ああ、間違いない。こいつは『山羊』と渾名されていたもんだ」

ひやあ、カニンガムだ。助けて、助けて、殺さないで。医師の目玉が恐怖に裏返りかけていた。無理もない。捜索の噂に震え上がり、なんとか逃げる算段を取ったところ、文字通り闇から伸びてきた手に、力ずくで押さえ込まれてしまったのだ。

やめろ、やめろ。暴れ続ける老医師の醜態に、あの日の自分が重なっていた。強姦された女の気持ちを、男が理解できないように、圧倒的な暴力で自由を奪われてしまう恐怖は、経験したものでなくてはわからない。とりあえずは安心させてやりたくて、フランソワは正面から誠意の言葉をぶつけていた。

「そうではない。落ち着いてください、コシェ殿。そうではないのです」

が、ありきたりな説明が通じる状態ではない。気が動転して、言葉も耳に入らない。望まない暴力は、運命の不当判決というところか。このへんの対処の仕方は、弁護士になってから会得している。意を決すると、フランソワは松の木肌のように荒れた頰に、重くはないが切れのある平手打ちを食らわせた。

ハッとして悲鳴を吞み、医師コシェは正気の目で、自分を覗きこんでいる聖職者の顔をみた。戸惑いを優しく包み込むように、フランソワは真顔と微笑の半ばを選んで表情にした。

「あなたに危害を加えるつもりはない」

「え、あ、う、うそだ。スコットランド百人隊が……」

「百人どころか、二百人も動員しましたが、近衛兵などではありませんよ」

一方では手首を握って励ましながら、もう一方でフランソワは老人の肩越しに手を伸ばした。背後から医師を羽交い締めにしていたのは、学生フランソワだった。僧服に縫いつけた緑の布を破りながら、それを松明の灯の下に示してやる。

チェック柄でないことくらいは、目の悪い老人にも確認できたはずだった。正確には緑色でさえなく、黄みが強くて山吹色に近い。ジェラール・コシェは惚けた顔で頭を巡らせ、やっと背後の三学生を直視していた。取り戻されつつある理性を鼓舞する、落ち着いた声の波動で、フランソワは慎重に畳みかけた。

「みんな、カルチェ・ラタンの学生です。兜のかわりに学帽をかぶっているでしょう」

説明のかたわら、フランソワは顎を振って、老医師を自由にするよう、三人の学生に命じていた。解放された老人は、ぐるぐると肩を回して関節の軋《きし》みを確かめながら、警戒を解かない目で、なおも三人の学生を見比べていた。

「これは、どういう……」

「順を追って説明いたします。貴殿は医師ジェラール・コシェ殿ですな。拙僧はフランソワ・ベトゥーラス、ジャンヌ・ドゥ・フランスの弁護士を務めておるものです」

「弁護士と」

一拍の空白を置いて、医師コシェの顔に再び緊迫が走った。新しい王の御代が開けて数ヶ月、自分の立場を心得て、報復に神経を尖らせていた老人が、裁判の成り行きを聞き洩らしていたはずがない。頭も悪くない男は説明を受けるまでもなく、事態を察したようだった。

「いやだ。わしは証言なんて、まっぴらご免だ。王の不利を喋ってしまえば、あっという間に殺されちまう。いや、いや、下手に口を開いたら、それだけで必ず殺されちまう」

「そんなことはありませんよ」

宥めながら、こうした拒絶もフランソワは、予想しないわけではなかった。むしろ、自明の反応といってよい。そうした仮定で罠をかけ、こうして誘き出していたのである。弁護士は慌てるかわりに、やり手めいた眼光を目の奥に湛えながら、硬軟あわせて用意していた説得に、淡々と取りかかっていた。

説得というより、手始めは脅しというべきだろうか。

「すでに、あなたの名前を出してあります」

「なんじゃと！」

「医師ジェラール・コシェの証人喚問を、拙僧は公の法廷に要求しているのですよ」

「…………」

「被告側証人コシェ氏の喚問は十月二十六日に行われます」

「あんた、あんた、なんてことを」

医師コシェは飛びかかった。なんてことを、あんた、なんてことを。いったい、どうしてくれるんじゃ。僧服の襟を乱暴に揺すられながら、フランソワは薄笑いを浮かべ続けた。無論、証言の同意など得ていない。得ていないものを得たように騙《かた》って、先走りの喚問請求は、証人となるべき男に掛けた手錠でもあった。

逃げたところで、あんたの名前は割れている。さあ、どうする。相手に開き直られると、老人は子供のように手で顔を覆いながら、文字通りに泣き言を零すしかなかった。

「女郎屋の地下室に隠れて、ひっ、ひっ、ベーコンどもの病気を治してやりながら、びくびく、びくびく、出歩くことまで控えて、ひっ、今日まで隠れ暮らしてきたのに、あんた、あんた、勝手に、ひっ、わしの名前を出したなんて」

「ああ、そうだったんですか。なるほど、歓迎されたでしょう。最近は悪い病気が流行《はや》っているようですからな」

はぐらかしながら、フランソワは目で腕組みの男に合図を送った。かたわら、口では惚けた感想を述べ続ける。ええと、梅毒といいましたっけ。おっかない話ですなあ。

「そんなこたあ、どうだっていい。男も女も神を恐れず、原罪に溺れた罰なんじゃ。それなのに、ああ、わしがなにをしたというんじゃ。もう王の刺客に狙われているかもしらん。殺し屋がやってきたら、あんた、あんた、どう責任取ってくれるつもりかね」

「殺し屋てえのは俺のことかい」

正真正銘、緑地のチェックを纏いながら、ずいと厚い胸板が踏み出していた。久しぶりだな、医者の先生よ。オーエンが不敵な笑みで挨拶すると、ジェラール・コシェの目玉は怯えて、ひくと奥まで引っ込んでいた。

「あ、あ、そうだ。カニンガムがいるんだった。学生なんて嘘だ。弁護士なんて騙された。やっぱり、スコットランド百人隊だ。やっぱり、わしは殺されてしまうんじゃないか」

ひやあ、助けて。悲鳴を挙げながら、医師は再び暴れ出した。ひやあ、ルイ十二世の犬がやってきた。今度の暴れ方は尋常ではなく、三人の学生が組みついても、遂に押さえられなくなるほどだった。あっ、待て、こら。六本の腕を振り解《ほど》いた勢いで、いったん尻から転んだが、すぐに立ち上がると医師コシェは走り出したかにみえた。

が、がくりと膝が落ちている。その刹那《せつな》に風が走ったようだった。ぐおお、おお。老人は殴られた顎に手を当てて呻いた。暴力の張本人オーエン・オブ・カニンガムは、構わず襟首をつかみ直し、顔を間近に引き寄せて凄んだ。言葉に気をつけろ、医者の先生。まだ耄碌してもらっちゃ困るんだよ。

「俺はルイ十一世の犬だ。おまえがルイ十一世の医者だったようにな」

「…………」

迷い子のような医師の目に求められて、弁護士は言葉を重ねた。だから、危害を加えるつもりはないのです。カニンガム隊長は我々の味方なのです。ルイ十一世の御代に貴方の同輩であったように。医師コシェは確たる証文を求めるように、今度は無言の目でオーエンに問うた。ああ、弁護士先生のいった通りだ。俺はルイ十二世の犬にはならない。にやけた優男の命令なんざ糞だ。俺は故ルイ十一世陛下の娘御のために働く。

近衛隊長に明言されて、医師コシェは臆病な口を開いた。

「わ、わしの命は」

「取るわけがない」

「いや、いや、そうじゃない。カニンガム、おまえが守ってくれるのか」

「産婦人科の医者をリニエール城まで護衛した、近衛の新兵を忘れたか」

かつての同僚は頷きを交換していた。ああ、だったら安心だ。医師コシェの皺だらけの相貌に、一転して明るさが広がった。さすがのフランソワも、これには呆気に取られた。近衛隊長ひとりの話で済んでしまうのか。王の刺客は他にも考えられるだろうに。

自らが利用していながら、「ルイ王の犬」の悪名の程には改めて舌を巻く。フランソワは苦笑で話を戻した。ジェラール・コシェ殿、被告側の証人になって下さいますな。あなたがリニエール城で目撃した、全ての事実を包み隠さず、法廷で明らかにして下さいますな。

「そうすれば、コシェ殿、あなたは自分で自分の身を守れる」

フランソワは医師の手を取りながら、説得の決め台詞を明らかにしていた。あなたが公の裁判で、堂々と真実を証言するなら、きっと世論はあなたに味方することでしょう。熱く論じながら、些か虚しい気がするのは、医師コシェが微笑を浮かべ、もう救われた顔になっていたからだった。安心するのは、まだ早い。だから、刺客は近衛隊長だけではないのだ。くどいようにも思われたが、フランソワは最後まで続けることにした。

「そうなれば、王の刺客は手も足も出ませんよ。証人が注目を集めてしまっては、もはや天下のフランス王とて、軽々しくは手を出すことができないのです」

「その通りだ」

闇が認める言葉を発していた。びくと痙攣して、弁護士一行は背後に視線を走らせた。サン・ジェルマン・デ・プレ大修道院の方角から、闇は不気味に続けていた。だから、証言台に立たせるわけにはいかない。全ては闇に葬り去らねばならない。

フランソワの脳裏に、ロワール街道で頬を掠めた殺気の風が蘇っていた。近衛隊長は味方だ。殺し屋は他にいた。やはり、刺客はパリまで追跡していたのだ。

「さあ、弁護士フランソワ・ベトゥーラス、医師コシェを我々に引き渡してもらおうか」

松明の炎が広げる橙色の輪の中に、朧に姿を現したのは黒装束の男だった。すっぽりと頭巾を被り、顔には謝肉祭につけるような、面妖な仮面をつけている。その出で立ちにフランソワは背筋の凍る思いがした。

今また、俺は権力の恐ろしさに直面している。細かな金属の音が届いて、奴らが外衣の中に鎖帷子《くさりかたびら》を着込んでいることがわかった。殺気立った得物を呑んでいることは、もはや疑うまでもない。

しかも「我々」というからには、ひとりではなかった。黒装束が続々と闇の中から現れて、およそ三十人ほどの一団が横並びに行手を遮っていた。ずっと見張っていたらしい。機会を見計らっていたらしい。そうだ。これが連中の手だったのだ。逃げようにも、背後は小高い堤防に阻まれていた。踏み越えた先は、漆黒の水をたたえた水堀である。逃げ場はない。

「医師さえ渡してもらえば、貴僧らに危害は加えないと約束しよう」

そう、刺客の首領は持ちかけていた。渡しましょう、マギステル。側から諭した小声は、ジョルジュ・メスキのものだった。土台がぶるっていた。フランソワの袖をつかんだ手は今や、腕ごと震えて兄弟子に恐怖のほどを訴えていた。

かたわら、オーエンは同じく小声ながら、こちらは淡々とした声だった。渡すなよ、弁護士先生。渡せば、その時点で皆が容赦なく殺される。一秒でも長生きしたければ、証人は絶対に渡してはならない。

「いや、まて」

オーエンは視線を斜めの虚空に投じた。まてよ、まてよ。なにか思いあたった様子である。なんだ、なんなんだ、オーエン。フランソワが急《せ》いて求める間にも、闇の刺客は恫喝を続けていた。さあ、当方が情けをかけているうちに、さっさと医師を渡されよ。我々は皆殺しにしても差し支えないのだ。そうした台詞に弁護士は怖気を増すばかりだというのに、逆に近衛隊長の口角の笑みは、どんどん広がってゆくのだった。

「あいつら、素人だぜ」

「なに」

「玄人は最初に殴る。声をかけるなら、相手が動けなくなってからだ」

フランソワは、この「ルイ王の犬」に襲われた経験を思い出した。暗闇から現れたのは言葉より先に、確かに出し抜けの拳骨だった。殴られ、蹴られ、七転八倒した末に伸びて、ようやっとフランソワは人間の言葉を聞いていた。

「はん、連中の格好をみろよ。劇の台本でも仕入れて、即興芝居でもやるつもりか」

指摘されて、フランソワは自分が安っぽい空気に呑まれていたことに気づいた。カルチエ・ラタンで襲われたとき、オーエンは普段着そのものだった。あれは私怨が絡んだ一件だったが、手下どもにしても覆面などしていなかった。もとより、言葉通りに殺すつもりでいるならば、獲物に顔をみられたところで、なんの不都合があるだろうか。

「ただの脅しということか。危害を加えるつもりはないということか」

「いや、次第によっては殺しも辞さない。が、できれば穏便にすませたい。情けといってはみるものの、その実は小心者が刀を抜く言い訳を探しているというわけだ」

臆病な玉なし野郎だ。生きている価値もない塵だ。所詮はルイ十三世の犬だってことさ。鼻で笑うオーエンの優越感には、なお共感する気になれなかったが、その発言には確かに否定できない説得力があった。

かたわら、医師コシェはさすがに緊迫した表情をみせながら、といって先刻の暴れぶりに比べると、まるで平静の内に留まっていた。なるほど、味方にすれば頼もしい。「ルイ王の犬」の去就に一喜一憂する気持ちが、フランソワにもわかるような気がしてくる。一時の恐怖が和らぐと、安堵感とも、期待感とも取れない明るさが、心に芽吹いて事態を楽観させていた。

「だったら、俺たちで切り抜けられるか」

フランソワが質すと、聞き咎めて割りこんだのはジョルジュだった。そんな、そんな無茶なことはやめて下さい。自制を失った声は情けなくも裏返り、権威あるソルボンヌの副学監ともあろう男が、目尻に涙を溜めている。マギステル、あなただって矢を、あの鋭い矢をみたでしょう。無茶をしたら、我々は間違いなく怪我をしてしまいます。

「いや、怪我じゃすまない」

と、近衛隊長は平たい声で冷水を浴びせた。いったん逆上したら、経験のない者のほうが、かえって加減という言葉を知らないんだ。フランソワが緊張の声で受けた。

「やはり、突破は無理か」

「もとより、たった六人で三十人と喧嘩はできまい」

「そ、それなら余裕を気取って、変な期待を持たせるな、この馬鹿野郎」

フランソワが叱責しても、近衛隊長は薄笑いをやめなかった。ただ、ちらと横目で背後をみやり、独り言のように呟いた。たった六人ではな。刺客の首領は恫喝を続けていた。

「あと十秒だけ、考える時間をやる。それまでに態度を決めてもらおう」

最後通牒である。アン、ドゥー、トロワと語尾を伸ばして、もったいつけた数え上げが始まっていた。フランソワはぎりと奥歯を嚙んだ。どうしたらいい。オーエンは呑気に腕組みのままである。起死回生の妙案など浮かばない。が、身近に気配が動いたことには、弁護士も気づいていた。ジョルジュが頭を抱えたのだろう、くらいに思った。キャトル、サンクと数え上げは続く。が、シィスの声が搔き消されたのだ。

角笛の分厚い音が、天高く猛《たけ》っていた。弁護士が耳を塞いで振り返ると、学生フランソワが顔を紅潮させながら、ありったけの息を笛の口に吹き込んでいた。

「なんだ、なんだ」

「さて、今回は馬車の旅になるか」

弁護士の問いには答えず、オーエンはさっさと踵《きびす》を返してしまった。ああ、強行軍だから、馬は使い捨てになるな。他の二頭もつないでおかないと。土手に隠した乗物に向かうと、近衛隊長は平然と旅の準備を始めていた。どういうことだ、どういうことだ。問いを繰り返しているうちに、ふとフランソワは遠い山鳴りを聞いたように思った。

大気のうねりは、ほどなく地響きに変わった。学生フランソワの角笛を合図に、各門に待機していた学生たちが、ネール門に集まってきたのだ。左岸の百人は、もう姿がみえていた。右岸の百人とて急ぎセーヌ河を渡り、じき駆けつけてくるだろう。六人では喧嘩にならない。が、刺客が素人なら、百人の学生で立ち向かえないはずがない。そうか、そういうことだったのか。

学生フランソワが大声で命じていた。みんな、正義の武器を取れ。

比類なき英知を讃えられる半面で、パリ大学の学生は、その素行の悪さでも有名だった。飲んだくれで喧嘩早く、しかも質の悪いことに、妙に頭が回る連中である。そんな輩が仕事もせずに、ぶらぶらしているのだ。学芸の香高き大学街、カルチェ・ラタンといえば聞こえはいいが、それは健全な市民たちに嫌われて、問題児がパリ左岸に隔離されたという意味だった。

「学生のほうが騎士より勇敢だわい。騎士は甲冑《かっちゅう》で身を守りながら、斬り合うときは逃げ腰になるのじゃ。なのに学生ときたら、鎧も兜もつけないどころか、青々と剃り上げた頭を突き出しながら、短刀翳して相手に飛びかかっていく」

古のフランス王フィリップ二世、歴史上に「尊厳王」と呼ばれる名君が、複雑な顔で吐露したと伝えられる言葉である。インテリは暴力と無縁ではない。常に観念が先行するだけ、容易に自分を抑えられない。いい若者が本より重いものを持たないのだから、持て余した体力をすぐに爆発させてしまう。

「インテリは権力に屈したら終わりだ」

学生フランソワが高らかに打ち上げていた。それが突撃を鼓舞する鬨《とき》の声だった。インテリは権力に屈したら終わりだ。にやけた王の犬どもを棍棒で叩きのめしてやれ。

乱闘が始まっていた。にぶい殴打の音が連なり、怒号と悲鳴の色わけは、火をみるよりも明らかだった。刺客どもは頭を抱えて、ひたすら逃げ惑うばかりなのだ。

「乗れ、フランソワ兄」

オーエンが馬車を御してやってきた。急ぎながら弁護士は擦れ違いざま、角笛から角材に握り替えた若者と、熱い眼差を交わすことができた。あとは頼んだ。任せて下さい。二人のフランソワは同時に頷き合っていた。

「出発だ」

幌の後部に飛び込みながら、フランソワは御者台に伝えた。オーエンの手綱が鋭く閃き、馬の臀部を打っていた。矢のように駆ける馬車の荷台につかまりながら、フランソワは遠ざかるパリの偉容と、城壁の裾野で繰り広げられる乱闘をみつめ続けた。夜陰に紛れてみえなくなっても、容易に目を逸らすことができない。

思い出されるのは若者の、まっすぐな瞳だった。インテリは権力に屈したら終わりだ。自らが吐いた名文句を口内に復唱しながら、フランソワは爽やかな笑みを浮かべていた。

あとは頼んだ。弁護士が繰り返すのは、栄達を遂げた後輩ジョルジュ・メスキのことだった。学生たちの乱闘が始まるや、ソルボンヌの副学監は情けない悲鳴を挙げながら、亀のように縮こまるばかりだった。まったく、おまえは昔からそうだったんだ。

——いや、いや、俺だって。

フランソワは不思議と素直な気持ちになっていた。中年男が美化して心に抱くよりも、過ぎ去った青春時代は、ずっと御粗末なものかもしれない。こだわるよりも笑い飛ばしてしまうほうが、むしろ順当なのかもしれない。自らを卑下しながら、未来に希望を託せる気がした清々しさは、決して悪いものではなかった。

九、朝の光

ざわめきが聞こえていた。その日を迎えたアンボワーズでは、傍聴人が山場の審理を見逃してなるものかと、サン・ドニ教会の門前に長蛇の列を作っていた。それも傍若無人に蜷局《とぐろ》を巻いて、沿道のサン・ドニ通りを埋めたと思うや、別方向ではロワール河の堤防まで蜿蜒《えんえん》と続いている。

行列の先頭はテントを持ち込み、三日も前から泊まりこんだといわれていた。宿にあぶれた貧乏学生が、仕方なく野宿したのが実際だったが、それくらい多くの人が流れこんで、市内の旅籠《はたご》が満杯になったということである。

一連の審理の中でも、群を抜いた人出だった。ベトゥーラス弁護士の予告によって、今回は当たり外れを心配しなくてよいからである。いってみれば、歴史的な瞬間に立ち会いたいと、皆が興奮していたのだ。

午後一時の開廷のため、遅くとも朝は暗いうちから並ばなければ、とても法廷には入れないといわれていた。つまりは今さら行列に並んだところで、ほとんどの人間は外で様子を窺うしかないのだが、それでも諦めて帰ろうとする者は少なかった。

混雑は裁判の傍聴というより、なにかの祝祭を連想させた。秋風の界隈に、ふんわりと温かい匂いがそよいでいたことも、場の雰囲気をそれらしくすることに貢献していた。飯抜きの行列を見こんで食物屋は露店を並べ、まんまと一儲けしていたのである。

秋風の季節だけに、湯気を立てる大麦の粥は飛ぶように売れていた。別口で暖を得たいと考える連中は、車輪付きの樽を転がす葡萄酒売りを、あっちこっちで呼び止めていた。そうすると、今度は浸して食べるビスケットが欲しいということになり、箱を抱えた少年が引張り凧になる塩梅である。女たちは女たちで、卵入りの小麦粉を焼いたウーブリ菓子や、蜂蜜だの、苺の砂糖煮だの、生ハムだのを巻いたクレープを、このときとばかりに嬉しい顔で頬張っていた。

かたわらで声を張り上げるのは、旅費稼ぎに余念がない外来の貧乏学生たちだった。例によって裁判のあらましを解説付きで講釈しながら、ひっくり返した学帽に、お捻《ひね》りを頂戴しようと頑張っている。読み書きのできる紳士の財布をあてこんで、ラテン語の裁判をフランス語に訳した冊子を売るものもいた。グーテンベルクの活版印刷は、いまだ普及しておらず、全ては手写本で数は揃えられなかったが、かえって貴重だということになり、あっという間に完売したと伝えられる。

そんなこんなで、アンボワーズに足を踏み入れれば、どこに行っても今日のところは、騒動に出くわさずには済まなかった。とはいえ、部外者の立ち入りが禁じられているからなのか、それとも界隈の騒ぎが良い対照をなしているせいか、ほんの裏手にすぎないというのに、サン・ドニ教会付属の司祭館は、不思議な静けさに包まれていた。

十月二十六日は見事な秋晴れに迎えられていた。朝の光が檸檬色の薄膜となって、こぢんまりした部屋いっぱいに満ちていた。気持ちのよい窓辺の椅子を取りながら、フランソワは疲れて充血した目を、微かな痛みとなる眩しさと一緒に細めていた。

──なんとか間に合った。

馬車がアンボワーズに滑りこんだのは、今朝方早くのことだった。まだ薄暗かったが、城門の時計をみると八時をすぎていた。帰路もオーエンが安全な街道を選んだため、多少の時間がかかるのは仕方のないことである。すでに列をなしていた群衆に、驚きの表情で迎えられながら、とにもかくにも裁判には間に合った。弁護士にしてみれば、今日の日を無事に迎えられた安堵感が、この休息に覚える静かな印象になっていた。

開廷まで、あと二時間というところか。無言で佇みながら、どんよりと目が重かった。偏頭痛を伴うだるさは、徹夜に特有の症状だった。フランソワ・ベトゥーラスは一睡もせずに、今日の審理本番を迎えていた。

眠る時間がなかったわけではない。パリからの道中では、ずっとオーエンが御者を務めてくれていた。昨夜だって寝ようと思えば、幌の中で横になることができたのだ。揺れる荷台が苦になったとすれば、裁判が始まるまで、まだ仮眠するくらいの余裕もある。現に医師コシェなどは隣室で、上品な物腰に似合わない大鼾をかいていた。

フランソワが眠れないのは、脳味噌の興奮状態のためだった。久々の感覚だったが、覚えのないものではない。どころか、若い時分は三日に一度はこうなった。子供の頃には頻繁に自家中毒を起こしたほど、元来が神経質な生まれつきなのだ。

集中力が高まりすぎると、もう簡単には眠れない。肉体は疲れ、数分おきに吐き気に襲われるというのに、重たい目玉は冴えていくばかりなのだ。それは脳味噌が暴走している感じで、フランソワの場合でいうと頭の中を文字の羅列が気ぜわしく回転して、もう自分では止められなくなるのだった。

眠ろうと努力するだけ無駄だった。心得るフランソワは、試みにも横になろうとしなかった。疲れてはいるが、集中力は高まっている。乗りに乗っているといってもよい。神がかり的な発想さえ、ぽんぽん飛び出す予感がある。が、そのままで放置してはいけなかった。絶好調という自覚に反して、実は理想の状態には程遠いということを、フランソワは経験から知っていた。

つまるところ、力みがある。気が逸って大きな墓穴を掘りかねない。脳味噌が回転している印象がある割に、本番では思ったほどに働いてくれない。絶好調と思えること自体が、安易に自分に酩酊している証拠なのである。こんな状態でプチ・ポンの討論に突撃して、若きフランソワ・ベトゥーラスは幾たび煮え湯を飲まされたことか。

ふう、と弁護士は大きく息をついた。こいつは、まずいことになったな。危機感を抱くだけに、原因にも見当がついていた。今日の審理はさしたる工夫もいらない。打ち合わせた通りに尋問して、法廷に正面から、動かぬ事実を突きつけてやればよいのだ。要するに、簡単だった。困難がないからこそ、脳味噌は得意になって、次元の低い繰り返しに、いつまでも執着してしまうのである。

いかん、いかん。知的遊戯の巧者は、自分なりに対処の術も会得していた。フランソワは自らに、ゆったりした暗示をかけることにしていた。窓辺の椅子に腰を落ち着け、透明な朝の光に包まれながら、理性ではなく感性で、束の間の静けさを楽しむのである。

少量なら酒もいい。濡らした手拭いで目を冷やすのも悪くない。肩の筋肉を揉んでもらい、恍惚となるのも妙手だった。なかんずく、こんなときは女の頑固な自然体が、大きな助けになってくれた。

思えば、徹夜は男のすることだった。女は不自然な時間の流れを好まない。仕事をする体力には、根本から恵まれていないこともあるが、それよりも不動の自信で周りに左右されることなく、無理のない習慣を頑なに守って生きるのである。

「そんなの、女は気が小さいってことじゃない。なんだか知らないけど怖くなって、男みたいに朝寝坊できないだけだわ。ねえ、知ってる、フランソワ。下らないことを大きく取り上げて、変な解釈入れたりするから、あんたって時々、ものすごく間が抜けてるのよ」

ベリンダは言葉を選ばない女だった。わかったの、フランソワ。え、この助平坊主、ほんとにわかってんの。不遜に男をからかいながら、剃り上げた頭頂を、ひたひた叩いてやめようとしない。思い出して、フランソワは苦笑せざるをえなかった。ジャンヌ王妃がおずおず口にした言葉は、そうすると遥かに気を遣った申し出だった。

「もう少し、顎を上げてみて下さいますか」

「こうですか」

「喋らないで。ええ、そんな感じです」

ジャンヌ王妃は弁護士の喉に、小さな剃刀《かみそり》の刃をあてた。窓辺の椅子に腰掛けながら、フランソワが瞑想で時間を潰していると、女は無精髭を剃りたいと申し出ていた。

なるほど、フランソワの風体は、すでに許容の域を越えていた。無精髭が青くなっているどころか、ひょんひょんと固い毛が飛び出して、まるで松の葉っぱである。ぼさぼさの髪の毛は本当の伸び放題で、長旅のせいで垢じみると、もはや風貌は弁護士というよりも、無頼の野伏《のぶ》せりすら連想させる勢いである。

「そういう格好で出歩かれると、わたしが笑われるんだってことを、ねえ、フランソワ、あんた、一度でも想像したことあるの。え、どうなのよ」

女はすぐ偉くなる。ベリンダは腰に手を当て威張りながら、よく説教に及んだものだった。献身的とはいいながら、どうも男を自分の持ち物のように感じているらしい。女は汚らしい品物を身につけて歩きたくはないということか。

「あ、痛くありませんでしたか」

「いえ、なんとも」

「殿方の喉仏のあたりは、やはり難しいものですね」

溜息をつきながら、ジャンヌ・ドゥ・フランスは眉間に皺を寄せていた。この国の王妃ともあろう人間が、どうして男の喉仏などに、こうまで真剣な顔をして悩まなければならないのか。妙な可笑しさに耐えながら、フランソワは刃物が喉を離れる瞬間を待っていた。

「ああ、できました。これで髭は全て綺麗になりましたわ。私、試したことはないのですけど、よろしかったら剃髪のほうもしてあげましてよ」

「そうですか。ええ、お願いいたします。むさくるしい弁護士では、王妃さまの体面にもかかわろうと思いますから」

「私のことはともかく、法廷は弁護士の晴れ舞台ですものね。できるだけ、凜々しい姿で働いていただきたいですわ」

「そうですな」

フランソワは上辺の愛想を整えながら、やはり、これだ、と心の中で呟いた。苦言の表情を見咎められないうちに、もっともらしく続きの会話を繕い始める。ああ、半年ほど前に一度、ナントで剃髪しておりますから、まだ長短の境目は残っていると思いますが。

「はい。ああ、これですね。ここで見当をつけたら、綺麗なコロナになりますわね」

最初は長いところを、鋏《はさみ》で落としたほうがよろしいかしら。頭巾のついた僧服の襟に、白布が丁寧に押し込まれていた。散髪の準備ができると、ジャンヌ王妃は女が使う小鋏を取り出して、ごわごわした男の髪を適当な束にまとめた。

じゃき、じゃき、と鋏が髪を断つ音が続く。フランソワは眼前に迫る金の飾りボタンをみつめていた。男の頭頂に手を伸ばすと、小柄なので身を寄せることになる。紺の服地を盛り上げる、意外に高い乳房の膨らみが、鋏を扱う一手ごとに前後して、鼻先に甘い香を届けていた。

ジャンヌ王妃は十代の娘のように、懐かしい乳臭さを濃く残した女だった。じっとして女の懐に呪縛される感覚は、フランソワには常に心地よい敗北感だった。

「男なんて赤ん坊と同じだわ。なんだって女の手で済んじゃうんだから。散髪だって、食事だって、着るものだって。女は素人の手なんかじゃ、とても満足できないもの。自分じゃ気づいてないかもしれないけど、フランソワ、あんたって相当に幼稚な男なのよ。赤ん坊と同じなんだから、可愛くって、可愛くって、こっちは疲労困憊しちゃうわよ」

ほら、フランソワ、わたしをママンて呼んでごらん。ほら、ほら、赤ちゃん、ママンくらいはいえるでしょ。ベリンダは暇があると、男をからかわずにいられない女だった。まったく、口の減らない奴だ。フランソワは仕返しに、手を伸ばして女の喉をくすぐった。

「気持ちいいだろ、子猫ちゃん。ほら、ごろごろ、ごろごろ」

「こら、坊や。ママンに向かって、なんてことするの」

上目遣いで窺うと、ふっくらと二重に弛んだ、丸い顎がみえていた。男の視線を感じたのか、ジャンヌ王妃が目を落とした。鉢合わせになると、さっと顔を赤らめて逃げた。散髪に夢中になって、気づかなかったらしい。女の乳房が無造作に押しつけられ、その温かな柔らかさから、フランソワの鷲鼻が見上げる格好になっていた。

「剃刀に替えますね」

ぎこちなく離れて、ジャンヌ王妃は側の小机に組みついた。後ろからのほうが、剃りやすいかもしれませんね。言い訳のように呟きながら、道具を持ち替えた直後に、サボンに浸した小刷毛《はけ》がフランソワの頭頂に、ひんやりした感触を落としていた。

剃刀が滑る心地よさが往来していた。ゆったりと神経がくつろぐどころか、そのまま眠ってしまいそうになる。あら、赤ちゃん、おねむなの。からかわれると、ふざけ加減で意地になって、フランソワは目を開け続けたものだった。まったく、ベリンダ、おまえときたら。

「王妃さまに、こんなことまでしていただいて、本当に恐縮するばかりです」

「とんでもございません。私には、これくらいしかできませんもの」

パリまで飛んでいただいたというのに、私はアンボワーズに留まって、ただ椅子に座っていただけでした。せめて、これくらいさせていただかないと。それが最大限の謝意であることを、フランソワは承知していた。なんとなれば、ジャンヌ王妃は定席から立ち上がっていた。歩く姿の見苦しさを構わず、自分をさらけ出しながら、この弁護士風情のために、かいがいしく動き回っているのだ。

なるほど、下手な解釈など、するべきではないのかもしれなかった。アンボワーズに戻ってみると、実感として女に覚える親近感が増していた。連日顔を合わせたわけでも、語り明かしたわけでもなく、どころか、この一週間は何十里と離れていたというのに、作戦会議で円卓を囲んだときよりも、ぐっと身近になったように感じられたのだ。

それは待つ間に蓄えた、ジャンヌ王妃の期待感だったろうか。あえて分不相応の好意を受けたのは、この心情を慮《おもんぱか》ったからだった。フランソワは背中の女に続けた。

「王妃さまは立派に戦っておられましたよ」

「いえ、わたしなんか……。一時は独りで戦うしかないと、ずいぶん気負ってみたものですが、そうしたところで女にできることなどは、高が知れておりました。以前にも申し上げましたけど、やはり、殿方の力にはかないませんね」

「ですから、それは買いかぶりすぎです」

実際、この程度の仕事をする弁護士は、探せばざらにいるはずだった。反対に卑劣な敵に囲まれながら、独り、あんなに堂々と戦える女など、容易にみつかるものではない。ジャンヌ・ドゥ・フランスは強かった。その態度で意気地のない男たちを、無言で叱咤してしまうほど、本当に強かったのだ。それは心からの確信だったが、フランソワは話を流して、こだわろうとはしなかった。

「これが拙僧の仕事だという、ただ、それだけのことですよ」

謙遜しながら、それは堂々たる自負を覗かせる言葉でもあった。弁護士として、俺は確かに一流なのだ。我ながら気恥ずかしい自負を押しつけるだけ、フランソワは知っていた。どんなに強い女でも、男の力に屈したいときがある。間抜けだの、赤ん坊だのとからかいながら、それでも嬉々として世話を焼くとき、ベリンダは男を尊敬したいと思っていたのだ。執拗にからかってしまうのは、あの女一流の照れ隠しだった。

なるほど、女が自然体で生きるはずである。男に偉さを求めるだけ、無理には頑張れないようにできている。自分で偉くなろうとすれば、苦しいだけの話である。女は心配事が多すぎて、そこまで手が回らないのだ。

かわりに男に尽くす。フランソワなりに観察はあったが、それでも押しつける段になると、気後れがないではなかった。思い切って、ジャンヌ王妃に髭と頭を任せたのは、無理が得意の男だって、少しばかりの甘えを許してもらわなければ、うまく戦えそうにないからだった。

「ですから、お気遣いなされませんよう」

「気遣いではありません。実を申せば、私、いっぺん剃髪をしてみたかったのです」

「聖職者など、別に珍しくはないでしょう」

「ですが……。ベリンダが剃髪の腕前を、しつこく自慢していたものですから、ちょっと悔しい思いをしまして。仕返しの気分といったら、奇妙なことになりますかしら。女同士でも、いろいろと、まあ、それなりに張り合うものですのよ」

「それは目に浮かびます」

「あなたとベリンダは、こうやって一緒に暮らしておられたのですね。貴僧の頭に剃刀を当てていますと、なんだか、ベリンダの愛し方が理解できたような気がしますわ」

「愛し方、ですか。あいつは、なんといっておりましたか」

「わたしたちは同志なのだ、と」

「ああ」

フランソワの心に後悔に似た暗さが忍びこんだ。ベリンダが同志を自任したことは事実だった。が、果たして同志でありえたのだろうか。甘えたがりの男にせよ、尽くしたがりの女にせよ。

弁護士が自問している間にも、ジャンヌ王妃の剃刀は、すべらかな魚のように泳ぎ続けた。サボンと一緒に布巾で汚れを拭われると、生な頭皮が久方ぶりに爽やかな風を感じ取った。その涼感は、くたびれたフランソワの魂を、一新してくれたようでもあった。

「さあ、できあがりました。いかがですか」

いいながら、女は手鏡を差し出していた。受け取って青々とした頭皮を確かめながら、弁護士は状態が完全に回復したことを確信した。ええ、まるで見違えましたよ。これで戦えます。きっと良い法廷になります。

気持ちが高まった矢先に、フランソワは気がついた。ジャンヌ王妃は鏡の奥に、深刻に曇った顔を覗かせていた。なんでしょうか、王妃さま。なんなりと。

「フランソワ殿、私を軽蔑しておられますか」

「…………」

「結婚にしがみついたりして」

そのとき、部屋に訪《おとな》いの音が響いた。時間です、と廷吏が出廷を促していた。すっと動いて、ジャンヌ王妃は鏡から消えた。フランソワが目で追うと、散髪の道具を片づけながら、その女の無表情は今や、どこかしら不自然なものだった。

十、決定打

「そのとき、あなたは間違いなく、リニエール城におられたわけですね」

尋問にかかりながら、フランソワは溌剌としていた。とても徹夜明けにはみえなかった。無精髭をあたり、頭に綺麗なコロナを描くと、漲る才気にも独特の透明感が加わって、この日の弁護士は背中に後光すら帯びるかのようだった。

予定の時刻を一分たりとも遅れることなく、審理は幕を開けていた。巷《ちまた》の賑わいを祭りといったが、証人喚問が始まると、傍聴席は咳払いもなく静まり返り、今度は、まるで厳かな儀式にでも立ち会っているようだった。弁護士の声が堂内の穹窿に反響するうち、凜々しさが宗教的な荘厳さに変わりゆく様に、皆は惚れ惚れ聞き入るばかりなのである。

「はい」

深みのある声で答えて、医師ジェラール・コシェも思いの外に法廷映えする証人だった。

城代フランソワ・ドゥ・ボージュー殿が管理なされておりました、王家所有の城郭、ベリー公領の深い森に築かれましたリニエール城のことでしたら、私は確かに訪ねたことがございます。

すっきりした目覚めの顔で、言葉の歯切れも悪くない。長い宮仕えで自然と身につけた品格が、丁寧に言葉を積み重ねるような喋り方に表れて、優れた好感を演出している。あるいは予想以上というのなら、弁護士との相性の良さを挙げるべきだろうか。

ベトゥーラス弁護士の硬質な才気の光を、医師コシェは柔らかい影として、しっくり受け止めていた。まさに絵になる法廷風景は、医師だけにラテン語にも通じて、通訳を必要としない便宜にも、洗練の度を増していくばかりである。

弁護士は続けた。

「正確な日付を証言できますか」

「一四七七年七月の、十五日から二十四日にかけてでした」

「二十年以上も前のことですよ。確信をもって証言しうるのは、なにゆえのことですか」

「医師という職業柄、問診票を残しております」

「なるほど。ええと、そうしますと、それまで花嫁を無視していたオルレアン公ルイが、リニエール城を初めて訪れた時期と一致しておりますな」

丁寧に前置きの尋問を終えて、フランソワは手元のメモを覗くふりをした。その実は白兵戦に臨んだ兵士が、敵と味方の位置関係を把握するように、落とした視線を素早く左右に走らせている。

検事レスタンは前屈みで机に組みつき、剣術の型のように羽根ペンを構えていた。洩らさず口述筆記して、じっくりと論理の穴を検証しながら、異議の声を張り上げようというわけである。カルチェ・ラタンの学生に譬えるにしても、できない輩の見本だな、とフランソワは思った。レクチオならともかく、ディスプタチオで熱心に筆を走らせるような学生は、綿密に把握するが浅くしか理解できていないものだし、ましてや的を射た質問などは、発せないものと決まっていた。

――あしらえるな。

楽観しかけて、フランソワは自戒の念を取り戻した。それは検事の原告席から、一段高い判事席に視線を巡らせたときだった。次席判事ダンボワーズの出方はみえている。主席判事リュクサンブールは飾りにすぎない。が、これまで頼みの綱としてきた次席判事、フランシスコ・デ・アルメイダが刹那に目を逸らしていた。

チェーザレ・ボルジアが売れかけているらしい。これまでのような支援は期待できないということだ。フランソワは鷲鼻の峰に皺を寄せ、嘲笑の意で鼻息を抜いてやった。微妙な心理戦ということで、共感を裏切ったアルメイダを責めながら、せめて妨害しないよう、釘を刺したというわけである。

同時に腕利きの弁護士は、尋問の方針変更を即断した。異議を容易に握りつぶせないと知ったからには、面倒でも異議など差し挟めないよう、丁寧な証言を積み重ねていくしかない。

視線を戻すと二度三度、手元の紙片を指で弾いて、フランソワは証言台に打ち合わせた合図を送った。

「では次の質問に移ります。あなたがリニエール城を訪ねたのは、なにゆえのことですか」

「当時の国王ルイ十一世陛下に命じられたからです」

「ほお、興味深い証言ですな」

できれば避けたかったのは、暴君による「強制」という争点に係わるからである。真実味の材料として仄めかしながらも、公式の裁判記録には残したくなかった。不利な材料は、なるたけ削っておきたいのである。それでも一応の正当化は、きちんと準備してきていた。

「これまで当法廷では、ルイ十一世による結婚の強制という事実の有無を、重大な論点のひとつとして争ってきました。そこでお聞きしたいのですが、単刀直入にいって、故王は娘夫妻に肉体関係を強制するよう、あなたに命じられたのですか」

「いいえ」

「弁護人が察しますに、あなたはルイ・ドルレアンとジャンヌ・ドゥ・フランスの両名に『結婚を完成させる』ため、リニエール城を訪ねたのではありませんか」

「確かに幸福な結果に導くよう、陛下からは命じられましたが、それを私は、強制とは理解していませんでした」

「というと」

「第一に花嫁となった娘が、生娘《きむすめ》として放っておかれれば、真の愛のある父親として、故王陛下が心を痛められ、なんらかの働きかけを望んだのは当然だと思います」

「非は、手をつけなかったオルレアン公ルイにあると。ですが、花婿の態度は、結婚を強制されたことに対する、ささやかな抵抗なのだとは考えませんでしたか」

「そうは考えませんでした。私は名誉なことにも、おふたりの結婚式に列席させていただいたのでありましたが、その際にオルレアン公殿下が祭壇で、夫婦としての永遠の愛を誓った姿を目撃しております。神の御前で偽りの誓いをなしたなどと、敬虔なキリスト教徒である私には、恐ろしくて想像もできないことでした」

よくいうよ。前もって知っていたとはいえ、フランソワは医師コシェの役者ぶりに、思わず噴き出しそうになっていた。物腰柔らかな人物に、鼻にかかった気取り声で述べさせると、なんと白々しい台詞が似合ってしまうことか。可笑しみを覚えながら、フランソワは他面で、この医師の曲者ぶりを再認識する思いだった。

堂々と証言台に立ちながら、ジェラール・コシェは積極的でさえあった。権力の近辺にいた医師は、ルイ十二世の人となりまで熟知していた。オルレアン公時代から「生意気なだけの半端者だった」と裏では口汚く罵《ののし》っている。恐れるどころか、かえって腹を立てているくらいで、隠れ暮らした日々の屈辱を晴らしたいと、今では復讐に燃えるような勢いである。オーエンにせよ、コシェにせよ、大胆な言動は傍《はた》でみていて、フランソワのほうが危うさを感じるほどなのだが、二人とも筋金入りの権力筋ということで、ひとまずは現政権を見切った目を信用することにしていた。

もっとも、フランソワとて辛辣さでは負けていない。常識家ぶりながら、打ち合わせた論述内容ときたら、ルイ十二世と、その子分たちを嘲弄する以外の、なにものでもなかった。

大真面目を装いながら、弁護士は尋問を淡々と先に進めた。

「では、なにゆえに原告ルイは『結婚の完成』に及ばなかったのだと考えましたか」

「はい。様々な症例を想定いたしました。はじめは不能なのかと疑いました。あるいは、いうところの『包茎』に悩んでおられるのかもしれないと、私は念のために手術道具一式も持参したほどでございます」

法廷に下卑た笑いが散発した。それでも医師コシェは白々しい演技を続け、にやりとさえしなかった。ですが、あくまで想定として危惧したのであり、一番の憂慮は他にありました。それは故王陛下と私の意見が合致した線だった、と申し上げてよいと思います。

「それは、どのような障害ですか」

「障害ではありません。誰しもが突き当たる、経験の浅さという壁でございます」

「具体的には」

「童貞だったということです。当時、ルイ・ドルレアンは十四歳の少年でしかありませんでした。性に対して不安を抱いて然るべき年齢です。ところが、他方のジャンヌ王妃とて十二歳の少女でしかなく、当然のことながら、汚れなき処女でもあられましたので、とても経験ある未亡人のように、未熟な殿方を導くというわけにはまいりません」

「ですが、童貞と処女が結婚して、無事に初夜をすごした例は、珍しくないものと思われますが」

「そこが故ルイ十一世陛下の思いやりなのです。私が強制とは考えなかったという事情も、こうした故王陛下の細やかな心遣いに、間近で触れていたからであります」

「異議あり」

と、検事レスタンが飛びこんでいた。証人の証言は主観であり、客観的な事実を述べております。リュクサンブール枢機卿が判事席から受けて答えた。

「異議を認めます。証人は弁護人の質問に、もっと直接的に答えて下さい」

「はい、申し訳ございません」

やりとりを見守りながら、フランソワは涼しい顔をしていた。はん、つまらん異議を挟みやがる。こんな風にケチをつけて、どうなるものでもないだろう。要するに目立ちたかったというわけかい。弁護士の意地悪心が疼いていた。よろしいですよ、検事殿。あなたに注目を集めてさしあげましょう。だって自分で墓穴を掘っているんだから。

「尋問を続けます。ええと、では、コシェ殿。あなたが『故王陛下の心遣い』と曖昧に表現した事由の内容について、具体的に話して下さいますか」

「はい。周知のように、ルイ・ドルレアンは父君を早くに亡くされ、母君ひとりに養育された方であられます」

「いかにも、原告側は母親思いを、繰り返して強調しておりますな」

検事レスタンは帳面から顔を上げた。傲岸に無視して、フランソワは尋問を進めた。

「しかし、母親は関係のない話でしょう」

「そこなのです。もちろん、前オルレアン公妃マリー・ドゥ・クレーヴ様は、御子息に立派な教育を施されたものと信じるのですが、それだけに悲しむべき人間の原罪に関しては、厳しく戒められる一方だったのではないかと、故王陛下は心配なされていたわけです」

「なるほど、母親というものが、息子に性を教育できるとは、ちょっと考えられませんな。どころか、母親が息子に手ほどきをしたとするなら、それこそ呪われるべきでしょう。原告がいうような、母親思いで済まされることではありません」

「異議あり。前オルレアン公妃の教育は本件とは無関係です」

検事レスタンが飛びこんできた。尋問の逸脱に異議を唱えたというより、傍聴席に広がりつつある笑いを気にして、一気に煮立ったという感じだった。なにを怒ってるんだ、検事の先生。望み通りに注目を集めてやったんだぜ。不平をいうなんて、我儘にすぎるというもんだ。フランソワは胸に大きく息を吸った。

「無関係ではない！」

得意の大声にも、今日のところは鋭い切れ味が加わっていた。すぱっと笑いが切り落とされた法廷に、ベトゥーラス弁護士は理路整然と申し立てた。弁護人の尋問は、医師コシェ殿を派遣なされた、故ルイ十一世陛下の意図を明らかにしようとするものであります。

「異議を却下します」

と、リュクサンブール枢機卿は宣言した。フランソワは微笑で判事席に会釈する。思えば、主席判事とは良好な関係を保っていた。土台がリュクサンブール枢機卿にせよ、医師ジェラール・コシェにせよ、上品な物腰の老人とは昔から、なぜか馬の合うフランソワだった。あながち、悲観したものでもあるまい。原告席をみやると、検事レスタンは失敗に気づいて、活路がみつかるとでも思ったのか、焦りながら無駄に帳面を捲っていた。

「尋問を続けます。つまり、ルイ・ドルレアンは男女の結びつきに関して、ほとんど無知だったということですかな」

「はい。というより、恐れや不安のほうが大きかったのだと。こうした悩みを和らげうる人間とは、往々にして経験のある同性であります。普通は父親や、あるいは兄君などが、最も理想的なのでしょうか」

「しかし、オルレアン公は母親べったりで、父親も兄君もおられない」

「故王陛下が配慮なされたのは、その点でございます。ルイ十一世陛下はオルレアン公ルイの洗礼親であられました。教皇シクストゥス四世聖下より特免をいただいて、姫君との結婚を可能としてはおりましたが、そのことにより御自分が信仰上の責務から、逃れられたとは考えておられませんでした」

「そこでルイ十一世は医師であり、人間の身体の専門家である貴殿を、なんですか、理想的な兄貴分として送りこみ、ルイ・ドルレアンに対して、父親としての責務を果たそうとしたわけですな」

「その通りです」

フランソワは着々と外堀を埋めていた。ルイ十一世の強制説を否定すべく、近親結婚を云々された事情を近親者の愛情として示し、暴君の圧力といわれ、ルイ・ドルレアンが抵抗したとされる恐怖を、巧みに未成年者の不安に置き換えている。こうしたシナリオが一定の説得力を持つのは、全くの嘘ではなかったからである。政治といい、強制というが、人間の行動は常に複雑、かつ多面的なものなのだ。

「なるほど、ごく自然な成り行きですな。が、そうした故王陛下の思いやりを、あなたが間違った形で実践したならば、やはり強制ということになるのではないですか」

「催淫剤ということなら、私は一切投与しておりません。野中のリニエール城のことですから、シャンパーニュの白葡萄酒やブルターニュの牡蠣さえも入手できませんでした」

反対尋問の芽を潰しながら、フランソワは山場に着手しようとしていた。裁判の焦点は結婚の同意から、結婚の完成、すなわち肉体関係の有無に絞られている。短絡的な身体検査に走ったところを修正して、証言の事実関係を丹念に整理することから、被告側は「リニエール城の蜜月」を提示するところまで漕ぎ着けていた。客観的な第三者の証言で、あとは決定的な風景を描き出してやるだけだ。

フランソワに気負いはなかった。といって、臆してもいなかった。強いていうなら、淡々と仕事を果たす心境である。あんなに努力奮闘して、ここまで準備を整えたというのに、ことさら執着する熱意もなかった。もはや事実は動かない。それは事実でしかない。

「そうするとコシェ殿、あなたはどんな処方を施したのですか」

「オルレアン公殿下に、ポームをお勧めいたしました」

証人がいう「ポーム」とは「ハンド・テニス」のことである。革に詰め物をしたボールを、文字通り掌（ポーム）で打ち合うもので、この時代は専用の革手袋を使っていた。ラケットの普及は、この直後から徐々に始まる。

「リニエール城は無骨な建物でございますが、それだけにポーム場が、出色の娯楽施設となっておりました。屋内に白と緑、二色の大理石が敷かれた立派な競技場がございまして、壁打ち用と、ネットを挟んだ対戦用が、二面とも揃っていたものですから」

王侯が愛用した大理石とはいわないまでも、丁寧に地均《じなら》しする手間があるので、ポームは主として上流階級に流行った遊戯だった。上流といえば、有閑階級であり、有閑といえば、色恋沙汰である。この時代から、なんとなくテニスには、爽やかな恋人たちの遊技という雰囲気があったものである。

「兄貴分の指南というわけですか」

「それもありますが、さらに医学的に申しますと、ポームによって熱せられた体温は、男女が情愛に誘われるときの体温に、非常に近いものなのです。もちろん、ジャンヌ王妃が、はしたなくも御一緒に遊ばれたわけではありませんが、かたわらで御夫君を一生懸命に応援しておられました。こうした一体感からも、自然と愛情が育まれるに違いないと、私は考えたのでございます」

「実際、育まれましたか」

「はい。御二人は一緒の寝室で休まれました」

「それは安眠という意味ではなく、肉の交わりという意味ですか」

「はい」

「どうして、わかったのですか」

「それが皮肉な展開でございました。はじめ、私が単刀直入にお勧めいたしますと、殿下は激しく抵抗なされました。あるいは御自分の中に芽生え始めた愛情に、うろたえられたのだと申しましょうか。かえってルイ・ドルレアンは意地になって、夫婦の行いなど断じてしないと、わざと寝室の扉を開け放つままにしておられたのです」

「それを、あなたは覗いたと」

「はい、期せずして覗きみることになりました」

「どのような状況でしたか」

「はい。それは若い御二人を祝福するような、爽やかな夏の日でした。あたりの森は微風にざわめき、蟬の鳴き声だけが響くような静かな午後のことです。その日もポームの試合でした。こうみえて私も若い時分は、かなり得意だったものですから、名誉なことに殿下の御相手を務めさせていただくことになりました。壁打ち式の試合は真に白熱いたしました。私の『角打ち』に苦戦なされて、たっぷりと汗をかいてしまい、オルレアン公殿下は着替えてくると仰いました。ところが、着替えにしては時間がかかりました。もう一試合、この私めと手合わせする約束になっていましたので、恐れながらも寝室までお迎えに上がったところ、私は目撃することになったわけです」

「なにがみえたか、話して下さい」

傍聴席は緊張した。医師の乾いた言葉が逆に皆の想像を掻き立てていた。しかして飛び出した証言は、赤裸々な言葉から始まっていた。

「ソルス・クム・ソラ、ヌードゥス・クム・ヌーダ」

この主格を奪格に活用させれば、二語は「ソロ（ひとりで）」と「ヌード（裸で）」になる。ラテン語で「ウス」は男性活用なのだから、「ソルス」であり、「ヌードゥス」であった男とは疑いなく、原告ルイ・ドルレアンを指していた。

汗をかいた着衣を脱ぎ捨て、ひとりで裸でいたとしても不思議ではない。が、ラテン語の「クム」はフランス語で「アベック」の意になるのだ。ほてった若い男の身体は、はたして平静でいられただろうか。

証言は「二人きりで、男も女も裸で」と訳すことができる。女性活用「ア」に対応する、「ソラ」であり、「ヌーダ」であった女とは、ジャンヌ・ドゥ・フランスでしかありえない。

法廷に低いどよめきを招きながら、医師コシェのラテン語は高ぶりもなく先を続けた。

「デビトゥム・コンユガーレ・ペル・カルナレム・コプラム・レッデンド、リスス、オスクラ、アンプレクス、アク・アリア・シグナ・アッペティティウァ・アペルテ・マニフェスタンド（二人は肉の交わりによって婚礼の義務を果たし、笑い声、接吻、抱擁、さらに諸々の情欲の印を、はっきりとみせていた）」

ざわざわと傍聴席が波立っていた。ラテン語を理解できない輩まで、居合わせたインテリに訳してもらうや、ざわめきに次々と加担していく。渦中の被告席にあって、ジャンヌ王妃は顎を上げ、その態度は誇らしくもみえた。もう誰も悪意に取らない。幸せにほだされて、くすくすと笑ったり、奪うように互いの唇を重ねたり、折れるほどに抱き合った記憶があるからこそ、女は常に堂々としていられたのだ。

刹那の感慨は不可思議なものだった。その女の肉塊は荒々しい手につかまれ、紅潮しながら豚のように悶えたはずだ。その女の部分は不潔に濡れそぼちながら、汚らしく涎を垂らした、ものを銜《くわ》えこんだはずだ。淫らな情交が明らかにされただけだというのに、ジャンヌ王妃は堕ちるどころか、なにかしら神聖な存在に高められたようだった。

感動にも、また恐れにも似た気持ちを抱きながら、法廷は戸惑っていた。そのとき、命運を託すべき導き手はひとりだった。ベトゥーラス弁護士だけが淡々と続けていた。

「それからも寝室の扉は、常に開かれ続けたのですか」

「いえ、情熱に我を忘れて開け放したままになさったのは、最初の一度だけでした。二度目からは、きちんと閉じられるようになりました」

「それでは、あなたが確信をもって『結婚の完成』を証言しうるのは、最初の一度だけということになりますか」

「いえ、目撃は一度だけですが、それからも結婚は何度も『完成された』と思います」

「その根拠というのは」

「ルイさまはジャンヌさまと同じ寝室に、何度もお泊まりになられました。身体を休めただけではないことも明白でした。と申しますのも、寝室に籠もられてしばらくすると、殿下は晴れ晴れとした顔で台所に現れ、決まって飲み物をお求めになられたからです。そんなときの口癖というのが『ああ、喉が渇いた。今宵も妻を三、四回は走らせてやったからな』という、なんとも得意げなものでありました」

にやりと笑って、すでにベトゥーラス弁護士は人々の動揺を楽しむかのようだった。その「走らせる」という表現は、なにを意味していたと思われますか。

「元来は『馬を攻める』という意味ですが、男性の立場でいうと、若者たちが少々下品な表現で『女に乗る』とも申しますように、なにか、こう、激しく前後する感覚に共通の連想があるのでしょうな。俗にいう『たっぷり耕す』というものです。ルイ・ドルレアンは『三、四回』と回数を挙げておられましたが、それと矛盾しないといってよいでしょう。これを女性の立場でいうと、『天に昇る』という意味になると思われます」

「その『天に昇る』という症状は」

「はあ、医学的に申しますと『反射』の一種で、骨盤の内側に血液が満ちる状態のことでございます。実感は『大地が揺れる』とか、『意識が弾ける』とか、女性によって、まちまちなようですが、それを神秘体験と受け止める者も少なくないようなのです」

「なるほど、それで『天に昇る』と。では最後に、もうひとつ。参考までに、あなたの診断を伺いたい。原告ルイ・ドルレアンはマレフィキアータ、もしくはフリジダに該当すると思われますか」

「いいえ」

　ありがとうございました。証人に礼を述べてから、弁護士は神妙な演技のまま、一段高い判事席を見上げていた。これで被告側の尋問を終了します。

「ですが、判事閣下、弁護人は重大な過失を犯しておりました」

「なんですか」

「ルイ十二世陛下は明らかに不能ではありません。被告側は男根検査の請求を、直ちに取り下げさせていただきます」

　まだ取り下げていなかった。フランソワは皮肉で幕を下ろしていた。それは人々に与えられた許しでもあった。ぷっと噴き出しながら、これをきっかけに傍聴席は爆発した。ブラボー、王は男を証明したぞ。一晩に三、四回なんて恐れ入ったぜ。けへへ、てめえは二回で品切れだもんな。うるせえや。おまえは、ただの一度も女を走らせたことがねえくせに。

「うらやましいよ、王妃さま」

　男たちに続いたのは街の女房衆だった。うちの亭主も少しは王さまを見習ってほしいもんだ。そいつは酷だよ、おかみさん。樽みたいに太っちまったら、旦那の腕が回りっこないもの。お黙り、この厚塗り女。悔しかったら男の隣で、すっぴんで鼾かいてみせなってえのよ。

　ハッとして慌てながら、次席判事ダンボワーズは木槌を握った。

「静粛に、静粛に。続いて検察側の反対尋問に移ります。静粛に、静粛に」

いまさら、なにを聞くってんだい。医者の先生を捕まえて、「女を走らせる」こつでも聞き出そうっていうのかい。弁護士は得意のフランス語で小馬鹿にした。ああ、それだったら、うちのヘナチン亭主にも伝授してちょうだい。おいらにも、おいらにも教えてくれ。パリで待ってる女友達に、身体で土産話をしたいんだ。騒然となった空気に揉まれて、フランソワは被告席に戻った。

大成功である。次席判事ダンボワーズが、けたたましく木槌を打ち鳴らすにつけ、弁護士の成功は動かなくなっていく。が、ジャンヌ王妃は無表情だった。頰を青白く強張らせ、小さく唇を嚙みながら、それが仕方のない試練だったにせよ、夫婦の秘事が無遠慮に暴かれたことを、ひどく悔やんでいるようにもみえた。フランソワは小さな声で報告した。

「うまくいきました」

「ええ」

野次と槌音が続いていた。小声の会話は、うまく通じなかった。弁護士は女の耳元に口を寄せた。もっと喜んで下さいよ。言葉の調子に諧謔《かいぎゃく》が滲んだ気がして、フランソワは冷えた心で後悔した。するとジャンヌ王妃が動き、かわりに続けたようだった。

「私を軽蔑しておりますか」

「………」

「それでも結婚にしがみつくしかない女なのです」

フランソワは唇を嚙んだ。軽蔑する、と言下に否定した自分の過去を覚えていた。が、その果てに全ては失われてしまったのだ。不幸な青春を取り戻すことができるとしたら、それは素直になることでしか贖うことができないだろう。

―本当は結婚したかった。ベリンダはあなたに、そう白状しませんでしたか」

ジャンヌ王妃は息を呑んだ。紺色のドレスに被われた、女の窪みに近いところで、丸い拳が腿に結ばれていた。その上に重ねて、フランソワが机の陰で自分の掌をかぶせたのだ。驚きを濃い吐息に託して抜くと、ジャンヌ王妃は小刻みに震える声で答えた。

「白状しました。悪戯っぽく笑いながら」

「冗談めかして。ええ、そういう女です」

弁護人と被告は顔を寄せて囁き合い、次なる手を打ち合わせているようにみえた。ちらちら気にする検事レスタンに、鋭い一瞥をくれながら、フランソワは先を続けた。

「あの女が結婚したがっていたことは知っていました」

「ベリンダは、あなたにも告白したのですか」

「いえ、私も結婚したかったのです」

「…………」

「あなたを軽蔑などしません」

ジャンヌ王妃は男の手に、いまひとつの掌を重ねて返事に代えた。汗ばんだ柔らかさを感じながら、その燃えるような温度にこそ、フランソワは失われた青春を取り戻した思いがした。

第三章

フランソワは離婚裁判を終わらせる

一、展開

ややあってから、フランソワはその女のことを思い出した。

山場の審理を首尾よく終えて、それは心地よい疲労感のある夕べだった。すでに暗くなっていたが、神経に沁《し》み入るような夜風こそが爽快だった。いつものように群衆に囲まれながら、上擦る声で騒いでいたのは、むしろフランソワのほうだった。

それは体力が尽きる手前の、正気が失せた興奮状態だった。いたるところ、おぼつかなくなっているのに、身体の芯だけ怪しげな熱を持ちながら、無駄な元気を空回りさせているのだ。沿道に現れるや、フランソワは自分から拳《こぶし》を突き上げ、次は国王を引き摺《ず》り出すぞと、大いに気勢を上げたものである。

この常ならぬ態度に界隈《かいわい》も応えて、祭り騒ぎもいよいよ最高潮だった。

「弁護士先生、あんたは大天使ミカエルのような人だ。あれよ、あれよと思ううちに、ドラゴン退治の手筈を整えちまったじゃないか」

「それをいうなら、弁護士の守り聖人イヴォーだろうさ。あるいは先生の守り聖人、大グレゴリウスというところかい。いずれにしたって、これで、もう勝ったようなもんだ」

「でも、そうなるとオルレアンの殿も可哀そうな気がするわね」

「けっ、女ってな、なにかってえと、こうなんだ」

「文句があんなら、この宿六、あんたも王さまみたいな色男になってみせな」

「まあまあ、およしなさいって。そりゃあ、傷つくには違いないけど、それをジャンヌさまが優しく慰めて、ルイさまも妻のありがたさが身に沁みて、そんでもって夫婦円満と、一件落着の落ちがつくというわけよ」

ひへへ、厚塗り女が似合いもしねえ、お伽噺を語りやがるぜ。お黙り、お黙り、そんな風だから、あんたは女の気持ちがわからないっていうんだよ。喧嘩しながら、後には笑い声が続き、あくまで界隈は一面の喜色に染まっていた。弱き者とて捨てたもんじゃない。不当に与えられた屈辱を撥《は》ね返して、最後には強者を打ち負かしてしまうのだ。お伽噺というならば、そういった幻想こそがフランソワを含めて、その場の皆を虜《とりこ》にしていたものだった。

比べると、その女は明らかに空気を異にしていた。

「ベトゥーラス弁護士、おひさしぶりでございます」

声をかけられ、フランソワは違和感にハッとした。高ぶる気分に冷水を浴びせられた気がしたのは、すでに予感していたからかもしれない。歳は三十過ぎという感じで、背格好は中肉中背。髪も目も茶褐色で、有《あ》り体《てい》な第一印象をいえば、地味な女だった。不器量というのではなく、むしろ顔立ちは整っているのだが、その落ち着いた風こそが、それとなく不幸を仄《ほの》めかすようだったのだ。あっ、とフランソワは思い出した。

「あなたは確か、ナントで」

「ええ、その節はお世話になりました」

かつてフランソワが弁護を引き受けた依頼人だった。外に愛人を作った夫に離婚を求められ、それを拒否したためにナント司教座法廷で裁判になり、この女も被告として窮地に立たされたことがあった。

審理自体は、ありふれていた。争点に近親結婚を掲げたもので、検察が同一人物と主張していた共通の曾祖父にあたる人物を、フランソワが同名の別人物であることを暴いて、それで無事に終わっている。上告もなく、すんなり決着したどころか、夫が途中で訴えを取り下げたので、夫婦は判決すら受けることなく、元の鞘《さや》に収まった一件だった。

ああ、俺の仕事も、まんざらではないんだった。フランソワの表情が弛《ゆる》んだのは、その女が以前より、少し太っているからだった。なるほど、わからなかったはずだ。あの頃は針金のように痩せていた。不幸を思わせるどころか、立ち姿そのものが悲劇だった。夫が愛人に入れ揚げていたために、ろくな生活費を渡されていなかったのだ。

「確か、カミーユさんと仰《おっしゃ》いましたね。どうして、アンボワーズに」

「こちらに越して、もう二年になります」

「そうでしたか」

新しい土地に移って、夫婦で再出発というわけか。贅沢とはいかないまでも、食べるものには困らなくなったのだろう。よかった。よかった。フランソワの得意な気分が、高ぶりに戻りかけたときだった。ひっかかりが再び最初の違和感を思い出させた。

「しかし、あなたのご主人は確か、ナント港に船を持つ漁師だったのでは」

「ええ」

と女は認めたが、あとの言葉を噤《つぐ》んだまま、俄《にわか》に憂いを帯びた顔を伏せた。おかしい。カミーユの夫は漁師だった。しかも船持ちで、ナント港の漁業組合に参事として名を連ね、漁師の守り聖人であるペテロを奉じた信心会では、総代まで務めていたはずだ。

そこそこの有力者なればこそ、愛人を囲おうとも思いついたわけだが、だけに易々と地位を捨てるわけがない。内陸部のアンボワーズでも、ロワール河で漁ということがあろうが、同じ河でも巨大な下流に開けたナントの漁業とは、まるで比べられないはずなのだ。

「あのひととは別れました」

と、カミーユは終《しま》いに小さく打ち明けた。

その夜、フランソワは泥のように疲れながら、なかなか寝つかれなかった。徹夜の偏頭痛を抱えているのに、司祭館の宿坊にある粗末な寝台で寝返りを繰り返し、ときおり綺麗な剃《てい》髪《はつ》頭を、なんだか恥じ入るような手つきで撫でていた。

「あのひととは別れました。結局、別れてしまいました。今はアンボワーズの伝《つて》を頼って、この街の旅館で働かせてもらっています」

打ち明けた女の前掛けの白さが、いつまでも頭に留まり、なかなか去ろうとしなかった。それは鮮やかというよりも、冷たく、そして淋しげな色だった。もっと汚れていたとしても、これが主婦の前掛けとなると、亭主のため、子供のためだと口実しながら、もっと温かく、そして誇らしくみえるものなのだ。

――俺のせいだろうか。

と、フランソワは自問していた。裁判が終わると、浮気亭主は確かに家に戻ったが、女のかわりに今度は酒に走って、酔っては暴力を振るうようになったのだという。生傷が絶えないどころか、あちらこちら骨まで折れて、命の危険が現実になった。カミーユは女子修道院に駆け込み、親切な尼僧の勧めもあって、こちらから別れることにしたようだった。

離婚などない、とキリスト教の教義が謳《うた》っている割に、普通の「結婚の無効取消」は実に簡単なものだった。手間賃を渡しながら、教区の司祭に相談すれば、それらしい理由を作って、信徒台帳を書き換えてくれるのだ。女房の申し出に特に亭主は反対しなかったらしい。ありがちな話だった。が、フランソワは容易に信じられなかった。驚くのはカミーユの決断のことでなく、その夫の素行のことである。女に暴力を振るうような男には、ちょっとみえなかった。がっちりした体格をして、言葉遣いも乱暴なところがあり、漁師らしく確かに強面の若衆だったが、女に暴力を振るうというのは、また別な理屈なのである。

逆説のようだが、漁師のような男らしい気っぷの人間にはそぐわない。これが多くの船員を抱える、船主の総領息子ともなれば、なおさらのことである。女に暴力を振るうのは、かえって臆病な、自分に自信を持てない男のすることなのだ。

だから、フランソワは自問から逃れられなかった。俺のせいだろうか。

離婚裁判を担当するとき、この弁護士は極力、訴えを取り下げさせる方向で動くことにしていた。ひとつには判決が正義でなく、往々にして袖の下で決まる傾向があるからだが、これを未然に防ぐというだけでもなかった。判決のような高圧的な命令に、無理矢理屈服させられるのでは、夫婦の形が残ったところで、互いの関係が冷え切って、多くは元通りにならないからだ。

なればこそ、和解が理想的だった。フランソワが弁護士として、徹底して依頼人の立場に立つというのは、単に法廷の仕事で終わらせず、ある程度までは後のことまで、心を配るという態度にも表れていた。

いや、いくら良心的といっても、原告が女なら、そんな無駄な努力はしない。我慢に我慢を重ねているだけ、一度決めてしまったら、女は梃子《てこ》でも動かないからである。が、男は違った。こちらは説得次第では、訴えを取り下げることがあった。要するに考えが安易なので、裁判にした後でも、まだまだ転んでしまう余地があるのだ。

カミーユの夫も転んでいた。相当に頑張ったが、最後には説得に負けた。審理の旗色も悪かったし、なにより、フランソワが陰で恫喝《どうかつ》に及んでいた。ベアトリスといったっけ。あんたの可愛い愛人さんを調べさせてもらったよ。系図を辿《たど》ってみたら、あんたの又従姉妹《またいとこ》じゃないか。女房と別れたところで、愛人さんとは再婚できないな。知らんぷりして結婚式なんか挙げてみな。俺が教会に乗り込んで、綺麗に反故《ほご》にしてやるぜ。

――それが、やりすぎだったのか。

弁護士の恫喝に屈することは、法務代理の判決に屈することより、あるいは屈辱的だったかもしれない。だから、あの男らしい男は堕ちて、女に暴力を振るうようになったのかもしれない。

なぜなら、立場が入れ替わっていた。弱者であったはずの女に、豪腕の弁護士がついたとき、強者であったはずの男は、無惨に押し潰されたのだ。

やはり、やりすぎた。いわなくていいことまでいってしまった。カルチェ・ラタンにいた頃から、俺はこんな風だった。徹底的に論駁《ろんばく》しなければ気が済まない。大差をつけて勝たなければ満足できない。弱者の立場に立つといい、幸福な結果に導きたいとはいいながら、結局のところ、俺は強者の癖が抜けなくて、自分の力をみせつけようとしてしまうのだ。

「もう少し、他の方法がなかったのかと思うと、残念でなりませんわ」

「…………」

「いえ、ベトゥーラス弁護士には本当に感謝しておりますのよ。ただ……」

言葉を尻窄《しりすぼ》みにしたまま、かつての依頼人カミーユは一礼して去った。女は一生懸命に愛想の笑みを浮かべたが、後味として、恨みがましさが残ったことは否めなかった。痛い目までみた女としては、ありうべき感情だろう。が、あのとき、他になにができたというのだ。

――俺は弁護士でしかない。

絶対に別れたくないと泣きつかれた。だから、離婚せずに済むように全力を尽くした。不幸な結果を招いたとするなら、つまるところ、それは依頼人の責任ではないのか。

フランソワは豪腕だが、依頼人との対話を軽視する、一方的な弁護士ではなかった。夫婦の関係に、ひびが入る可能性も忠告した。確かに手段を選ばなかったが、それも全て事前に女の承諾を得たことだった。されて男が、いかような出方をみせるのか、苟《いやしく》も妻として暮らしてきた女なら、重々わかって然るべきではないか。

ごろとフランソワは、また寝返りを打った。向かい合わせの寝台では、医師コシェと侍従プルウが上下の寝台に分かれて眠り、まるで練習したかのように、巧みに鼾を合唱していた。外では秋の虫に交じって、ロワール河畔の草むらから這い出た蛙が、やけにうるさく鳴いている。好きにするさ。文句をいってみたところで、どうなるというものでもない。

男の立場で筋道立った理屈を重ねてみたところで、それが虚しい作業であることをフランソワは知っていた。結婚にしがみつくとき、もう女に理屈などなかった。生活が苦しくなると理屈を立てるので、ならば慰謝料を分捕るよう勧めると、やはり離婚したくないという。子供のことが気掛かりだと理屈を立てるので、ならば廃嫡させないよう取り計らうと約束すると、それでも離婚は避けたいという。現場の弁護士として、フランソワは本当に嫌というほどみてきた。とにかく、女は離婚したくないものなのだ。

どうして、女は結婚にこだわるのだろう。

離婚したくないだけではない。妻子あることを承知で手を出したくせに、愛人だって、そのうち男に結婚を迫り始める。亜麻布の下着を扱うランジェリー屋や、羅紗《らしゃ》布工や襞襟《ひだえり》押しの鏝《こて》使いなど、天性の繊細さを売りに下手な男より稼ぎのある女だって、好きな男ができればば結婚せずにはすまされない。普段は蓮っ葉な口をきく女でも、求婚されると涙を流して、おしとやかな乙女に変身するというのだから、その魔力には恐れ入るばかりである。

こうした現象を神学は、専ら女性蔑視の文脈で読み解いてきた。ひとつには「フェ（信仰）」が「ミヌス（より少ない）」ゆえに、女は快楽に流されやすいという説である。キリスト教の世界では、女は淫婦イヴの末裔であるがゆえに、呪われた生命とされていた。旧約聖書、創世記、三の六にある、イヴが禁断の木の実を食べ、それをアダムに勧めたという件《くだり》は、肉欲に動かされて、善意の男を淫らに誘惑したという意味なのである。

ここに人間の原罪は始まる。新約聖書、マタイの福音書、一九の一二に伝えられるように、イエス・キリストは「天の御国のために、自分から独身者になった者もいるからです。それができる者はそれを受け入れなさい」と勧めているのだが、ことに女などは容易に守ることができない。よって聖パウロも新約聖書、コリント人への手紙、一の七の九で「もし自制することができなければ、結婚しなさい。情欲に身を焦がすよりは、結婚したほうがましだからです」と許さざるをえなかったのだ。この論法に則すると、とにかくセックスしたいと望むから、わけても女は結婚したがるということになる。

快楽は悪、という聖アウグスチヌス以来の教説にも、異が唱えられていないわけではなかった。攻撃的な知性で知られたアベラールなども、それは自然なことなのだと快楽を肯定している。フランソワがパリ大学にいた頃、マルタン・ル・メートルという神学者が学長を務めていたが、この人物も快楽を認め、陰鬱な気分を晴れやかにするためなら、夫婦のセックスは罪ではないと明言していたくらいである。

これを耳にすれば、あるいは女は喜ぶのかもしれない。が、フランソワは個人的な経験から、かつまたカノン法の現場に生きる立場から、こんな学説で安易に納得する気にはなれなかった。快楽が結構なものだとして、セックスなら結婚していなくてもできる。いや、むしろ、結婚するとセックスの回数が減るくらいだ。

つまるところ、空漠神学の穿《うが》った見方でしかない。フランソワが思うに、女を信仰ある存在と認めてこそ、いくらか納得できるのではなかろうか。

なぜなら、結婚は信仰とよく似ていた。離婚を拒む女たちは、男に執着するというより、なにかを漠然と恐れていた。結婚の外にあるという不安は、キリスト教徒でないという疎外感と、どこか似ているようなのである。あるいは新約聖書、エペソ人への手紙、五の二二、二三、そして二四に示された、聖パウロの教えに忠実だというべきか。

「妻たちよ。あなたがたは、主に従うように、自分の夫に従いなさい。なぜなら、キリストは教会のかしらであって、ご自身がそのからだの救い主であられるように、夫は妻のかしらであるからです。教会がキリストに従うように、妻も、すべてのことにおいて、夫に従うべきです」

ラテン語でキリスト（クリストゥス）は男性名詞であり、教会（エクレシア）は女性名詞である。天上の神と地上の信徒の崇高なる結びつきを、巧みに比喩に用いながら貫徹されるものは、またしても女性蔑視の精神だった。

わかっていながら、それを女は受け入れてしまう。人類がキリストなくして、決して救われえなかったように、男によってのみ祝福される本性を、易々と認めてしまうのである。ああ、そうか。カノン法は見事に定めていたのだった。

「マトリモニアーレ・フォエドゥス・ア・クリスト・ドミノ・アド・サクラメンティ・ディグニィタテム・エウェクトゥム・エスト（結婚の誓約は主キリストによりて秘蹟の尊厳にまで高められたり）」

すでにして、それは神秘の領域にある。人が洗礼の秘蹟を受けずに済まされないように、女も結婚の秘蹟を受けずには済まされない。それが悲しい隷属であれ、信仰は捨てられない。神の光が満ちていれば、憧れないわけにはいかない。

馬鹿らしい、とフランソワは思った。しょうがない、と後に諦めが続いている。結局は自分で気づくしかないのだ。それは弁護士が得意とする、論理的思考の類ではなかった。むしろ、素朴な嫌悪感といってよい。結婚のために費やされる、女たちの健気な努力を目にするとき、己の尊厳を省みない卑屈さに、ときにフランソワは発作的な苛立ちを覚えてしまうのだった。

――なんだって、あんな男のために。

それでも結婚にしがみつくしかない女です。ジャンヌ王妃の言葉は、裏側で自らの卑しさを認めていた。そのときは共感を寄せながら、今になってフランソワは、釈然としない思いに駆られていた。あれほど聡明な女が、なぜ……。

王妃の座に留まって、一体どうしたいというのだろう。ジャンヌ王妃の心に思いを馳せながら、フランソワは眠れぬ夜をすごしていた。

二、優男

「そんな不条理が罷《まか》り通ってたまるものか」

なんとしても取り消そうと、フランソワは怒鳴った。ひっ、と短い悲鳴を上げて、検事レスタンは怯えてみせた。だぶついた僧服の襟に首を竦《すく》めながら、下手な演技をやめようとしなかった。これだから、恐ろしくってかないませんよ。不条理といいますが、関係者の身の安全を守るためには、しかたのないことなのです。

レスタンは剃髪頭に大袈裟な包帯を巻いていた。血が滲《にじ》んだところもなく、八割方は仮病だと断言できるのだが、痛いというものを嘘だと片づけるわけにもいかない。わざとらしい嘆きによれば、検事は昨晩遅くに、なにものかの闇討ちに遭ったのだという。

「そりゃあ、民心はジャンヌさま贔屓《ひいき》に傾いていますから、拙僧などは格好の仇役でしょうよ。ですが、暴力に訴えられてはたまらない。こんな風では、おちおち反対尋問もできやしない」

医師コシェに対する反対尋問は、検事が大袈裟な言葉遣いと、稚拙な比喩を披露するだけだというのに、進捗《しんちょく》はかばかしくなく、昨日二十七日までずれ込んでいた。法廷が怒号に近い野次に見舞われ、尋問の声など容易に通らなかったからである。この逆風に転じた世論を、レスタンは巧みに逆手《さかて》に取っていた。

「実際、アンボワーズの界隈《かいわい》は危ないのです。裁きは裁きとして、まあ、公正に進められることを祈るのですが、国王陛下の身の上になにかあっては、これはもう取り返しがつかないことでありましょう」

十月二十八日、原告、判事、被告による関係三者で、次回公判の打ち合わせが持たれていた。観念を剣にして、実際に血が流れることはないにせよ、法廷が斬り合いの場であることに違いはない。そこには殺気が満ちるゆえに、弁論巧者は高度な論理的思考に留まらず、鋭敏な第六感を備えているものである。圧倒的な優位を築き、堂々とサン・ドニ教会に乗り込んだのも束の間、フランソワは席についたとたん、なんとも嫌な風向きを感じていた。

フランス王ルイ十二世の召喚が認められていた。冒頭で判事席から通達があり、あっさり認められたのである。おかしい。いまさら反故になどさせないと、フランソワは勢いこんで臨んだものだが、その熱意を別な意味で空転させながら、打ち合わせは先へ先へと進んでいった。シノン宮廷に打診して、国事の都合と調整を諮《はか》った結果、予備審問は早くも明日、十月二十九日に行われるというのだ。

「被告側に異存はありますか」

判事に問われて、延期してほしいとはいえなかった。正直、あまりの急展開に面食らっていたが、弱みをみせたくないという意味でも、フランソワは平然と承諾した。まあ、いい。王を召喚できるなら、多少のことは譲歩しよう。揺さぶりのつもりなのだろうが、そんなもので動じるような俺ではない。許せないのは、なんとも卑劣な小手先の操作だった。

「やはり、今後は非公開裁判で進めて行くしかないのです」

と、検事レスタンは被害者を演じるままに言葉を続けた。それが召喚に応じる、ルイ十二世の条件ということだった。

――男のすることか。

フランソワは腹が立って、腹が立って仕方がない。傷つきやすい女のジャンヌ王妃には、公の法廷に立たせておきながら、大の男である自分は、こそこそ隠れて人目を避けたいというのである。一時は男根検査も云々したが、ルイ十二世には本当に金玉がついているのか。ぎりと奥歯を嚙み締めながら、正義感に煮立った熱血の弁護士は、反故にしようと猛烈に畳みかけた。

「不条理です。不条理です。これまで公開裁判でやってきたのに、これからは非公開裁判で進めるなど、著しく公正さを欠くことになりかねません」

なにがあっても引き下がれないのは、非公開の提案が次の予備審問だけのものではないからだった。この予備審問にしても、済《な》し崩し的に既成事実を作るため、急遽、明日に設定したのだというべきか。

すでに次回公判は十一月四日、アンボワーズではなく、トゥール郊外のデュ・ファウ城で開かれる旨が提案されていた。正式な証人喚問さえ非公開になる。フランソワは密室で尋問しなければならない。反対するのは、なにも感情論だけではなかった。

戦術に不都合が生じる。敵を追い詰めるために、これまでフランソワは傍聴席を巧みに利用してきた。意地悪く検事を焦らせ、勢いある空気に判事を巻き込んだ結果として、今日の圧倒的優位を築いている。こうした戦術の真骨頂は、これからのことなのである。

順当に行けば、ルイ十二世は偽証するはずだった。自らが訴え出たのだから、結婚の同意を認めるわけがない。が、目敏い大衆の渦中に置かれては、どうだろうか。嘘をつけば、民は必ず野次ってくれる。その圧力に抗するだけの強心臓を、はたしてルイ十二世は持ち合わせているだろうか。

——尋問次第では……。

ぽろりと事実を語ってしまうかもしれない。すれば、自らの証言で訴えを取り消したことになり、すでに傾きかけている判決は、決定的に動かなくなるはずだった。

「貴僧の抗議は一方的ではありますまいか」

口を挟んだのは次席判事フランシスコ・デ・アルメイダだった。

「非公開裁判を直ちに不公正と糾弾する意味が、拙僧にはわかりかねます。判事、検事、弁護士と関係者は、これまでと変わらず真面目な態度で臨むでしょう。証人とて判事の手に手を置き、きちんと神に誠実を誓った上で証言なさるのですから」

それは正論にすぎない。が、精悍な相貌で淡々と重ねる言葉は、自ずと突き放すような冷たさを滲ませて、なんとも融通の利かない正論に似合っていた。やはり、そういうわけだったか。ふうん、なるほどね。

フランソワは威嚇的な激昂を収め、居直るような平静さを取り戻した。フランス王とローマ教皇の同盟は、九分方できあがっている。いよいよ、教皇の懐刀《ふところがたな》は恐るべき敵になる。狼を思わせる相貌に、計算高い眼光を湛えながら、さらなる洞察を重ねていけば、フランソワの結論は自明のことだった。

――あんたの差し金というわけか。

弁護士は次席判事アルメイダに目で尋ねた。検事レスタンは間抜けだ。ダンボワーズは権威を振り翳《かざ》すことしか知らない。虚を衝いた早期の予備審問にせよ、済し崩し的な非公開裁判の導入にせよ、こいつらが練り上げた戦略にしては巧妙で、できすぎといわざるをえないのだ。現場の経験があるわけでなく、アルメイダほどの切れ者でなければ、大衆の圧力が判決を左右しうるなどとは、いざ不興を買いそうな文章を練り上げるまで、決して気がつかないはずだった。

「逆に公正な審理を全うするために、暴力沙汰は容認するわけにはいきません。ローマ教皇聖下の勅命によりて、厳正なる裁きを委ねられたる我ら判事一同といたしましては、検事殿の怪我は由々しき事態だと考えざるをえませんな」

アルメイダは鉄面皮に続けていた。強力な後ろ盾ができたと思うからか、口を開いたレスタンは、まるで嬉しそうに尻尾を振る馬鹿犬だった。

「ええ、ええ、検察側とて、できることなら、公開裁判にしたいと思いますよ。しかしながら、アンボワーズは危ない。これは、やむをえないことなのです」

「参りましたなあ。皆さん、なにか勘違いしておられませんか」

と、フランソワは答えた。おどけて肩を竦《すく》めてみせながら、こちらの面の皮の厚さも驚くべきものである。著しく公正さを欠くことになりかねない。そう申し上げたのは、次席判事殿が指摘なされたような意味ではありませんよ。

「拙僧が危惧いたしますのは、非公開裁判になどしてしまったら、国王陛下の御高名に傷がつくのではないか、ということなのです」

増長する大衆には、まったく困ったものですが、御一同の配慮など理解しない連中は、ますます歯止めがきかなくなりますよ。弁護士は不敵に笑った。アルメイダが主導権を握ったなら、それとして対応の仕方もある。馬鹿な王の子分どもが気づかないのなら、こちらから教えてやる。フランソワは冗談めかして、その実は辛辣な批判を続けていた。

「庶民は暴れるでしょうなあ。ルイ十二世は卑怯者だ。器量の小さい臆病者だ。玉なし野郎は今すぐ王冠を返上しろ。そんな悪態を叫びながらね」

冷静に考えれば、フランソワが憤慨するまでもなく、非公開裁判は誰よりも王にとって、面目ない処置であるはずだった。ルイ十二世も馬鹿ではあるまい。誰がみたって体裁が悪い。

自ら男を落とすような真似を、フランス王ともあろう者がやりたがるわけがない。なるほど、アルメイダの考えだった。教皇の懐刀が無頓着だったとしても、寵臣《ちょうしん》どもは主君の体面に傷がつくことを、恐れずにはいられないはずだった。

「それでは国王陛下に、あまりにお気の毒ではありませんか」

「いえ、非公開の件については、原告も了承しておられますよ」

「…………」

ルイ十二世が了承している。まさか……。フランソワは容易に言葉を継げなかった。嫌な風向きといったが、最初の直感は間違っていなかったようだ。ふっと頭に浮かぶのは、かつての依頼人カミーユの夫のことだった。

強者と弱者の位置関係が入れ替わる。よるべのない被告に豪腕の弁護士がついたとき、抗えない原告は被害者意識を抱き始める。こうなれば、体面など気にならない。プライドは常に強者のものだからである。ルイ十二世が自ら非公開裁判を希望したのだとすれば、その心理はかなり追い詰められたと読まなければならない。

――しかし、おまえはフランス王ではないか。

ぶつかっても突き崩せない、巨大な壁であるはずだった。だから全力でぶつかった。いくらなんでも、こんなにたやすく動揺するはずではなかった。いや、いや、フランスの王座に座る男が常に、かの暴君と同じではないということなのか。

思い返した直後に、フランソワは戦慄していた。カミーユの夫の暴力を思い出したからである。ルイ十二世が同じ症状にあるとすれば、その暴力も女を殴ってよいと信じる、弱者の甘えに発している。なるほど、パリで襲ってきた刺客は、ルイ十一世の魔犬とは明らかに違っていた。そうだ、そうだ。暴力の質が違っていたのだ。

——もっと早くに……。

気づくべきだった。フランソワが恐れるのは他でもない。なりふりかまわない人間は、なにをしでかすかわからないということだった。

「それなら、なにも問題ありませんな」

フランソワは平たい声で非公開裁判を受け入れた。受け入れざるをえない。徒《いたずら》に追い詰めてはならない。攻撃的な弁護士は、どうやら、またやりすぎてしまったようだった。

「えっ、なんといわれましたか」

ルイ十二世は判事席に問い直した。問いを発していたのは、主席判事リュクサンブール枢機卿だった。予備審問とは公式の手続きというより、非公式の好意というべきものである。多忙を極める国王のために、これまでの審理の経過を説明して、争点を理解させようという、まさに異例の試みだった。

予備審問に姿を現すと、王の風評に偽りはなかった。三十六歳の貴公子は、素肌に寄った細かい皺を、適度な退廃の魅力として帯びながら、甘い美男の面立ちに絶えず表情を作り続ける男だった。このときも、あざとい皺を眉間に刻み、顰《ひそ》めた目に力を入れて、それなりの真面目さを演技していた。

「リニ、え、リニエですって」

上背は優に六ピエを超え、すらりと細身でありながら、角張った背中の広さに、男らしい艶があった。運び込まれた肘掛け椅子に座り、今は斜めに組んだ足の紫色の靴下と、黒革の爪先に金総のついた靴を、正面からフランソワの鷲鼻に向けている。

「ああ、それはリニィ城のことですか、ピカルディの」

晴れた顔で、ぱちんと手を打つところなど、ルイ十二世は今度は屈託ない少年だった。といって、フランソワが受け取るのは、作られた爽やかさに覚える不快感だけである。にやけた優男《やさおとこ》だの、半端な色男だの、これまでもさんざ罵《ののし》り、そうすることで自らの闘争心を掻き立ててきた。意外なほどに脆《もろ》い相手と見抜いてからも、国王という力の権化《ごんげ》を目のあたりにすれば、理屈では計りえない凄みを帯びていることもありうるかと、弁護士は密かに期待していたのである。

実際に対面を果たせば、ルイ十二世は黒羅紗の帽子に、小粋な金刺繍を施していた。細かい襞の金襴《きんらん》上衣は、気の利いたスリット袖から、同じ黒羅紗の内着を覗かせている。しなやかな乗馬鞭を、さかんに指で弄《いじ》り回しながら、確かに装いは洒落《しゃれ》ていたが、なにかが足りない気がしてならない。式典でもないのだから、王冠を被らないのは当然だが、王冠を被る者の威風さえ感じさせないとなると、これは如何《いかが》なものだろうか。素直な印象といえば、そのへんの金持ち貴族と、少しも変わるところがないのだ。

――やはり厄介だな。

王は愛想笑いを絶やさなかった。リニィ城なら存じてますよ。見事な堅城でありますからなあ。家臣に仕えられるより、家臣として仕える者に相応の気遣いで、些細な会話にも気に入られようという作為が見え隠れするようである。

「リニィではなく、リニエールです」

主席判事リュクサンブール枢機卿が訂正していた。穏和な口調はいつものことだが、じれったい口舌に付き合わされて、それでも機嫌を保つのは他でもない。城主であるリニィ伯ルイという人物は、リュクサンブール一族の人間だった。猊下《げいか》の御家柄には、フランス王とて厚く敬意を払っているのですよ。それとなく相手の自尊心をくすぐりながら、当のルイ十二世は気が利くつもりでいるのだろうが、だからこそ媚びた印象が拭えないのだ。

「はて、リニエール城ですか。覚えていませんなあ。どちらの城でしたか」

「ベリー公領にあるという話です」

「ベリー？　ああ、マダム・ジャンヌの持ち城のことですな」

それがルイ十二世が妻を呼ぶ、よそよそしいやり方だった。訴えを取り下げる気などないと、それなりの意思表示のつもりだろうが、少なくとも好感を持たせる態度ではない。新しく寝癖のついた、剃髪頭の長いところを弄りながら、今日はジャンヌ王妃が同席しなくて正解だったと、弁護士は長く尾を引く溜息をついていた。

ルイ十二世はハッと目を動かして、そんな息遣いまで気にする素振りをみせた。フランソワと目が合うと、にっこりと微笑んで、それくらい近くに国王は座っていた。

もともと狭苦しい法廷だった。石造りの天井は低く、ステンドグラスの薔薇窓もなく、こぢんまりした十字架の祭壇に向かって、ほんの二十を数える程度の椅子が置かれているだけである。非公開の予備審問は、モンティル・レ・ブロワ近郊の村落、マイドン村の小さな聖堂で開かれていた。

一応はロマネスク様式というのだろうか。穴蔵のような教会は採光が悪く、ひどく暗くて、左右に腕を伸ばした燭台に、いくつも蠟燭を灯さなければならなかった。判事席、原告席、被告席とも、手元に行灯《あんどん》が置かれ、文字の読み取りに支障がないよう配慮されている。それでも堂内の雰囲気は、いつもより明るかった。というより、軽薄だったというべきか。二十ほどの傍聴席を、きらびやかに着飾った侍従たちが、陰気な僧服の群れにかわって、全て埋めてしまったのだ。次席判事ダンボワーズも検事レスタンも、柔和な笑みを捏造して絶やさず、浮わついた宮廷坊主に戻ってしまったかのようである。

もとの器が貧相なことも手伝って、青い光が満ちる教会の荘厳なイマージュは、すっかり影を潜めていた。だらけた感じが否めないのは、あるいは精悍な相貌で審理の場を引き締めてきた次席判事、フランシスコ・デ・アルメイダが姿をみせていないからだろうか。

あの切れ者が敵に回ったことは明白だった。自らが御膳立てしておきながら、立ち会いを拒否するなどとは不自然にも思われるが、フランソワには敏腕家《かんぱ》の心境が理解できるような気がした。同盟締結は近い。なのに裁判の進捗状況は依然として芳しくない。あの腕利き弁護士に、危ういところまで追い詰められているというのに、今こそと奮起を期待しても、フランス王の陣営は一向に煮え切らないのである。

――つきあっていられない。

それはフランソワの心境でもあった。ルイ十二世は続けていた。

「その、ええと、リニエール城が、どうかしましたか」

「その城に陛下が逗留なされた日々のことが、審理では大きな争点となっていたのです」

証言により、原告が七七年から八三年まで、毎年夏にリニエール城を訪ねたこと、その日にジャンヌ・ドゥ・フランスと肉体関係を結んだことが、審理の場に提出されている。これが事実だとすれば、結婚の同意を立証しうる要件となり、従って結婚の無効取消が不可能になる。

リュクサンブール枢機卿は丁寧に説明したが、その隣では次席判事ルイ・ダンボワーズが、御追従《おついしょう》の笑みを絶やさなかった。王が難しく顔を曇らせると、先日まで木槌を振り回した人間とは別人を思わせながら、猫撫で声で口を挟もうとしている。

「なにも急ぎません。陛下、ゆっくり思い出していただければ、それで結構なのですよ」

「ううん。なにぶん、古い話だからね」

それに、ほら、僕は旅好きじゃないか。そりゃあ、あっちこっち、訪ね歩いたものさ。世の中じゃあ、宮殿好きとか、舞踏会好きとか、そんな悪口をいうらしいけどね。実際のところ、僕あ田園の緑が好きだなあ。ええ、ええ、そりゃあ、もう、存じ上げております。宮殿におられても、陛下は庭園の散策のほうを、お好みあそばされますからなあ。

宮廷の談笑とは、こういったものなのか。フランス王と寵臣のやりとりは、どんどん脱線して止まらず、これには穏和なリュクサンブール枢機卿も、咳払いで掣肘《せいちゅう》を加えずにはおかなかった。それでルイ十二世陛下、リニエール城の訪問の件は思い出されましたかな。

「ああ、そうだった。ええ、ええ、そういうことも、あったかもしれません」

「お認めになるのですか」

「認めるって、なにを」

「被告ジャンヌと『結婚の完成』に及んだという事実を」

「いやだなあ。そういう意味ではありませんよ。ええと、リニエール城ですか、そこまで出かけたことはあるということです。いわゆる、故ルイ十一世陛下の強制という奴ですか」

「強制といいますと」

「ええ、故王陛下ときたら、ジャンヌ王女を訪ねろと、それは怖い顔で命じられましてね」

リュクサンブール枢機卿の溜息にも閉口の色が濃くなった。隣席の次席判事に、ちらと咎めるような一瞥をくれてから、フランス王に注意を促している。

「恐れながら、陛下、軽率に『強制』などと仰られては困ります。その程度のことでは、当法廷は強制があったとは判断できかねるのです。客観性という問題で、さもなくば殺すとか、背中に気をつけろとか、そうした類の明らかな脅迫があったということなら、事情も変わってくるのですが」

「こいつは参ったなあ。だって枢機卿猊下、相手を考えて下さいよ。諸国に悪名を轟かせた、かの暴君ルイ十一世なんですよ。一睨《ひとにら》みで誰だって、震え上がってしまいましたよ」

ルイ十二世は震える真似をしておどけたが、さすがのリュクサンブール枢機卿も、もう笑おうとはしなかった。つきあっていられない。万事が、この調子なのである。ふんだんに愛想を振りまく割に、発言は曖昧で、肝心な問題となると歯切れが悪く、王の言葉は決然とした印象を与えるよりも、あらかじめ取り消すことを意識したような、なんとも軽薄なお喋りの延長にすぎなかった。

皆が呆れ返っても、いそいそと機嫌を取る輩が張り付いて、離れようとしないのだから、もう処置がない。主席判事の沈黙を好機として、すかさずダンボワーズが受けていた。

「陛下の仰ることは、もっともでございます。かの専制君主の眼光ときたら、まさに目で人を殺すという怪物、バシリスクを彷彿とさせましたからな」

「そう、そう、そうだった。バシリスクとは貴僧もうまいことをいうね」

「お褒めに与《あずか》り、恐縮至極にございます」

埒《らち》が明かない。気が長いのが唯一の取り柄というだけに、上品な老枢機卿は怒鳴ったりはしないのだが、せめて、やんわりと皮肉らずにはおけなかった。

「陛下の気さくな御人柄には感服いたしますな。けれど、あえて御注意いたしますれば、元来が法廷の証言といいますのは、なんとも無粋なものなのです。本番の証人喚問では、ずばずばと要点だけを突かれますぞ。あそこにおられる、ええ、その黒い僧服を纏《まと》われた御仁です。被告側弁護人フランソワ・ベトゥーラス君は容赦してはくれませんから」

「ああ、凄腕の弁護士殿ですね。ええ、すでに噂は伺っておりました」

はじめまして。ひとつ、お手柔らかに願いたいものですな。そうして如才ない笑みを向けられたとき、フランソワは異例の予備審問の意味を理解した。

それ自体に意味などない。裁判の概要を知りたいなら、レスタンなり、ダンボワーズなり、子飼いどもに何万遍でも繰り返させればよい。こうして場を設けたというのは、なるほど、そういうことだったのか。退屈な予備審問が散会すると、案の定、フランソワは軽薄な空気から、呼び止められることになった。

三、引き抜き

苛々して仕方がない。それでもフランソワは懸命に自分を抑えていた。なんとか気を紛らわそうと、冷やかし加減で感心するのは、宮廷人という輩は、よくも面白くもない話を聞いて、自在に笑えるものだということだった。

マイドン村の貧相な聖堂が、俄に庭園の四阿《あずまや》と化したようでもある。ふわふわと帽子の羽根を林立させて、赤、青、緑と鳥のように飾り立てた侍従たちが、言葉のやりとりを囲んでいた。中央に椅子を寄せて、意味のない談笑を楽しんだのは、ルイ十二世とルイ・ダンボワーズ、そしてアントワーヌ・レスタンの三人だった。苛立ちにも増して、フランソワが閉口するのは、この意味のない談笑が、専ら自分のことを話題にしているからだった。

「顧問のエドガー先生にいわれてみて、なるほど、確かに覚えていましたよ。拙僧がパリで学んでいた時分にも、天下無双の学僧の伝説は、さかんに囁《ささや》かれていたものです」

「ああ、レスタン。君は五年ほど後輩だったんだね。しかも、君だってモンテーギュ学寮にいたんだろう」

「はい、陛下。拙僧が奨学生となった前年に、伝説の先輩は出て行かれたということで、まったく惜しい、擦れ違いということでありました」

話の輪に組み入れられても、フランソワは一言も発しようとしなかった。これが社交という代物なのだろう。褒められながら、断じて打ち解けようとしない態度は、大人げないことも知っている。敵同士とはいえ、それは法廷の中のことであり、徒に憎むべきではないことくらい、社会人として心得ている。

が、これは法廷の外の話ではないのだ。努めて和やかな雰囲気を作り出し、おおよその用向きはみえていた。意味がないなりに、この会話もおそらくは、本題の前振りになっているはずだった。

ルイ十二世は唐突に虚空を見上げ、ふっと思索にふける真似をした。

「擦れ違いか。なんだか、人生の皮肉な綾《あや》を感じさせるねえ。いや、それきり無関係というのなら、わからなくもないのだけど、今になって再会するんだから、なんとも奇妙な縁じゃないか。ちょっと僕は感傷的すぎるかな。え、ダンボワーズ、どう思うね」

「いえいえ、陛下、感激屋の拙僧めなどは、なにやら神意を垣間みる思いがしますな」

「というと」

「正直申し上げまして、ベトゥーラス弁護士には痛い目をみせられております。聖職者として神意を酌《く》み取りますに、これは我々に与えられた罰なのではないかと。つまり、これほどの人材を、これまで無駄に埋もれさせていた咎に対する」

「なるほど。まったく、僕も同感だねえ。国王としては身につまされる思いだ。それは国家の損失でもあるわけだからね」

きたな、とフランソワは思った。用向きとは引き抜きでしかありえない。多くの被告側証人を寝返らせてきたように、ここに来て弁護士を味方につけたほうが、得策だということになったのだ。

魂胆はみえみえだ。無論、フランソワに応じる気はない。ないにもかかわらず、こうして下らない談笑に耐えているのは、この小心な王を必要以上に、追い詰めてはならないと思うからだった。

それにしても苛々する。レスタンがうそぶいていた。ベトゥーラス先輩は本来なら、カルチェ・ラタンで学寮のひとつも、取り仕切っておられたでしょう。それもソルボンヌ、ナヴァール、モンテーギュ、ブールゴーニュと、このあたりの名門の学監で、もっと小さな学寮などは問題にならない。あるいは法学部の学部長といったって不思議ではないですよ。

「いやいや、レスタン。それがパリ大学の学長であっても、狭いカルチェ・ラタンなどに留め置いては、やはり国家の損失といわなければならないよ」

今度はダンボワーズである。拙僧なら、思い切って司教といいますな。聖界の指導者として、教会裁判権の体現者として、ぜひにも教区民を治めて頂きたい。それとなくレスタンを受け継いで、話を「本来なら」という仮定から、未来の願望に移している。ヴァンヌ司教、あるいはサン・マロ司教くらいは見込んでも、ちっとも奇妙ではありますまい。

「ああ、それはブルターニュの司教区だ。それだったら、ゆくゆくはレンヌの司教、あるいは弁護士として籍を置かれている管区、ナントの司教と格を上げていくわけだね」

ルイ十二世が受けていた。なるほどな、とフランソワは思った。故郷に錦を飾らせる、というだけではなかった。ブルターニュ公領は問題の土地である。フランス王が女公アンヌと結婚できなければ、外国に持っていかれかねない土地なのである。司教の位が欲しければ、うまく離婚に漕ぎ着けさせてくれ。暗にそういっているわけだった。

「引き抜きでしたら、拙僧は聞きませんよ」

フランソワは殴りつけるように、いい放った。苛々が腹に溜まって、吐き気がする。もう我慢も限界である。この姑息《こそく》な優男が、やれるものなら、なんだってやってみろ。

あっ、と気持ちが自重に戻らないではなかった。それでも、口に出してしまったものは取り返しがつかない。弁論を商売にするのだから、なお取り繕う口舌くらいは弄《ろう》せたはずだが、フランソワはそのまま憤懣に流された。気が長いほうではないが、自制が利かないほうでもない。けれど、にやにやするルイ十二世の顔を眺めていると、無性に腹が立ってきて、もうどうすることもできなかったのである。

談笑の輪は啞然と沈黙していた。拙僧は失礼させていただきます。フランソワが立ち上がると、いち早く微笑を取り戻したのは他でもない、ルイ十二世だった。なにか勘違いしていませんか。貴僧に聞いていただきたいのは別な話だったのです。

こちらは瞬時に話を取り繕い、こうなると媚びた如才なさにも、相応の敬意を払うべきだろうか。心中で皮肉を呟きながら、なおも無視して聖堂の出口に向かうと、取り巻きの侍従たちがフランソワの行手を阻んだ。文官とはいいながら、皆が貴族ということで、腰の剣帯に長いものを揺らしている。背中から王が続けていた。

「貴僧に二、三、教えていただきたいだけですよ。御知恵を拝借できましたら、きちんとアンボワーズまで、お送りいたしますから」

フランソワは席に戻った。御質問とは、どのような。弁護士が話に向かうと、ルイ十二世は余裕を気取って、紫靴下の長い足を組み直していた。

「また、先生ときたら、お惚《とぼ》けなんだから。もちろん、ブルターニュ公領のことですよ」

人好きのする王の目に、一瞬の濁りがよぎっていた。この異変にフランソワが周囲を目敏《めざと》く観察すると、ダンボワーズもレスタンも主君の意図がつかめず、本当に目を丸くしていた。

「このままではブルターニュは、フランスから分離独立してしまうでしょう」

と、ルイ十二世は愛想を作り直して続けた。

その筋の噂だけはフランソワも聞いていた。再婚相手と目された女、アンヌ・ドゥ・ブルターニュが距離を置き始めていた。前フランス王妃として、ロワール地方の王宮を転々としていたのだが、再婚の目処《めど》など立たないと見きわめると、遂に先頃、北国の領国に引き揚げてしまったのだ。ふん、いい気味だ。弁護士は顔色ひとつ変えずに答えた。

「恐れながら、陛下、分離独立ではありません。もともと独立しております。ブルターニュ公領は、フランス王領ではないのです」

「ええ、そうでした。女公アンヌ・ドゥ・ブルターニュが、独立の君主として君臨している土地なれば、フランス王は前王シャルル八世が行ったように、その夫として共同統治しなければならない。ですが、このままでは、その目論見《もくろみ》が外れてしまいそうなのです」

「あるいは、そうなるでしょう」

「そこで、です。弁護士の先生、どうか教えて下さいよ。僕はフランス王になるや早々、統治の難題にぶつかってしまった。アンヌの白い手を、イングランドのテューダー家が得てしまったら、あるいはスペインのトラスタマラ家が、あるいはオーストリアのハプスブルク家が得てしまったら、このフランスは一体どうなってしまいますか」

「さあ」

「さあ、はないでしょう。アンヌと共同統治を始めるのは、きっと外国の君侯だ。ブルターニュは外国の足場となる。大西洋に突き出た半島は、海路で諸国に通じていますからね。本国から続々と軍隊が上陸しかねません。フランスは危機に直面することになる。だから、弁護士先生、一体どうしたら良いのか、どうか僕に教えて下さいよ」

馬鹿じゃないか、とフランソワは思った。軍隊を進駐させるのは、いつだってフランス王じゃないか。ブールゴーニュ公領だって、ギュイエンヌ公領だって、アルマニャック伯領だって、ルイ十一世は強大な軍を発して、次々併合していったんじゃないか。

暴君とはいえないシャルル八世にしても、イタリアに大遠征を敢行していた。ブルターニュを共同統治するにしても、やはり軍を駐留させることで、住民が反対する支配を強引に実現したのである。ナントとフジェールに最後に残った駐留軍を、早く撤退させるよう女公アンヌに要求されているのは、今やルイ十二世陛下、あなたではなかったのか。

無論、いいたいことはわかった。おまえが出てきたせいで、かねてからの計画が転覆しかけている。文句のひとつもぶつけたいのだろうが、この裁判とフランスが脅かされる危機とは、土台が別な話なのだ。

ブルターニュ問題なら、いくらでも解決の手がある。教皇を味方につけたからには、なにも自分が結婚しなくても、アンヌ女公をフランス国内の有力諸侯に嫁がせればよい。王族だけでもアングーレーム伯家、デュノワ伯家、ブルボン公家、モンパンシェ伯家、ヴァンドーム伯家と、いくらでも残っているのだ。適当な相手がみつからなければ、それこそ天下無敵のフランス王なのだから、得意の軍事侵攻でもやらかして征服すればよいではないか。

いちいち考えるだけ、馬鹿らしくなる。ルイ十二世とて、わからないほど馬鹿ではなかろう。猫に捕まらない鼠は、逃げ道を幾つも用意しているものである。針鼠を紋章にするくらいなのだから、教訓を思い出せばよいのだ。

要するに下手な脅しか。やたらと話を大きくすれば、こちらが責任を感じて、狼狽するとでも思ったのだろうか。はん、俺の知ったことか。フランソワは真面目な別策を明かすのでなく、わざと惚けた返事を試みていた。

「恐れながら、拙僧の任ではありません。ブルターニュ公領の問題は、カノン法ではなく、市民法の範疇に入ります。よくは知りませんが、フランク帝国以来のゲルマン慣習法でしょうか。それともローマ法が適用されるのか。いうところの封建法かもしれません。いずれにせよ、他をあたって下さい。聖書に遡《さかのぼ》って解決できる問題ではありません」

「あなたほどの腕利き弁護士が、それは無責任な発言だ」

「拙僧はカノン法の問題にしか責任は持てませんが」

「そのカノン法で、あなたはフランスを危機に陥れようとしているのですよ」

なおも笑顔を作りながら、充血した笑わない目は素顔だった。もしや、本気でいっているのか。話術としての揺さぶりではなく、この王は本気で、全ては高が一弁護士のせいだと考えているのか。

ルイ十二世の美貌が、くしゃっと歪んで涙に攫《さら》われていた。なにも僕は離婚したくて、離婚するわけではないのです。王としての責任感から他に手がなかったのです。フランスの民の幸福を願えばこそ、悪くいわれることを承知の上で、あえて僕は不本意な離婚を決断したんだ。

「有象無象の大衆ならともかく、あなたくらい高い見識をお持ちの御仁なら、きっと理解していただけるものと思っていた」

これも泣き落としというのだろうか。フランソワは呆れて、ものもいえなかった。大義名分を持ち出すこと自体は、策として理解できないものではない。が、その綺麗な嘘を信じ込んで、自分を悲劇の主人公に仕立て上げるのだとしたら、ルイ十二世の被害妄想も末期症状だ。「アンヌ、アンヌ」と女房でもない女を、さっきから気安く呼んで、これを好意の目でみれば、再婚相手に逃げられかけて正気を失ったということか。

いや、違う。そうした同情にすら値しない。

「どうして、どうして僕だけが、こんな目に遭わないとならないんだ」

僕が一体なにをした。どんな罪があって、こんな罰を受けるんだ。暴君に目をつけられて、醜女などと娶《めあわ》せられて、せめてもの抵抗を試みれば義弟王に投獄され、これまでだって、さんざん辛酸を舐めさせられてきたんだ。王位について、やっと報われると思ったら、またこのありさまだ。人生を振り返りながら、自省の言葉はひとつも吐かれることがない。根本から、ルイ十二世は全てを他人のせいにしながら生きている、幸福な人間のようだった。

「これは……、これは暴君が亡霊になって、今も生き続けているというのか」

「陛下、陛下、そこ、そこ、その点をベトゥーラス殿に申し上げるのでしょう」

子供に教えるような小声で、ダンボワーズが慌て気味に介入していた。掌底で頬を押し上げながら、ルイ十二世は惚けた顔で我に返った。

「ああ、ああ、そうだった。ベトゥーラス弁護士、あなたも暴君ルイ十一世の毒牙にかかって、かつて地獄をみた人間なんでしょう。ということは、僕らは似た者同士なんだ」

と、そういうことだったな、ダンボワーズ。寵臣に慰められて、やっと嗚咽《おえつ》を呑《の》みこむと、ルイ十二世は引き抜きの言葉を重ね始めた。あなたなら、僕の気持ちをわかってくれるはずだ。だって、同じように抑圧に耐えてきたんだ。苦労が報われないなんて、そんな道理に合わない話がありますか。

弁護士の過去を調べたのだろう。調べるまでもなく、エドガーあたりに聞かされたのかもしれない。いずれにせよ、遅ればせながらに着手された。これが決め手と用意してきた、引き抜きの策らしかった。

「だから、ベトゥーラス弁護士、今こそ、ともに幸せになりましょうよ」

切り出し方によっては、フランソワの心も動いたかも知れない。同じ痛みを知る人間として、その悲劇に同調できたかもしれない。が、今となっては動きようもなかった。弱者の痛みと甘えん坊の泣き言は、まるで別なものなのだ。

フランソワには共感できるはずもなかった。かわりに思うことは、ひとつだった。ジャンヌ王妃を連れてこなくてよかった。夫の人柄を妻が知らぬわけでもないだろう。それにしても、よもや、ここまでの醜態はみせられない。

——なんだって、こんな男のために。

中身がない。それでも背の高い美丈夫だというだけで、ジャンヌ王妃は執着しているのだろうか。はっきりといえることは、ルイ・ドルレアンとジャンヌ・ドゥ・フランスは、人間の器が違いすぎるということだった。男は弱すぎ、なのに女は強すぎる。

　真実を垣間みれば、フランソワの胸に悲しい影が忍び込んだ。ルイ十二世が離婚したがる本当の理由が、朧《おぼろ》にみえたような気がしていた。醜女が嫌なのではない。ブルターニュを支配したいわけでもない。この駄目男は大きすぎる女の影に怯えて、とにかく逃げたがっているのだ。

「それでも、あなたはフランス王なのか」

　フランソワは遂に面罵してしまった。腹が立って、腹が立って仕方がない。この憤懣だけは、どうしても抑えられない。ふっとよぎった最悪の想像を打ち消すためには、火のように怒り、雷のように怒鳴るしか、他に手がなかったのである。椅子を蹴ったフランソワは、重苦しい感情の塊を抱えながら、不愉快なマイドン村をあとにした。


　アンボワーズに戻って数日、それは深夜遅くのことだった。サン・ドニ教会の司祭館で、すでに寝入っていたところを、弁護士は侍従プルウに起こされていた。玄関まで出てみると、青い月光を浴びながら、針金のような影が音もなく立っていた。

「ちょっと出ませんか」

　外国人風の訛でわかった。ポルトガル人にしては流暢なフランス語である。大きな黒マントを羽織りながら、それはお忍びで訪ねてきた次席判事、フランシスコ・デ・アルメイダに他ならなかった。よほど内密な話らしく、戸口の背後から、さかんに様子を窺《うかが》う老侍従を、神経質に気にしている様子である。

「わかりました。外套を取ってきます」

秋の夜風は、冷たい霧を孕《はら》んでいた。二人の男は人の往来もない深夜の界隈を抜けていた。会話はなかったが、居心地の悪さは感じなかった。これまでだって、法廷のやりとりを別にすれば、ろくろく話したこともないのだ。逆に無言の歩みこそが、審理の過程で培った共感の深さを、改めて確かめさせる安心材料になっていた。

フランス王に涙ながら口説かれた、あの不愉快な会見に比べれば、相手は恐るべき敵だと承知していながら、気分の清々しさは慰めでさえあるものだった。ただ足音を連ねるだけで、フランソワはなにかしら、誇らしいような気がしていた。それは他大学の気鋭を相手に文を交換する、充実した緊張感にも良く似ていた。

「ローマにも河は流れていましてね」

アルメイダが再び口を開いたのは、ロワール河の岸辺まで出たときだった。

「テーヴェレ河といいますが、この緑豊かな流れに比べますと、些《いささ》か臭いがきついことになりますかな」

「パリのセーヌ河だって、相当に臭いものでしたよ」

「ああ、そうか、大学はパリで。拙僧はボローニャでした」

北のパリ大学と双璧をなす、南に栄えた古くからの学芸の都である。実感は当たらずも遠からずというところか。二人の男は、また不安のない沈黙に沈潜した。堤防越しに眺めると、魔界の深さを連想させる河の流れに、ぽっかり中州が浮いているのがわかった。背中に窮屈《きゅうくつ》を覚えるのは、小高く切り立つ丘の上に、さらに高く、アンボワーズ城のミニムの塔が聳《そび》えているからだった。

「亡霊が出るといわれていますな」

そういって、アルメイダは音もなく笑った。フランソワも、ふっと息を抜く音を聞かせた。シャルル八世陛下のことですな。この城で増築を監督している最中に、作りかけの梁《はり》に頭をぶつけて、不幸にも命を落としたわけですからね。微笑の頷きで認めながら、セウタ司教は受けて続けた。

「前王の亡霊は注意するそうですよ」

「ほお、なんと」

「頭には注意しろ、と」

「…………」

ここで襲われたら、ひとたまりもない。一瞬神経を逆立てたが、すぐにフランソワは緊張を解いた。アルメイダを譬《たと》えれば、まさに逃げ道を百も用意している鼠だ。暗殺など泥臭すぎる。この切れ者がすることではない。教皇の懐刀が外套の袷《あわせ》から出したものは、しかして漂白の行き届いた一枚の羊皮紙だった。

「お読み下さい」

フランソワが受け取ると、セウタ司教は金具のランタンを翳して手元を照らしてくれた。文面を辿ってゆくうち、弁護士の表情は、みるみる張り詰めていった。

「これは……」

「ローマ控訴院の弁護士として、貴僧には我々と一緒に働いて頂きたい」

破格の申し出だった。ローマ控訴院とは、カノン法の条文によると「上訴受理のため、ローマ教皇によって設けられた通常裁判所」のことである。すなわち、キリスト教世界の最高裁判所こそは、教皇宮殿に設けられたローマ控訴院なのである。任命状に淡々と綴《つづ》られた文字の最後には、蠟印に並んで「サンクティタース・ウェストラエ、ヒューミリムス・イン・クリスト・セルウス、アレクサンデル（敬具、最も卑しきキリストの僕《しもべ》、アレクサンデル）」と豪毅な筆跡で、定式通りにローマ教皇の署名が入れられていた。

「この書類を手配するため、あなたは……」

「なんです。ああ、予備審問を欠席したことですか。なに、仕事に追われていなくとも、あんな退屈な場所は遠慮していたと思いますよ」

「…………」

「ただ、なかなかリヨンと連絡がつかなくて。あらかじめ教皇聖下に御署名を頂いた羊皮紙は、要件ができ次第に必要事項を書き込んで、すぐに発給できるよう、ドン・チェーザレ・ボルジアが常に携行なさっているのです」

「それにしても……、ナントの田舎弁護士が、いきなりローマ控訴院というのは」

「いきなりではありませんよ。今回の裁判はローマ教皇の直接管轄ですから、すでに貴僧は特設裁判所で活躍なされていたわけです。その働きが認められたのだから、通常裁判所に異動しても、別段おかしいことはないでしょう」

ご承知のことと思いますが、教皇庁はフランスと同盟いたします。これからは関係が密になります。優秀なフランス人を抱えておくことは、我々にとっては急務なのです。司教の説明に弁護士は少し黙った。戸惑いに曇った数秒の後、こみ上げた感慨は、俺は認められたのだという、巨大な喜びに他ならなかった。心の高ぶりを誤魔化そうと、フランソワは似合わない諧謔《かいぎゃく》に頼っていた。

「田舎弁護士を厚遇して、最近は引き抜きが流行っているのですか」

確かに計算ずくの引き抜きだった。フランス王とローマ教皇の同盟は成った。かくなる上は裁判を片づけねばならない。厄介な弁護士さえ引き抜ければ、これも一気に片が付くというわけだ。アルメイダは平然として答えた。

「あなたのことだ。フランス王の引き抜きは、どうせ断ってしまったんでしょう」

フランソワは頷いてみせた。それにしても嬉しいのは、パリ大学の学部長だの、ヴァンヌの司教座だのといった、あからさまに餌を撒くような条件ではなく、ローマ控訴院の弁護士という、ぐっと中身の入った仕事を提示してくれたことだった。俺は認められた。アルメイダは教皇庁の同僚として、ともに働いてくれといっているのだ。

「拙僧もポルトガルの生まれですが、なに、すぐにイタリアにも馴れますよ」

「でしょうな。拙僧もあまり環境に左右されるほうではありませんから」

アンボワーズ城の圧迫感から逃げるように、フランソワは歩き出した。マントの裾を翻した音で、アルメイダも後に続いたことがわかった。

「ありがたい申し出です。それでも、拙僧は断らせて頂きますよ」

「どうして」

「まだジャンヌ王妃の弁護がありますから」

自分を冷やかす笑みを浮かべて、フランソワは愚かな自分に満足していた。つきつめれば、認められたことだけで嬉しいのだ。この手の人間にとっては、栄誉の職につくもつかないも、さして差があるものではない。逆に認められた喜びに励まされて、今の仕事に、いっそう燃えるだけの話である。切れ者なら、この酔狂がアルメイダにもわかるはずだ。

が、教皇の懐刀は折れなかった。どころか、フランソワの僧服をつかんで、さらに強く迫ってきた。

「終わったことです。もう裁判は終わっているのですよ」

「そうだとは思っていました。猊下は結婚の無効取消の判決を出される。どう足掻《あが》いても、結果は同じなのかも知れません。けれど、拙僧は拙僧なりの戦い方で……」

「だから、それが終わりだというのです。貴僧は十分に戦われた。貴僧の実力は広く世に示された。戦果を元手にローマに乗り込めるのだから、もう裁判は終わっているのです」

「そうは行きません。拙僧だけ得をして……」

「貴僧まで損をすることはない。そう忠告しているのです」

機械のように冷淡な男が、常になく声を荒らげて興奮していた。弁護士の僧服を揺すりながら、様子は明らかに尋常でない。その激しさに刺激されて、フランソワの脳味噌がめまぐるしく動いていた。アルメイダは同じ深さで物事をみつめている。そうか、そういうわけか。

「拙僧は本当に高く買われているようですな」

「いかにも、買っている。高く買っているからこそ……」

「教皇庁で保護してくれるというわけですか。なるほど、フランス王とて手が出せない」

「…………」

「御忠告感謝いたします。せいぜい、頭には気をつけますよ」

ぽんぽんと剃髪頭を叩きながら、フランソワは振り返らなかった。アルメイダの足音も追ってこなかった。ただ、悲鳴のような声が、川縁の闇に木霊しただけである。相手は手負いだ。なにをしでかすか、わかったもんじゃない。貴僧まで危ない目をみることはないじゃないか。

――あなたこそ危ない、アルメイダ司教猊下。

刺客どもが目を光らせているかも知れないのに、次席判事ともあろう方が敵方の弁護士を訪ねるなんて、暴挙としかいいようがありませんよ。心の中で反駁しながら、その胸こそが静かに打ち震えていた。これに勝る引き抜きはないだろう。アルメイダの友情に応えるためにも、フランソワは万全の処置で臨むことにした。

四、大雨

太鼓を思わせる雨音が馬車の屋根に響いていた。バケツをひっくり返したような大雨に、なんだか気分まで重苦しくなる。爪の先で鷲鼻の峰を掻きながら、フランソワは力のない目で、ぼんやりと車窓の景色を眺めているだけだった。

今回は幌の荷馬車ではなかった。王族の身分に相応の豪華な馬車であればこそ、キャビンの中は快適だったが、同行した騎馬の連中はひどいことになっていた。小隊規模というのだろうか。十一月四日、アンボワーズを発した被告一行の馬車に、隊長カニンガム、隊長代理モンゴメリー以下、近衛スコットランド百人隊から十人ほどが割《さ》かれ、非公開裁判が行われるデュ・ファウ城まで警護の任についていた。

雨中の人馬は白い煙に包まれるようだった。弾ける雨の水煙と冷たさに曇る馬の嘶《いなな》きが、ぼんやりと騎馬兵を包みこんでいるからである。肩に飾った緑のキルトは色を失い、鉄兜《てつかぶと》の羽根飾りもぐったりして、ともすると連中は無惨な敗残兵を連想させた。あるいは兵卒の忍耐力に感嘆すべきなのだろうか。警護の一団は半日というもの、一度も緊張を解かなかった。冷たい雨に打たれながら、ひたすら街道端に留まっているだけなのに、下馬するでなく、暖を取るでなく、ずっと馬上で背筋を伸ばし続けている。

進むに進めない状況だった。昨夜からの大雨でロワール河が増水していた。トゥール近郊のデュ・ファウ城に至るためには、どこかで河を渡らなければならない。なのに橋という橋は流され、どころか、激流が堤防を破って氾濫したので、川辺に近づくことすら難しい状況である。

すでに審理は明日に延期されることに決まっていた。伝令を命ぜられた近衛兵は、数人が仲間と別れて連絡に奔走しているらしいが、それも天気で思うに任せていない。原告側に通達できるか危惧されていたが、この大雨では延期は半ば自明のことだった。

なにより、もう判事は引き上げていた。アンボワーズを一緒に出たが、近くの村に今夜の宿舎が得られたということで、旗手ステュアートの別小隊に守られながら、とうに雨中の苦行から逃れている。被告側の宿泊先は目下、ジャンヌ王妃の老侍従シャルル・ドゥ・プルウが奔走して、近郷近在の村々をあたっているところだった。

空は黒雲に満ちていた。太陽の居場所も知れず、正確な時間を知る術はないが、正午を目処に延期が決められたことから推すと、午後の二時過ぎというところだろう。車内に視線を戻すと、対面席のジャンヌ王妃と目があった。互いの膝が触れ合いそうな狭いキャビンは、なんとなく女臭くなっていた。たじろぐというのではないが、フランソワは少し気詰まりな思いだった。

ごまかすような笑みを浮かべ、意味なく頭を巡らせてみる。背後の項のあたりには、外の御者台に通じる小窓があった。無粋な刀剣が覗いていた。オーエン・オブ・カニンガムが自ら御者を買って出ていた。フランソワの気分が晴れないのは、近衛隊長と共通の認識で、人知れず警戒心を尖らせていたためでもあった。

なりふりかまわぬ暴力は、単なる憶測の域に留まらない。現に王の陣営に近い人間ほど、不穏な動きを確信せざるをえないようだった。アルメイダに忠告されて、急ぎ万全の対策を取らなければならないと、オーエンに相談を考えていたところ、翌朝一番で向こうから司祭館を訪ねてきたのだ。

それは命懸けで貴人を守る近衛兵の顔だった。フランソワには少年の印象ばかり強いオーエンだが、そんな男も仕事を持つ大人の顔を備えていたということか。

「気をつけろよ、弁護士先生。アンボワーズでパリの声を聞いたぜ」

忠実な犬の神経が尖っていた。パリの刺客が戻ってきたということである。ことによるとオーエンは、その正体まで見当をつけていたかもしれない。王の手先ということなら、近衛隊長には身内ということになる。

「パリでは失敗している。連中は手負いということだ」

刺客の心理に寄せたオーエンの観察は、アルメイダが忠告した、そして自らが危惧していたルイ十二世の状態と、ぴたりと足並を揃えるものだった。フランソワは気が晴れない。追い詰められている。なにをしでかすか、わからない。それも哀れな被害者が、必死で火の粉を振り払う気分でいるのだから、ルイ十二世と刺客の一団は卑劣な暗殺さえ、自分が悪いとは考えないはずだった。

オーエン・オブ・カニンガムの警護が本格化していた。目にみえない場所でも暗躍して、素人には理解しがたい予防線まで、張り巡らせたようだった。察するに、これまで何度かは、暗殺計画を天然に防いでいるだろう。少なくともアルメイダの忠告とオーエンの訪問が相次いだ、あの夜の前後には一度、極度に緊迫した局面が忍び寄っていたはずだった。

おかげで今日まで無事に過ごしてきた。が、この静けさが水面下で白熱していた鬩《せめ》ぎ合いの成果なのだと思うと、フランソワは背筋に寒いものを覚えざるをえなかった。失敗を繰り返してきただけに、暗殺には審理を控えた今日が、最後の機会ということになる。

――危ない。

非公開裁判とは、こういう意味でもあったのか。いうまでもなく、暗殺は人目につかないほうがよい。人の往来が途絶えていれば、街道筋など絶好の場所なのである。近衛の小隊が守っているが、いちいち大袈裟に騒いでくれる街の群衆に比べると、やはり頼りなさは否めなかった。

フランソワは重い溜息を吐き出した。たいへんな一日になりましたね。話しかける機会を窺っていたように、ジャンヌ王妃は口を開いた。

弁護士が目を上げると、暗い天気と対比をなすからだろうか、平気でみせるようになった素顔に増して、女の表情が華やいでいるような気がした。照れて逃げるように視線を外すと、ジャンヌ王妃は濃紺の頭巾に包まれた小さな頭を巡らせて、ちょっと外の様子をみやった。

「冷たい雨が降りますと、右肩の傷が痛みましてね」

「お怪我をなさっていたのですか」

フランソワは不自然に大きな声を出した。言葉が過敏な神経に障っていた。が、女は目を丸くするばかりだった。ああ、そうだ。ジャンヌ王妃には知らせていなかった。パリで受けた襲撃のことも、アンボワーズに蠢《うごめ》いた不穏な動きのことも。

できれば、耳に入れたくなかった。命を狙われているのは、ひとえに厄介な弁護士なのであり、ジャンヌ王妃は安全なのだと思いたかった。が、それも目下の状況では断言することができない。ルイ十二世は手負いなのだ。追い詰められた弱者は、なりふりかまわなくなっているのだ。

ジャンヌ王妃は口元に手を運んで、くるくると笑っていた。

「いえ、いいえ、わたくしのことではありません。夫ルイの話ですわ」

「ああ」

「まだ若い時分に騎馬槍試合で落馬いたしましてね、そのときの脱臼が完治しなかったらしく、その後も古傷になってしまったんですの」

「そうでしたか」

フランソワの言葉は自ずと沈んだ。ジャンヌ王妃の浮かれた様子は、控え目ながら朝から垣間みえていたものである。いうまでもなく、再会する男の目を意識していた。全体の印象は変わらないものの、間近にいる弁護士にはわかった。

紺色のドレスは生地に細かな刺繍が施され、たっぷりした袖布に雅な流行を取り入れていた。胸元の金鎖にも今日は十字架でなく、草木模様の金の土台に赤いルビーをはめた宝物を下げている。薬指に指輪の形を仄めかしながら、手には白絹の手袋をつけ、女臭いとはいうが、それも懐かしい乳臭さの類でなく、気後れがちな白粉と紅の香なのだった。

——この華やぎを……。

踏みにじってくれるな。王妃の装いを眺めるにつけ、たまらない思いがして、フランソワの表情が強張った。その変化を見咎めたのだろう。女なりに解釈して、ジャンヌ王妃は会話を続けた。

「貴僧は陛下にお会いになられたのでしたね」

「ええ、予備審問の席で」

「どう思われました」

「別段、どうとも」

「好印象は受けなかったということですね」

「いえ、そういう意味では」

フランソワが言葉を尻窄みにして、少し会話が途切れた。雨音の数秒を置いて、ジャンヌ王妃が微笑を作る気配が感じられた。

「わかっておりました。わけても年上の殿方は好意を抱けない、というより、同性として許せないと、そんな風な印象をルイには抱くらしいのです」

「年上、ですか」

「ええ。はっきりと申し上げれば、私の父王ルイ十一世は、もう、それは悪しざまに罵って少しも憚《はばか》りませんでした。そういう殿方に自分の娘を嫁がせたくせにね」

ジャンヌ王妃は楽しげに笑った。それは酷《ひど》い話ですね。冗談に流しながら、フランソワは故王の嫌悪感を、理解できるような気がした。

悪逆無道の限りを尽くした暴君だが、ルイ十一世はおそらく、それを他人のせいにしたことなどなかっただろう。自分が追放して、自分が殺して、自分が失脚させて、自分が殺して、それを自分の手柄にした。全ての責任を自分で負うという意味において、暴君は偉大な指導者の典型だったのである。それゆえに仕える人間は、犬として命ぜられるままに動くことができた。己の行動に疑問も抱かず、良心の呵責に苦しむこともない。

が、そうした暴君の晩年は悲惨だった。老境を迎えて気力、体力が衰えてから、世の中が急に怖くなったらしい。なにもありえない暗闇に、自分が血祭りに上げた数知れない男たちの亡霊を見出しながら、ルイ十一世は叫び、怯え、遂に狂って死んでいった。

一方のルイ十二世は、まかり間違っても狂うまい。責任逃れが癖になった男は、その美貌と持ち前の愛想で世を渡り、常に善意の人として生き、また死ぬことができるのだ。なるほど、こうした優柔不断な生き方を、気骨ある男たちは断じて許すことができない。

「それでも悪いところばかりではありませんのよ」

と、ジャンヌ王妃は続けていた。うっすらと頬に滲んだ幸福な色に目を留めながら、そんな駄目男に惹かれる女の気持ちとても、フランソワはわからないではなかった。自分にも駄目男の要素がある。それで終わりたくないという気概が同居しているだけの話である。が、闘志が常に報われるものではないことも、世間をみてきた弁護士は知っていた。

沈んだままの気分は、どこか敗北感に似ていた。男たちがルイ十二世を許せないのは、なのに女に許されるという、その一点に覚える嫉妬であるということを、フランソワは認めたいとは思わなかった。認めてしまえば、もう頑張れない。女に愛される資格のない、この俺には、もう……。

「小心ゆえのことなのかもしれませんけど、陛下は気遣いのある殿方なんですよ」

「はあ」

「わたくしは足が悪いでしょう。馬車に乗り降りするにも、難儀する始末なのですけれど、そうすると陛下は、さっと手を差し伸べて下さったりして」

フランソワは苦笑した。誠実だが、この弁護士には確かに細やかな気遣いに欠けるところがあった。これで男はよいのだ、と居直っている節もある。ジャンヌ王妃の弁護を引き受け、かれこれ一月にもなるのだが、思えば一度も手など差し伸べたことがない。そういうことを女は不満に思っていたのかと、フランソワは苦笑するばかりなのである。

やんわりと責めるような真似をして、これを出過ぎた失敗だったと思ったらしく、一方のジャンヌ王妃も慌て気味に話の矛先を変えていた。

「ああ、そう。アンボワーズの界隈では、陛下が厄介払いで、わたくしをリニエール城に閉じこめたような話になりましたけど、あれは事情が全然違いましてよ」

わたくしはこんな風ですから、と「醜女」と呼ばれる女は声の調子を落としたが、すぐに元気を取り戻した。子供の頃から人前に出るのが好きになれなくて。だから、自分からリニエール城に籠もっていたんです。どこかに来いとも、どこかに出ようとも無理強いなされず、あのひとは御自分のほうから、ベリーまで訪ねて来てくれたんですわ。供が少ないと申しますのも、わたくしの人嫌いを気遣って下さったのです。

夫を語って、ジャンヌ王妃は止まらなくなっていた。

「だから、一年のうち、ほんの二週間足らずのことでしたけど、わたくし、それで十分に感謝しておりました。だって、あのひとは社交界の寵児ともいわれる方ですもの。あんな辺鄙《へんぴ》で、退屈な田舎に、長く閉じこめておくわけにはいきませんでしょう」

フランソワは引いた位置から、保護者の目で見守るかのようだった。自分を卑下して、遠慮などしているが、こんなに可愛らしい顔ができるのだ。もっと自信を持つべきである。もっと自分をかまってくれと、ジャンヌ王妃は要求するべきだったのである。

「やはり、楽しみですか」

「えっ」

「御夫君とお会いになれるということが」

「そういうわけでは……。場所が場所ですもの」

ジャンヌ王妃は俯《うつむ》き、少し黙った。と思うや、また顎を高く上げて、今度は真剣な表情になっている。フランソワ殿、一度お聞きしたいと思っていたことがあります。

「なんなりと」

「弁護士として働いておられると、私どものような訴訟は、何度もご覧になってきたことと思いますが」

「はい」

「どうなのでしょう。こんな風に揉めてしまうと、仮に夫婦のままでいられたとしても、ぎくしゃくした関係と申しますか、元通りに戻ることは難しいものなのでしょうか」

そうですねえ、と言葉を濁しながら、フランソワは複雑だった。やはり、この聡明な女は考えていたか。が、それだけ冷静な部分を残しているなら、常識を働かせて、悲観できて然るべきではないか。ジャンヌ王妃は元通りというが、あの自分勝手な優男に、年に二週間だけ辺鄙な田舎を訪ねさせて、一体どうしようというのか。

それでは悲しいと思いながら、弁護士はお節介と自分を戒め、ありきたりな職業上の経験則を、示してやることしかできなかった。

「一縷《いちる》の望みがあるとするなら、それは原告が男だという点ですね」

「どういうことでしょう」

「拙僧の経験から申し上げて、原告が女なら、もう修復は望めません。訴え出た時点で女の心は冷え切っています。おしなべて、ご婦人は我慢強くてあられますから、もう最後の最後になってから、いよいよ訴えを起こすわけですね。これを判決の拘束力で元の鞘に収めてみたところで、どうしようもない。不幸な妻は相場が生ける屍《しかばね》のようになります」

「わかるような気がいたします」

「比べると、男は覚悟ができていないわけですな」

いざ離婚となったところで、ずるずると気持ちを引き摺《ず》る場合が多い。要するに男は未練がましいのです。フランソワは冗談めかして先を進めた。真っ当な経験則を述べているつもりなのに、無責任な喜ばせを語っているようで気が咎める。力ずくで元の鞘に収めてしまえば、案外にたやすく、古女房の尻の下に敷かれ直したりするものです。あのときは思い違いをしていたとか、どうかしていたんだとか、苦しい弁解を繰り返しながらね。

ジャンヌ王妃は控え目な表情の中にも、ありありと嬉しさをほころばせていた。希望がないわけではない。嘘を語ったわけでもない。ただ過分に期待されてしまうと……。

女の姿勢が前向きなほど、フランソワの気持ちは暗くなった。細やかな気遣いがあるというが、こうした女の健気さに、はたしてルイ十二世は応えられる男だろうか。媚びた気遣いで気力を浪費しているだけ、大きな包容力のほうは、おそらく持ち合わせていまい。

――せめて。

襲ってくれるな、とフランソワは念じないではいられなかった。雨音は強くなる一方だった。眉間の皺で窓の外を睨みながら、弁護士の意識が暗闇の危惧に戻っていた。

そうした折りに、泥を蹴上げる合羽《カッパ》姿は救いだった。こつこつと車窓を叩いて、今宵の宿を探していた老侍従プルウが、やっと帰ってきていた。

「なんとかみつけました。ここから二リューほど、リグゥイユ村というところです。村長が離れを貸してくれることになりました」

馬車の扉を開いて迎えながら、これで人心地つけるとフランソワは思った。襲ってくれといわんばかりの街道筋は、これで抜けられそうである。建物に収まりさえすれば、オーエンのいう「籠城戦」に持ちこめるのだ。暗殺くらいは楽に凌げるはずだと、自らが確証していながら、御者台を降りてきた近衛隊長は、浮かない顔でプルウの背後に立っていた。

まるで身を盾にして、外の冷たい空気から、キャビンを守るかのようである。盾といえば、なんだか太った感じがする。奇妙な装束のせいだろうか。警護の皆は、近衛スコットランド百人隊の制服を着ているというのに、オーエンはひとりだけ黒い大きな革マントを、すっぽり被っているのだった。

「弁護士先生、ちょっと」

近衛隊長の不自然な誘い出しを、ジャンヌ王妃は気にする素振りをみせた。どうしたのですか、オーエン。フランソワ殿に、なにか用事でも。

「いえ、王妃さま、しばらく御者を替わってもらいたいだけです」

「あなた、どこか具合が悪いのですか」

「いえ、そういうことではございません」

「御者なら、濡れついでに爺《じい》にやらせてもよいのです。わざわざ、フランソワ殿まで雨に打たれることにならなくても」

「いえ……、実は二人だけで話したいことがありまして」

「話したいって、オーエン、あなた、まさか」

喧嘩じゃありませんよ、王妃さま。割りこみながら、フランソワは率先して馬車を降りた。時間を作ってほしいと拙僧のほうから、オーエンに頼んでいたのです。

弁護士はとっさに近衛の意図を察していた。献身的だが気弱な老人では、とても務まらない役目に違いない。仮に務まる役目でも、侍従は不穏な気配について知らされておらず、あらかじめの心構えができていない。入れ替わりながら、プルウが脱いだ雨合羽を受け取ると、フランソワは手早く袖を通し、さっさと御者台に登ってしまった。

「なんだ」

「らしき気配がある」

続いて自分も御者台に登りながら、オーエンは問いに答えた。馬車についてこいと背中で部下たちに命じながら、手綱が捌《さば》かれ、鐙《あぶみ》の音が鳴る間にも、近衛隊長は雨音に掻き消されるか、消されないかの小さな声で、フランソワに続けていた。

「御者を頼む。プルウの爺さんがいうには、道順はこうだ。この街道をまっすぐ進んで、右手に糸杉の並木がみえたら、その方向に角を曲がる。しばらくすると小さな沼が現れるらしい。その辺で数軒の木造が肩を寄せ合ってる場所が、リグゥイユ村ということだ。宿舎は村長の屋敷だそうだから、すぐにわかるだろう」

「わかった。が、この先で待ち伏せしていそうなのか」

「いや、それはない。だったら、とっくに襲ってきている」

「それは、どういう……」

「連中、例によって躊躇《ためら》っているのさ」

「…………」

「御者は頼んだぜ」

「オーエン、おまえも来るんだろう」

「そう願いたいもんだ」

皮肉な笑みが浮かんだのと、ばさとマントの袷が開くのが同時だった。フランソワには、びん、と乾いた音だけが聞こえた。躍るマントが落ち着いてみると、オーエンは背後に身を翻して、右手に小型の弩《いしゆみ》を構えていた。

「おまえだったか、モンゴメリー」

さっと視線を走らせると、雨の馬上で赤腕章の隊長代理が固まっていた。ゆらと揺れて兜が零《こぼ》れる。すると見開かれた目のまわりに、青黒く殴打の跡が残っていた。次の瞬間、ばっと鮮血が噴き上げたのは、眉間に四角矢を突き立てられていたからだった。

殺されて、弁解の余地はない。革手袋の指を矢筈にかけながら、モンゴメリーは前屈みに、今にも弓の左手《ゆんで》に体重をかける姿勢だった。弁護士の耳に無鉄砲な少年の声が蘇る。フランソワ兄、知ってるか。弓は引くんじゃなくて押すんだぜ。

やはり、近衛スコットランド百人隊が暗躍していた。パリの刺客は他でもない、オーエン・オブ・カニンガムの部下だったのだ。激しい雨音を両断しながら、抜刀の金属音が続いた。かかれ。襲撃の怒号が発せられたとき、ものともしない声の波動で応えながら、近衛隊長は叫んでいた。

「馬車を」

弁護士は手綱を打った。高く嘶いた馬が、前の蹄《ひづめ》で虚空を掻いた直後から、馬車は放たれた矢と化した。手摺りにつかまり、片手一本で頑健な身体を支えながら、オーエンは御者台に隠していた短槍を、置きみやげに部下の胸板に打ちこんだ。

馬車は猛烈な勢いで疾駆した。御者台は揺れるというより跳ねた。顔面を打ちつける雨《あま》礫《つぶて》に目を細め、冷たい指で必死に手綱を握りながら、このままで曲がれるだろうか、とフランソワは自分の仕事を自問していた。

手綱を引くわけにはいかない。ぬかるんだ大地を蹴る馬の蹄が、地鳴りを伴う荒々しい重奏になっていた。追いすがる騎馬隊は単騎の軽さで、みるみるうちに迫ってくる。おら、おら、新兵ども。鬼の隊長閣下が地獄の特訓を思い出させてやろうか。遂に一騎が御者台の脇まで出てくると、オーエンは一振りの棍棒で、その出端を打ち据えていた。

フランソワの頬が一瞬の血飛沫《ちしぶき》を抜けた。悲鳴と落馬の衝撃音は、あっという間に遠ざかってゆく。次が追い縋《すが》る前に、近衛隊長は御者台の下を探っていた。革袋を押し込んで、まだまだ武器を隠していたらしい。一抱えにして持ち出すと、手摺りを引き寄せ立ち上がる。

「フランソワ兄、あとは頼んだぜ」

口角の笑みを残像にして、オーエンは馬車の屋根に駆け上がった。こしゃくな、ひよっこが。カニンガム隊長さまが懲罰をくらわせてやる。てめえは矛槍で串刺しだ。それとも糞重たい両手剣で脳天かち割ってやろうか。

楽しげでさえある罵声が頭上で唸るたび、馬車は悲鳴と落馬の衝撃音を、ひとつ、またひとつと街道に置き去りにしていった。聞きながら、フランソワは強く手綱を握り締め、糸杉がみえたら右に曲がる、糸杉がみえたら右に曲がると、それればかり復唱していた。

ぽたぽたと水滴落とす前髪を、フランソワはある種の虚脱感で眺めていた。馬たちは太い首を前後させながら、噴き出した汗をもうもうと白い煙にしている。人間のほうは、車体の突き上げに胃袋が飛び跳ねる感覚に、小一時間も耐えていたろうか。

雨が上がっていた。気まぐれな陽光が、きらと眩《まばゆ》く畦《あぜ》道の水溜まりに弾けた。ハッとしてフランソワは振り返ったが、もう王の刺客が追ってくる様子はない。涼しい顔で数羽の家鴨《あひる》が、すいすいと沼の水面を流れていた。辺りに開けたリグゥイユ村は、こんもりとした雑木林に囲まれた、とても長閑な小村だった。

沿道に黄土色の土壁が連なっていた。こぢんまりした村の教会を目処に、フランソワは手綱を引いて、やはり摩擦で湯気を立てる馬車の車輪を止めていた。停車の反動に耐えきれず、大きな荷物が崩れるような音を聞いたのは、その直後のことだった。

「オーエン……」

フランソワは馬車の屋根によじ登った。トネリコの弓、滑車式の弩、三股の矛槍、厚刃の戦斧、棘状《とげ》の戦棍、両刃の剣、鉄の撒《ま》き菱《びし》。敵を退けた数々の武器が、方々に散らばるままになっていた。微かに焦げ臭いのは火薬で、近衛隊長は最新兵器の鉄砲まで、持ちこんでいたらしかった。ぱんと弾ける音がしたのは、多分こいつの仕業だったろう。

武器たちに囲まれながら、オーエンは仰向けに横たわっていた。その厚い胸板に刺さって、いくつか鵞鳥《がちょう》の矢羽根が揺れていた。

――なんて嬉しそうな顔してるんだ。

オーエンの死に顔は遊び疲れて眠っているようだった。そうだった。手のつけられない暴れん坊は、喧嘩の手柄を自慢しながら、満ち足りて、いつしか眠ってしまうのだ。だから、フランソワ兄よ。俺に学問なんか説かねえでくれ。こみいった理屈なんかいらねえ。腕一本で上等なんだ。近衛に生まれついた男だから、俺は王を守って死ねればいいんだ。

フランソワは確信していた。オーエン・オブ・カニンガムは今、自らの死に満足しているはずだった。その安堵の表情は、敬愛する暴君に死なれた後の虚しさを、逆に物語っているようでもあった。王を守って死ねずに生きた近衛兵は、その娘を守ることで、やっと本懐を遂げられたのだ。けれど、残された人間は、それでは済まない。

――馬鹿野郎……。

なにが王を守って死ぬだ。なにが近衛兵の本懐だ。無鉄砲にも王の刺客と矛を交えて、これじゃあ、まるで裏切り者じゃないか。「ルイ王の犬」と呼ばれ、その忠誠心を畏怖された男が今また、その娘御のために戦ったのではないことを、フランソワは承知していた。かつて兄貴とも慕った弁護士に、不純と罵られ、不実と詰《なじ》られ、その張りのない人生を非難されたとき、オーエンは生き返った気がしたはずなのだ。犬の嗅覚が探り当てたものは、命を賭《と》して仕えうる、気高き主人の姿の他にはありえなかった。

ならば、責任は俺にある。フランソワ兄、あとは頼んだぜ。オーエンは現に言葉を残している。

膝の下に馬車の扉が開く気配があった。老侍従が最初に飛び出し、手を差し出していた。それを頼りに馬車を降りると、キャビンで頭上の足音を聞いたらしく、ジャンヌ王妃は蒼白の顔で、真先に乗物の屋根を仰いでいた。

「フランソワ殿、なにが」

「オーエンが亡くなりました」

と、弁護士はいった。ジャンヌ王妃は刺されたように、ぐっと息を呑んでいた。場違いなくらいに明るく、フランソワは淀みない言葉を続けた。王妃さま、悲しむより、褒めてやって下さい。仕えるべき主人を守って、ルイ王の犬は名誉の戦死を遂げたのですから。

「オーエンは、オーエンは本当に……」

「ええ、死にました」

「陛下が、わたくしの夫が、わたくしたちに刺客を放って……」

オーエン・オブ・カニンガムを殺した。間違いなく、厄介な弁護士フランソワ・ベトゥーラスの命を狙った凶行だった。ことによると邪魔な妻ジャンヌ・ドゥ・フランスまで、ひと思いに亡き者にしようと企てていたかもしれない。

ごく自然な洞察を、あえてフランソワは否定しようと試みた。いえ、ルイ十二世陛下ではありません。そんな真似ができる人物でないことは、誰よりも王妃さまがご存じであられるはずだ。

「ダンボワーズ一族ですよ。国王の寵愛を独占しようと、連中が勝手に動いていたのです」

とっさの作り話を強行しながら、フランソワは屋根を降り、御者台を渡って、ジャンヌ王妃の側まで降りた。次席判事ルイや、その兄で大司教のジョルジュだけではない。ジャン・ダンボワーズ、シャルル・ダンボワーズと将軍を揃えて、一族は軍閥にも勢力を伸ばしていますから、この線から近衛スコットランド百人隊を抱き込んでいたらしいのです。

「さっき、拙僧とオーエンが二人で話していたでしょう」

「ええ」

「オーエンは情報をつかんでいたのです。拙僧にだけ打ち明けていたのです。それが的中して、最悪の事態を招いてしまいました。ですが、この男が立派に仕事を果たした事実だけは、決して動かすことができませんよ」

だから、王妃さま、この一徹な近衛兵を、どうか褒めてやって下さい。弁護士が繰り返すと、ジャンヌ王妃は膝を折って号泣した。可哀そうな、オーエン。許せない、ダンボワーズ。おまえたちだけは絶対に許せない。

悲鳴のような罵りの声を聞きながら、この嘘は是だろうか、非だろうかとフランソワは自問した。少なくとも、女らしい楽しみに浮かれて持ち出した、とびきりのドレスなどは、畦道の泥を被って、もう台無しになっていた。

五、狼狽

あるいは離婚するべきではないか。山を切ったネジが穴から外れるように、フランソワの考えが、くる、くる、と小さな反転を始めていた。なんとなれば、問いかけを禁じえない。仮に離婚を食い止めたとして、それでジャンヌ王妃は本当に幸せになれるのだろうか。

このありさまだ。ルイ十二世が別居状態を改めるとは思えない。他の女と再婚しないまでも、愛人を渡り歩く生活は変わらないだろう。ジャンヌ王妃はリニエール城に戻るしかない。年に数日だけ訪ねてもらえば、それでよいとも女はいうが、今度は完全に無視してしまうに違いない。

「本当に、それでよいのですか」

フランソワは聞けなかった。ジャンヌ王妃は口を噤んでいた。せめてもの通夜を営み、求めた仮宿に横たわるオーエンの遺体をみつめたときから、全ての会話は途絶えたままになっていた。近衛隊長の死を悼み、いったんは悲しみの涙で感情を解放したものの、吐き出せずに残った澱《おり》が体内に沈殿して、女を鈍重な疑念の虜にしたようだった。

一応はダンボワーズ一族の陰謀ということになっている。が、ジャンヌ王妃は馬鹿ではなかった。ルイ十二世の殺意を疑いながら、否定と肯定を繰り返した葛藤こそが、死人のように表情のない、この女の静けさになっているのだ。

こんな状況で聞けるはずがない。なにが女の幸せなのだろう。出口のない自問の迷路に捕らわれながら、フランソワはパリ城外の会話を思い出すだけだった。ジャンヌ王妃の最善を考えなければならない。嫌味でなく、さすがにソルボンヌの副学監、ジョルジュ・メスキは優等生だった。

「積極的な選択として、ジャンヌ王妃は離婚に踏み切るべきではないでしょうか」

「俺は自分のために戦っているのだ」

あのときはフランソワも息巻いた。不幸な青春を取り戻す。恵まれなかった人生に復讐する。そうして弁護を引き受けたことが、今日の危機を招いた一因であることは否めなかった。徒に自分を誇示しようと逸って、またしても、やりすぎてしまったのである。

ここまで追い詰めなければ、ルイ十二世にも最後の手段を思い留まるくらい、心の余裕が残っていたかもしれない。それを思うと、フランソワの心が軋んだ。喝采しながら、喜んで危険に身を投じたオーエンの末期《まつご》の顔が、どうにも頭から離れなかった。

――俺はひとりではない。

一途な近衛隊長の死に、俺は責任を取らねばならない。ジャンヌ王妃の行く末に、俺は責任を取らねばならない。それでも尊大な自分は、はたして沈黙できるだろうか。

フランソワの天秤が振れていた。負けるべき理由があるとすれば、もう十分だという見極めだった。ああ、アルメイダのいう通りだ。力ずくの裁判に飛び込んで、居丈高な連中を震撼させた。圧倒的に不利な審理を逆転して検察を追い詰めた。フランス王まで法廷に引き摺り出したのだから、俺の力はもう十分に示してやったのだ。

いや、違う。ここで尻尾を巻いて逃げるわけにはいかない。アルメイダに忠告された夜からは、明らかに状況が変わっていた。忠告を無視したわけではないが、そうした危惧が現実のものになったために、弁護士は前より引き下がれなくなっていたのだ。

フランソワは放たれた魔手にこだわっていた。この屈辱だけは耐えられない。暴力にこそ立ち向かわねばならない。インテリは権力に屈してはならない。そう思えば、かっと闘志が燃え上がり、いまに思い知らせてやると気持ちが逸る。適当な理屈をつけて、安易な妥協などしてたまるか。

低く唸りながら、フランソワは剃髪頭を掻き乱した。こうした性分のために、必要以上に挫折感を抱えてしまう自らのジレンマにも、気づかないわけではなかった。同じことの繰り返しはやめよう。暴力の質が違うんだ。あんな駄目男なんか、真正直に相手にするまでもないじゃないか。

――ジャンヌ王妃が幸せになれるなら……。

けれど、なにが女の幸せなのだろう。証人は前へ、と判事の声が響き渡り、フランソワはハッと現実に引き戻された。いかん、いかん、俺はなにをしているんだ。老いぼれた驢馬《ろば》のように、堂々巡りを繰り返している場合ではない。

小さな祭壇の手前に、それらしく白布が敷かれたテーブルが据えられ、それを判事席として、すでに三人が着席していた。左側の原告席では、検事レスタンが二重顎を捻《ひね》りながら、新たに求めた顧問の学僧を相手に、ひそひそ算段を詰めていた。椅子が二十もない傍聴席は、今日も鳥のような侍従で埋まり、ざわめきながら立ち見まで出している。なにより、大股の足音で背後の身廊を近づき、フランス王ルイ十二世が今にも証言台に向かおうとしているのだ。

審理が始まっていた。十一月五日、リグゥイユ村の信徒を束ねる貧相な教会に、輝かしき使徒の聖座、ローマ教皇庁が管轄する特設法廷が即席に設置されていた。

水溜まりの畦道に、パレードのような馬車を連ねて、国王一行が静かな村に乗り込んだのは、今朝方早くのことである。居場所を突き止めることなど造作もない。三判事も王家の馬車で乗りつけていた。あとは被告が顔を出せば、それで非公開裁判は成立するのだ。

ルイ十二世の広い背中がみえていた。この日は王家の紋章を模した、青地に金百合のマントを羽織っていた。肩まで伸びた褐色の髪には、王冠こそ載せないものの、今日は金糸で縁取った白貂《しろてん》の帽子で飾りながら、どこか押しつけがましい感じがした。

証人喚問が手続きに入っていた。長身を折って跪《ひざまず》くと、ルイ十二世は迎え出た主席判事の手に手を重ねて、恭《うやうや》しく宣誓を捧げようとしていた。

「あなたの名前は」

「ルイ・ドゥ・フランス、その名を持つ十二番目のフランス王」

本家を継いだという意味である。頷きで受けると、リュクサンブール枢機卿は穏やかな声に節をつけて、なにやらミサ典礼書の経文《きょうもん》でも読み上げるようだった。

「王たるものの真の栄光は、神を恐れ、かつ万物の創造主にして、真実そのものであられる我らが主イエス・キリストを範として、真実のみを述べることにあります」

判事の口上は定式よりも長かった。杓子定規にカノン法にあてはめて、一受洗者で括るわけにはいかない。高位聖職者にとっても、一国の王を自らの法廷に召喚することは、やはり異例中の異例な出来事なのである。リュクサンブール枢機卿は続けた。

「王たるものが真実のみを述べるなら、それは神を富ませることであり、神に天国を与えることであり、はかりしれない宝を捧げることであります。反対に嘘を述べてしまえば、神を砂に埋もれさせ、天国から追放し、永遠の苦しみを負わせることと同じです」

神の名において、あなたは真実のみを話すと誓いますか。問われて、ルイ十二世は福音と十字架にかけて、真実のみを述べると答えた。立ち上がると大きな背中は、ゆっくりと回って傍らに設けられた証言台に向かっていた。

愛想はなかった。逆に王の目つきは、苛められっ子が身構えるように、危うく張り詰めていた。なるほど、向こうから乗り込んで、審理の手筈を整えている。最後の暗殺まで失敗して、瀬戸際に追い込まれた小心者は、怯えながらも対決を覚悟したわけだ。

──なにを喋るか、わからない。

気を抜いてはいけない。だというのに、弁護士に迷いが生じていた。法廷が設置され、促されて所定の席に着き、定められた手続きを踏んで、いよいよ審理が始まろうとしているのに、フランソワの気持ちは揺れて一向に定まろうとしないのだ。今にも幕が上がろうとしているのに、台詞を覚えられない役者のように気ばかり焦って、これではとても舞台になりそうにない。うろたえて泳いだ目尻に、修道女を思わせる暗色がよぎっていた。

「勝ちたいですか」

と、フランソワは小声で聞いた。隣の席に座りながら、ジャンヌ王妃は石のように、ぴくりとも動かなかった。答えが返るとも、返らないとも確信できないまま、弁護士は静かに続けた。勝ちたければ、勝ってきます。しかし、負けることもできる。ここで裁判を終わらせることもできるのです。ひくと長い鼻だけ動揺させて、女の横顔は答えた。

「勝って下さい」

フランソワは立ち上がった。熱血の弁護士に、やっと火が宿っていた。それが敵を焼き尽くすより、我が身を滅ぼす火だとしても、魂を突き動かす霊感さえ得られたなら、それで男は雄々しく戦うことができるのだ。

戦闘開始である。審理のトライアングルに飛びこむや、その出端に高みから介入したのは、次席判事フランシスコ・デ・アルメイダだった。

「尋問に入られる前に、弁護人に注意を喚起したいと思います」

「なんなりと」

「数回の審理を伺い、法廷は争点が極端に狭められた印象を受けております。あくまで提示された八争点につき、明らかになった事実を総合的に判断したいと判事席は望むものであり、わけても教皇庁は、原告による結婚無効の申し立てが、かくも遅れたという事実を、看過すべからざる重要な問題と捉えております」

高級官僚らしい淡々とした口ぶりに、フランソワは二重の意味を読み取った。ひとつはフランス王と、その陣営に対する声高な抗議である。苟もローマ教皇直轄の裁判を、暗殺などで揉み消そうとするとは何事か。聖下の威光を汚すものなら、こちらも考えを改めざるをえないことになる。力を籠めた目で承知の意を告げながら、フランソワは答えた。

「結婚の同意の有無を、時間の長短によって見極めるという裁判慣行のことですな」

「いかにも。原告本人が証人になるという、こたびの好機を捕らえ、その点を明らかにさせることから、尋問を始めていただきたい」

では、問いに対する答えを。証人に求めながら、フランソワは自分で繰り返すことをせず、次席判事の諫言《かんげん》を軽んじたとも取れる態度で返礼に替えた。礼というのはアルメイダの介入が、もうひとつに激励の意味を持っていたからだった。あるいは活を入れたというべきか。今日の弁護士は傍目にも、気が抜けているようにみえたらしい。

俺なら、もう大丈夫だ。そのことを伝えるためには、他人の介入など軽んじ、あくまで自分の戦略を貫くという強い態度の表明こそが、必要だったというわけである。

陪席官に次席判事の問いを訳され、ルイ十二世は法廷に第一声を発していた。

「一刻も早く無効取消を訴え出たいと望んでいたのです。が、できなかった。考えてもみて下さい。暴君の御代に、その王女と離婚したいと言い出せる家臣が、はたしているものかどうか。命は惜しい。地位も失いたくはない。それが悪いことだとでもいうのですか」

終いのほうは声が裏返っていた。「暴君」などと、みもふたもない表現を憚らず、工夫ひとつなく感情をぶちまけたのだ。面罵するかの口調が激しいだけ、もはや王は犬に追われて毛を逆立てる、猫の憤りしか思わせなかった。

やはり、観察は間違っていない。フランソワの確信は深まるばかりである。昨日の暗殺の失敗を、それでも恫喝になったと評価して、被告側の動揺に付けこむという手もあったろうが、そうするだけの余裕も器量も、ルイ十二世は持ち合わせていないのだ。

ますます追い詰められている。ならば、強硬に押しまくることは得策ではなかった。フランソワは用意しておいた戦略を、そのまま変えずに持ちこむことにした。

「さて、あなたは『暴君』といいましたね。その『暴君』といわれた人物とは、もしやルイ十一世のことですか」

弁護士は白々しい焦れったさで、最後の尋問を始めていた。とりあえずの狙いは、暴れる感情が向かう先を、それとなく逸らしてやることにあった。

「決まっている。ルイ十一世の奴に決まってるじゃないか。いや、いいや、シャルル八世だって同じだ。あいつらが暴力をちらつかせて、僕の頭を押さえつけていたんだ」

「すると、両名が申し立てを断念させたと」

「その通りだ。僕は圧力をかけられ続けていたんだ」

圧力とは、これまた漠然としておりますなあ。フランス語で呟き、法廷に印象だけを残しながら、フランソワは追及しようとしなかった。それきりでアルメイダの要望を片づけると、さっさと次の尋問に取りかかっている。では、時間の都合もありますので、早目に「極端に狭められた」争点に移りたいと思います。

「あなたはジャンヌ・ドゥ・フランスとの結婚に同意しましたか」

「するはずがない。僕は強制によって誓わされた……」

「証人は『クレド、ウェル、ノン・クレド（はい、か、いいえ）』で簡潔に答えて下さい」

「ノン・クレドだ」

「言葉では同意しなかったにせよ、行為によって同意したのではありませんか」

「ノン・クレド」

「あなたはリニエール城を訪ねたことは、おありなんでしたな」

「……………」

「答えて下さい」

「クレド」

「それは被告ジャンヌ・ドゥ・フランスに会うためでしたね」

「会うことはあったが、それはルイ十一世が無理に……」

「会ったのですね」

「クレド」

「同じ寝室で休みましたか」

「クレド」

「ふたりで同じ床につきましたね」

「だからといって、肉の交わりを持ったという……」

「簡潔に答えて下さい」

「クレドだが……」

返事が小さくなっていた。ルイ十二世の勢いは萎《な》えていた。弁護士の術中にはめられたということである。いざとなったら、ぶちまけてやる。そんな悲壮な覚悟を抱いて、王は証言台に上がっているはずだった。こういう男を親切にも追及して、すっきりさせてやるいわれはない。

引き気味に「いざ」となる手前のところで尋問しながら、証人には簡潔な答えだけを要求していく。そうすれば、気分を高ぶらせる言葉は耳に入ることなく、また悲劇の主人公になりきれるだけの物語とて、どこにもみつかりやしなくなる。あくまで現実に留め置かれれば、事実だけが重くなっていくのである。ジャンヌが悪いわけではないと。

「端的に尋ねます。あなたはジャンヌ・ドゥ・フランスの女陰に、あなたの興奮した男根を、挿入したことがありますか」

「ノン・クレド」

最後は消え入りそうな声だった。ルイ十二世は恥じ入るように顔を伏せた。動じない長い鼻を向けながら、じっと証言台をみつめる妻の視線が恐くて、身の置き場もない思いだったのだろう。これが公開裁判だったなら、さぞや面白いことになったろうて。

非公開裁判に持ちこむところなぞ、さすがは教皇の懐刀、フランシスコ・デ・アルメイダの慧眼《けいがん》である。が、そういう男に認められた弁護士として、こちらも易々と軍門に下るわけにはいかないのだ。フランソワは機械的な口調で尋問を締めていた。

「ありがとうございました。これで弁護側の尋問を終了いたします」

ぎこちない空白のあと、さざ波が寄せるように小さな教会がざわめいていた。なにが、どうなったのか、誰も確信を持つことができない。次席判事ダンボワーズは目を丸くして、すんでに弁護士に確かめそうになっていたし、異議を挟む間もなかった検事レスタンは、意味なく席を立ち上がっていた。誰よりもルイ十二世がきょとんとして、証人席に腰を下ろしたままでいる。

尋問が終わったのか。あれほど執着していた証人喚問だというのに、弁護人は目立った攻勢に転ずることもなく、こんなに簡単に終えてしまったというのか。

フランソワは不敵な笑みで、さっと踵《きびす》を返していた。なにも驚くことはあるまい。すでに決定打は出ているのだ。原告、被告、ともに譲らなければ、第三者の証言が重くなるのは道理だった。医師コシェの喚問に成功しているのだから、ルイ十二世が新たな得点を入れたとしても、依然としてスコアは二対一なのだ。原告の偽証が明らかならば、無駄に吐かせようとするよりも、巧みに印象を悪くしながら、二対一が二対〇に近くなるよう、図っていくのが得策というものである。

もとより、王を召喚したという事実、そのものが成果だった。なにも欲張る必要はない。そう思いながら、フランソワは楽観したわけではなかった。判決が判事の胸先三寸であるという図式が、些かも変わったわけではないからだった。

非公開になった分だけ、決断を左右する圧力は減じている。このまま審理を判決に委ねるべきか。それとも最後に駄目を押しておくべきか。弁護士は一瞬だけ迷った。いや、やはり止《とど》めを刺しておく。確実に敵を奈落に突き落とす。この裁判には是が非でも勝たなければならないのだから。

ざわめきが終息に転じる際を捕らえて、フランソワは判事席を仰いだ。

「判事閣下、ご覧のように原告、被告、両当事者は、まっこうから証言を対立させております。目下は医師コシェの証言だけが、第三者による貴重な判断材料となっておるわけですが、さらに、いまひとつ客観的な証拠が加われば、公正な判断が下せるものと思われます」

「というと」

「弁護人は被告ジャンヌ・ドゥ・フランスの処女検査を請求いたします」

非処女であることが明らかになれば、同意の事実は覆しようがありません。唐突にすぎる要求に、判事三氏は切れ者のアルメイダまで、あんぐりと口を開けていた。検事レスタンは脂汗を拭いながら、顧問の袖を乱暴に引いている。異議を考えろ。早く異議を考えろ。

フランソワが捻り出した、荒技ともいうべき切り札は、完全に予想の外にあった。が、理屈は通っているのだ。不能の嫌疑でないならば、身体検査は強要できない。といって、自らの身体を自発的に客観性に委ねることを、カノン法はどこにも禁じていないのである。異議を差し挟む余地などない。

「異議あり、異議あり。被告が処女でないことは、直ちに原告との関係を立証するものではありません」

「黙りなさい、検事レスタン。貴僧は王女であり、王妃でもある御婦人の貞操を、不当に侮辱しているのですぞ。それとも国王陛下を、コキュ（寝取られ男）と嘲《あざけ》るおつもりか」

「それは……」

「繰り返します。弁護人は公正なる教皇聖下の特設法廷に、被告ジャンヌ・ドゥ・フランスの女陰検査を請求いたします」

「ふざけるな」

フランソワの目尻に大きな影が動いていた。丸太のような衝撃が、僧服の襟をつかみながら押してくる。暴発したルイ十二世の振る舞いだった。こいつは殴られるかな。覚悟しながら、弁護士は自分の勝利に居直っていた。殴れ、殴れ。権力を無惨にへこませてやれるなら、俺の歯の二本や三本くらい、折れたって砕けたって構いやしない。

ふざけるな、ふざけるな。ルイ十二世は揺さぶりながら怒鳴ったが、拳を上げる度胸まではないようだった。俺はジャンヌと寝たことなんかないぞ。裸と裸になったこともない。発狂したのでもないなら、あんな醜女の裸を誰がみたいと思うものか。

フランソワは勝ち誇る薄笑いを止めなかった。わめけ、わめけ、軽薄な優男が。どれだけ大きな声を出しても、証人喚問は終わったのだ。何万語を連ねたところで、フランス語は裁判記録に載らないのだ。だから、わめけ、わめけ、フランス王ルイ十二世。

「やってない、やってない。ジャンヌを愛したことなんて、ただの一度もなかったんだ」

「嘘をおっしゃい」

金切り声が響いたのは、そのときだった。嘘つき、嘘つき、本当のことをいいなさい。

——えっ。

それは女の声だった。検査の一件はジャンヌ王妃にも知らせていなかった。が、この聡明な女は動じないはずだ。すでに信頼関係は築かれている。俺が考えついたことなら、何事だって動じないはずなのだ。

が、それは紛れもない、長い鼻の女だった。小さな拳を翳しながら、ジャンヌ王妃は被告席を飛び出した。悪いほうの足から踏み出し、一歩目からよろけていた。手を差し伸べなければならないと、とっさに思いつきながら、フランソワは動くことができなかった。

また女は悲鳴を上げた。ああ、しまった。自分に自信が持てなくて、また俺はやりすぎてしまったのだ。

ジャンヌ・ドゥ・フランスは狼狽していた。転んでも起きあがり、きっと端が吊った目をして睨みながら、なおも男を罰しようと無様な突進を諦めなかった。けば立った神経を露わにして乱れながら、そこには確かに亡者《もうじゃ》と化した、ひとりの女の姿があった。

「嘘つき、嘘つき、わたしを何度も抱いたくせに」

フランソワは迎えるように暴れる女を抱き止めた。下がりましょう、とりあえず、王妃さま、下がりましょう。説得しながら、弁護士の声も震えていた。

背後にも動きがあった。侍従たちに取り押さえられ、判事たちに宥《なだ》められて、ルイ十二世は涙声になっていた。どうして僕だけが、こんな目に遭うんだ。僕がなにをしたというんだ。なんと見苦しい態度だろう。が、こんな男を事実として、ジャンヌ・ドゥ・フランスは愛していたのか。恵まれない結婚を、哀れな醜女は、それでも至福と感じていたのか。

悲しすぎる。だとしても、それが真実の構図だった。やはり、やはり。それはフランソワが密かに恐れた真実でもあった。戦うべく宿った炎は、やはり己を焼き尽くした。その証拠を直視して認めたとき、全身に満ちたものは惨めな敗北感に他ならなかった。

人間は平等ではない。男も女も平等ではない。世界には幸福を謳歌する人間と、束の間の光にしがみつく人間がいて、前者が後者を残酷に蔑み、また後者が前者を執拗に嫉み続けるだけなのだ。

「休廷を、一時の休廷を」

フランソワの悲痛な叫びに法廷はもう、かまびすしい槌音でさえ応えてくれはしなかった。

六、再生

ジャンヌ王妃は寝台に座っていた。小柄なせいか、やけに丸くみえる塊は、ふんわりした羽根布団の形を歪めながらに腰掛けて、そのまま決して横になろうとしなかった。いくら休むように諭しても、その女は泣き腫らした赤い目で、膝に握った赤子のような丸い拳を、じっとみつめているだけだった。

日が落ちていた。彼方に流れるロワール河の水音が、耳を澄ませば聞こえそうな気がするくらい、農村の夜は平らかな静寂に包まれていた。

リグゥイユ村の村長は前夜に続き、中庭を挟んだ屋敷の離れを提供してくれた。寝台は銀の支柱にビロードの天蓋を巡らせた逸品だった。サフランの香を炷《た》き込めた敷布に、白貂で裏打ちした布団を載せ、その上に金襴を張った羽根布団が丁寧に重ねられていた。置かれた調度は、いずれを取っても豪農なりに頑張ったもので、恐れ多くも王妃が寝所を取られると聞くや、精一杯の歓迎をしてくれたようである。

小机に置かれた銀の燭台に、ひとつきり灯った炎が、遠慮がちに橙色の輪を広げていた。すっぽり小さな頭ごと、黒い頭巾が顎まで包んでいるせいか、ジャンヌ王妃の頬骨は、いっそう蒼白に尖ってみえた。暗がりに白い輪郭がぼやけるのは、あるいは小刻みに震えているからだろうか。暴れる感情を抑えきれない。それが弾ける前兆であることを、もうフランソワは学んでいた。

「聞いてきます」

石のような静寂に、ジャンヌ王妃は鋭い楔《くさび》を打ち込んだ。やっぱり、あのひとに聞いてきます。どうして嘘をついたのか、はっきり聞かせてもらわないことには、わたくし、どうしても気が済みませんから。

ジャンヌ王妃は悪い足で駆け出した。よろける女を組み止めて、すぐ寝台に押し戻す。そのためにフランソワは、近くの椅子で番人のように身構えていた。王妃さま、王妃さま、とりあえず落ち着きましょう。とうに陛下はリグゥイユ村を発たれています。夜が明けないことには、どうにもなりません。だから、一度冷静になってみましょう。暴れる肘を捕らえながら、懸命に宥めてみるのだが、正直、どうしてよいか途方に暮れるばかりだった。

誤算である。王の出方は隅まで予想の内だった。ジャンヌ王妃のほうが、こんなにも取り乱してしまうとは、よもや思いもしなかったのだ。

半狂乱の形相で、耳に痛い金切り声を張り挙げる様は、まるで別人のようだった。衆目の直中で、意地の悪い嗤きや、あからさまな侮辱を投げかけられたときでさえ、凛々しくも気丈な女は顔色ひとつ変えなかったのだ。それが高が駄目男の見苦しさなどに、脆くも崩れ落ちていた。

「落ち着いて、王妃さま、落ち着いて。まだ勝負が決まったわけではありません」

いいながら、フランソワは自分の言葉が虚しく聞こえてならなかった。勝って、どうなるというのだろう。そう自らに問えば、無力感に打ちのめされる思いがした。傷つけられた今となっては、女の分別に訴えて、賢明な離婚を勧めることさえ、かなわなくなっていたからである。

なぜなら、ジャンヌ王妃は人生の敗者にしかなりえない。おまえを愛したことなどない。一瞬たりとて、おまえを愛しく思ったことはない。身も蓋もない言葉を浴びせられ、愛するがゆえに無防備な女は、その夫に消えない烙印を押されてしまったのだ。

宥める言葉がみつからない。虚しさを承知しながら、弁護士は弁護士として、言葉を重ねることしかできなかった。

「あんなもの、気にするまでもありませんよ。王がなにをいったところで、ひとつも裁判記録には載らないのです。わめかせておけばいい。風の音と同じだと考えてくれていい」

「同じではない、同じではありません。あのひとは嘘をついて……」

「だから、その罪を償わせてやりましょう」

「嘘を、あのひとに、嘘を認めさせるのですか。そうでないと、わたくし……」

暴れる女は涙に攫われ、ぺたんと床にへたり込んだ。子供のように声を挙げ、今度は衒《てら》いもない泣き言を繰り返している。これでも、わかっているつもりです。わたくしのような、足の曲がった醜い女が、あのひとを独り占めにできるはずがないのです。

救いのない自虐だけが、今は慰めになっていた。わたくし、だから浮気だって許しました。

そばにいてほしいと我儘《わがまま》をいったこともありません。身の程を知らなかったわけじゃないんです。自惚《うぬぼ》れていたわけじゃないんです。ただ、ただ、わたくし、あんな嘘をつかれることだけは、どうしても我慢できないのです。

「…………」

幸福な結婚ではなかった。そのことは弁解の余地もない。絶望の淵で堪えながら、ジャンヌ王妃には気まぐれな「リニエールの蜜月」だけが、ささやかな自信であったに違いない。それで女は満足することにした。正式な妻である以上のことを求めなかった。広い心で思い上がった夫の勝手を許してもいたのである。こんなに小さな幸せまでが、根こそぎ奪われてしまったとき、女には生まれてきた意味を、丸ごと壊されたのと同じだった。

「この醜女に身も心も焦がしてほしいなんていわない。でも、わたくしは確かに、あのひとの妻でした。誰が、なんといおうと、それだけは事実なのです。それを認めないなんて……、嘘だけは、あんな嘘だけは、わたくし……」

「王の言葉なんて、苦し紛れの、でまかせにすぎないじゃないですか。いちいち気にするなんて、王妃さまらしくありませんよ」

「なにが、それでは、なにが、わたくしらしいというのです」

ジャンヌ王妃の目に理不尽な怒気が動いた。僧服の襟を捕らえて迫りながら、今度は弁護士に絡んでいる。え、フランソワ殿、なにが、わたくしらしいというのです。わたしは、どうしたらよいというのですか。教えて下さいませ、フランソワ殿。あなたは頭の良い方でしよう。この馬鹿な女に、どうか教えて下さいませ。

「教えるまでもない。あなたは、もっと強い女性であられるはずだ」

「強い。強いですって。そんなものが、なんの役に立つというのです」え、フランソワ殿。女が強くて、一体どうなるというのです。一生懸命に頑張っても、醜い女に価値なんてないんです。めそめそして、なにもできやしなくて、それなのに美しい女のほうが、殿方には何倍も愛されているじゃありませんか。

「そ、それは一概にいえることではありませんよ」

「いえます。いえます。わたくしは身をもって体験いたしました。フランソワ殿、あなただって大嘘つきだわ。だって、ベリンダは美人でしたもの。わたくしなんかより、ずっと、ずっと美しい女でしたもの」

世界で一番美しい宝石は、ひらひらと気まぐれに色を変える、おまえの瞳なんだとか、おまえの小さな鼻が、あんまり可愛らしいものだから、ついつい食べてしまいたくなるんだとか、雌鹿のように優雅だから、おまえの歩き方に見蕩《みと》れるんだとか、フランソワが口癖にしていたのよって、ベリンダはいつも自慢しておりましたわ。それが許されざる罪であるかのように、ひとつ台詞を思い出すごと、ぐいと僧服の襟を引き寄せ、ジャンヌ王妃は閉口する男を前後させた。

「男はみんな、みんな、嘘つきなんだわ」

一転して、今度は狂人のような笑い声だった。嘘なのよ、みんな、みんな、嘘なのよ。女の壊れやすい自尊心を間近で持て余しながら、依然としてフランソワには術もなかった。

「と、とにかく、王妃さま、まだ終わったわけではないのです」

「終わりました。終わりました。この哀れな醜女は、はっきりと夫に拒絶されてしまいました」

「だから、あの男に態度を改めさせてやるのです。裁判はまだ終わっていません。我々の優位は揺らいでいません。必ず道は開ける。きっと報われる日が来る。ああ、そうだ。処女検査が駄目押しになりますよ。もちろん、形だけのものです。拙僧が責任をもって良心的な産婆を選び、丁寧に検診させます。不快なことなどさせません。なにも心配いらないのです」

「…………」

「あなたが立派に女なんだということを、世に知らしめてやろうじゃありませんか」

ジャンヌ王妃は少し黙った。僧服の襟をつかんだまま、力のない瞳を意味なく虚空に投げながら、ぼそと独り言のように洩らしている。

「本当に処女だったら、フランソワ殿、どういたします。処女だったら、どういたします」

「そんな馬鹿なことが」

「わかりませんよ。だって、あのひとは、はっきりと否定したのです。わたくしの勘違いかもしれません。この醜女が思い上がって、いっぱしの女になった気になって」

「そんなことはありえない」

「どうして、ありえないのです。わたくしは醜女ですよ。足の曲がった、みるにたえない女なのですよ。誰も相手にしてくれるはずがない。はは、殿方が目もくれないのは当然だわ。だって、わたくしは醜いんですもの。はは、ただの玩具にだってしてもらえない」

「王妃さま、いい加減にして下さい。あなたは十分に魅力的な女性です」

「無責任なことはいわないで」

ジャンヌ王妃の緑の瞳は、いれかわりに表情を変えながら、危うい躁鬱を繰り返していた。目を逸らしたフランソワは、ふっくら咲いた女の唇をみつめながら、脈絡なく飛んだ意識の中で、その濡れた質感を想像した。花弁の震えを伴いながら、ジャンヌ王妃に宿った怒気は、なおも猛《たけ》って鎮まらない。

「そんな、そんな、無責任な気休めは、いくらフランソワ殿でも、わたくし、断じて、断じて許しませんよ」

「あ、いえ、あ、気休めではない。そうではないのです。拙僧は本当に……」

「だったら、あなたが確かめて」

と、ジャンヌ王妃は叫んだ。フランソワが驚いた顔になると、さっと目尻を朱に染めながら、それでも女は張り詰めた目を逸らさなかった。フランスの王妃として命令いたします。わたくしが処女でないことを、いま、ここで、あなたが確かめてみせなさい。

抱いてほしい、と女はいった。傷つきやすい存在の全てを賭けながら、ジャンヌ王妃は本当の捨て身だった。なんとなれば、人類がキリストなくして、決して救われえないように、女は男によってしか救われる道がないのだ。

「………」

震えながら襟に絡んだ女の手を、フランソワは涙声で解いた。すいません。剃髪の頭をうなだれるままに立ち上がると、こそこそ逃げ隠れる敗者の背中で、もう詫びることしかできない。すいません、王妃さま、すいません。

「やっぱり、やっぱり、そうなんじゃない」

嘘つきだわ。みんな、みんな、嘘つきだわ。女の嘆きが鞭となって、フランソワの心を打ちつけた。わたくしなんか、生まれてこなければよかった。わたくしなんか、生まれてきたのが間違いなんだわ。無抵抗に打たれながら、じっと耐えているしかなかった。

当然の罰だ、とフランソワは思った。偉そうに弁護士を名乗りながら、この女の悲しみを、俺は弁護してやることができない。言葉なぞは、とうに意味を失っていた。なればこそ、人間には男と女の身体しか残されていなかった。わかっている。わかっている。それくらい、俺だって承知していた。できれば、あなたを抱きしめたい。その唇を奪いたい。嫌がられても、泣かれても、いや、力ずくで制しても、あなたを組み敷き、汗ばんだ奥底の色までも、確かめたいと思っているのだ。

「………」

ぎりと軋む音が鳴るほどに、フランソワは強く奥歯を噛み締めた。押し倒せるはずがない。俺は自分に自信を持てた例《ためし》がない。だから、いつも加減を知らずに、やりすぎてしまうのだ。四十七歳になった今でも、一向に自信が持てないのは、途中で人生を奪われていたからだった。それ、みたことか。取り返せると思っても、所詮は幻想でしかない。

絶望するのは俺だけで十分だ、ともフランソワは思った。女まで悲劇の道連れにすることはない。ことりと小さな音を立て、心の地平に新しい石が零れていた。

——しかし……。

ころころと転がる先は、知られざる未開の原野である。恐い。けれど行先には確かに清々しい予感があった。背後に固執したところで、そこで意地を張る男は、二十年も同じ壁を嘆きの拳《こぶし》で叩いているだけなのだ。

捨てよう、とフランソワは思いついた。しがみついてどうなる。嘘をつかねば生きていけない人間ならば、いっそ奈落の底まで落ちてみよう。なに、そうすることで些かでも、女が救われた気になるのなら、俺は無駄にプライドを捨てるわけではない。ああ、それでこそ、恵まれない人生が祝福されるんじゃないか。

ぎりと鳴らして、フランソワは今一度奥歯を強く嚙み締めた。意を決して振り返り、王妃さまと呼びかけた先で、女は小さな背中を丸めていた。波打つ嗚咽を睨みながら、弁護士は呼びかけを続けた。王妃さま、どうか顔を上げて、拙僧をごらん下さい。

「もういい、もういいのです。わたくしのことは、もう放っておいて……」

「そうはいきません」

「もう静かにしておいて。下がりなさい、下がりなさい」

「いいから、みろ！」

弁護士の声が炸裂した。驚きに奪われて、ジャンヌ王妃はハッと顔を上げていた。迷い子の目に強い頷きを示しながら、フランソワは腰の荒縄を解いた。粗末なサンダルを除けば、ざっくりした黒い僧服を被ったきりである。たくし上げながら、男は女の目の前に、縮れ毛が密集する下腹の部位をつきつけていた。

息を呑む音が聞こえた。そうなのです、とフランソワは呪われた自分を打ち明けた。これが全ての理由なのです。どうして、とジャンヌ王妃はおぼつかない声で問うた。

「オーエンにやられました。アベラールにしてやるぜ、と洒落られまして」

それはカルチェ・ラタンに伝わる有名な逸話だった。アベラールは秘密の結婚が公になりかけると、姑息にもエロイーズを修道院に送った。これを知った女の親族は、卑劣な学僧が己の体面を守るために、身内の女を厄介払いしたのだと怒り心頭に発して、ある夜、アベラールの寝室を襲撃した。危害を加えられた大学者は後に、こう回想している。

「俺は罪を犯した場所に罰を受けたというわけだ」

数人で寝台に押さえつけられ、アベラールは男根を切り取られていた。これを後先考えない乱暴者が真似たため、フランソワも無惨な姿になったのである。

「拙僧は男であって、男ではないのです」

こんな屈辱があるだろうか。血塗れになって地べたを這いながら、どうして生きようと思ったのか、フランソワは後に訝《いぶか》しがったくらいである。肉体が悲鳴を上げても、おそらくは心が認めようとしなかった。そんな暴挙が許されるはずがない。俺が男でなくなるなんてありえない。それでも現実が動かないと知ったとき、フランソワが何度か自殺を考えたことは本当だった。生き続けられたとするならば、それは男性を失った瞬間から、時間が止まっていたからである。代償として、男の未来はなくなっていた。

「それでベリンダを……」

衝撃が束の間、ジャンヌ王妃に自らの悲劇を忘れさせた。ええ、迎えにいけなくなりました。不思議にさばさばした気分で、フランソワも答えることができた。

「それをベリンダは……」

「ええ、知っています。オーエンが教えてしまったそうです」

「それでベリンダは……」

「生きる気力を失ったようです」

ジャンヌ王妃は気が抜けたように呆然とした。女の骨盤にしかできない形で、ぺたんと太腿の内側を床につけていた。僧服の裾を直しかけて、フランソワはやめた。そのまま襟を引っ張って、全て脱いでしまったのは、裸の身体が熱くなっていたからである。

飢えた目が女の実った腰をなぞり、張り出した乳房の丸みを追ううちに、無垢な唇の濡れ方にまで、遂に吸い寄せられていた。フランソワは自分の中に、どんな衝動が生まれているのか、はっきりと意識することができた。

「さあ、もっと、よくみて下さい。拙僧は滑稽だ。あなたより、何十倍も滑稽だ」

「そんなことは……」

「だって男でなくなったものが、いじましい情念を抱え続けて、未だに女を忘れることができないのですよ」

フランソワは裸のまま、王妃のすぐそばに膝をついた。思い出したかのように、びくと動いて、ジャンヌ王妃は男の目をみていた。まっすぐみつめ返しながら、逃がさないよう女の小さな拳の上に、掌を優しく被せて重ねてみる。手の甲に男の涙が一滴落ちて流れた。

「美しさの他に、男が女のなにを愛するというのか。あなたは、そう拙僧に問いました」

「……………」

「お答えいたします。男が愛してやまないものは、強い女がみせてしまう、どうしようもない弱さなのです。可愛らしい無力を演じる女などに、誰も彼もが易々と騙されるわけではありません。それは男が賢いという意味ではなく、女に頼らなければ生きていけないということを、心の底では知っているからなのです。が、そうした引け目を意識するだけ、男の心は、ひたむきな女のいじらしさに、熱くなってしまいます。頑張って、頑張って、あげく、ふらとよろめかれてしまったとき、うろたえながら、男は女の支えになりたいと思います。いたわりたいと思います。慰めたいと思います。どうやっても守りたいと思うのですよ。「そのためなら、不可能にだって、あえて挑む気になるものです」

「……………」

「あなたを欲しいと思っていた」

と、フランソワはいった。弁護士は言葉を取り戻していた。その証拠に、もう言葉はいらなかった。エメラルドの色の深さを探るように、まっすぐ女の瞳をみつめながら、ゆっくり唇を近づけてゆく。ジャンヌ王妃は掌で、弱く男の胸板を押した。ためらいがちに逸らされた横顔を、顎をつかんで正しながら、フランソワは唇のおののきごと、全てを優しく塞いでしまった。腕の中に束縛すると、柔らかな身体は魚のように痙攣して跳ねた。戸惑いの一瞬がすぎ、絡み合う舌の狭間で吐息が色を変えたとき、女は脱力して全てを委ねた。

光が弾けた感覚は、その直後のことだった。女は奪うように剃髪頭を搔き抱いた。男も応えて、もどかしく刺繡頭巾を外していた。結婚にしがみつく女の印が捨てられたとき、きらめきながら零《こぼ》れたのは、思いもよらない金色の髪だった。騙された。驚きを喜びとして、その華やかさを愛《め》でながら、フランソワは再生の印に違いないと思っていた。

遅い太陽が昇っていた。朝日は蒸気に曇ったガラス窓から射し込んで、釉薬《うわぐすり》をかけたように磨き抜かれた床板を、白色の光で埋め尽くした。不器用な昆虫の抜け殻のように、捨てられ息絶えていたのは、陰気な暗色の服たちだった。

蛹《さなぎ》のように丸まったまま、男と女は「ソルス・クム・ソラ、ヌードゥス・クム・ヌーダ（二人きりで、男も女も裸）」で、じっとして動かなかった。

がらがらと家畜の鈴を鳴らしながら、農家の人間が冬畑の種まきに出かけたのは、まだ朝も暗いうちだった。残った下女が朝食の支度を告げてからでも、かなりの時間がたっている。

短い言葉で断りながら、なおも二人は動こうとしなかった。

冷気が肌を刺すほどに、ぬくもりを求めて蠢き、血の通った肉の感触を確かめては、まどろみの中に落ちてゆく。それが楽しくて繰り返しながら、足が湾曲した女と、男根を失った男は、全てをさらけ出したまま、いつまでも床に重なり合っていた。

もぞもぞ動いて、ジャンヌ王妃は寝乱れた金髪を男の顎に擦りつけた。たゆたうままに乳房を遊ばせ、腰回りの豊かさを捻りながら、ふくらはぎを男の膝の裏に絡ませている。こそばゆい恥毛の感触にねだられて、フランソワは気だるい身体を起こしていた。紅潮して応える女の肌を確かめながら、骨張った指で豊かな乳房を絞り上げ、その先端を濡れた音で口に含む。吸うために尖った唇の狭間に隠れて、狡猾な舌が繰り広げる口内の出来事は、突起した感性を預ける女にしか、わからないものだった。

少女のような笑い声を刻みながら、ジャンヌ王妃の安らぐ顔は美しかった。きらきらと光を弾く金髪は、いやいやに似た可愛らしい動きに乱舞するほど、傲慢でさえあるものだった。再生の印は確かに女を祝福していた。が、美しさとは常に、そうでないものを絶望させる悪意だった。

煙るような甘い体臭に包まれながら、男の額に、うっすら脂汗が滲んでいた。ふっと悪夢がよぎっていた。暗色の着衣の内で、蒸され汗ばむ白い乳房を取り出しながら、荒々しく愛撫するフランソワは必死だった。柔らかな肉塊と格闘しながら、せわしない蜘蛛のように、女の腹上を徘徊してみる。女陰を調べる指先が、内壁の粘液を絡め取るにつけ、それでも充たすべき道具を持たない男の心は、己の無力に何度も絶望しかけていた。

――殺せない。

それが刹那の呟きだった。走り抜ける喜悦の波に苦悶しながら、眉を寄せたジャンヌ王妃は、死にたがっているようにみえた。それなのに宝の剣を失った男は、どうやっても止めを刺すことができないのだ。天国の門をあける鍵は、やはり永遠に失われていた。

もがくほどに救いはなかった。たとえジャンヌ王妃が幾らか慰められたとしても、フランソワは人生の敗者として、より惨めな宿縁に直面するだけのことだった。

「どうしたのですか」

と、ジャンヌ王妃は問うた。知らぬ間に舌の動きが萎縮していた。返事をするかわりに、フランソワは平らかな女の腹上を泳いだ。作り物のような左右の膝を立てながら、その狭間に身を入れると、すくい上げるような上体の動きで底の繁みに顔を埋める。

縮れた恥毛に分け入る指は、あやまたずに女の芽を探り当てた。袋のような白い身体をざわめかせながら、ジャンヌ王妃は自らの股の間に手を伸ばして、臍《へそ》の下で剃髪頭を捕らえていた。男の髪を搔き毟《むし》るほど、快感の波に揉まれるばかりだ。整いがたい吐息を無理に制しながら、なにかを伝えようとしていることは、フランソワにも察することができた。

「ベリンダは……」

一瞬だけ動きが止まった。「はい」とだけ答えると、男は啜《すす》るような唇の動きに戻っていた。艶《なま》めかしい息遣いを縫うように、ジャンヌ王妃は言葉を続けた。

「死ぬことはありませんでした。あなたを、愛することができたと思います」

「………」

「できました。こうして、わたくしが、ひとりの女でありえたように」

「かもしれません。でも、そのためには結婚しなければならなかった」

どうして、そんなことをいったのかわからない。それでも自然に口を衝いて出た理《ことわり》は、不思議とフランソワを納得させるものだった。ああ、俺だけじゃないんだ。歳を取るにつれ、はん、男は誰だって弱くなるんじゃないか。それでも結婚してさえいれば、男と女は一緒にいることができる。ああ、そうだ。結婚すれば、もう男と女であり続ける必要がなくなるんだ。

それは悲しむべき堕落だった。が、人間には救いであるということも、恐らくは動かせない真実だった。なんとなれば、恋は汚れなき聖者の技である。恋をするとき、人は嘘をつくまいと思う。その愛に値する魂であるために、心から正しくありたいと、どこまでも純粋でありたいと願わずにはいられない。そんな奇跡が一瞬だけ、かなうものだと錯覚できても、不断に男と女でいられるほど、人間は美しくはありえない。なおも美しくありたいと願うなら、もう男と女には、結婚するくらいしか他に手がないのだろう。

なぜなら、結婚は一瞬の美しさを永遠にまで高めながら、神秘の力で宝の箱に封印する。それは、どこか人間の死に似ていた。フランソワは驚きながら、ベリンダが死んだことを魂の震えとして、はじめて実感することになっていた。それは男の記憶に生き続ける恋人が、今も変わらず美しかったからである。

いつだって死人は美しい。純化された思い出に守られながら、いつまでも汚れることがない。結婚だって同じだ。一瞬の輝きさえあったなら、人生は永遠に肯定される。どんなに醜く生きたとしても、はかない栄光は決して傷つくことがない。だから、いつだって女は死なずに済まないのだ。

くっとジャンヌ王妃が呻いていた。フランソワは脱力して黄泉《よみ》の国に行ったなら、自分から帰ってくるまで触らずに待つがよい。フランソワは濡れた唇を拭いながら、緊張を解かれて戻りゆく女の恥毛を眺めていた。

「この助平坊主、そんなとこばっかりみてるんだから」

いつか絶対、殺してやる。ふざけながら細い拳を振り上げて、ベリンダは男の胸に身を投じた。小鳩のような心音を抱き止めながら、この時間が止まれと神に祈ったことを、フランソワは覚えていた。記憶を重ね合わせながら、男は身を寄せた金色の髪を、力の限りに抱き締めた。ふっと息を抜くと、ジャンヌ王妃はぽつりといった。

「淫らなことをしてしまいました」

「はい、指を使わせていただきました」

おかしみが走り抜け、どちらからともなく、男と女は噴き出した。全てを笑い飛ばせるくらいに輝けたなら、姑息な救いにしがみつくまでもない。

「わたくしは罪人ですわ。フランソワ殿、カノン法では姦淫の罪はどのように」

「女の場合は離縁です。問答無用に離縁です」

「でしたら、わたくしは、もう夫の妻でいるわけにはいかないのですね」

「そうです。あなたは夫を裏切ったのです。神聖な結婚を冒瀆したのです。貞節な妻の顔で生きるなんて、けしからんことなのですよ」

また笑いが生まれた。笑いながら、抱き合うほどに清々しかった。だったら、別れてあげようかしら。巻き貝のような女の耳たぶを、そっと囓《かじ》ってフランソワは囁いた。

「よいのですか」

「なにが、です」

「国王陛下と別れたりして。あんなに執着していたのに」

「執着なんてしていませんわ。ただ、嘘をつかれたくなかっただけ」

今なら納得することができる。過去を否定することは許せない。死者を汚すことと同じだからである。それは思い上がったルイ十二世が、すでに死人でしかなかったという意味でもあった。あの男は結婚という魔法の箱の中でだけ、細々と命脈を保っていたにすぎない。

「それを今さら、執着するはずがありませんでしょう」

「そうですか」

「だって、あのひと……」

下手なんですもの。くすくすと笑いながら、ジャンヌ王妃は男の胸板に、ふざけて拳骨を打ちこんでいた。嫌らしいって、こういうことをいうんですのね。指だって、舌だって、こんなの初めて。カルチェ・ラタンの悪い女に鍛えられているから、フランソワの手管は凄いんだって、ベリンダが自慢していた通りでしたわ。

「そんなことまで、喋ったんですか」

「ええ、女同士ですもの。あんまり自慢されてしまって、ちょっと想像してしまった、なんていったら、わたくしを軽蔑なさいますか」

「いいえ。でも、想像していたんですか」

「そんなことばかりじゃありませんよ。あなたと一緒に裁判を戦えて、わたくし、本当は楽しかったのです。夫のことなんて、ほんの口実にすぎませんでしたわ」

「だったら、どうしていってくれなかったんですか」

拙僧も想像していたんですよ。小柄な割に、おっぱいは大きいなあ、とか。ちょうど女が熟れる頃だから、さぞや感度がいいんだろうなあ、とか。うそぶきながら、フランソワの指先が零れる金髪を分けていた。うなじに舌を這わせると、ジャンヌ王妃は応えて首を傾げてくれた。まあ、そんなことばっかり。

「女のほうからいえるわけがありませんわ。あなたこそ、いって下さればよかったのに」

「いえませんよ」

男でない男の声が沈んでいた。気にして、ジャンヌ王妃の身体が強張るのがわかった。明るさを取り戻そうと、フランソワは蛇のように回りこんで、背中から両の乳房をつかみ上げた。ほら、もう乳首が立ち始めてます。女盛りは並の男の手には余る。

「だから、あんな駄目男は捨てて下さい。過去は捨てて、これからは未来に生きるのです。だって、あなたは女でしょう。下らない過去にしがみついて生きるのは、相場が男と決まっているものですよ」

「そういたします。わたくしの過去になど、なんの意味もありませんもの。けれど、フランソワ殿、あなたの過去なら、素晴らしい未来につながっておりますよ」

ジャンヌ王妃は教えてくれた。意外な真実にフランソワは絶句した。過去は未来につながっている。その狂おしい嬉しさは、ぶつけずには済まされないものだった。たわわな乳房の形を変えて、また男の指が忙しく動き始めた。臍を伝って手を伸べると、掌に覚えた女の恥毛の感触に、もうフランソワは夢中だった。

「やはり、ここでしょう。試しに道具を使ってみますか」

「まあ、そんな呪わしいことをなされたら……」

わたくしは出家いたしますよ。それを最後にジャンヌ王妃は口を噤んだ。

エピローグ

判事は出端を挫《くじ》かれていた。聖座の代理の威厳をもち、ひとつ槌音を打ち鳴らすも、判決を読み上げんとした矢先に、物凄い雷鳴が轟いたからである。どおんと重みのある音が、足の下から響いて届き、どうやら近くに落ちたものらしい。息を呑んだ一同が一斉に天を仰ぐと、瓦の屋根を打つ雨音が、けたたましく鳴り始めていた。

十二月の雷は別段、珍しいものではなかった。フランスの冬なのだから、相場が鉛色の空より上等な天気は望めないのだ。それにしても今日の雲は不安定だった。さっきまで雨の気配などなかったのに、みる間に黒雲をはびこらせ、轟音の稲光が発したと思うや、雹《ひょう》混じりの雨で下界を打ちつけたのである。

「神がお怒りだ」

「いや、聖ドニかもしれない。フランスの守護聖人は、この国の名を持つ女を苛めたことに、たいそう怒っておられるに違いないのだ」

「黙りなされ、黙りなされ。そんなものは迷信にすぎませんぞ」

十二月十七日、アンボワーズのサン・ドニ教会は結審の日を迎えていた。うるさい雨音に遮られてなお、云々する声が聞き取れるのは、天井の高い堂内が、がらんとしているからだった。

奪い合いで椅子を取った傍聴席が、今や人影も疎らになっている。しかも羅紗織《らしやおり》だの、金襴《きんらん》だの、ふわふわした羽根飾りだの、宮廷筋の人間ばかりが目について、教会の石色との対比で、ともすると罰当たりにもみえていた。かたわら、一連の裁判を盛り上げてきた僧服の群れは、今では数えられるくらいにまでに減っている。

皆が白けて、熱意を失っていた。唐突に導入された非公開裁判が、巷《ちまた》の失望を招いていた。王がシノンの宮廷に帰ったあと、今日までの審理は再び公開されていたのだが、その内容にも、みるべきものはなくなっていた。

「誰か、行灯《あんどん》を」

側廊を走りながら、まだ若い廷吏が土地の寺男に叫んでいた。ステンドグラスに満ちた日光は、雨音と入れ替わりに立ち去って、肌寒い堂内に不吉な闇をもたらしていたのだ。神罰を恐れないまでも、主席判事リュクサンブール枢機卿は老齢で目が弱い。この暗さでは判決文など、とても読めないということだった。

はやくしろ。しかし、午後一番の御裁決と聞いて、灯など用意していなかったもので。教会の穹窿《きゆうりゆう》に、苛立った声が響き渡る。松明ならございますが。仕方がない。それでいいから、早く猊下《げいか》にお持ちするのだ。差はあれ、皆が天気の異変に動揺していた。独り被告側を代表する弁護士だけが、腕組みのまま瞑想の構えを崩さなかった。

——馬鹿どもが。

神罰などは迷信にすぎない。気楽に神罰を持ち出して、かえって不信心じゃないか。やましい気持ちがあるから、勝手に恐くなっているだけなんだよ。実際、フランソワの心は平らかだった。やるべきことは全てやった。なにも動じる理由はない。

弁護の方針が変更されていた。ジャンヌ王妃は抗戦を打ち切り、すでに離婚を決断していた。その旨は原告側にも伝えてある。全権を委ねられたフランソワは、依頼人の意志を率直に述べることで、どん底のルイ十二世を喜ばせた。その狂喜の様といえば、あれほど憎んだ弁護士を「恩人」とも、「我が師」とも呼びながら、おもむろに抱きついてきたくらいである。

国王の性格を考えると、小細工や揺さぶりは、かえって逆効果に思われた。フランソワは次なる仕事に、着手しなければならなかったからである。できるだけ有利な条件を引き出すために、精力的な弁護士は、今度は交渉事に力を入れることになった。

機嫌のいい国王を大物のように煽《おだ》てながら、一方では渋る大臣連中を粘り強く説得する。結果は、まずは納得のいくものだった。ジャンヌ・ドゥ・フランスは離婚後に「ベリー女公」の称号を得ることに決まった。フランソワの依頼人は、リニエール城で馴れ親しんだ、かの豊かな公領を領有することになる。年貢収入、関税収入、臨時税収入と諸々の利権を合わせ、莫大な富を手中にできるわけである。

死没の後は王領に再編成される条件が付き、しかもマン・シュール・イエーヴル、イスーダン、ヴィエルゾンといった、幾つかの軍事拠点は差し引かれていた。その埋め合わせに弁護士は、シャティヨン・シュール・アンドル、シャトーヌフ・シュール・ロワールと領外からも、きちんと利権の大きな領地を分捕っている。さらにブールジュ、ブザンセ、ポントワーズにある塩蔵の権利を獲得して、塩の専売税がそっくり入るよう計らったし、国庫からも年金三万リーヴルが、終身で支払われるよう約束させていた。

ジャンヌ・ドゥ・フランスは王妃の座と引き替えに、王国有数の諸侯の地位を手に入れる。ルイ十二世はブルターニュ公領と引き替えにベリー公領を失う。これでは離婚する意味がないと、大臣のひとりは嘆いたものだが、なるほど、破格の事態が公になった暁には、交渉の手腕でも腕利きであると、またもフランソワの評価が高まることは疑いなかった。

さりとて、事実が伏せられている現状でも、世人は察していないわけではなかった。法廷では被告側の攻勢が、すっかり鳴りを潜めていた。弁護士は沈黙したまま、証人も喚問せず、異議も挟まず、反対尋問さえ放棄して、審理の最中に欠伸《あくび》など繰り返していたのだ。ジャンヌ王妃にいたっては、あれから一度も法廷に姿をみせていない。

こうなると検察の自由だった。みるべきものがないというのは、検事レスタンの仕事ぶりが、あまりに御粗末だからだった。かろうじて得点といえるような審理を挙げれば、十一月二十日の公判に証拠として、フランス王ルイ十一世が、当時の王宮大侍従で高名な将軍でもあった、ダマルタン伯アントワーヌ・ドゥ・シャバンヌに宛てた手紙を提出できただけである。

「ジャンヌと娶《めあわ》せたのだから、これでオルレアンの小僧は子が得られまい」

暴君の言葉として、こんな一文を取り上げ、検事レスタンは大袈裟に騒いでいた。故王が娘の「交接不能」を知っていた、なによりの証だというのである。なんとも根拠の薄弱な主張だが、これを数人の証人が重ねて裏打ちする証言をなしていた。ジエ元帥、バタルネ将軍、ルソン司教と大物を集め、その威風に物をいわせようという魂胆だったが、いずれも押し出しが偉そうだった割に、説得力というものはなかった。

これで弾切れである。とても検察側が逆転したとは思えない状態で、全ての審理が終了していた。そのままの材料が判事に委ねられ、あとは判決を待つのみである。

通常は司教、あるいは法務代理が判決を下すが、対して本件は三人の判事が判決を下す、いわゆる「トリブナル・コレギアーレ（合議裁判）」の形で争われていた。国王夫妻の離婚問題であるがゆえに、ローマ教皇の特設法廷が管轄していたわけだが、これが最高裁に相当するため、判決に不服でも上訴することができない。より慎重な判断が求められる。判決は判事三者の理性と良識を合わせながら、万全を期して出されるというわけである。が、それにしても時間が費やされていた。素直な見方に従えば、迷うことなく被告の手を上げるべき形勢だっただけに、世人は穿《うが》った見方をせざるをえなかった。判事三者の協議というが、なにを話し合っていたものやら。

判決を待たされた一月の間に、白けた空気に拍車がかかった。もう結果はみえていた。世人はチェーザレ・ボルジア北上の報に接していた。噂によると、教皇の私生児は南フランス、ドーフィネ地方の公領を賜り、ヴァランス公を名乗ることが決まったらしい。

同盟の成立である。判決文に場違いな光が射していた。松明の暴れる炎に顔を顰《しか》めながら、リュクサンブール枢機卿は手元の羊皮紙を覗きこんだ。

「これより、判決を申し渡す。主文、原告ルイは被告ジャンヌを妻としたことはなく、夫婦の愛によりて識ろうと努めた事実も、真に識った事実も、裸と裸で同衾《どうきん》した事実も認められず、よって当法廷は原告ルイ十二世と被告ジャンヌ・ドゥ・フランスの間に、有効な結婚はなかったものと判断し、ここに結婚の無効取消を宣言する。ローマ教皇の特設法廷は、いかなる上訴も認めない」

ジャンヌ王妃の敗訴だった。これを法廷は驚きもなく受け止めた。失望の判決を明かされながら、無念の溜息すら洩れることなく、二、三、苦々しい舌打ちが聞こえただけである。軽薄な宮廷の連中だけが、ざわざわと和んだ歓談を始めていた。安堵の様子を眺めながら、このとき、弁護士フランソワ・ベトゥーラスは意地悪く笑っていた。

——結婚は永遠なんだよ。

それは文字になって残るという意味である。離婚の事実も、また消えてなくならない。愛人関係を清算するわけではない。一連の審理内容に照らし合わせれば、明らかな不当判決だった。政治は政治として、法の正義を歪めて省みなければ、関係者の悪名は永遠に残るのだ。本当の意味で、まだ判決が出されたわけではなかった。

フランソワは席を立った。判事席から判決文の写本だけ受け取ると、さっさと紙挟みに収めて出口に向かう。検事レスタンは弁護士に握手を求めてきた。次席判事ダンボワーズなどは、陛下とブルターニュ様の御婚礼には、ぜひ貴僧も参られよなどと、仲間にでもなったような口ぶりで招待している。

それらを傲岸に無視しながら、フランソワはすたすたと身廊を進んだ。おまえらに係わり合うほど、俺は暇じゃないんだよ。いつまた敵にならないとも限らない。迂闊《うかつ》に仲良くするわけにはいくまいさ。

終わってみれば、弁護士の奮闘だけが記憶に残った裁判だった。これを世の中が放っておくわけがない。フランソワの下に仕事の依頼が殺到していた。弱りながら、ナント司教座の常設弁護士だからといって、断るにも限界があった。禄《ろく》を食《は》むなら、ブルターニュの教区民だけは管轄しなければならないのだ。

アンヌ・ドゥ・ブルターニュが顧問弁護士を頼んできていた。ルイ十二世と再婚する女は、こたびの一件を窺って、不安に駆られたらしいのだ。まさかのときは助けてほしいと、なにも起こらないうちから、一定の顧問料を支払ってくれるという。

――ルイ十二世は男を落とした。

さすがの俺にも、こいつは弁護の術がないや。ぷっと噴き出しながら、フランソワは忘れ物を思い出したように立ち止まった。さて、これからは忙しくなるんだ。リュクサンブール枢機卿に如才ない会釈を送り、わけても次席判事フランシスコ・デ・アルメイダとは、力強い頷きを交わし合っている。また、会おう。いや、きっと会うことになりますよ。

教会の扉を開けると、フランソワは清々しく深呼吸した。それは雨上がりの爽やかさだった。そうすると、あの唐突な雷は本当に神意の表れだったのか。気まぐれな天気のことも、まことしやかに解釈されて、きっと歴史に書き残されるんだろうなあ。

未来に思いを馳せながら、フランソワは明るい笑みを浮かべた。それを祝福するように、戦い終えた弁護士には満場の拍手が捧げられていた。

「がっかりすることあねえぜ、弁護士先生」

「そう、そう、よくやってくれた。あんたは立派に戦ったんだよ」

アンボワーズの群衆は今日も沿道を埋めていた。サン・ドニ教会の堂内が、がらんと人けがなかっただけに、取り囲まれてフランソワには意外だった。庶民ゆえに儀式ばることがないのか。あるいは庶民ゆえに諦めが早いのか。結果を予想できるなら、改めて堅苦しい判決を聞くまでもない。ぐずぐずと同じ場所に留まらず、人々の思いは先へ先へと進んでいるようだった。

腕の太い女房が、ばんと弁護士の背中を叩いた。

「弁護士先生、王妃さまは、お元気なんだろうね」

「ええ、元気ですよ。最近は聖書の研究に熱中なさっているようです」

「ジャンヌさまは信仰の厚い方だからなあ」

「晴れて離婚なされまして、今度はキリストの花嫁になられる御意向のようです」

修道女になるということである。まったく、女というものは生き方がうまい。同じ男でもキリストなら、決して裏切るまいということだ。それも髪を落として、どこかの修道院に入るというのではなかった。ジャンヌ王妃は自らが開祖となって、新たな修道会を設立すると張り切っているのだ。

フランシスコ派の戒律に殉じた女子修道会は、すでに本部となる僧院の建設を、ブールジュの街の一等地に予定していた。ベリー公領の都である。離婚の条件として分捕った莫大な富を、惜しげもなく注ぎこむというのだから、あっという間に大組織ができあがる。教会の権威失墜が顕著に現れ、離婚問題でもなければ、諸国にないがしろにされかねないだけに、フランスの内親王の計画は、ローマ教皇庁の諸手を挙げた大歓迎を受ける。

後日談になるが、「アノンシアード修道会」を設立した功績により、ジャンヌ・ドゥ・フランスは列聖されて歴史に残った。「アノンシアード」とは、聖書物語では「受胎告知」の意になるが、普通は「お告げ」と解される言葉である。修道会の年代記が伝える「聖ジャンヌ」の奇跡というものが、聖母マリアの降臨を得て、お告げを知らされたというものだった。

「親愛なるジャンヌ。汝が神の御元に召される前に、我が名誉のために、新たな修道会を築き上げなさい」

フランソワは苦笑せざるをえなかった。わたくしは出家いたしますよ、と艶めかしい声が聞こえた気がしたからである。それでも計画を聞かされた群衆は、慕った王女の決断を、おおむね好意的に受け取っていた。

弁護士先生、これからもジャンヌさまを助けてやってくれよ。はい、と多少の義務感にも駆られて答えながら、弁護士は数年多忙を極めることになる。お告げといい、霊感というが、新しい修道会の設立となると、ややこしい法的手続きが山積する。認可を取りつけるためには、教皇庁とも具体的な折衝を重ねなければならないのだ。

「よかったよ。これでよかったんだよ」

でっぷりした女房は、いよいよ涙ぐんでいた。おかみさん、めそめそするなんて、らしくないよ。咎めながら、厚塗り女も涙で化粧を崩している。

不幸な王妃として惨めな生涯に終わるより、修道院を設立した聖女として歴史に名を残すほうがよい。この選択を男たちが評価しても、女たちは喜ぶまいと、フランソワはなんとなく考えていた。ジャンヌ・ドゥ・フランスが神聖な妻の座を失ったことは否めないのだ。そのことは確かに涙ながらに悲しむのだが、といって街の女房衆は不満を表明するわけでなく、逆に前向きな共感を示してくれた。

「離婚して正解だったよ。ろくな男じゃないと思ってたんだけど、オルレアンの馬鹿殿も、あそこまで腐っているとは知らなかったねえ」

「そうだよ、そうだよ。拳骨ふるう亭主なんか、こっちから願い下げさ」

「うん、うん。王妃さまが愛想尽かすのも道理ってもんだわ」

暗殺とはいうが、あれだけ手際が悪いと、ばれずにおかないものである。襲撃事件の噂が流れて、ジャンヌ王妃に同情する空気は、強くなるばかりだった。わけても女の感覚からすると、男の暴力は絶対に許せないものらしいのだ。暴力夫など、どこにでもいるようだが、日常茶飯事として聞く割に、女たちの嫌悪感は決定的だった。

やはり、ルイ十二世は男を落とした。これも後日談になるが、凡庸なフランス王として生涯を閉じた王は、我が子に王位を継がせることさえ果たせなかった。実際に「下手」だったのか、再婚相手アンヌも女児しか生むことができず、次の王位は分家のアングーレーム伯、フランソワに持っていかれることになる。

弁護士を取り巻きながら、アンボワーズ市民は沸き続けた。さっきの豪雨に打たれ、皆が濡れ鼠になって震えているというのに、一向に家に帰ろうという気配はない。こんなに関心が高いのだったら、雨を避けるためだけでも、教会の中で傍聴すればよかったのに。

改めて、フランソワは疑念に捕らわれた。奇妙といえば、皆が大きなマントで着膨れていることだった。ははあ、そういうわけか。群衆は中に入らなかったというより、外で待ち伏せしていたのだ。その証拠に和やかな談笑が、不意に殺気立っていた。

「きやがったぜ」

教会から出てきたのは、一仕事を終えて安堵した連中だった。姿がみえたとたん、けたたましく鳴り物が響いた。隠していたものを取り出すと、太鼓が叩かれ、角笛が吹かれ、がんがんと鍋や薬缶を打ち鳴らすものもいた。棍棒まで振り回して、物々しく判事たちを威嚇しながら、群衆は容赦ない罵倒の文句で敵を打ち据えていたのだ。

「カイフめ、ヘロデめ、ピラトめ。こいつらが、もうフランス王妃でなくなった御方を、容赦なく裁きやがったのだ」

イエスの死を企んだ大祭司カイフは、次席判事ダンボワーズのことか。ならば、イエスを捕らえて監禁したヘロデは、主席判事リュクサンブールである。イエスの死刑を執行したローマの官吏ピラトは、疑いなく次席判事アルメイダを指していた。

本当の判決が早くも下り始めていた。検事レスタンに至っては、威嚇の言葉では済まなかった。先達を務める犬のように、意気揚々と出てきたところを、まっさきに民衆につかまって、袋叩きの目に遭っている。ああ、この男は包帯を巻くのが好きだったんだ。フランソワは口角を笑みで歪めながら、肩で人垣を掻き分けていた。

「マギステル・フランソワ」

騒ぎを抜けると、サン・ドニ通りの出口で待ち受けた男がいた。剃髪頭に四角い学帽を被り、太鼓腹を突き出した僧服は、その上に高価な栗鼠《りす》の毛皮を羽織っていた。目に媚びるような、決まり悪いような、複雑な表情を覗かせながら、男は続ける言葉をためらっているようだった。フランソワはこちらから声をかけた。よお、ジョルジュじゃないか。

「裁判の幕引きを、わざわざ見届けに来てくれたのか」

「ええ、まあ。パリでは、その……」

「随分と世話になったな。医師コシェの証言は役に立ったよ。本当の決定打だった」

「ええ、ええ、そのようですね」

「ジョルジュ先生のおかげだ。ソルボンヌ学寮の協力なくして、この裁判は戦えなかった」

フランソワは謝意だけを述べた。優等生ゆえにプライドが高い。恐らくは醜態を気にしていたのだろう。面目を立てられて、ジョルジュの顔が晴れていた。嬉しくて分別がなくなったのか、なんの脈絡もなく、ひとりの学僧の名前を出した。

「学寮時代の後輩にあたる、スタンドンクを覚えておられるでしょう」

「スタンドンク？　ああ、フランドルから来ていた、あのヨハン・スタンドンクのことか」

「ええ、そうです」

あの男はモンテーギュ学寮に留まりまして、今は管理職を務めているのですが、それがこたびの裁判記録をもとに講義を始めたというのです。目を輝かせて、ジョルジュの早口は得意げでもあった。なんとも嬉しいことじゃありませんか。

「スタンドンクは大勢の学生を前に、あなたの支持を公言したんですよ。『それが地上で最も偉大な王であれ、姦淫を犯したわけでもない妻を、夫に離縁させたりしない』と声を荒らげながらね」

パリ大学の気概も、まだまだ捨てたものじゃないということか。一応は評価しながら、それでもフランソワは、背後の騒ぎを振り返らずにはおれなかった。この野郎め、この野郎め。群衆は仇敵を打ち据えて、まだまだ放そうとはしない。なんの解決にもならないことだが、自分を含め、言葉を弄するだけの人間に比べると、どれだけ逞しいことだろうか。

――俺の裁判は……。

あそこでは、まだ生きている。なのに裁判記録として、パリ大学の研究室に持ち込まれれば、たちまち命を失ってしまうだろう。何万語の議論が積み重ねられたところで、それは死体解剖でしかない。意味がないとはいわないし、あるいは光栄に思うべきなのかも知れないが、過去として殺される本人としては複雑な思いだった。

ジョルジュは胸を張って続けていた。

「堂々と戦った我らが弁護士の勇気、そして英知には大学中が拍手喝采を贈っています。パリ大学は奮起しているのです。嘘ではない証拠に、紹介させていただきます」

ジョルジュ・メスキは老齢の男を伴っていた。これまた栗鼠の外套を羽織った肥満児で、指にはめた貴金属が、いっそうの地位を語っていた。こちら、ソルボンヌ学寮の学監、ギュスターヴ・カリエル先生です。

「お噂は伺っておりました」

カリエル翁は握手の手を差し出した。受けて掌を握りながら、フランソワは話がみえた気がした。

「マギステル・フランソワ、ソルボンヌ学寮は専属の教授として、貴僧に講座を開いていただきたく、依頼に参上つかまつった次第でございます」

「よして下さい、学監殿。拙僧はしがない田舎弁護士ですよ。教養諸学ならともかく、権威あるソルボンヌの寮生は、上級学部の学生だけじゃないですか。拙僧はカノン法の教授資格を持っておりません」

「そんなものは形です。大学はすぐにも免状を発行いたします」

「そうです、そうです」

上司の後を受けて、いつになくジョルジュは饒舌だった。あなたの学識は、すでに証明済みなんです。あなたの講義を聴きたいと、学生たちは首を長くして待っているのです。黙して耳を傾けながら、そのとき、なぜかしらフランソワの脳裏に浮かんだものは、ざわめきながら、たゆたう女の肉塊でしかなかった。

「ですから、カルチェ・ラタンに戻って下さい。後進を育てながら、さらに英知を究めて下さい。学者として学問を究める日々は、あなたの念願だったはずでしょう」

「…………」

「マギステル、遅ればせながらですが、あなたにも約束された人生が開けたのですよ」

ジョルジュが丸い指で兄弟子《あにでし》の肩をつかんでいた。手の甲で払いながら、フランソワは鷲鼻の峰に、少しだけ皺を寄せた。

「ふん、学者なんて俺の柄じゃない。俺には俗な弁護士が合ってるんだ」

「そんな無理をしなくても……」

「無理などしていない。女を抱こうと思うからには、去勢男に戻るわけにはいかないのさ」

「…………」

意味を判じかねて、ジョルジュは表情を曇らせた。と、とにかく、あなたが俗世にいるなんて、それは大学の損失だ。なにも自分を卑下する必要はないのです。世の声を聞いて下さい。あなたは確かに勝ったんですよ。

「だったら、少しは格好つけさせてくれ」

フランソワは取り合わない表情で突き放した。冷淡な狼の目つきで後輩を黙らせると、そのまま横にずらした視線で、ついてくるよう並びの童顔に合図を送っている。ソルボンヌ学寮の副学監には、今日も鞄持ちの学生たちが従っていた。弁護士が呼びつけたのは、ひときわ背の高い学生、フランソワ・オブ・カニンガムだった。

弁護士が踵を返すと、若者は小走りで追いついてきた。肩を並べて歩きながら、フランソワは水溜まりの道路に二様の足音が重なる感触を、しばらく無言で楽しんでいた。どうやって切り出したらよいのか、実は少しも思い浮かばない。弁護士ともあろうものが、このときばかりは口下手を実感する苦ささえ、嬉しくてならなかった。

「オーエン・オブ・カニンガムは残念だった」

と、フランソワはようやく口を開いた。戸惑いがちに若者は短く答えた。

「はい」

「君が遺体を引き取って、一族の墓所に埋葬してくれたらしいな」

「はい、弔わせていただきました」

「そこに私を案内してくれないか」

いいながら、フランソワは背の高い学生の肩に、震える手を置いていた。一緒に母さんの墓参りに行こう。

見開かれた若者の目に、フランソワは頷いてみせた。ああ、ジャンヌ王妃が教えてくれたんだよ。学生フランソワ・オブ・カニンガムはオーエンの息子ではなかった。同じカニンガムでも、ベリンダが生んだ一人息子だったのである。

「あんたが恥ずかしくないんだったら、どこの後家さんと浮気しても構わないわよ。ただね、フランソワ、これだけは忘れないで。あんたが徹夜あけで前後も知れずに寝入ってるとき、すぐ下の台所には、包丁にぎってる女がいるってことをね。はん、恩に着せるつもりなんかないわ。あんたなんか、生かすも殺すも、わたしの自由だってことよ」

悔し涙を嚙みながら、強がる女は凄んで、男をゾクとさせたものである。裁判を戦ううちに、知られざる裏の作為に、はめられているような気がしていた。フランソワは神意とも目して受け入れた。そこには確かに、なにものかの意思が働いていたのである。

――ベリンダ、おまえだったのか。

だから、一緒に母さんの墓参りにいこう、とフランソワは繰り返した。

「君を息子と呼んでいいなら、ぜひ親子として」

若者は鼻を啜った。震える唇で涙を嚙んでいることは、フランソワとて同じだった。本当なのか。本当に俺の息子なのか。俺より背が大きくなった、この若者が本当に。

「急に親子とは行かないかな」

「いえ……。母さんが……、あなたは母さんが話していた通りの人だった」

「ベリンダの奴、息子にはなにを話したんだ」

冗談に流そうとして、フランソワの言葉は途中で涙に奪われた。

「僕は、僕は、あなたを誇りに思います」

「誇りになど思わなくていい。ただ、君には父親がいるということだけ、それだけ忘れずに覚えていてくれ」

はい、と若者は素直に答えた。最高だ、とフランソワは思った。はん、俺の人生など報われるわけがない。去勢男に未来などあるものか。救いがあるとするならば、そんな自分を認められるということだけだ。

ああ、それでいい。それでいい。ただ、父親がいるということだけ、この息子が知っていてくれれば、それでいい。必死に愛した女とは終《しま》いまで夫婦になれなかった。ただの男と女でしかなかったにせよ、苦行の日々から生まれ出たものは、この世の中でなにより強い関係なのだ。

「父さん、と呼んでも構いませんか」

「ああ、もちろんだとも。いや、まて」

「なにか」

「人生は長いんだ。なにも焦ることはないだろう」

だって、親子は永遠に親子なんだから。フランソワは若者の肩を繰り返して叩いた。君は目元が母親にそっくりだな。不幸なことに鷲鼻は俺に似ちまったようだ。うん、うん、仕事が増えたから、君にも少しは仕送りできるかもしれない。親子として肩を並べて歩きながら、これに勝る人生の弁護など、他にありえるはずもなかった。

解説

池上冬樹

本書『王妃の離婚』は、三年前（九九年）、桐野夏生の傑作『柔らかな頬』（講談社）とともに、第百二十一回の直木賞を受賞した名作である。

候補作には、大ベストセラーを記録した天童荒太の『永遠の仔』（幻冬舎）のほか、宇江佐真理の『紫紺のつばめ』（文藝春秋）、黒川博行の『文福茶釜』（同）などが並んでいたが、選評（「オール讀物」九九年九月号）を読むと、本書は賞賛につぐ賞賛で、〝おもしろくて、痛快で、おまけに文学的な香気と情感も豊か。この作品を推すことに、わたしはいささかもためらわなかった〟（井上ひさし）という評が端的に示すように順当に選出された。それは本書を読めば充分に感得されるだろう。

直木賞受賞後、僕は作者が住む山形県鶴岡市に赴いてインタヴューをおこない、興味深い話をたくさん耳にすることができたけれど、そのなかでとりわけ印象に残っているのが、次のような言葉だった――

〝僕は二十年後、三十年後ぐらいに（三十数冊）文庫が揃ったとき、「今年の夏休みには佐藤賢一を全部読もう」というふうに読まれる作家になるのが理想なんです〟（「オール讀物」

九九年九月号)。

この言葉は、〝実はこの先書こうと思っている（西洋史の）ネタを数えたら三十九もあった〟、それを実現するだけで一生かかる、書いているうちにまたネタが増えていくだろう、作家にはある程度、同じジャンルの作品の〝塊〟が必要だと思う……といった発言のあとに出てきたのである。記事のなかでは読者が限定されていないけれど、〝夏休み〟をまとめてとれる若い学生を念頭においた発言だったと記憶している。

口調は静かで穏やかなのだが、この言葉に強い意志と自負心がうかがえて何とも頼もしく感じられた。二十年後になるか三十年後になるかわからないけれど、まず自分の読者として大人よりも若い読者を想定し、彼らに無条件に喜んでもらえる本を書きたいという。二十年後か三十年後かわからないけれど（いや、たとえ五十年たとうが百年たとうが）、自分の小説が生きていて、その時代の先端に触れているだろう若者たちをも魅了する小説を書きたいのだという意気込み。一冊読めばあとをひき、次々に「佐藤賢一」の小説を読破していきたくなるような世界を築き上げたいのだという夢。つまり、いつの時代にもうけいれられる普遍的な物語作家を目指しているということだろう。

佐藤賢一はまだデビューして十年もたっていないけれど、たぐいまれな物語作家としての地歩を確実に固め、人気も注目度も若手作家のなかでは飛び抜けている。

よろしい。ちょうどいい機会なので、とりあえず、デビューから今日までの著作リストをまとめてみよう。

①『ジャガーになった男』(一九九四年一月、集英社→集英社文庫。文庫収録時に主人公の人称をかえ、内容も大幅に加筆)※第六回小説すばる新人賞受賞
②『傭兵ピエール』(一九九六年二月、集英社→集英社文庫)
③『赤目――ジャックリーの乱』(一九九八年三月、マガジンハウス→集英社文庫収録時に『赤目のジャック』と改題)
④『双頭の鷲』(一九九九年一月、新潮社→新潮文庫)
⑤『王妃の離婚』(一九九九年二月、集英社→集英社文庫)※本書
⑥『カエサルを撃て』(一九九九年九月、中央公論新社→Cノベルス)
⑦『カルチェ・ラタン』(二〇〇〇年五月、集英社)
⑧『二人のガスコン(上・中・下)』(二〇〇一年一〜三月、講談社)
⑨『ダルタニャンの生涯――史実の『三銃士』――』(二〇〇二年二月、岩波新書)

次作は、カタリ派をテーマにした、人間と宗教の本質を問いかける千五百枚の書き下ろし長篇小説が集英社から出ると聞いているけれど、現在までのところ八冊の長篇小説に、一冊のノンフィクションである。小説だけを紹介すると、①は十七世紀にヨーロッパに渡った武士たちの冒険を南米まで舞台を広げて描く壮大な歴史ロマンであり、②はジャンヌ・ダルクの救出と愛を描いた冒険小説。③は虐げられた群衆が暴徒化して権力者たちを襲うアナーキ

ーな暴走劇で、④はフランスの名将デュ・デクランの型破りの生涯を活写した人生絵巻。⑤は本書（後述）。⑥は一転して古代ローマを舞台にした歴史小説で、当時ガリアとよばれていたフランスでの、ユリウス・カエサル（ジュリアス・シーザー）とガリアの武将ウェルキンゲトリクスとの壮絶な戦いを描き、⑦は後にパリの名物男として名前を馳せることになる夜警隊長のドニ・クルパンが友人の修道士とともに事件を解決していく連作ミステリ、⑧は『三銃士』のダルタニャンがシラノ・ドゥ・ベルジュラックと組んで活躍する冒険活劇である。

ごらんのように（⑥だけ時代が異なるが）、佐藤賢一は中世のヨーロッパを舞台にした歴史小説を書いている。遠藤周作の『侍』『王妃マリー・アントワネット』や辻邦生の『背教者ユリアヌス』などの名作をあげるまでもなく（特に後者は〝永遠の名作〟といっていいほどの傑作中の傑作だが）、西洋を舞台にした歴史小説は過去にも書かれているが、しかし佐藤賢一ほど集中的に書いている作家はいないだろう。彼が〝西洋歴史小説のパイオニア〟という異名をもつのはそのためである。

ただ、西洋歴史小説といっても誤解してもらっては困る。彼の作品は史実にそった小難しく堅苦しい小説では決してなく、たとえば②ではジャンヌ・ダルクに関する秘話（大胆な仮説）を前面にうちだして読者を驚かせるし、④では民衆の集団的無意識の欲望をまがまがしく描破して恐怖に鳥肌をたたせるし、⑥ではカエサルの『ガリア戦記』を土台にしているけれど、作者はウェルキンゲトリクスを中心にした『反ガリア戦記』を試み、冷静客観的な叙述の『ガリア戦記』とは対極の、エモーショナルでドラマティックな戦記にして読者を圧倒する。⑦では天才的な頭脳をもつ修道士と隊長の関係を名探偵ホームズとワトスン博士になぞらえているが、実際の作者の狙いは〝ドラえもん〟と〝のび太〟であり、隊長のドニは〝文学史上最弱のヒーロー〟ぶりを至る所で発揮して読者をおおいに愉しませてくれるし、⑧は波瀾万丈、物語はどんでん返しの連続でわくわくさせてくれる。そう、何より佐藤賢一の小説は面白いのである。社会的な問題とリアリズムに囚われて、現代小説のなかでとかく失われがちな小説本来の面白さが彼の小説にはある。歴史小説といっても、ミステリや冒険小説や謀略小説などの要素を巧みに盛り込み、読者を手厚くもてなしてくれるのである。

さて、枕がはなはだ長くなってしまったが、そのことを如実に示しているのが、本書『王妃の離婚』である。佐藤文学がいかに小説本来の面白さをもっているかがよくわかる。これもまた西洋歴史小説のひとつであるが、歴史小説というよりも海外ミステリでおなじみのリーガル・スリラーといったほうがいい。現代ミステリと同じ位に興趣に富む法廷劇に仕立ててあるからである。

一四九八年九月、トゥールの街は人で溢れかえっていた。前代未聞の離婚裁判が始まっていたからだ。原告はフランス王ルイ十二世、離婚を求められた被告は王妃のジャンヌ・ドゥ・フランス。なんと国王夫妻の離婚劇なのだ。裁くのはローマ教皇側の判事たち。言うまでもなくカトリック教義に離婚というものはなく、キリスト教徒は事実上の離婚として「結婚の無効取消」という手続きに訴えるしかない。では、ルイ十二世は何をもとに結婚の無効を訴えるのか？　美男の誉れ高いルイと違い、ジャンヌは「醜女」と人民に嘲笑われ、辺鄙な田舎の古城に籠もっていたけれど、醜女だけの理由で離縁できるわけがない。

民衆は固唾をのんで裁判の進行を注目していたが、そのなかにナントの弁護士フランソワ・ベトゥーラスもいた。彼は将来を嘱望されたパリ大学の学僧だったが、志なかばにしてカルチェ・ラタンを去った。暴君ルイ十一世に追放を命じられ、命が惜しくて逃げだしたのだ。フランソワがトゥールにきたのは、弁護士の研修というより復讐、自分に追放を命じたルイ十一世の娘のジャンヌが苦しむ姿を見たかったからである。だがしかし、フランソワは間近に見たジャンヌの凛とした姿に惹かれるものを覚えた。そして、ある不思議な縁で、ジャンヌの弁護側に加わることになる。

果たして国王を敵にまわして王妃側に勝ち目はあるのだろうか？　フランソワは敢然と立ち向かい、絶対的不利な立場にありながらも少しずつ得点を重ねていく。そんな彼の活躍を阻止すべく、ある刺客が迫る……。

これはまさに海外ミステリの定番のひとつであるリーガル・スリラーだろう。リーガル・スリラーの主人公はほとんどが弁護士で、主人公の性格設定は、ジャンルの牽引者であるジョン・グリシャム（『評決のとき』『法律事務所』）のように明るく健康なヒーローの場合もあるけれど、たいていは人生の夢破れた敗残者である（たとえばアル中だったり、離婚経験者だったり、窓際族だったり）。ヒーロー的には、そういう失意のただなかにいる冴えない男たちが事件を担当し、不利な状況を打破していく過程で少しずつ再生し、自分の人生を見つめなおすというパターンをとることが多いが、本書もそれを完璧に踏襲している。かつて天才とうたわれたフランソワが国王側に戦いを挑み、往年の実力を発揮しながら、知らず知らずのうちに自ら封印していた過去と向かいあい、二十年ぶりに決着をつけるからである。そう、いま人気を博しているリーガル・サスペンス同様、事件を追及するメイン・ストーリーのほかに、主人公の過去をめぐるサイド・ストーリーが巧みに織られている。

といってもスコット・トゥロー（『推定無罪』『立証責任』）、リチャード・ノース・パタースン（『罪の段階』『子供の眼』）、スティーヴ・マルティニ（『重要証人』『依頼なき弁護』）など世界的なベストセラー作家と比較すれば、刺客をめぐる犯人探しや愛や友情などのドラマの部分に注文をつけたくなるし、ラストのどんでん返しはややアンフェア気味だとは思うけれど、でもそれを補ってあまりあるのが、作者が得意とする女性描写であり、作者の専門分野である中世の歴史のディテールだろう。

まず前者。佐藤賢一の小説にはかならず存在感豊かな女性たち（可愛い女から男を手玉にとるヴァンプまで）が登場するが、ここでも二人の女性が出てくる。一人はフランソワの回想場面に出てくる少女ベリンダであり、もう一人は民衆から「醜女」と嘲笑された王妃ジャンヌ。ベリンダはフランソワがパリを逃げだすきっかけをつくった運命の女であり、それがベリンダの弟の憎悪をよび、さらなる不幸を招きよせることになるのだが、思い出のなかの彼女は可愛く、セックスの場面はいつになく生命感に溢れて美しい。いや、美しいといえば、醜女のジャンヌもそう。輝くばかりの高貴な精神と同時に愛にもろい女心ものぞかせて愛しく切なく迫ってくる。

もちろんそんな彼女たちが生きる歴史的背景の魅力も忘れてはならないだろう。特に離婚をめぐる宗教の細々とした規定が抜群の面白さだ。直木賞の選考委員たちがこぞって推賞した作者の諧謔趣味である。「結婚の無効取消」のために婚姻関係（早い話がセックス）があったかどうかを立証しようとしたり、お互いの性器を云々したりと驚くほどえげつなく、またそれを民衆が喜び、法廷では猥談が飛び交ったりするのだ（何と猥雑なエネルギーだろう！）。フランソワはそんな民衆を味方につけ、微妙な立場にたつ判事側の〝政治的〟立場も考慮に入れながら、国王側と虚々実々の駆け引きをしていくのである（その戦略と弁舌の巧さを見よ！）。

そのほかにも、神学と政治の対立、反権力的な民衆たちの辛辣さ、糞尿を道路に捨てていた汚物まみれの町並みなど、興味深い挿話が次々に披露されて人を飽きさせない。盛り沢山な内容なのである。

とにかくここには佐藤文学のすべてがある。意表をつく設定、過激なユーモア、戯画化された人間臭いキャラクター、量感にみちた女性の肉体、生命感に溢れたセックス、民衆のアナーキーなエネルギー、そして混沌とした世界での人生の真実の発見などなど。圧倒的な臨場感をたたえながら豊かな物語が息づいている。現代のエンターテインメントがリアリズムにとらわれて羽ばたけない物語の翼を激しく大きく広げているのである。現代のエンターテインメントで活況を呈しているジャンルを西洋歴史小説に移植することによって、本格西洋歴史小説という未踏のジャンルに豊穣をもたらしているのである。

そう、間違いなく本書は（最初の話に戻れば）、二十年後も三十年後も残り、多くの読者を摑むだろう。作者が愛してやまない『三銃士』のアレクサンドラ・デュマ（ペール）の作品などは、百五十年たったいまでも読まれ続けているのだから。和製デュマともいうべき佐藤賢一の快進撃はさらに続くだろう。

この作品は一九九九年二月、集英社より刊行されました。

集英社文庫

王妃《おうひ》の離婚《りこん》

2002年5月25日　第1刷

定価はカバーに表
示してあります。

著者　佐《さ》藤《とう》賢《けん》一《いち》

発行者　谷山尚義

発行所　株式会社　集英社

東京都千代田区一ツ橋2—5—10
〒101-8050
(3230) 6095（編集）
電話　03 (3230) 6393（販売）
(3230) 6080（制作）

印刷　凸版印刷株式会社
製本　凸版印刷株式会社

造本には十分注意しておりますが、乱丁・落丁（本のページ順序の間違いや抜け落ち）の場合はお取り替え致します。購入された書店名を明記して小社制作部宛にお送り下さい。送料は小社負担でお取り替え致します。但し、古書店で購入したものについてはお取り替え出来ません。

Printed in Japan

ISBN4-08-747443-7 C0193